《百年党史在浙江》系列成果

一百个人的舟山记忆

舟山市档案馆 编

燕山大学出版社
秦皇岛

舟山記憶

《一百个人的舟山记忆》编委会名单

舟山记忆开栏语

由舟山市档案局、档案馆和舟山晚报主办的“舟山记忆”专版，今天与市民见面了。

2012 年年初，舟山市档案局启动档案文化战略，推出“舟山记忆”工程。全国人大常委会原委员长乔石应家乡要求，亲自题写“舟山记忆”。“舟山记忆”题词作为舟山档案史志文化品牌的标志，现珍藏于舟山市档案馆。

今天的记录，将成为明天的历史。人民群众是时代的创造者。舟山的解放、发展，及至成为国家级新区，是千千万万舟山人（包括新舟山人）努力的结果，凝聚了大家无数的心血和汗水。

为了真实地记录时代变迁中不同阶层人士的命运，“舟山记忆”专版推出的第一个专题是“一百个人的舟山记忆”，真实地记录一群人的命运变迁和对梦想的追求。通过他们身上发生的故事，编织舟山人奋斗的现代诗史，汇聚成一部生动感人的舟山记忆。

推出的一百个人物，须为有代表性的不同阶层人士，力求每个人的口述记录对舟山历史具有保存价值。这些人物将由我市相关部门、单位及群团组织来推荐。同时，晚报在此向社会各界公开征集采访对象。

目录

20 多年前我的渔船驰骋在北太平洋上

□ 李科平口述

人物简介

李科平，普陀虾峙人，第十一届、十二届全国人大代表，舟山市华鹰远洋渔业有限公司董事长。

“渔老大”这个身份是他最引以为傲的。从最早的木船、铁壳船，发展到造价上千万的远洋渔船，他带着虾峙渔民踏上了群众远洋渔业的征程，被称为“舟山群众远洋鱿钓第一人”。

买一艘鱿钓船时曾向 67 个人借钱

有句老话说，浙江渔业看舟山，舟山渔业看普陀，普陀渔业看虾峙。我们虾峙有 3 万多居民，几乎全都是渔民。

我 15 岁就跟着父亲出海捕鱼，25 岁当上船老大。眼看着海里的鱼是一年不如一年。以前 3 小时可以捕满一船，到了上世纪 80 年代末，三天三夜都不一定能捕满。

1992 年时，我到市远洋渔业总公司的外海金枪鱼捕捞船上去当船老大。虽然仍是渔民，但总归是在国企单位捕鱼，所以在外人眼里我捧的还是一只“铁饭碗”。不过，两三年后，我想借着自己在国企的远洋渔业捕捞经验，出去闯一闯。这“铁碗”不要也罢。所以，33 岁那年我离开公司“独干”去了。

自己干，首先要有一艘属于自己的船。当时，我花了 200 多万元从日本买来了一艘二手渔船，作为北太鱿钓船。那笔资金，我足足向 67 个人借才筹够，而且还有很多人对我的这个“远洋计划”心存疑虑。

1995 年 7 月 3 日，这个日子我一辈子都会记得。因为那天，我驾着自己的第一艘鱿钓船到北太平洋钓鱿鱼去了。

远洋首捕背着 4 个编织袋的现金回家

到了北太平洋的头一个月，产量几乎为零。我很心急，为了这艘船，我背负了 100 多万元的债务，压力很大。好在没有一直背“光头”，从 9 月初到 10 月份，我们总共钓了 130 吨鱿鱼。之后也就越来越顺利了，到 1996 年 1 月，我们一共钓了 255 吨鱿鱼返航。

我记得当时鱿鱼的价格是每吨 1.1 万元，创产值 270 多万元。那 200 多万元现金，我是用 4 个编织袋从宁波背回家的。到家时，整个人就像虚脱了一样。

现在想起来，那时真的是很苦。什么苦都吃过，海上作业时若遇恶劣气候，命就在浪尖上打转。

大家看到我在北太鱿钓收益不错，便有了投身远洋鱿钓的想法，尤其是我们虾峙，从业人员最多。舟山远洋鱿钓船从 1995 年的 1 艘发展到 1997 年的 4 艘、1998 年的 8 艘、1999 年的 25 艘、2000 年的 52 艘，产值达到 1.1 亿元。虾峙，兴起了前所未有的开发远洋投资发展热潮。不光是虾峙，舟山各地纷纷掀起了投资开发远洋渔业的热潮，远洋鱿钓生产成为舟山渔业经济发展一个新的增长点。

2003 年，经农业部审核、批准，我成立了舟山华鹰远洋渔业公司。这也是我市第一家拥有远洋作业资格的企业。

之后，我从北太鱿钓转到印尼渔场，后又到秘鲁海域进行鱿鱼捕捞，一直忙碌在远洋渔业这条战线上。

入选奥运火炬手是中国渔民的骄傲

说起来，远洋渔业还给了我一份此生最大的荣誉，那就是有幸代表舟山，代表全国几十万渔民，去北京参加 2008 年奥运会火炬传递。最初得知选拔火炬手的消息时，我觉得这是件好事。当时，我和另一名渔老大作为普陀的代表，和 2 名岱山的代表、1 名嵊泗的代表，一起作为华东区选手进行一场 PK，角逐晋级全国唯一的一名代表名额。

我还记得，2007 年 8 月 11 日，我驾船出海，把一批大黄鱼、黑鲷等品种的鱼苗放归东海。因为我觉得，随着近海渔业资源的衰退，我市对海洋渔业资源的保护越来越重视，每年举行的增殖放流活动其实就是一次保护渔业资源的“绿色行动”，这也是符合“绿色奥运”精神的。因此，我将那天的“鱼苗放流”活动，作为当年参加火炬手选拔的一个“礼物”献给组委会。

相对来说，选拔虽激烈，但我最后还是顺利地进入了华东区 30 名候选火炬手的行列。

13 天后，我以华东区唯一一名渔民的身份，到北京参加全国晋级选拔。除了头两天的面试和理论考试外，还有一场在演播厅的表演。那是我第一次进这样大的演播厅，第一次面对 550 名观众，紧张得都不知道自己该说些什么、做些什么。

我离开北京前，中央电视台一位领导告诉我，你已经是 2008 年北京奥运会的火炬手了。这让我很高兴。后来，我又入选了 2008 年北京奥运会境外火炬传递手。

2008 年 4 月 28 日，这是我这一生中第二个重要的日子。那天下午 1 时多，我接过神圣的奥运火炬后，开始在平壤进行火炬传递。

为舟山的远洋渔业发展尽绵薄之力

我现在不仅是省人大代表，也是全国人大代表，感觉肩上的责任与担子也越发重了。因为我代表的不是自己一个人，而是一群人，甚至是一座城市。每年参加全国、省、市的两会时，我都在积极地呼吁要推进舟山远洋渔业发展，寻找渔业新的突破点。

就在前年（2015 年）的全国人代会上，我曾建言要把舟山打造成国家远洋渔业基地，再现“海上丝绸之路”新辉煌。舟山还应该开展远洋水产品产地规范交易市场建设试点，主要内容包括远洋渔业规范化管理、打击走私和建立远洋水产品源头追溯制度等，试行远洋自捕鱼首次交易须进产地市场交易，探索建立规范有序的远洋水产品交易秩序，条件成熟后向全国推广。

另外，我觉得我国在东南太平洋和西南大西洋公海远洋生产渔船虽多，但是渔场的海上运输、物资补给、人员中转等环节却长期被国外代理垄断，中国渔民一直缺乏话语权。尤其是到国际公海捕鱼，国外的渔民可以做到，我们舟山渔民同样也可以做到。更何况把国际的渔业资源带回国内，一定程度上也是对舟山近海渔场的一种保护。

如今，我虽更多以企业家的身份活跃在大家的视线里，但我这“渔民”的身份是永远不会变的。对于舟山远洋渔业的发展，我也会一直关注的，并尽自己的能力付诸行动。

我曾一夜捕上来 1000 担大黄鱼

□ 夏永祥口述

人物简介

夏永祥，全国劳动模范，浙江省第十二届人大代表，两届市人大代表。

1947 年出生的夏永祥，身兼岱东镇龙头社区（村）党总支书记和岱山捕鱼人渔业专业合作社理事长双重身份。这位岱山渔业的带头人在他 40 多年渔业生涯中，完成了从一名捕鱼人到管理者的身份转变，见证了舟山渔业发展变迁，也为“东海无鱼”和渔民的生计不断找寻着出路。

曾经荷枪实弹保护舟山渔民

1974 年，我 18 岁就下海捕鱼，一直捕到 1984 年，等于是捕了 11 年才脱产。在这 11 年里，我有 5 年多时间在渔船上当保护员，真正当船老大的时间只有 2 年多。

怎么当上这个保护员的呢？因为当时我们舟山渔民主要到中央渔场捕鱼，大致就在离嵊泗花鸟岛以东七八十海里的地方。有一些外国渔船也在这里捕捞，容易产生国际纠纷，所以我们很多舟山渔船都配上了保护员。

当渔船保护员要阶级出身成分好、历史比较清楚、没有海外关系，每艘渔船上都会有个保护员，每只带头船上还配发武器，并配有电台。一些不讲理的外国渔船时常采取一些耙钩来钩舟山渔民捕获的鱼，身为保护员就要处置这些情况。但我所在的渔船从未遇到这些情况，其他船只碰到过这种情况。

海上作业，喝不上一口干净的水

我们龙头村是净渔业村，在岱东范围内是个渔业大村。虽然帆张网、小流网、蟹笼作业方式都有了，但当时相当落后，船都是木质的机帆船，一般都只有4米多宽。木质渔船上连一口干净淡水都难以喝到，船上的水都是“浑嘟嘟”的，淡水全部装在船上的一只水井中，但是水在里面过一会就会泛浑。当时还没有定位仪，船上只有一部探测器和一个方向盘，定位完全靠船员自己估计，比如开到花鸟东北50海里、花鸟东南20公里，这些是怎么算出来的呢？就是根据船行多少时间，烧掉多少燃油估算，我们就心里有数了。过去的渔民老大是“真老大”，需要很多年经验的积累。

岱衢洋上，夜捕千担大黄鱼

我捕鱼的时候大黄鱼还很多，近洋捕捞作业以岱衢洋、黄大洋、中街山渔场为主，尤其是到了每年农历五月半，岱衢洋上靠近网地都会听到大黄鱼“咕咕”叫。有经验的老大这时候一网罩下去，捕上来都是在500担以上，抓上来的时候条条都是通体金黄。

我最多的时候一个晚上捕捞上千担，但还不算最高，我们有个名老大，一个晚上就珂上来3000多担大黄鱼。我作为带头船老大，最多的一年捕获各类鱼货上万担，一年的大黄鱼也达到三四千担。

黄鱼腌制成“黄鱼鲞”在村子里随处可见，但当时还是计划经济，上交任务完成之外，剩余的产量渔民才可以拿到市场上去卖。当时舟山鱼的价格也很低，只有3角到4角钱一公斤。

不断转型，打响岱东渔业品牌

1984年以后市场彻底放开，从此鱼价开始随行就市，一年比一年高。但是一直到2000年之前，岱东渔业小、散的状况却非常突出。到了2001年中日、中韩渔业协定相继生效后，渔场空间也小了，整个舟山的渔业都受到影响。

1998年我脱产担任村党支部书记时，岱东渔业打下了一定的基础，渔船基本从木制变成钢质，渔民的收入总体上在提高，但是也还要寻其他的出路。2003年，我牵头，联合村里18位渔民老大成立“珂鱼人”公司，到岱山经济开发区吃了一块地，筑巢引凤。后来的珂鱼人合作社的名称就是来源于此。

我们希望珂鱼人能够转型升级。当时公司注册资金将近250万元，造了几幢厂房用来出租，最后因为效益不高放弃。2006 年，岱东镇 5 个村的 1700 多名渔民、145 艘渔船组织起来成立了岱山抲鱼人渔业专业合作社，使得整个岱东的渔业生产得以整合。上面也有这个意向，我自己也觉得义不容辞，就担任了抲鱼人渔业专业合作社理事长。

这一次尝试，让岱东的渔业开始了由小到大、由弱到强、由散到齐的过程，打响了岱东的渔业品牌。

致富后，舟山渔民不忘回报社会

2006 年成立渔业合作社，同时我们 4 个村合并成为新的龙头社区，过去 5 个渔业村难以协调的情况得到了改善，得到了规范。社区合并后渔船达到 130 多艘，到目前发展到 200 多艘。在原来一定基础上，我们开始发展蟹笼船，目前蟹笼船占到一半以上，总的渔民人数 2500 人，外来务工人员占到 40%。

我们蟹笼船平均吨位 200 多吨，产值最多的一条在 2015 年达到 500 万元，整个合作社产值从 2006 年的 1 亿元到 2017 年将近 3 亿元。同时实现村集体经济从无到有，用于民生事业的资金达 2000 万元以上，村集体积累资金 250 余万元。

抲鱼人合作社还将一部分资金返还到村里，返还到困难渔民家庭中。到 2017 年为止，合作社已经帮扶了困难家庭 180 多户，每年帮扶资金达到 5 万元。2008 年汶川地震的时候，我们合作社每个渔老大都自发捐款 1000 元，最后捐款 10 多万元。

要为舟山渔场的修复继续奋斗

现在捕捞强度过大、“东海无鱼”的状况让我有一丝担心。减船减产是恢复资源最终的出路，也是舟山渔场休养生息最好的办法。我们基层渔民也是积极响应，仅我们合作社渔船数量从 2016 年的 210 艘减少到 2017 年的 185 艘，一部分转移到休闲渔业，一部分转移到民宿，把船老大素质高、船只质量好的船留下来，最后组建起一支精干高效的捕捞队伍。

没有私心、为渔民说公道话，应该说这么多年来我赢得了大多数渔民的信任。因为我们合作社各种作业方式都有，所以我能够代表他们，同时又不偏向于哪一种作业方式，客观地认识到哪一种作业破坏资源比较大，哪一种方式对资源破坏小，哪一种作业方式在哪个时间段伏休比较妥当。因此我有信心说服我们更多的渔民转产转业，保护好我们的海洋。

虽然我个人也在这个过程中获得一些荣誉，从县级劳模一直到全国劳模，但是我认为这些荣誉实际上是给我们基层渔区每个渔民的，是他们书写了舟山渔业的传奇。

当年，我开启了虾峙岛的快艇时代

□ 陆亚飞口述

人物简介

陆亚飞，华必和餐饮有限公司舟山市普陀区总经理，家家和餐饮有限公司总经理，舟山欧文外国语培训学校董事长。先后被评为全国最美家庭、全国五好文明家庭、省“三学三比”创业女能手、省级“巾帼创业者”、市“三八红旗手”、舟山市道德模范等。

从20世纪80年代创业至今，陆亚飞的创业历程正好贯穿了中国改革开放的30多年。30年风雨蹉跎，30年大浪淘沙，陆亚飞凭借诚实守信、亲力亲为立马商海，使企业稳步快速发展。

1985年，海岛一隅，开始创业，为改变离岛面貌一点点努力着

1985年8月，是我们夫妻俩生活最艰辛的时光。当时为了生存和出于养家糊口的无奈迈出创业第一步，在虾峙开了水果摊、录像厅、录像旅社。

开旅社时，我每天为客人准备咖啡、早点。在“服务理念”这个词还没有深入人心的年代，如此细致的服务引来了邻里的不解。毕竟当年住一晚也就5元钱左右，若是仔细算一笔经济账，这么做肯定是亏的。

但我就记得父母传给我的一句话：“给人家吃会传样，自已吃的坐茅坑。”这是一句老话头，大致意思就是好东西自己吃了也就那样，但若让给他人吃，他人便会永远记得你，同时也会撒播爱心。

于我而言，经济利益并不是第一位，能让出门在外的客人在这儿感受到宾至如归的亲切感，才是最重要的。

现在偶有遇到曾在录像旅社住过的顾客，他们说起当年我好客的服务，依然感慨万千。这就是付出的回报，不会随着时光褪色。

旅舍之所以叫录像旅社，是因在录像厅房屋里开的。当年除了照看旅社生意，我每天还要乘着木帆船从虾峙去沈家门换录像带，一趟来回 4 个多小时。有时看到孕妇或急需手术的病人在船上难受的样子，心里很不好受。1990 年，我萌发了买一条快艇的想法，想为虾峙的父老乡亲提供更为便捷的出岛方式。

岛上不少船老大劝我们："算了吧，和大海打交道太辛苦。"我们无畏，依然前行。钱不够便辗转借款，凭着那么多年的良好信用，这笔钱很快凑足了。我和丈夫辗转来到江苏常州，将一艘崭新的 12 座快艇带回了虾峙岛，开启了从虾峙至沈家门只需半个小时的快艇时代。

虾峙往返宁波的第一辆长途班车也是我们营运的，只是希望岛上的父老乡亲不必多次换乘颠簸。

从未想过当年的所作所为能为自己带来多大的成功，只是踏踏实实走好每一步。

2003 年，经营华必和沈家门分店，希望让每一位员工都能有稳定的生活

2003 年，对我来说是特别重要的一年，那一年我在沈家门开了第一家华必和分店。也正是那一年，遇上了"非典"。经历过那个时期的人必然记得，"非典"对餐饮业的打击几乎是毁灭性的。不知道"非典"什么时候会过去，那么多的员工要养，我们夫妻俩日夜愁。

但只要有信心，生活没有过不去的坎。很快，10 个月的时间里，我们的分店迅速发展到 3 家，年产值 200 多万元，帮助百余名妇女就业，上缴税款 20 多万元。

华必和开得如火如荼时，人来人往。但考虑到店面都是租借的，店面到期后，若是租金猛涨，员工便面临无处可去的局面。

为了那么多员工有安稳的生活，我狠狠心，关了其中两家，转而买下了属于自己的店面。宁可贷款，也希望员工不必担忧往后的生计。

我经常教育员工，女性也能顶起一片天。在 2008 年以前，我苦口婆心劝他们买房，如今这些员工基本生活无忧。但凡员工的家属想要创业或是因为生活需要资金，我定二话不说，予以资助。对我来说，他们如同我的家人一般重要。

如果说上世纪 80 年代在虾峙的创业是为了家庭的生存，90 年代是为了自己以后的生活和抚养孩子的话，那么如今的我，创业是为了能对社会发展尽些绵薄

之力。

如同母亲的言传身教，希望将自己的正能量传递给身边的人

2006年至今，我一直都资助贫困学生。看到新闻中有地震、水灾，也第一时间捐款。

这么多年，我获得了很多荣誉，诸如“三八红旗手”“巾帼创业者”等称号。不过，我把奖金都捐了出去。这么多年，累计捐出30多万元。

我希望通过自己身体力行的点点滴滴，去感染身边的人，将这一份正能量传播出去，就像年幼时母亲时常对我教导的那样。

如今，员工们已经开始接过爱心的接力棒，主动慰问孤寡老人。新的员工进来，老员工就会如同当年我关心他们一般，主动关心新员工的生活。看到这些，我很欣慰。

主动将女儿从上海叫回舟山，希望给舟山注入更多人才力量

女儿向来很懂事听话，还是小学生时便是舟山速算第一批人。长大后，一口流利的英语让她在上海的事业风生水起，但我坚持让她回到舟山。我说：上海有很多如你一般的人才，舟山更需要你。

当时的舟山还不是新区，没有人才招揽计划，女儿回来很不解。但我态度强硬，女儿便也没有多说，在舟山开设了英语培训班。

事实证明，我的决定没有错，女儿的英语教学方式和教学质量受到了诸多孩子和家长的欢迎。

也正是那时候，我萌发了投资筹建欧文外国语培训学校的想法，希望能带给舟山的孩子更好的教育、更开阔的眼界。

为此我调出了在临城投入高科技工厂的部分资金，自己又另筹一点，总投资1000多万元。本来这笔投资是一本万利，每月可以定时收取收益的，但我几乎没有犹豫，还是将这笔资金投入教育事业。所有的教学器材设施都用当时最好的，为的就是能让孩子们有更好的教育环境。

有人问我将这笔原本没有任何风险的资金转投到并不能确定的教育事业上，可有后悔？我说没有。女儿一家原本打算前往加拿大定居，但教育机构开设后，她也舍不得这群可爱的孩子，最终决定留在舟山，要在家乡创造年轻一代的事业。

女儿还算争气，在2016年第二届国际海岛旅游大会上做翻译工作，受到外

宾的好评，被大会组委会评为先进工作者，又当选市人大代表和普陀区政协委员。

我知道女儿本可以有更好的前程，但我无悔当时把她叫回来的决定。

说到创业女性，比我成功的比比皆是，但我觉得像我这样涉及工作之广泛的鲜有，做一行爱一行，在每一行便学会多一份责任的重要性。如今，我已 60 多岁，即便到了这个年纪，只要能工作，我便不想懈怠。我也希望我的孩子、员工能通过我感受到社会责任感的重要性。

群文系统工作中“滚”出来的画家

□ 王飚口述

人物简介

王飚，舟山“海风画”的领军人物，中国美术家协会会员，浙江省美术家协会第一至四届常务理事，浙江画院首批特聘画师，浙江省山水画研究会会员，舟山市美术家协会名誉主席。

来自安徽歙县的王飚虽非土生土长的舟山人，但他在多次随渔民出海及渔村生活体验中，对人与海的关系有着非同一般的理解：相依相扶，又相爱相杀。作为“海风画”的领军人物，他用中国传统山水画的虚空诠释他心中真实的那片海，既温暖，又悲凉。

画家曾是个遥不可及的梦

我是1950年7月跟着父亲来舟山的。中学第一节课，语文老师走进教室，给我们布置了一篇作文，题目是《我的理想》。

这位老师，曾经在小学里教过我语文，他一眼就扫到了我：“喏，王飚同学在小学六年级的时候写过这篇作文，他说理想是长大后当个画家。”

“哇！”我们全班同学异口同声叫了起来，因为感觉画家是一个遥不可及的职业。

现在想起来，我当时对画家的概念非常模糊，什么样的人可以叫画家？什么水平才叫画家？画家的生活应该是什么样的？……我一概不知，只知道自己很喜欢画画。

辍学后又重回校园

初中毕业后，因为父亲的突然去世，家境陷入贫困，我不得不辍学去衢山岛打工。

有一天，我收到一封信，是母亲写来的，说班主任到我们家来过了。“老师说，王飚是读书的料，不让他继续上学实在太可惜了。舟山马上要办师范学校了，可以申请补助费，最高 5 元，王飚可以去考这个学校。”

我就找姐姐商量，说能不能让我再读书？姐姐很大度，把自己的婚事往后推。我经过一番努力考进师范学校。三年转眼就过，毕业后，我幸运地成为班上 5 名中学老师之一，被分配到小沙中学教书。

每星期六下午，我吃完中饭回家，从小沙步行回定海。沿途是美丽的田野，我看到心动的景物，情不自禁坐下来画些速写，等回到家时天已全黑。

一有空就跑到海边画速写

有一年开学时，我忽然接到通知：“马上到岱山东沙中学报到！”原来，一位杭大中文系的毕业生不愿来海岛教书，让我赶紧去填补这个空缺。

机缘巧合，这次调动给了我一个很好的接触大海的机会。

那时的东沙古镇与现在完全不同，它是个繁华渔镇，一到晚上，海面上灯光点得很亮，整个码头边上非常热闹。

这么好的画画机会不能错过！我争分夺秒把该上的课备好，一有空就到海边画速写。

那时年轻气盛，画着画着就想，能不能到报上发表?

心动不如行动，我投稿到《浙江日报》《文汇报》，想不到投中率还蛮高，画稿纷纷发表出来，引起有关部门的注意。到东沙中学教书不到一年，我被调到舟山日报社。

出了一次洋相

去宣传部报到，领导跟我说：“调你来，主要把你当两用人才：一是你语文老师出身，文字功底了得；二是你喜欢画画，美术在行。所以你在报社，主要当副刊编辑兼美术编辑。”

在报社，我的主要工作是写美术字，每天拿着三角尺，抽屉里积了很多副刊稿件。看记者们跑来跑去，我心里非常羡慕。

后来我配合新闻画一幅农民锄地的图，出了一次洋相。画一登出来，二版编辑就跟我说：“小王啊，你画错了！锄头柄都掉了，应该是往里的，可是你画的往外斜了，平时不懂生活嘛！”我趁机提出来：“既然不懂，就让我下去走走嘛。”

来自大海深处的一线体验

自从这次以后，我出去跑的机会多了，金塘、马岙……经常下乡体验生活，跟着当时的地委书记坐指导船到洋面上采访渔民捕鱼，感受大海的磅礴气势。

第一次坐着小机帆船出海，我吐得一塌糊涂，连饭都不想吃。捕鱼时，船停在海上又不能全停，而是慢慢打转，再加上柴油机的味道，我一闻就受不了，躺在那儿吐。

不过多吐两次就好了，再出海就习惯了，不晕也不吐。

对大海的感受，多亏了在报社的经历。来自大海深处的一线体验、在渔村生活积累的经验，为后来创作舟山海风画奠定了坚实的基础。

在画海中传播海洋文化

1973 年，我进入舟山群艺馆当了文化干事，画画终于成了一件正当的事。

当时学大寨，全国各地搞大型展览，我们跑上海学习怎么做模型：拿棍子一点，模型灯会亮起来。我就整天搞这个，每天忙到一两点钟。

想到这样下去不行，每天晚上，我和同事风雨无阻到群艺馆练美术基本功。雪下得那么大，雨鞋都漏水了，我们到办公室后用纸擦干，接着画画，就这样历练自己。

写生、办班、展览，抓住这三个环节，我们在画海中寻找大海与个人体悟的结合点，也传播了海洋文化。

舟山美术作品走出海岛去办展

1982 年 3 月，时任湖北美术家协会主席的周韶华邀请舟山的美术家将作品送去武汉展览，我听后心里忐忑不安，舟山美术作品可以上得了那么大的台面吗？

既然是画坛泰斗邀请，就大着胆子上。舟山美协动员了美术工作者和业余作者，选出了近 100 幅作品前往参展。

在武汉，这场名为“舟山地区美术作品展览”的展出取得了意想不到的成功。相关文艺评论家对舟山的美术作品给予了高度肯定，认为画展生活气息浓、创作手法新。

展出结束后，周韶华又给我打来电话：“舟山画浓烈的生活气息和创新的艺术表现手法，冲击了湖北美术界沉闷的作画氛围。”看来这个效果达到了，心里的石头总算落了地。

1982 年年底，这批作品被送到杭州展览，当时杭州美术界、学院派都戏谑地说：“海风来了”。于是，以后舟山美术作品被统一打上了“海风”标签。

在“海风画”的旗帜下坚持画风

进入群艺馆后，我有 9 年元旦都不在家里过，全在嵊泗。渔汛一到，我们就去了。

我的创作基地大部分在嵊泗，主要方向就在嵊山一带，在那里积累了很多素材。

1984 年，我有一幅作品的素材就来自嵊山的后头湾，现在它因“无人村”很出名，当时村子里是住人的。我就画了大海，混沌不开的气势扑面而来；有人站在海边，感受海天的苍茫一色。这幅作品先是入选省里，后来又被送到北京参加第六届全国美展，在中国美术馆展出。

渐渐地，在“海风画”的旗帜下，舟山汇集了一群志同道合者，形成了“海风”——我自己不能讲“派”，但至少形成了这么一种风格。

坚持着自己的画风，我们的作品一次次在全国获奖。

即便在群艺馆工作的时候，我也没有意识到自己是个画家。因为我不是正儿八经毕业于美术院校、科班出身的。当我成为中国美术家协会会员的时候，我才知道，噢，原来自己已经成为一个画家了。

2012 年，我办了一次个人画展，在前言里，我是这么写的：我是群文系统工作中“滚”出来的一个画家。

用真挚美丽画就海岛妇女创业史

□ 周玉娣口述

人物简介

周玉娣，省人大代表、六横峧头社区邵家村村委会主任。

14 岁出门打工赚钱，她用铁锹将渔船上的锈漆一点点刨除，开启了异常艰苦的创业历程。当她创业有成时，又用艰苦奋斗而赚来的钱救助贫困户、学生和老年人，并带领 880 多个村民一起奔小康，展现了舟山妇女最为质朴美丽的一面。周玉娣用她的记忆，讲述了一段海岛妇女精彩的创业史。

“意外”被选上了村主任

（2011 年 4 月 13 日，是六横峧头邵家村换届选举的日子。经过两轮选举，周玉娣的名字出现在被选举人的名单上，一旦选上，她将成为这个村的村委会主任。而当时她还在福建旅游，享受着奋斗创业几十年来难得的几日假期。）

选举其实是从当年的 4 月 11 日开始的，我们夫妻俩正在福建旅游，那时候恰好村里要换届选举了，我已经选上了村民代表。我当时心里就是咯噔一下，有一种感觉就是会选我到村委会去。当时老公还打趣，你感觉就这么好？

4 月 13 日，村民给我打电话，说我被村民选举成为村委会主任了，我就问怎么就把我选上去了，我一窍不通啊！一开始我就拒绝了，我说不会来当的。当时也完全不懂，用很生硬的语气就回绝了。我说你们要选去选，和我不搭界的，我一共只读了四年书，书包放下就开始在外面打小工赚钱，在家里也是个彻头彻尾的家庭妇女，村委会大门都不知道“朝东朝西”。

但是老公劝我，既然村民信任你，你应该去。我也实话跟他说，一个小家好当，这么大的一个家很难当，如果去，我的责任实在是太大了，心里是没有底的。

第二年就让村收入翻了一番

（尽管心里并不太情愿，但是在各方做通她的思想工作后，她“勉强”上任了。新官上任，她就面对着盆碗空空的状况。）

到了 4 月 18 日就去上班了，一走到村委会，面前就是一幢破破烂烂的房屋，已经快有 50 年历史了。再说我们村一年只有 20 万元的集体经济收入，可以说门都开不开。我一个月人瘦了 6 斤。

怎么办？我就先向镇里、六横管委会去讨钱，各级领导也很支持，但这不是长久之计。第二年我就开始动脑筋，有些村里废弃老房子，我和相关单位协调好，让村里在此集中造房子。

最后，上级部门同意我们在这个地方造 10 幢房子。我马上在村里开协调会，征求村民的意见，一开始村民代表不同意，因为没有钱。后来村里前几年土地征用款 500 多万元可以使用了，除去一部分给老年人发放生活补贴，我提议用土地征用款的钱来造房子，村民同意了。

2012 年开始，10 幢房子开始建设，都是三层的房子。为了省钱屋顶用的是铁皮，一共花了将近 300 万元。房子造好以后出租给附近酒店的员工，一楼就给一些汽配店洗车、卖汽车零件用，每年收入将近 30 万元，村集体经济的收入一年增加到了六七十万元。

和丈夫两个人打出了一条船

（周玉娣在村里赢得了很高威望，当初村民一致选她当村委会主任，看重的恰是她的能干和正直。）

我开过宾馆有经济支撑，做生意的时候账目都弄得很清楚，在村里有了一点口碑，我想这是村民选我的原因。小时候，家里 7 个姐妹，我是最小的，农民的儿女穷嘛，一心只想赚钱，书包扔掉就开始赚钱了。

我 14 岁开始在当时的龙山船厂打零工铲铁锈，因为肯干能吃苦，就进入龙山船厂成为一名正式工。但后来自己忖忖收入还是不够高，就开始在外面承包一些铲铁锈的活，成为一名包工头。

随后我又回到了龙山船厂，但是因为老公在船厂当厂长，很多人说女人在船厂不吉利，为了老公我就离开到外面做生意了，当时小店也开过。最后夫妻俩决定一起承包打船，从打拷渔船、运输船开始。

第一艘船 13.8 万元，就是我们夫妻俩自己干。回忆起来很辛苦，那时候真是没日没夜，整整打了一个月，夫妻俩自己扛石头、挖淤泥。老公电焊工出身，脑子聪明，图纸都会自己设计，再拿出 2000 元钱请人修改完善，不然在当时的六横找别人描打船的图纸要 5000 多元。

因为诚恳会干，别人也相信我们，先把打船的钱给我们。最后船顺利打好，第一艘船赚了万把块钱。后来夫妻俩就是一直自己创业，在船厂边上开宾馆。

6 年没问村里报销过一分钱

（周玉娣是海岛妇女创业的一个缩影，生活的磨砺使得她们更愿意承担责任。）

我到村委会的时候，除了造房子，像居家养老、一事一议、文化礼堂这样的项目也是一个个去跑来。从 2011 年到 2017 年，邵家村“账户余额”从 500 多万元增加到了 600 多万元，而且是在村里的各项基础设施、村道绿化美化用掉上千万元后结余的钱。

这么多年钞票没有乱用过，老百姓我也能交代。我在村里 6 年没有报销过一分钱，办公室茶叶和电脑也是自己掏钱买的，因为让村发展更好是我的责任。所以老百姓也信任我。当时村里有户人家就是不肯配合“三改一拆”，我就上门做思想工作，一趟不行就两趟，两趟不行就三趟。他家房子不仅破旧，而且下面住人上面养满了鸡鸭，我就说，你把它拆了，我补贴给你一万块钱，你要弄清爽。当时他还是不肯拆，我就说，你要实在不愿意，我给你来弄干净。最终，他说，村主任，我被你感动了，拆！

2015 年，村里两户人家因为造房子产生纠纷，其中一户人家的房子靠外，影响了三四户人家出行方便。我跑到城管部门，和城管负责人直接到现场看，现场解决了矛盾。

25 年帮助近 200 户困难家庭

（周玉娣带领村民致富期间，一直在帮助更多生活困难的家庭，帮了别人心里才会踏实。）

我是从生完儿子之后，就开始帮别人的，到 2017 年已经 25 年了。过去就是村里有困难人家帮一帮，5000 元、10000 元，力所能及帮助别人。后来当了村主任、当了人大代表了，感觉责任更加重大。

这几年每年走访 20 多户困难户，帮助近 200 多户，资金总计 20 多万元。慰问一些困难户，最主要也不是钱，就是给别人一些生活的信心，那些因病致贫，影响小孩读书的家庭，我宁愿自己省吃俭用也要帮助他们。

有些人我完全不认识，但是帮助过了就感觉到心里很踏实了。

有个安徽的孩子，父亲在六横的船厂上班，后来他的父亲生病，家庭很困难。当时这个孩子还在读初中，我就开始帮助他，一直到他北京大学毕业，现在已经在北京工作了，电话经常在联系。过年还经常回来看我，回来喊我“妈妈”。

站在舟山音乐的潮头

□ 杨翎口述

人物简介

杨翎，女，生于1956年5月，浙江省音乐家协会副主席，舟山市音乐家协会主席，是我市本土音乐发展中一位极具代表性的领军人物。

杨翎从事文化工作40余年，创作了许多具有浓郁海洋文化特色的作品。其中，《晒鱼鲞》《海乡的秋天》等作品先后获得中宣部全国精神文明建设“五个一工程奖”及全国“群星奖”创作金奖。50余首歌曲作品先后在国家级音乐刊物上发表和省级原创音乐赛事中获大奖。同时，杨翎老师重视后备人才培养，热心基层队伍培育，为提高舟山群岛本土声乐创作的艺术水平作出了贡献。

进入“舟山文艺圈”

（20世纪70年代，全国都在进行文艺调演。舟山地区文艺调演也举办得很热烈，各单位都争相选派代表参赛，很是热闹。）

我从小就喜欢唱歌，读书的年纪，烧菜、洗澡时都要唱。当时我们家住在地委大院一个里角，周围人少，没事的我哼唧哼唧唱开了。

1973年1月，我高中毕业，正巧当时的定海城关镇要举办文艺调演，我代表一个居委会参加。

在这次调演中，我表演了两个节目：一个是独唱，另一个是我与他人合作创编的歌舞《制伞舞》。记得第二天在台下看其他调演节目，后座的人对我说，今天这位独唱的水平一般，昨天那位蛮难看的长猫眼的唱得好。我暗笑，因眼睛小，剧团的化妆老师给我画了个大猫眼。

因为这两个节目被当时的毛泽东思想文艺宣传队管一星导演看中，我被招考进了文宣队。

大概是 1977 年吧，我跟另一位好友前去上海音乐学院，想报考声乐系试试。进入大院只听到一个人在哎呀哎呀地唱，其他地方到处都是大字报，只好打道回府了。不过，在文宣队这数年的锻炼，使我也学到了很多东西。

开始崭露头角

（20 世纪 80 年代初，舟山涌现了几位优秀的本土歌手，杨翎便是其中之一。）

1978 年，定海县文工团改为越剧团，考虑到自己不适合越剧，我换岗到定海县文化馆。

1982 年，我参加了舟山地区声乐比赛，唱了《千年的铁树开了花》等歌曲，获得了一等奖。

接着，首届全省群众声乐大赛在宁波举行，进入决赛的我抽的是 1 号签。开唱时，很多观众刚刚进场落座，声音嘈杂，我听不到自己和现场钢琴伴奏的声音，往前凑近话筒，怎么没扩音？这才发现那是录音话筒。千人剧场是按专业比赛要求不放扩音话筒的，起句算是唱砸了。国内鼎鼎大名的周晓燕老师等专家当评委，我得了美声唱法第七名。

为带队演出，婚宴改了期

（进入 20 世纪 80 年代，舟山音乐演出呈现出一派欣欣向荣的景象，专业有市歌舞团，业余有各县区文化馆组织的演出队。杨翎是定海片业余演出队的主要组织者之一。）

调到文化馆，工作性质不一样了，除了自己坚持的演唱、声乐辅导，更多的是创编歌曲、组织排练、带队参加节目等。

我还记得，1981 年年底，我爱人在团委，我在文化馆，为了婚礼新风尚带头需要，我俩也参加了舟山市第一批集体婚礼。当天 16：00 集体婚礼还没结束，就组织歌舞队和东海小乐队去部队慰问演出了。婚房也是匆匆布置 18 天后才像个样，并补办了简单的婚宴。

第一次代表舟山进京参赛

（1990年，中国音协歌曲编辑部进行全国“小天才杯”词曲演唱大赛活动，杨翎把两件作品投了上去，没想到进入了北京现场决赛和中国音协组织的词曲创作、演唱培训班。）

决赛前一天，我晚上10点才找到住地，因为兴奋和压力一晚上都没睡着，第二天头昏昏地参加决赛现场谱曲，写得不太好，但还是得了一个创作奖。

不过培训班学习很难得，国家非常有名气的作词家和作曲家来给我们培训讲课，使我受益匪浅。

培训结束那一天，我排着队去拿进修结业证书，编辑部田老师发现我原来是一个女作者，有点小吃惊，还夸我歌写得大气灵气，让我信心大增。这样，我也就跟田老师联系上了。自此，我每年会投几首作品寄给编辑部，田老师也会来信鼓励并指导，这让我很受教益。

《晒鱼鲞》《小地方》《海乡的秋天》接连获奖

（20世纪90年代，杨翎的创作进入爆发期，她创作了数首具有浓郁海味的音乐作品，也为舟山捧回一个个国家级、省级大奖。当时的舟山，音乐创作呈现出一个蓬勃发展的阶段，舟山音乐作品屡拿国家和省级大奖，歌手表演也人才辈出。）

这个时期，我虽然主要负责音乐活动的策划、组织、辅导等幕后工作，但个人创作一直没有停，每年都有几件作品发表、获奖。

1993年，浙江省第三届音乐舞蹈节，我有四首歌曲参赛。

女声三重组合《蓝蓝的》荣获了创作、演唱二等奖，三个女生又跳又唱。当时港澳台娱乐流行音乐刚刚传入内地，小虎队刚火起来，但群文系统还很少类似作品，这次表演也算是在浙江开了先河。表演者也一路合作，为我以后多件国家级原创作品获奖作了贡献。

女声独唱《海洋世纪的辉煌》和男声独唱《东海涨潮》，分别荣获了创作演唱一、二等奖。

最好成绩的是《小地方》，我和杭州歌舞团周斌老师、市馆于传荧老师三人词曲合作，王世伟演唱，林卿华老师编排舞蹈，荣获了创作、演唱第一名。

这个时期，对我来说是转折期。

从1973年到1993年，20年了，我从18岁的女孩到中年，我也终于弄懂了：我们舟山的音乐最大的意义在于，把舟山特色元素挖出来，体现海洋特色、舟山乡土。

崭新的音乐推动之路

（在群艺馆，杨翎从声乐干部干到馆长；在音协，她从音协会员干到主席。2016年6月，杨翎退休，但舟山市总工会却送来了劳动模范创新工作室的牌子。面对这份荣誉和信任，她说，要继续做推手，促进社会音乐的创新发力。）

2010年，我从市群艺馆退居二线，根据工作需要还要去做一些事情。

2011年11月21日，杨翎音乐工作室挂牌，这是我市首个以个人名字命名的音乐工作室，职责是“推手”：人才培育、社会音乐、合唱事业、音乐创作。

几年来，通过音乐家协会主席和工作室平台的微力，我心中的音乐梦也在悄悄实践着：社会音乐力量在壮大，以齐文骏、朱旻佳、刘凯等为代表的中青年音乐创作群体在成长，以舒信虎为代表的老专家继续发挥余热，群众合唱事业在发展，扶持的首个乡村音乐社村民节目在省里频频获金奖和银奖，且辅导的音乐门类在拓展。

最后，我特别想表达一下感恩。一路走来，我得到各级宣传文化群团主管部门和社会各界以及团队的支持，还有田晓耕、缪杰、周斌、于传荧等学校老师扶持过我。尽管梦想和现实还大有距离，但让我们有志者一起携手，力所能及地推进舟山音乐梦的实现。

一根螺杆改变了金塘工业格局

□ 何世钧口述

人物简介

何世钧，舟山企业家，1985年创办了舟山市东海制塑螺杆厂（后更名为舟山市金海螺杆有限公司）。三个儿子又在此基础上扩展创办了金海塑料机械有限公司、金湖集团、金纬集团等企业。经过多年经营，如今这些企业都是中国塑机行业的佼佼者，而何世钧的创业故事也是金塘螺杆工业发展史的缩影。

1985年，在全国塑料行业飞速发展，但核心部件塑机螺杆被发达国家牢牢垄断的时候，何世钧花了53天时间制作出了舟山头10根螺杆。

进口螺杆1万美元一根，他只卖3000元人民币，瞬间占领市场。

何世钧制造出了金塘第一根螺杆，也创造出专用机床，以及有别于发达国家制造螺杆的技术方法。

在他建立螺杆厂之后，短短几年，金塘螺杆厂发展至百余家，使金塘从一个渔农村小岛摇身变为"中国螺杆之乡"。而何世钧的舟山市东海制塑螺杆厂也被称为金塘螺杆工业的"黄埔军校"。

生产出舟山第一根螺杆的机器即将进入博物馆永久珍藏

（在何世钧位于定海甬东的厂区内，靠窗处有一台不起眼的旧机床，相比车间内其他先进设备，有点"年纪"了。）

这就是当年我研究出来生产第一根螺杆的专用螺杆铣床。

这么多年，我的厂从金塘开到畚斗岙、甬东，每一次变迁，我一直带着它。

这台机器不仅仅反映我们家族的变化，还折射着对金塘工业体系的巨大影响。

别看老家伙现在没有数控设备新潮，可它还能工作呢！它就是现在众多的“数控螺杆铣”的前身原型机。在它的结构工作原理基础上，配装数控系统，就是现代化数控螺杆铣，完全是自主知识产权的自产装备。它已经被舟山市博物馆征集并“永久收藏”。

这台机器的制作过程拼的是中国人的志气。1985 年，我辞职办厂不久，接到国家科委邀请，参加在烟台召开的全国海洋能源开发利用研讨会。经过青岛时，遇到上海熊猫电线电缆厂的彭工程师和张工程师，他们是去青岛参加国内举办的首届“国际塑料机械展销会”的，要向国外厂商订购制造电线的挤出机螺杆。

那时正是我国塑料行业飞速发展的时期，但塑料机械，尤其是塑料机械中核心部件“螺杆机筒”被西方发达国家牢牢垄断，我们要生产，只能向他们买。进口一根直径 45 毫米、长 1450 毫米的螺杆要 1 万美金，一根生产化纤的 VC403 螺杆是 3 万美金的天价。

这是机器，又不是金子银子做的，我决定要做出中国人自己的螺杆。彭工和张工当即就支持我的想法。我们口头定下了君子协议，不签合同、不付订金、不讲价格，他们出图纸我负责研制，三个月后拿出 10 根螺杆交货试用，若质量符合要求，再面议后续价格。

回到金塘后，妻子为我借了 8000 元钱，我开始研制螺杆。用了半个月的时间，完成了专用螺杆铣制作。又过了 34 天，用这台机器把 10 根 BM 型螺杆制造出来了。前后用时仅 53 天时间，10 根螺杆就送到上海熊猫电线电缆厂技术科张工手上。

外国人卖 1 万美金的螺杆我卖 3000 元人民币

（何世钧带着这批螺杆从沥港上船前往上海，送到上海熊猫电线电缆厂。）

张工和彭工看到这 10 根螺杆时吃惊极了，三个月之约，不到两个月，我就把螺杆带到了他们面前。

经过质量检测，所有尺寸、螺杆硬度和表面光洁度都符合要求。接下来便是装机试用，做出来的电线也和进口螺杆一般无二。

“太厉害了！”所有工程师都欢呼雀跃。这个型号的螺杆市面上卖 1 万美金一根，张工问我这 10 根多少钱时，我小心翼翼地报价 650 元一根。

大家听到都惊呆了，1 万美金和 650 元人民币差了不止一点点。“老何，你也太老实了。”张工让我再加点价，我说：“要不 1200 元？”张工还是摇头，“2400 元？”“再加点吧。”张工笑着说。最终螺杆以 3000 元一根的价格全部卖给了上海熊猫电线电缆厂。

事实证明，我生产出来的螺杆无论是硬度、氮化层厚度，还是耐磨性，都和当时的进口货无异。

当时还有一个有意思的事，妻子看我两手空空回到家，以为是螺杆质量不好全被我丢黄浦江了，还安慰说：“没关系，螺杆失败了我们可以凭借一技之长去摆摊，修自行车过日子。”话是这样说，但她还是忍不住流下了眼泪。

我笑着告诉她：“我们的螺杆成功了！过几天 3 万元钱汇到银行。”

后来我靠着这 10 根螺杆卖出的 3 万元作为滚动资金办起螺杆厂。到了 1993 年，公司净资产达 1000 多万元。

螺杆行业的“黄埔军校”开启金塘生产螺杆的时代

（中国当时对螺杆的需求十分迫切，既然有了这份技术，何世钧决定注册申请办螺杆厂。1985 年 7 月，舟山市东海制塑螺杆厂成立了，它是全国第一家专业生产螺杆料筒的厂家，注册了“金海螺”商标，同时也开启了金塘生产螺杆的时代。）

因为我厂里生产出来的螺杆质量好、价格低，订单从全国各地飞来。只有西方国家和大型国企军工企业才能生产螺杆、料筒的局面被彻底打破。

成立工厂以后，我也培养出了不少徒弟。徒弟学会了技术干什么去？当然也是开厂，我鼓励他们用技术开创事业。所以我的厂成了螺杆行业里的“黄埔军校”，每一个徒弟出来都能独顶一片天。这是一种社会化工艺分工合作，即家庭作坊式每家每人生产单道工序，最后由较大规模企业把关销售，再给每道工序的作者分发报酬，这种方式成为当时金塘螺杆机筒主要的生产方式。“社会分工合作”型的生产螺杆方式，也带领大家一同走向创业致富奔小康之路。

有人问我，自己好不容易研究出来的东西为什么要把技术告诉别人？我觉得，技术是个有用的东西，带领大家一起致富很有意义。

有一双“爱国敬业工匠手”，一生走“创新创业革新路”

（1978 年至 1981 年，在国家及省、市科委支持下，何世钧承担舟山西堠门潮流发电试验课题获得成功，开创了我国用潮流发电的历史。）

我一直觉得自己是一个普通的民间工匠，是一名机械技工，有一双“爱国敬业工匠手”，一生走的是“创新创业革新路”。

1952 年我考入舟山中学，对航空类及机械、电机、无线电等知识产生了浓厚的兴趣，读书之余，用有限的钱买了美国麻省理工学院的专业书，自学了空气力学、流体力学、自动控制原理以及内燃机原理等，并在节假日找机会到机械厂、发电厂跟着技术师傅学机械操作制造等技术。

人的学习就好比认识一座山，可以从山脚往上爬，也可以从山顶往下走。我选择了后者，将最难的要点攻克了以后，其他的知识再学起来也就没有那么难了。

1958 年，还是高中生的我研究出了一台 7 千瓦的风力发电机，安装在定海城关白虎山上。撰写的有关“涡扇式喷气发机”的学术论文得到北航教授的重视和好评。

我承担研发的舟山西堠门潮流发电课题成功后，使得西堠门现场就可以发出并并入国网的电力，得到国家科委组织的专家组认可。该科研项目后期，国家科委副主任王鼎华建议把我破格录用，带课题调入中科院广州能源研究所，但因为我已办起了螺杆制造企业而未能成行。王鼎华还为我惋惜：“中国少了一个科学家，多了一个企业家。”

数次“吃螃蟹”，见证舟山海鲜干货销售发展

□ 王亚娥口述

人物简介

王亚娥，1952年出生，沈家门人，18岁嫁到蚂蚁岛。

20世纪80年代初，她开始涉足海产品干货销售，从注册营业执照租摊位，到赴福建等地收购鱼片，再到成为富丹食品的代理商，王亚娥一直是舟山海鲜干货销售行的“吃螃蟹者”。

她的奋斗故事，见证了舟山众多海鲜干货行业人士艰苦奋斗的精神。

辛苦10多年，她回到沈家门

（王亚娥是沈家门人，有4个兄弟姐妹。1969年，她18岁，嫁到蚂蚁岛一户贫困人家。儿女接连出生，丈夫又生过一场大病，家里欠了债，生活非常拮据。）

小岛上，苦的人很多，但我是其中最苦最苦的了。

没有钱，也没有地方借，我就想办法赚钱。

当时，鲁家峙有个阿公，是我的一个老亲戚，因我动作快，所以叫我去剥马面鱼，一天能挣七八元钱，而当时在生产队一天只能挣4角钱。靠劳动就能挣到钱，再辛苦我也要去做。

每天生产队收工后，我就偷偷跑到鲁家峙剥马面鱼，剥到后半夜，天亮时再到沈家门码头乘轮渡回蚂蚁岛，一天只能睡两个小时。

身体太劳累，就病了，得了一种心脏病。

在医院里，昏过去了，又慢慢醒过来。我妈妈使劲拽我的后脑勺，才把我拽回来。

我在床上躺了一年多，慢慢好了。身体太虚弱，干不了重活，我就开始去学校门口卖小糖……暑假学校关门了，我就卖糖饼。有的人家住在山上，那么高的山，我背不上去，又晕倒了，家里人就跟我说不要做了。

80 年代初，我回到沈家门，打算做点小生意。

政策一开放就去办营业执照，跑遍小岛，挨家挨户收海鲜干货

（王亚娥刚到沈家门时，政策还没有开放，摆摊经常被追着跑。开始，她托亲戚找了一个小房间，开裁缝店。后来小房间拆掉了，她就到当时的“东方红”门口摆裁缝摊，也卖过水果。看其他人卖干货水产品，也开始卖鳗干。1982 年，改革开放的春风吹到沈家门，王亚娥有了营业执照，也有了正式摊位。）

能办营业执照了，我第一个去登记！我们就在当时的沈家门东河菜场，有了一个摊位。老公管摊位，我去收干货。

那个时候，没有厂，货要一点点去收。当然也可以到收购商那里拿货，但价格贵，自己去收，价格便宜，利润就大嘛。

我跑遍桃花岛，挨家挨户收。有的人家住在半山腰，要绕着山走，这家一斤买来放在肩上，那家两斤买来放在肩上，10 斤买来，也放在肩上，扛着、挑着走。鱿鱼干船上晒来，我要一个个收；大虾渔船上没有货了，也要挨家挨户去收，三块一个，两块一个，收好用线串起来。

人家说我太拼了，可我还有债务。借钱给我的人说等我儿子长大了再还，但我要强，苦了两年，把这钱还了。

为宁波汤料厂收 13000 斤虾皮

（1985 年前后，宁波一个汤料加工厂的唐厂长到东河市场考察，看到王亚娥的摊位上有虾皮，开口要 3000 斤。）

我算了下，一斤挣两毛，这钱也可以挣。

答应后，我就跟侄媳妇去小岛挨家挨户收，这家 10 斤，那家 20 斤，最终凑足了 3000 斤虾皮。

第二次，唐厂长又来了，这次要得更多，要 10000 斤，要到大松江交货。

到了大松江，我的老毛病又犯了，又晕倒了。幸亏同去的侄子知道我的老毛

病，便把我背到厂长那里，厂长立刻就叫救护车送我去医院。

两次去福建收购鱼片

（去福建，第一次晕倒在路上，未能成行，结果又去了第二次。1990年前后，舟山就有晒鱿鱼干，但加工厂还很少，鱼片这种东西很少见。一渔公司有一点，很贵。王亚娥听说福建那边有个老板在卖鱼片，就想去进一点试试看。聊起这段往事时，王亚娥一直感叹那个时候没有胆量，但与同时期的生意人相比，她的胆子已经很大了。）

那时，哪像现在做生意这么简单啊，一个电话，货物就发过来了。那个时候要一个脚印一个脚印到，钱付好，再拿货，遇到不规矩的人还要被骗。

我跟另一个人一起走，一位认识的人带着我们，先坐船到宁波码头，再坐汽车到杭州，从杭州坐火车去，便宜嘛。

拿货的过程倒是很顺利，当时我们胆子小啊，两个人拼着进了200箱鱼片。

回来时，为了省路费，我们在白峰码头卸货，再找便宜的车拉到沈家门。这一上一下，货都要我们自己卸。我装了两箱，不舒服，同伴赶紧说你快去下面休息。结果，我又晕倒了。

当时我的左胳膊已经变成蓝色的，可怜的同伴，比我大十岁，吓坏了，也不管货物了，她自己一人拖着我，把我从舱门里拖下来，拖到人多的地方。

诚信经营，赢得客户的心

（1999年前后，东河经营户整体搬迁到老国际水产城，王亚娥也搬进去，成为36号摊位摊主。做生意的过程中，王亚娥充分展示了舟山人讲诚信的良好作风。采访一个多小时，有两人找来，都是出于对她的信任。）

多年的诚信经营，我赢得了客户的好评，也连续多年被评为“文明经营户”“市场信用商”“三八红旗手”“优秀普陀人”等。

我做生意从来没想过要去打败对手，但是有两点我是有自信的：一能吃苦，二有信用。只要从我手里买的货，不会让别人吃亏，总要让他赚一点。所以他们都愿意来找我。

前一段时间，还有一位合作30多年的老客户，他儿子结婚，一定要请我去喝喜酒……

不要贴牌，你拿来，我给你卖

（2000 年之后，生意越做越大的王亚娥又向前迈了一步——成为浙江省富丹旅游食品有限公司的小独立包装产品的总经销商、代理商。可以说，富丹的创业时期，她也出过不少力，并一直合作到现在。）

富丹的创始人是徐舟波，我跑到他家里去收货，就这样认识了。我感觉这个人行，能够做大。

有一天，他拿了白袋子包装的鱿鱼仔过来给我尝。原来他在创业，自己办了一家海鲜干货加工厂，当时有一家大型的渔业公司想让他贴牌生产。我一尝，很好吃，就说："这么好吃，不要给他贴牌，你自己包装拿来，我给你卖，你打自己的牌子。"

我在这行做了这么多年，什么东西好吃，能卖掉，我心里知道。

洗的是桥，留下的是老城的爱心记忆

□ 殷桂兰口述

人物简介

殷桂兰，我们更熟悉她的另一个名字：洗桥阿婆。

92岁的阿婆最近腰腿不便，时常疼痛。很多以前做过的好事如同生活的日常，她没有放在心上，但我们都记得，记得阿婆拎着桶弯着腰，细心地刷着每一座桥时的身影。2003年通过热心读者，本报第一次报道了殷桂兰，“洗桥阿婆”这个称呼就和这座城市紧紧地联系在一起，见证这座城市的古往今昔。阿婆岁数在增长，义工数量在增多，城市的温度在提升。

“义务劳动”先锋退休后主动承担洗桥责任

30多岁时，我随着工作调动的老伴一起来到舟山，当时在普陀柴油机厂当机械工人。

工厂有专门打扫卫生的人，但只负责车间卫生，厂里的道路不管。面对着堆满树叶的道路，我看不过去，空闲时间就拿着扫帚义务扫扫落叶。

在上海的时候，我也经常参加扫地、慰问老人这类活动。那个年代还没什么义工的称呼，叫参加义务劳动。

退休后我和老伴住到了定海。定海和沈家门又是不一样的光景，定海老城有很多石桥，我每天买菜，必经的就是集市桥。

经济越来越繁华，“牛皮癣”小广告也越来越多，什么“酒店急招公关”“办证”，看着桥面被乱写乱贴，到处都是，好好的桥面变得那么难看，怪心疼的，就有了洗桥的念头。

看不得刚建成的海山桥被烟熏黑，开始洗桥路

具体什么时候开始洗桥，洗的第一座桥是什么，我还真记不清楚了。

印象中海山桥是 2001 年建成的吧。海山桥建好没几天，就出现了香烛烧过的痕迹，小广告也跟随而上，可惜了刚建好的桥。我就去买了铁铲、刷子和洗洁精，动手清洗。就像之前在厂里扫地一样，洗着洗着也就洗习惯了，洗桥的范围也扩大了。

早上要买菜烧饭忙家务，洗桥一般下午 2 点左右开始。洗桥不是一个轻松的活，有时要一直忙活到晚上 6 点多才行。

2002 年的时候，洞桥加油站那边的“牛皮癣”广告我洗了足足 5 天才清洗干净。那次洗桥也有收获，我洗桥的时候园林工人在为主干道两侧的树刷石灰好过冬，我也自费从孝娘桥边上的店里买了 15 公斤石灰给我们小区的树叶刷上。

我这人就是闲不下来。以前小区的主干道我也经常扫。不洗桥去买菜的时候，手里也拿把铲刀，街上哪棵树上有小广告，我就给铲下来。

市民被洗桥的阿婆感动，打电话到了报社

集市桥是我买菜必经的地方。2003年 6 月份，我正在集市桥洗桥的时候见到了你们报社的记者王晓东，他是第一个采访我的人。他说，有热心市民看到我认真洗桥的样子，打电话到报社。报道出来以后很多人都叫我“洗桥阿婆”。

当年 12 月，78 岁的我受邀来到首届舟山参加“十佳义工”颁奖典礼。当时的市委副书记诸葛彩华让我们介绍一下自己。我说：“我就洗洗桥什么的。”没想到她马上说：“您就是洗桥阿婆啊!”我有点不好意思。

有的人看我洗桥问得也很直接，说是不是洗桥有钱拿。实际上我洗桥真没什么其他多余的想法，就是想让我们生活的城市漂亮、干净一点。当时我们舟山正在创建文明城市，我就想出自己的一份力。

洗桥的时候也碰到很多支持我的人，4 个 10 来岁的孩子是给我印象最深的。2003 年的时候，我在洗桥，旁边这 4 个小孩在踢球，他们很好奇我在干什么。我解释了之后，他们立刻帮我拎桶，一起洗桥。其中一个小女孩的妈妈叫她都不走。告别时，小女孩还跟我说：“阿婆，明天要下雨，你要是来的话我就给你撑伞，好不好?”我当时差点掉眼泪了。

越来越多的人加入爱心行列，洗桥后继有人

洗桥实际上很累的，现在，我腰不行、脚也疼，就洗不动了。好在越来越多的人加入了进来。

像我之前一直在买涂料的店老板，知道我做的好事后，都不收我钱。社区也会邀请我给孩子们上课，带着他们去清洗桥面，孩子们都很认真。

我记得 2009 年给孝娘桥粉刷的时候，有热心的人帮我和粉刷好后的桥合影留念。桥身白色，桥顶浅绿色，桥名黑色，颜色搭配我很用心地去想，而且每一处都细心地去刷，刷出一点边就不好了。

我有三个徒弟，都是 2005 年左右自己找来说要跟着一起洗桥的，很感动这么苦的事情有人愿意跟着我一起做。到了 2006 年，又有七八个街道工作人员找上门来，要和我一起做好事。

可是义工再多也跟不上小广告贴的速度，刚清洗过的南珍桥半个月后又被贴满了。

好在现在舟山的义工队伍越来越壮大了，（阿婆拿出一张老照片，）这是几年前我身体还好的时候，义工队伍给我过生日的场景，现在有时候他们也会来看看我。

热心公益，默默捐款

（阿婆拿出一份剪报，图片新闻，标题是《八旬老人交特殊党费》。）时间好快啊，我现在都九旬老人了。当时我去社区交一笔 1000 元党费，记者拍下来给我取的标题。我是老党员，很多事情要以身作则。

（阿婆想拿出以前的报纸，无意中拿出了许多证书，忘记了这是什么内容的，她拿着放大镜在看。记者看到，这些证书都是阿婆捐款的证明：西南旱灾捐款、玉树地震捐款……）说起来以前我经常去报社，晚报在三楼，这个我记得很清楚，看到报纸上要捐款我就会过去。捐的不多，我退休金没多少，但是我还是希望能尽自己的一份力。

以前我还和残疾人、学生结对，和一名残疾人结对帮困 7 年，不知道他现在过得好不好。

（阿婆已经 92 岁，已经很难一笔笔说出捐了多少钱，也不愿意多说。好在我们有文字记录，截取部分和大家分享：

我市建千荷学校，阿婆出资 2000 元。

2003 年“非典”、护士节，阿婆向市妇幼保健院捐资 1000 元。

定海城区有一户人家起火，阿婆拿出 500 元资助这户家庭。

2003 年 7 月起，阿婆每年资助小沙一贫困大学生 2000 元，直至其毕业。

晚报发出救助血癌少女邵燕红的呼吁后，阿婆捐助 500 元。

小维军父亲患病的报道一见报，阿婆就把 1000 元钱送到记者手中。

82 岁的阿婆参加晚报慰问团时，把 300 元塞进聋哑人何雪花的手中。

孙佳丽被病魔缠身的消息见报后，晚报收到的第一笔捐款就是来自洗桥阿婆的 1000 元。

……

这仅仅是到 2007 年以前阿婆的部分捐款记录，阿婆生活并不富裕，但一直用善心温暖着这座城市的记忆。）

我的笔没有辜负这个时代　生命总算还有点意义

□ 叶宗轼口述

人物简介

叶宗轼，1930年出生于六横岛滚龙岙，1960年毕业于杭州大学中文系。历任舟山市文联《海中洲》文学杂志副主编、舟山市作家协会主席，副编审。浙江省作家协会第三、四届理事。1984年加入中国作家协会。

叶宗轼有个传奇人生。出生于六横岛的他，承载着父亲“望子成龙”的希望被取名为“宗轼”，然而命运弄人，无论历经多少磨难，叶宗轼都抱着“得意淡然，失意泰然”的心态，用激扬文字书写时代骨血，用文字光芒照亮前行方向。

（注：此文采访于2017年3月，同年7月叶宗轼因病去世。）

这样能当作家，我也可以！

（家境没落让少年叶宗轼不得不半途辍学，回乡教书。因教学业绩突出，他被提拔为六横中心小学校长，后又到沈家门镇第一小学当校长，那年他不过20出头。）

1954年，我在沈家门镇第一小学当校长。那时国家重视群众文学，在北京召开了业余青年作家代表会。看到消息，我内心深受触动：这样能当作家，能在全国成名，我也可以！

一个机遇悄悄降临。当时我们学校有个年轻女老师正在谈恋爱，对象是建德人，原先是部队的，转业后在舟山搞民兵工作。他在舟山写了篇短篇小说，没想到一下子就在全国火了。那次青年作家代表会，他也作为代表之一，去北京开会。

每次出去约会，女老师都要向我请假。因为我也爱好文学，她介绍我俩认识，我们因此成为很要好的朋友，经常切磋交流。

身边有了同道中人，我又重拾写作，因为年轻有激情，我选择诗歌起步。很快，1955 年 11 月，《浙江日报》文学副刊发表我第一首诗歌，题目叫《盼望》，从此，我走上文学创作道路。

不当校长了，考大学去！

（20 世纪 50 年代，叶宗轼接连在全国报刊发表诗歌小说多篇，并加入省作家协会。为了打好文学功底，他放弃校长职位，考入杭大中文系，同时也迎来生命中文学创作的第一个春天。）

当时中国有两个文学刊物很有名：一是《人民文学》，二是《文艺月报》——后来改为《上海文学》。1956 年，《文艺月报》发了我一组诗歌，这下我出名了。

同年，省里召开青年作家代表会，我作为代表去参加。

接二连三在多家报刊发表诗歌、小说，顺理成章地，我加入了省作家协会。

26 岁那年，我作了个决定：不当校长了，考大学去！为啥要去考？因为我觉得，自己现在已经变作家了，要把文学功底打得更扎实。而且，因为家境贫寒没能好好把书读完，是我心中的一个隐痛。我已经 26 岁了，如果再不读书，就没有读书机会了。

我读书不太费力。考试题目对我来讲并不难，比如有道题目，让我们“比较林黛玉和薛宝钗的性格差异”，我读了三遍《红楼梦》，这样的题考不倒我。

利用上课的空余时间，我接连写了三本书。当时的我对儿童文学很有兴趣，写了关于渔村的儿童题材，上海儿童文学出版社很感兴趣，一连出了三本。

我也迎来生命中文学创作的第一个春天。1957 年，《人民日报》副刊登了我的诗歌；差不多就是在当年，出了本诗选，把全中国最好的诗歌选起来，每年出一本，浙江省就入选我一篇。

历经磨难，写作激情依然蓬勃

（在那个特殊的年代，叶宗轼被蒙冤打成“地主分子”。“文革”开始后，他又被戴上好几顶“帽子”，不堪忍受四处流浪，又被抓回来蹲大牢，直至 1980 年才得以平反。他的文学创作在沉寂一段时间后，迎来“第二春”。）

1958 年 5 月 8 日，我正在大课堂上课，进来一帮人，宣布我是“地主分子”，开除回家，正在排印的几本书也都被销毁。

后来“文革”开始，斗得我好苦。士可杀不可辱，我逃出去流浪，又被抓回来，蹲了几年班房，回家管制劳动，直到1980年才平反。

好，这段经历我就用几句话让它过去吧。经历了各种磨难，等一切烟消云散，我也错过了人生中的很多大事，婚姻、家庭也是姗姗来迟，我到57岁才结婚，58岁生孩子。这段时间虽然精力被牵扯很大，但涌动在内心的写作激情依然蓬勃。

上世纪80年代，我迎来文学创作上的“第二春”。我要用笔，表达心中的所思所感。这期间，《在海盗窝里》《海边人家》《夜海深处》《唐开五家事》等纷纷发表。其中，《唐开五家事》被拍成电视连续剧，在云南电视台、上海电视台、中央电视台播放，开了舟山作家作品在中央台播出之先河，获得了“当代”文学奖和浙江省优秀小说奖。

组织采风，带青年作家拜访陆文夫

（非凡的生活经历，给叶宗轼的创作提供了厚实的生活基础，使其意志更加坚定，思想更加成熟。作为舟山作家的一面旗帜，在任舟山市作协主席的日子里，叶老带出了一批青年作家。）

退休后我在普陀山住了6年，这段时间是我文学创作上的“第三春”，也是我这辈子创作最游刃有余的日子：精力最集中，经验最丰富，对事物已经形成了自己的观点。

我在普陀山编了两本书，并做了一些有意义的事情。

当了三届舟山市作协主席，也曾当过《海中洲》副总编，帮助青年作家也是分内的事。他们把文章寄过来了，我当然要给他们提提建议，把自己经历过的东西告诉他们。

当作协主席的时候，我们有个不成文的规矩，每年都会组织一批青年作家出去采风，开座谈会。去苏州采风的时候，我带青年作家们拜访了陆文夫。陆文夫跟我是朋友，曾任中国作家协会副主席，在小说、散文、文艺评论方面都很有成就。

最后的心愿——完成《卸了妆的历史》

（尽管精力不济，但叶老依然着手在写系列小说《卸了妆的历史》中的最后一本。他用笔写下自己所经历、见证的社会历史变迁，以及对生命的感悟和对社会的思考，这是一部让我们了解舟山现当代历史真实的百科全书。）

现在的我已经88岁了，身上也有许多毛病，自己清楚，活一年算一年，活两年算两年，生命重在一个过程，有始必然有终，我会坦然面对。

回望自己这一生，在文学创作上几经沉浮，从时间上来看，我的创作高峰主要分为三段：上世纪50年代、80年代以及退休后在普陀山的那段日子。

人的生命是有限的，我余下的时间不多了。比较令人欣慰的是，我想写的东西大部分都写出来了。系列长篇小说《卸了妆的历史》计划写10本，目前写了9本，还没有写完。

假如精力、条件允许，我打算把这本书写完。不管是好是坏，写完也算是对读者有个完整的交代。

我自己算了一下，这一生，陆陆续续总共出了28本书。从量上来讲，算是可以了。我的笔没有辜负这个时代，生命总算还有点意义。

三次筹建国有渔业公司背后的故事

□ 胡声琪口述

人物简介

胡声琪无意邂逅远洋渔业，却与远洋渔业结下了一生的情。

他先后筹建创办了3家在舟山远洋渔业发展史上有着举足轻重地位的国有公司，算是舟山第一代远洋人。

古稀之年的他，说起他与舟山远洋渔业的故事，滔滔不绝。

“二渔公司第一任老总”头衔来得很突然

说起来，我这个“二渔公司第一任老总”头衔来得很突然。

当年调我去筹建这家公司时，领导们的思想很明确，就是要带领舟山渔民将“外海渔业”搞起来。

这个思路早在1978年时就有了。当时的舟山地委书记李辉和省水产厅领导带团到日本考察，回国后写了份考察报告，提到了实施“外海渔业”项目，提出向日本购买36艘船，项目价值5700万美元。报告中提到了新名词“外贸补偿”，意思是向日方贷款购买渔船，再以生产所得来“还贷”。

1978年12月20日，舟山以浙江省渔业代表团的名义开始与日本大洋渔业代表团进行合作谈判。当时我还是地委办公室主任，并不负责与日方的项目谈判。

那天，我接到了时任舟山地委副书记程步升的电话，他说省里要求这个项目(指“外海渔业”项目）要有个执行单位和落地的公司，更重要的是这家公司还得有法人代表。这一通电话结束后，我就被“任命”为这家新公司的经理了。

新公司不叫“二渔公司”，叫东海海洋渔业公司，名头可大了。就在接完电话第二天，我又受命赶去杭州和日方谈判，一直到28日才结束。

和日方代表展开“拉锯式”谈判

谈判结束后，我以公司总经理的身份投入“二渔公司”的筹建工作中。

舟山第二海洋渔业公司正式成立是在1979年年初。作为第一任公司老总，我自然而然地想做好“外海渔业”的相关项目。

所以当年3月底，我又到杭州和日方代表谈判去了。这一谈就是一整月，中途有好几次谈不下去，我就邀请日方朋友游西湖，和他们拉家常、开玩笑，以缓解气氛。

我还记得当时为了多争取一些利益，和日方代表展开“拉锯式”谈判，有时气氛紧张了，就停下来不谈公事，聊私事、家事。

我时常跟他们开玩笑说：“中日建交不久，你们来中国做生意，让点利给我们也可以的嘛。我们也是为你们打广告，广告费也要付啊……”

谈判挺费精力，整整一个月。这中间还发生了一件事，让我印象深刻。

当年在提议创办“二渔公司”时，主要领导层意见也是不统一的，有人支持，也有人反对。

1979年4月27日，我正在杭州和日本客商谈判，省里发文件要求撤销舟山的“二渔公司”，将其并入舟渔公司。这个消息，我是从舟山的朋友、同事口中得知的。同时，舟渔公司也有人给我打电话，让我将谈判后的一些合同协议等文件交给他们。我听了很心急，但谈判仍得继续进行。

月底，谈判结束后，我立即返回舟山，向省里打报告要求保留“二渔公司”，不能撤销合并。

一番奔波与要求后，省里又发了文件，同意“二渔公司”保留下来。

舟山渔业有了“要打出去”的思路

“二渔公司”正式运营后，我更坚定了实施“外海渔业”项目的决心。从1981年至1984年，我曾3次到日本考察远洋渔业捕捞和水产加工业。

其间，我曾打过两三次报告要求造两艘新船，搞太平洋金枪鱼围网项目，每艘造价约900万美元。舟山渔业有了“要打出去”的思路。

1983 年年底，我派遣公司船员黄瑞清（音）到日本渔船上学习捕捞作业，为以后搞“外海渔业”项目储备技术人才。

他也是舟山第一位到太平洋上捕鱼的渔民。

原本计划等黄瑞清学习回来后，公司买两艘船让他当船长带队去太平洋上生产。结果因各种原因，这个项目未能如期实施，黄瑞清也提前回国。

2015 年，大洋世家公司老总曾岳祥曾特意邀请我到沈家门渔港，参观他公司新建的两艘造价超亿元的金枪鱼围网船。

就像是一段历史的弥补，当我站在码头上，面对眼前的“庞然大物”时，感慨万千。回家后，我仍然很兴奋，特意写了一篇《他们实现了我的中国梦》。

再次调任普陀筹建首个渔业集团

1988 年，我又接到了一个筹建国有企业的“重任”。

普陀想要成立一个渔业集团，在挑选组织筹建者时，因为我“有办公司经验”而再次被任命。

到任后，我将普陀水产渔业公司和普陀水产供销社合并，成立了舟山第一个集团公司，即普陀渔业集团，注册资金为 1500 万美元。

对于这笔注册资金，我是有计划安排的。经过“二渔公司”外海项目的磨炼后，我看到了“渔业远征”。在开步前，船是关键。我要将这笔钱用作大型渔轮的建造。

我在职期间，普陀渔业集团一共造了 46 艘“8154”型远洋渔轮，当年沈家门、桃花等渔业公司的渔船都是由普陀渔业集团公司所造。

之所以叫“8154”渔轮，是因为这些轮船是我们在 1981 年按日本的外海作业渔轮仿制的。

对于舟山发展远洋渔业这一点，我从创办“二渔公司”开始，一直坚信是正确的。

59 岁筹建第三家远洋渔业公司

我一直以为会在普陀渔业集团退休，没想到在我 59 岁的时候，又接了个筹建舟山远洋渔业总公司的任务。

这也是我这一生的最后一个工作岗位。

为了组建这家公司，我们花了半年之久，抽调了全市各机关单位的主要骨干共 23 人。

1992 年春节后，舟山远洋渔业总公司宣布正式成立。我任新公司的第一任老总，继续坚持远洋渔业的项目。

远洋渔业总公司成立后，原有两个项目在进行：一个是与印尼的渔业合作项目；另一个是太平洋钓金枪鱼项目，设贝劳马绍尔做基地。尤其是金枪鱼的项目，我又派了时任公司捕捞科科长严旭光带着 4 艘 250 马力的机帆船到马绍尔基地的太平洋去钓金枪鱼。

生产的冰鲜金枪鱼，直接用飞机运往日本销售。

李科平，是舟山第一位到太平洋上去钓金枪鱼的船老大。第一年他们亏损了 30 万人民币，第二年赚了 10 万美元。等严旭光回来时，我已经退休了。

我为了这个项目的实施，曾到贝劳、密克罗尼西亚等岛国去考察金枪鱼项目。

1994 年上半年，即将退休的我再次到印尼考察，并形成文字报告，建议上层领导开展印尼渔业合作项目。交完报告后，我退休了。

离开公司前，我对公司所有职工说过三句话，其中有一句就是：事业是永远不会退休的。

情寄笔墨写人生

□ 倪竹青口述

人物简介

倪竹青，1920年3月生，普陀书画院顾问。曾任舟山书画院院士、普陀书法研究会会长、舟山市书法协会副主席等，作品多次在省级以上各类大赛中入选、入展、获奖。

2000年，他被舟山市文联评为舟山市首届“德艺双馨”文艺家，声誉远播省内外。他不但在市区内外留有墨迹，还有不少作品被日、美等国家和港台地区收藏。

淡泊名利少忧烦，情寄笔墨写人生。作为舟山书画界德高望重的老前辈，倪竹青的生活中没有觥筹交错，没有笙歌燕舞，只靠着一支笔、一方砚和一颗从容富足的心，活得真实，活得精彩。

（注：此文采访于2017年4月，2018年11月倪老仙逝，享年98岁。）

买不起纸砚笔墨，父亲搬来大方砖代替

我学书法，还有一段逼出来的故事。

人生的前30年，我是在定海城区度过的。童年时家里比较穷，上无片瓦，东西南北都透风，只能租人家的房子住。父母没职业，生了我们兄妹仨，生活蛮困难。

父亲闲来无事喜欢写字，这个爱好也影响了我。

我10岁那年，因为买不起纸砚笔墨，父亲就搬来一块大方砖代替纸，用羊毛自制了一支笔，让我每天早晨悬腕用清水蘸着在砖上写字，一碗水写完为止。

每天写完一碗清水，要花上很长时间，我内心难免有点厌烦，巴望着早点结束好去打乒乓球。父亲语重心长地给我讲王羲之“染黑鹅池”的故事，从那以后我每天足额写完一碗清水。

舍不得吃穿，省下来的钱买字帖

14 岁的时候，家里借来钞票，让我去舟山中学读书。班上很多同学后来都蛮有出息，像王家恒、丁公量、陈安羽、冯贤弼等都是。他们几个思想进步的同学后来参加了革命，有些还当上了省部厅级的领导。

课余饭后，我也是一逮到机会就练字，在校园里拣个小石块，或折根树枝，当作毛笔，在地上、墙面上写。有时连衣服、裤子、桌子也不放过，直接用手指头写。

有一件事我快忘了，倒是王家恒记得很牢，他说有一次全校书法比赛，我的字获了全班第一、全校第三。

停学后，我待在家里练字，平时舍不得吃、舍不得穿，节省下来的钱就买字帖。

我喜欢颜体的圆润端庄，也喜欢何字的灵动流畅，所以颜真卿、何绍基等名家字帖我都临过。我还专门临王羲之的小楷《乐毅论》，写得不亦乐乎。

凭借书法的一技之长当了书记员

1936 年，作家三毛的祖父陈宗绪在定海城关买了好多间房子，经朋友介绍，我家也租赁了其中一间空房。陈老先生识字不多，每次给远在南京的儿子写信，就叫我代笔。

陈老先生也相信扶乩，每次在家里扶乩，也叫我记录。

时间一长，陈老先生主动提出，要免收我家的租金。

因为家境贫寒，在舟山中学读了一年书后，我又失学了。陈老先生看我比较痛苦，决定免费送我到他侄子任教的华英书院读书。

书院设在城关东的它山庙，在那里，我读完了一本《古文观止》和两本《尺牍》，还学了英语。在书院读书时，我利用课余时间，临摹篆书、隶书、行书和草书。

等到学业完成时，我 20 岁了。陈老先生介绍我去南京，三毛父亲和伯父开了一家律师事务所，我凭借书法的一技之长在那儿当了一名书记员。

当铺常客，其实为了欣赏字画

在南京工作的三年，我吃在事务所，住在事务所，每天除了抄状，还要递状和催状。特别是抄状子，必须专心致志，就相当于练小楷硬功一样，书艺也有了比较明显的进步。

当时正值内战爆发，一些清朝的遗老遗少和国民党的败落乡绅，为了生计变卖家产、字画，所以当时典当铺里有很多珍贵字画。

我借此机会经常去当铺看字画，几乎成了常客。别看那些馆阁体，字字灵气，个个生动，都是高人写的，比死气沉沉的刻版印刷灵活多了。

1949 年，三毛全家去了台湾，我不愿意走。三毛的父亲顾及我日后的生计，离开前特意为我写了一封推荐信，介绍我到上海的刘鸿生地方工作。

刘鸿生当时是全国工业总会理事长，我由此进入上海鸿生企业大楼，成为鸿生的员工。

鸿雁定情，与老伴相濡以沫 70 多年

那段时间，我认识了后来与我相濡以沫 70 多年的妻子童素雅。她比我小 3 岁，出生于岱山秀山岛上的童姓大户人家，毕业于镇海中学，受过良好的教育，还会说英文。

我们在两地书信往来中确立了关系。1949 年 4 月，我回舟山结婚。

等我举行完婚礼，上海解放了，而舟山还是国统区，两地无法往来，我便留在了舟山。

好友留正铨得知我失业，便邀请我去沈家门工商同业公会工作，就这样，我安下心来，租住在沈家门新街的杨家大院，阖家老小一起定居沈家门。

筹建普陀县书法研究会，出任首届掌门人

上世纪 70 年代，我们几个爱好书法的朋友经常在一起聚会，相聊甚欢。王道兴在舵岙的家成了我们书法沙龙的据点，基本每月一次。相聚的时候，少不了王晋龙的酒、王道兴的画、陈鸣雁的琴和我的书。

1982 年的舟山，还是地区，不称市。杭州、宁波等地早已有了书协，于是舟山应省书协的要求也成立了书协。1983 年春节过后，王亚与王道兴到沈家门，找到我和陈鸣雁，建议成立普陀县书协。他们说，普陀人才比定海多，带个头

嘛。于是我和陈鸣雁进行了筹建工作。

当时的群众组织是改革开放后冒出来的新生事物，特别是书法协会，对普陀来讲是个破开荒的大事，需要向上级文化部门领导汇报。耐心等啊等啊，等了好长时间，终于等来了好消息，王国柱专门传达了领导的意见，表示坚决支持。大家听了非常高兴，一致建议起名为“普陀县书法研究会”，也就是后来的普陀区书法家协会，并选举我为首届掌门人。

回顾这一生，我就是一个普通人

以前闲暇时，我会上街为街坊写写对联、画幅画，来家里求字的人不断，我也很少拒绝人家。庸庸碌碌这一生，也没有什么值得说的，就是爱好书法、乒乓球这两样。

我的老伴儿非常好，家务活都不用我管，让我一心从事书画写作，心无旁骛，这对我身体也有好处。我们三餐有序，按时吃饭，不过于饱也不过于饥，现在餐桌上也是荤素搭配，以素为主。

我不吸烟也不喝酒，平时以牛奶为酒，吃饭时烫烫热，她喝酸奶我喝牛奶。

写写画画是我锻炼身体的最好方法。写字的时候没有杂念，跟练太极拳差不多。自己喜欢写字，一写字心情就舒畅；心情一舒畅，身体各方面的状态自然也都好了。

95岁前，我没住过医院。2016年下半年开始，我连住了三次医院，虽然不是什么致命的疾病，但年纪大了，恢复比较慢。不过我已经心满意足。

我今年虚岁98了，回望这一生，我就是一个普通人。

1955 年，岢鱼小歪前往北京见到了毛主席

□ 林阿信口述

人物简介

林阿信，1931 年生，蚂蚁人。1956 年任蚂蚁乡乡长。1954 年出席第一届华东地区青年社会主义建设积极分子代表大会；1955 年被评为第一届全国青年社会主义建设积极分子，前往北京见到毛泽东主席和周恩来总理，并在大会上作了《为祖国捕更多的鱼》的报告。

吃百家饭长大，顶住压力进行蚂蚁岛渔业改革

我出生于捕鱼人家，从小不知道阿娘长什么样子，阿爹也在我 11 岁的时候去世了。但是我能吃苦，工作能力很快得到了认可。

1950 年舟山解放，次年 2 月，蚂蚁岛成立了渔民协会，组织渔民恢复生产。1952 年 2 月，蚂蚁岛组建舟山第一个渔业生产互救组。到了 1954 年 3 月，蚂蚁岛将岛上 4 个渔业生产合作社合并为一岛一社的大合作社。在这过程中，我也因为工作能力突出，被党支部吸收为共产党员。

那时候蚂蚁岛的捕鱼还是以近洋张网为主，捕鱼网具还很落后，每次捕鱼回来麻绳都要烤过，烤网需要烧柴。整个蚂蚁岛 80 多烤道，一烤道要用柴 350 公斤。岛上缺柴，要到大陆去买。柴的体积大，一艘帆船两个劳力，一次只能装 1000 公斤。

为了厉行节俭，领导提出用烧煤来替代烧柴，并确定在我们村进行试点，由我和另一名同志一起负责。请了工匠来打灶，但工匠从来没有打过要装 30 担水锅子的大灶，做了三次都没有成功，倒是付出工资 40 多元，材料费 100 多元。当时村民就对这项改革有意见：“阿拉蚂蚁岛 200 多年都是用柴烧。”

我用算细账的方法说服渔民，和同事一起研究失败原因，终于发现是灶底的大小口径没有对直。

经过一次又一次改进，煤灶终于试验成功。烧烤成本由 8 元降低到 4.5 元，这一方法很快在全岛推广，一年就节省燃料费 5000 多元。

后来我还改良了生产工具。1954 年 1 月刮台风，社里一只装毛竹的船锚断了。为了社的集体财产不受损失，不顾冷和生命危险，我和另外一个同志跳下海去抢救船只。上岸后，衣服已经结冰，但避免了社里 1000 多元的损失。

一直努力工作也让我成为社里的劳动模范。

乘船转车又上火车，用了六天终于到了北京

1955 年 9 月初，合作社党支部书记高兴地通知我，让我去北京出席第一届全国青年社会主义建设积极分子大会。我都不敢相信自己的耳朵，舟山去参加这个会的就我和六横的一位同志。后来我们一直有联系，可惜他现在已经故去了。

我一个大字不识几个的掆鱼小歪要去北京开会，还要作汇报，咋办啊。还好当时支书请来一个先生，帮我整理了一份《为祖国捕更多的鱼》的报告，说的就是上边说的那些内容。

那年头交通不便，我先从蚂蚁乘船到沈家门留宿一晚，第二天坐车到定海，之后乘船到宁波，第三天一早再乘汽车到绍兴，摆渡到杭州，与其他的浙江省代表会合。

从杭州到上海，再从上海坐火车到北京。下了火车，看到心心念念的北京城时，我真的被震撼了，好美啊！

出席“全青会”见到了毛主席

这一趟我在北京待了共 18 天。9 月 20 日是开幕仪式，很隆重。有 1500 多名来自全国各地的青年积极分子。

这会议一开就是 11 天，除了大会发言，还有小组讨论。有的人上台去讲先进事迹，我听了总觉得自己做的那些微不足道。我拿出那份《为祖国捕更多的鱼》，有点不好意思地说：“我想说的都在这里了。”

后来，我们的发言被整理进了《向祖国汇报》一书中，分为上下两册，我的内容在上册。原本这套书被我好好珍藏着，但后来在“文化大革命”中毁了。不过有意思的是，最后《向祖国汇报》的上册还是故事性地出现在了我的生活中。

大概是上世纪 80 年代吧，我去朱家尖养海带，有朱家尖村民对我说：“你

在北京开会时的发言我时常拿出来翻看，说出了阿拉海岛青年的心声。”我很诧异他从哪里看到的，原来他是从沈家门新华书店买到的这本书。这位村民见我这么珍惜这本书，很大方地送给了我，他说我比他更需要这本书。至今我还很感谢他。

闭幕式上，毛主席、刘少奇、周恩来、朱德等都出席了大会。当毛主席面带笑容，迈着稳健的步伐走来时，会场上响起暴雨般的掌声和欢呼声。毛主席亲切和蔼，频频举手，向我们这些青年代表致意。

我猜当时因为舟山是小岛，比较特殊，更受重视，所以我们的位置也比较靠前，我都能看见毛主席口袋中的笔。后来，我们还和毛主席以及其他的党和国家领导人合了影，只是照片在“文革”中被毁了。

受周总理之邀参加国庆节国宴

9 月 24 日，我们收到了周恩来总理的邀请函，邀请我们参加国庆宴会。我竟然能参加国宴，那一晚几乎就没睡着过。国宴在 9 月 30 日，参加观礼的有人民解放军战斗英雄、各民族代表团、各海外华侨以及像我一样的全国青年社会主义建设积极分子等。

当天晚上，我挂好参宴证，带好邀请书，排队进入宴会厅。场面很大，有 3000 多人参加，周总理致辞。国宴 10 人一桌，八菜一汤，全是西餐，每桌有两瓶葡萄酒，这些我都记得清楚，就是我个捕鱼的还是吃不惯西餐。

舟山对于全国其他地方的人来说还很陌生。我记得开会时，还有记者问我：“舟山都是小岛，能打篮球吗？会不会打着打着球就掉到海里去了？”“舟山有多少个岛屿？有没有电灯啊？”我特别骄傲地告诉他，我们舟山电灯电话，楼上楼下，晚上白天都有电。

参加国庆观礼再一次见到毛主席

参加完国宴的晚上，我们收到了正式通知，确定参加“全青会”的代表可以去参加国庆观礼。也正是在观礼时，我又一次见到了毛主席。

1955 年是中华人民共和国成立 6 周年，当时看着国庆节的盛况，56 个民族都有代表，第一次看到这么多少数民族服装，五颜六色的真好看。

我们凌晨 3 点就起床了，统一向天安门广场出发，6 点准时入场。天安门广场人山人海，歌声缭绕，红旗招展。

后来我回到了舟山，这段记忆一直藏在我心里，永远不会忘记。

教海无涯“乐”作舟

□ 钱金铎口述

人物简介

钱金铎，出生于1959年，现任浙江省教育学会小学数学研究会会长，小学数学特级教师，一直奋战在我市教育教学理论研究、教学改革实验一线。

伴随40年教育探索的一句箴言

1976年，高中毕业的我回到盐仓，到建胜小学当了一名民办教师。

虽然是小学，但里面设有初中班。原来，当时为解决农村孩子读书问题，有一个“就近办学”的政策，把学校办到农民家门口。舟山地处海岛，这种情况尤其突出，所以小学里面有初中班也是比较正常的事。我在建胜小学什么都教，教过初中化学，也教过小学语文。

三年民办教师的经历，让我积累了一定的教学经验。

后来考入舟山师范后，因为既有实践经验，理论知识也学得用心，所以成绩在班上名列前茅。

有一天，心理学老师的一句话深深震撼了我：“教育心理学、教材教法成绩好的学生，不一定以后书就教得好。”

这句话我始终牢记，随时提醒自己要运用教育心理学原理与学生打交道。

感谢老师的这句箴言，它整整伴随我40年的教育教学探索。

从倒数第二跃为全乡第一

1981年，从舟山师范毕业后，我被分配到盐仓小学任毕业班的数学老师。

当时有“双抢”，请来的民办教师、代课教师到了农忙时节，时常请假回家割稻、种菜，班上学习氛围比较松散。在我执教的第一学期，全班38名学生在全乡期终统一考试中，数学平均成绩48.2分，在全乡13个学校中排倒数第二。

刚毕业参加工作就遇上这么一个班，我压力大到失眠。

当时任校长的贺师铭老师洞察到我的为难情绪，给我做思想工作。

突然间，直觉告诉我，师范学校里学到的“兴趣是最好的老师”也许是一帖良药。

我下决心，要给学生们一个全新的感觉。

那段时间，我每天吃在学校，和学生们打成一片。

一个月过去了，学生们的求知欲被激发了，晚上有三五名学生打着煤油灯来校补课，组织小组自学。后来孩子们告诉我，其实一开始来学校是为了得到老师表扬，想不到我假戏真做了。一学期后，学生们的数学成绩有了明显提高，家长也比从前热情很多。

1982年6月，这个班参加全县小学生毕业统一考试，全班人均数学成绩高达90.4分，一举跃为全乡第一。

“愉快教学法”也曾遭遇质疑

1982年，我被借调到舟嵊小学，担任毕业班的数学老师。

初来乍到，我信心满满，跃跃欲试，想把自创的“愉快教学法”运用到新学校、新班级。

没想到，遭遇的是一片质疑声。

当时正值争上重点中学的白热化时期，学校、教师、家长对学生都寄托着极高的希望，我的“愉快教学法”试验遇到了前所未有的挑战和压力。

有部分家长去校长室“告状”，说我上课时专门摆火柴盒、讲故事、做游戏，还向学生提问：“你爸爸的岁数是质数还是合数？”他们质问校长，这样下去，一年后小孩怎么能考上理想的初中？

好在校长支持我，帮我向家长详细解释了我的教学理念，但家长们还是半信半疑，提出要联合来听我的课。那段时间，我也有点怀疑自己。

校长替我顶住了压力，让我坚持自己的想法，继续进行个性教学。

随着时光流逝，“愉快教学法”逐渐显示出它独特的魅力，学生们纷纷回家告诉父母：“钱老师上的数学课真有趣，我的成绩进步了。”一些贪玩的学生，身心也回到了课堂上。

一年后，全班数学成绩以人均96.3分名列全区第一。

那些与兴趣有关的教学往事

回忆自己这些年来的教育教学经历，我觉得许多教学往事真的同兴趣有关。

从师范学校毕业后，我上的第一堂数学课，就是运用“首同末合十”的速算方法和“弃九验算法”来激发学生的数学学习兴趣；任教低年级数学时，我开设快乐“数学故事课”，极大提高了学生学习数学的积极性；我的“数学活动课”上有很多“玩具”，我将“抛子游戏活动”“走飞行棋、陆战棋”与数学计算结合起来，增强学生的动手能力……

“兴趣是最好的老师”，我一直这么认为。就拿我自己来说，可能是生长在特殊年代的原因吧，我从读小学开始就喜欢听现代京剧，那时候的文化生活不那么丰富，我在家里学唱样板戏。考入舟山师范后，还对越剧产生了浓厚的兴趣。那时家里比较穷，自己利用暑期出去打工，用挣来的钱买了一台收音机，一有空闲就把收音机调到播放越剧的频道。

现在，这一兴趣已经成为我除教学之外的一大爱好。有时候，我还会一大早亮开嗓子清唱一段，投入到越剧的浓情柔腔中去。

所以，兴趣非常重要。作为一名教育工作者，我们应该用富有情趣的教学语言去拨动学生的心弦，激发学生的兴趣，从而越来越接近我们的教育理想。

既苦在其中，亦乐此不疲

如果把建胜小学三年民办教师的经历算上，到2017年我已经从事近40年的教育教学工作了。

2010年，以我名字命名的“钱金铎名师工作室”成立，同年被省教育厅命名为“钱金铎特级教师工作室”，它的前身是“舟山市小学数学名师工作室”，并在下面县区设立了“钱金铎名师工作站”，开展经常性的学科研究活动。

工作室成立后，我开始承担起引领后辈的使命，既苦在其中，亦乐此不疲。因为在我看来，没有什么比能够为孩子和年轻人指点迷津更愉快的事了。

这些年来，前来向我拜师求学的青年教师很多，除舟山本地的教师，也有来自杭州、宁波、绍兴、温州、台州等省内及省外的一些教师，对此我总能做到来者不拒，悉心传教。

尽己所有，总算无愧于心

在我的人生经历中，对我影响最大的一个人是外婆。

小时候，外婆常常对我讲，做人要有良心，对别人要和气，宁愿自己吃亏一点。后来我成为老师时，她又反复告诫我，对学生要好，要耐心教他们，别辜负他们大人的期望。

在我心中，她老人家虽不识字，但却是一位当之无愧的“教育家”。

为此，当我也成为父亲时，就常常对孩子进行道德品质教育。看到《舟山晚报》上刊登蓬莱新村一户特困家庭的情况，我们父子俩到街上买好大米和年货，带上钱去看望。

现在，儿子在澳洲立业成家，我也感到很欣慰。

经常有徒弟、学生来看望我，我像小时候一样问他们：“钱老师上课，给你们留下的最深的印象是什么?”这些学生的回答如出一辙：“你会讲故事，我们喜欢听!”“你教数学很有趣，我们喜欢学!”他们中，年纪大些的已经有40多岁了，但依然记得小学时的学习情景。

听到这些，我总禁不住开怀大笑，又默默感慨，亦师亦友的融洽是多少心血的结晶!

无论出发时是偶然也好，必然也罢，只要付出真诚和智慧，尽己所有，帮助了不少人，总算无愧于心。常言道：“学海无涯苦作舟”，对我而言，教海无涯“乐”作舟!

离开国企，主动“下海”的省劳模

□ 杨永成口述

人物简介

杨永成，男，1949年生，中共党员，原普陀永成机械公司董事长、总经理。1990年、1992年先后获得浙江省劳动模范、浙江省“七五”劳动模范荣誉称号，1998年获舟山市乡镇企业优秀厂长。

1992年7月，杨永成辞去国有企业普陀机械厂铸造分厂厂长一职，离职“下海”创业，办起了私营企业——普陀永成机械铸造厂，成了普陀区头几个“吃螃蟹”的共产党员。

承包车间，敢当“铳头子”

我之前工作的普陀渔农机械厂是普陀区最早的国营企业之一，1969年开始建造，我1970年从五金社调往渔农机械厂工作。

那个年代，国营企业吸引了很多人才，不少工农兵大学生毕业都分配到渔农机械厂来。

1985年，我们成了普陀区国营企业第一家车间全额承包试点单位。任车间主任的我，顶住各种压力，毅然把车间承包下来。

以前工人多做少做工资都一样，承包之后就不能吃大锅饭了，就看绩效，多劳多得。但当时工人心中对承包没有底，于是大家不干了，员工的家属也不同意，很多人都反对。有人说我是“铳头”，一些风凉话也不绝于耳，但我觉得改革创新迫在眉睫。

扭亏为盈，员工免费旅游

我挨个儿做员工和家属的思想工作，结果，承包当年就扭亏为盈，向厂里上缴利润 10 万余元。工人奖金较往年有了大幅提升，大家尝到了甜头。

到了第二年，整个车间 60 多个工人，从沈家门出发去苏州、杭州游玩。

到了第三年，车间变成了铸造分厂，效益进一步提升，所有员工去北京游玩了 9 天，所有费用都由分厂出。这是以前员工们想都不敢想的。

实际上承包制就是发挥了员工更大的自我能动性。按照以前的标准，总厂分下来的任务，我们只有 3 个月可以生产。承包之后，我们自己去拓展业务，全年生产，自然效益出色。

开始的 6 年，我承包的车间经济效益飞速上升，共上缴利润 70 多万元，在全国范围内来讲也蛮好。我一步一步从区劳模变为市劳模，并于 1990 年获得浙江省劳动模范荣誉称号。1992 年，我获得浙江省“七五”劳动模范光荣称号。

辞职“下海”，成为纳税大户

1992 年，随着政策的进一步明朗，我决定自己“下海”创业，成立普陀永成机械铸造厂，主营渔农业产品、塑料机械产品、佛教产品等。

这个决定让很多人吃了一惊，从分厂厂长职位上离开，去奔赴未知的未来。

怎么办好私营企业？我摸着石头过河。私营企业得有厂房、设备、工人，得有产品、市场、资金……万事起头难，我一步一步来。通过借贷，我筹集了 7 万元的企业流动资金，在沈家门鲁家峙岛租赁了一家修造厂的旧厂房，小打小闹开始了艰苦创业。

企业发展态势良好，到了第二年，我成为普陀区纳税大户之一。

几年奋斗下来，我不断扩大生产规模，效益越来越好。辞职“下海”的我还成为典型代表，据说区委书记还在开会时，点名表扬我有魄力。现场有位朋友听到，遇见我时转述了区委书记的原话，我心里也感到由衷地开心。

小鱼吃大鱼，买下铸造分厂的厂房

我们公司做的青铜产品名气响当当，其中最受欢迎的是青铜香炉。特别是普陀山，对青铜的需求相当大。

产品质量是企业立足之本。有的青铜香炉经不起考验，一下大雨，会因为冷热不均而出现裂缝。我带领科研人员攻克青铜冶炼关，生产出来的青铜产品质量过硬，始终严格按照国际牌号原料配方，使产品质感古朴雄浑，式样庄重典雅，深受岛内、省内外用户欢迎。

后来，我也将企业产品定位在海岛旅游文化系列产品的开发上。

随着生产规模进一步扩大，原先的厂房不够用了。1999 年，我利用普陀机械厂转制机会，用 90 万元买下了面积约 20 亩的厂房，由此扩大生产规模，企业资产扩大到了 300 万元。

普陀永成机械铸造厂后来改名为舟山市永成机械有限公司，员工最多的时候有 120 人左右，公司也先后被评为普陀区先进民营企业、市优秀个私企业、市“十佳”优秀私营企业。

为百姓代言，当好区人大代表

从 1998 年开始，我连续三届当选普陀区人大代表，连续两届被推选为区人大常委会委员。作为一名人大代表，我不仅做好政府的参谋，还讲出老百姓的心里话。

提建议，向有关部门反映社情民意，把为政府分忧与为百姓说话有机结合起来。

上世纪 90 年代中后期，因为身在工业领域，在行使代表职责时，我比较关心本地工业经济发展。那段时间，我提的议案涉及“政府该如何引导个私经济发展”“出台个私企业扶持政策”“工业经济发展建议”等内容。

进入 21 世纪，我又寻找到新的关注点——民生。教育、医疗、住房、环保、社会保障、劳动就业等等，这些都是民生热点。此外，我还先后担任了两届市和区私营企业协会副会长、市工商联常委、普陀区工商联副会长等职务。

扛起舟山本土海洋生物医药的大旗

□ 郑海辉口述

人物简介

郑海辉，出生于1962年，高级工程师，国务院特殊津贴专家，市资深专业技术拔尖人才。现任海力生集团公司研究院副院长、浙江海力生制药有限公司副总经理，长期从事海洋生物制药研发，参与或主持研发了数种海洋生物药物，为舟山本土海洋生物医药产业的发展作出了突出贡献。

36年，从食品车间技术员到海洋生物制药研发专家

（海洋是个大富矿，渔民在海里寻求美味的鱼货，而从事生物医药研发的郑海辉，则在广阔的海洋里，努力寻找生物制药的灵感和原料。）

1981年，我19岁，从舟山食品水产技术学校食品加工专业毕业，被分配到当时的舟山水产食品厂。

分配到这个单位，我觉得不错，专业对口，还是国企，我成为厂里一名车间技术员。在车间，我们生产食品罐头、鱼粉、汽水、冰棍等。

很快，我的工作内容发生了变化。

1984年，舟山食品水产研究所成立，我被调到那里工作。研究所首任所长是毕业于上海水产大学的陈绩馨，他也改变了我的职业生涯，他成了我的师父。从那开始，我跟着师父一起做实验，研究海洋药物。

现在，我们正在跟北京、上海、青岛等地大学的天然产物重点实验室合作，进行海洋生物药物研发，利用海洋中的废弃物，提高海洋生物的药用价值，研究

与国际接轨的质量标准。

为方便看文献资料学习日文，日语普通交流可难不倒他

（说起来，郑海辉属于半路出家，之所以能从一个食品车间技术员到如今舟山顶尖的海洋生物制药研发专家，并分别于1995年、2003年破格晋升为工程师、高级工程师，除了数十年如一日在一线埋头苦干，还有重要的一点是：郑海辉一直在学习进修。）

我进修过两次。第一次是日语学习。1985—1986年，我学了一年的日文。

当时日本的海洋药物研究已经很先进了，也有很多这方面的论文资料，我想找人翻译，但身边找不到一个懂日文的，我就打算自己来学日文。

为了尽快学会，我跟着三位老师学习：跟一位日本籍老师练听力，跟时任院长学语法，还跟一位日语教师学习整体内容。我强迫自己每天必须记住50个单词，一边学习一边翻译论文，那些年为我们课题组翻译了不少日文文献。

现在我的日文水平，普通交流完全没问题！

第二次进修是在1998年，我到中国药科大学宁波分校读了四年药学专业，系统学习了药学理论知识。

集中全力搞研发埋头实验，出成果了

（工作30多年以来，郑海辉每年的工作日都在300天以上，有的年份甚至在360天以上。前些年，他每年出差的日子比在舟山还多。为了集中全力搞研发，他还放弃了一次出国进修的机会。）

1989年，为扭转水产加工业不景气的不利局面，舟山水产食品厂成立制药分厂，对外称为普陀山制药厂。从此，我研发工作的重头进入了海洋药物领域。

那时，我们埋头做实验。

记得1992年，我跟师父做一个鱼油酯化工艺实验。每天早上七八点钟，我们就进实验室，一直忙到次日下半夜两三点钟，每天连轴转。我们做了5套实验方案，但一直不成功。我们蛮有信心，反复试验，一连做了一周多。我师父50多岁了，也跟年轻人一起拼。

后来我们成功了，鱼油酯化质量很好，反应效率高，而生产成本较低。

在陈绩馨的带领下，海力生集团陆续有多种海洋药物研发成功并上市：多烯康、氨糖美辛肠溶片、贝特令胶丸、蒙脱石散剂……这些药物的研发我也是主要

参与者之一。

而后，师父退休，我也开始主持研发药物。其中我主持研发的一个药物，叫辅酶 Q10 软胶囊，1998 年上市。还有一种药，叫齐索（盐酸坦洛新缓释胶囊），2003 年上市，现在是海力生公司卖得最好的药物，每年销售额在 1 亿元以上。

吃一堑长一智，研发道路上也有失败

（只知道埋头苦干，不抬头看路绝对不行，一定要有专利意识，及时规避专利侵权。）

2000 年，我们在研发一种抗肝炎病毒的药物。研发过程很顺利，2002 年拿到临床批件，我们成为全国第一家获得该类药物临床批件的企业。

正当我们兴冲冲要开始临床试验时，国外的一家国际制药公司给我们发来了律师函，警告我们后续上市产品的专利侵权与索赔。

当时，我们已经与上海的一家大学合作三年，只好无奈放弃，蛮遗憾的。

这件事情，也让我们长了记性。从这之后，我们非常重视专利保护。我们请了专业人士，所有药物能申请专利的，都及时申请。

2005 年开始研发的氨糖美辛缓释胶囊，一整套专利我们都做好了。

继续向海洋生物发起进攻，依然在路上

（1999 年，郑海辉当选为海力生集团公司研究所所长，带领 20 人的研发团队，继续向海洋生物制药发起一轮轮进攻。）

2005 年，我开始主持研发氨糖美辛缓释胶囊，这是对氨糖美辛肠溶片的改进，通过剂型改进，不但让药效持续时间延长，也让服用方便很多。

2011 年，氨糖美辛缓释胶囊上市，目前还在小范围内销售，但是我对这个药物的市场走向很看好。过几年，你去看！

我们还在做一个天然鱼肝油项目。目前国内市面上的鱼肝油主要为合成药配制的人工型鱼肝油，生产工艺简单，制造成本低。而天然鱼肝油生产工艺相对复杂，且生产成本较高，因此中国很少有人肯做天然鱼肝油研究。但我们研究发现，天然鱼肝油中含有丰富的活性成分，对人类健康具有不可取代的作用。这个研究已经进行很多年了。

2006 年，浙大一位教授与我们合作，立项研发改性蒙脱石。2010 年，改性蒙脱石获得临床批件，不但在中国获得了专利权，而且在国外也已成功申请发明

专利。

现在，改性蒙脱石处于临床试验阶段，一旦上市，市场回报率也不可估量。

将海洋药物研发进行到底，希望舟山的基础研究走得再快些

（海洋药物研发投入时间长，一类新药可能需要 10 年甚至 20 年的研发期，但郑海辉和他的团队会继续下去，将海洋药物研发进行到底。）

海洋制药研发，尤其是自主创新的新药，单靠企业不可能成功，还需要大学、科研院校等研究机构的基础研究。在我们舟山，基础研究才刚刚起步，远远比不上北京、青岛、上海等城市，而在国外，海洋生物制药研发有很庞大的协同或联盟机构。

目前，我们也在跟北京、上海的研究机构合作。另一方面，我们也希望舟山的基础研究、海洋生物制药产业化能走得更快一点。

舟山“李素丽”一路播撒甘露

□ 赵淑红口述

人物简介

被称为舟山“李素丽”的赵淑红，1966年出生，原是舟山市定海交通饭店的客房部经理兼办公室主任。2002年4月，饭店转制，她被分流到了定海公交公司，先后担任31路、33路公交车售票员，从此便与公交结下不解之缘。

多年来，赵淑红不忘初心，兢兢业业，先后荣获公司“十佳”优秀职工、市“信用交通服务之星”、市优秀职工、市“十大杰出青年”、浙江省第六届职工职业道德建设“双十佳”标兵、浙江省劳动模范、“全国五一劳动奖章”等荣誉。

一个月收到4封感谢信

1990年7月，我们全家从黑龙江返籍落户回舟山，居无定所，只能租别人的房子住。

不久，父亲因病去世，我妈一个人带6个孩子，生活比较困难，我在录像厅做临时工贴补家用。按照返籍落户政策，我的工作能从黑龙江调到舟山。四处奔波之下，市交通委帮我落实了一份工作，到定海交通饭店客服部当一名服务员。

那个年代洗衣机还不多，宾馆服务员都得手洗床单。我讨厌洗衣服，怎么办呢？我妈鼓励我：“无论什么工作，只要你用心去做，肯定能做好。你看过去那些掏大粪的，不是照样去见毛主席、周总理吗？”

我向来很听我妈的话。客人要水给水；要打球我为他们服务好；怕客人洗澡水太凉，我给他们烧开水；凉席、拖鞋，我都一一刷好。

一个月后开会，只听服务员们指着我悄声说：“一个月收到4封感谢信的就是她！”

8个月后，交通饭店重新装修，等再开业时我当上了领班。一年后，我又被任命为客房部经理。

一个月挣了900多元工资

2002年4月，定海交通饭店转制，我被分流到公交公司，当了一名售票员。

刚去的时候心里也有落差。尽管当客房部经理的时候，看服务员忙不过来，我也会跟着她们一起做，但让我从管理岗位调到一线做售票员，还是有点不太适应。但没办法，我是党员啊，得服从党组织分配。我只能安慰自己：“坐公交车把舟山转遍也蛮好。”

我这人晕车，每天上车前服好晕车药，这样的售票员估计也蛮少见的。

31路可以到鸭蛋山看大海，就是站点太多记不住，我拿纸、笔，把每个站点记下来。10站以内车费1元钱，过了10站1.5元。花了好大一番功夫，我把站点全部记下。

那个年代，鸭蛋山轮渡还是进出舟山的主要交通工具。跟我搭档的司机大概二十五六岁，也没啥经验。别看过渡的人挺多，但我俩跑去经常拉不满客人。

我想不行，老是空车，咱俩吃啥啊？当时我们的收入是按比例来拿的。我妈说：“你就想怎么为人民服务，做得好了，人家自然都来坐你的车，收入不就高了吗？”

我想对啊，服务态度要好，但想提高收入也得想办法。我开始记录：船班几分钟一班，每个站点之间大概需要几分钟……这么琢磨琢磨，果然摸到规律，基本上开到码头正好遇上轮渡靠岸。那个月，我挣了900多元工资。

在33路公交车上一干就是6年

那天我正在家休息，被领导一个电话召去代班。原来，33路公交车开通当天，几位售票员都被投诉，在家休息的我只能临时顶上。我说线路不熟啊，领导说没事，驾驶员一停你就知道了。每到一个站台，我就把它记下来，几圈下来也有点熟悉了。

两天后我要回31路公交车，领导说：“不用去了，乘客反映你态度蛮好，就在这边上班吧。”

这下我上班更远了，每天早上 4：30 起床，起来收拾收拾，骑车到原来的党校那里。

坐 33 路的大学生比较多，不知道舟山哪里好玩，我就给他们讲解一下，海山公园、文化广场……一路聊到舟山一百，他们才下车。

那时船员经常来航海学校考四小证，他们见识广，也让我学到不少东西。以前舟山的公交车说转弯就转弯，晃得很厉害，他们会说："车辆转弯，请拉好扶手。"我想这句提醒蛮好，应该是售票员说的呀。他们告诉我，大城市里公交车的语音系统自动会播放的。

我想学着说，开始有点不好意思，人少的时候我就小声说，慢慢地也就说习惯了。

有小孩子的时候，我会提醒他们拉好扶手，头和手不要伸到窗外去。

车上有小偷，我提醒大家，贵重物品要保管好。他们看在我车上偷不到东西，就不坐了。

有的人找不到路，上来就说要坐车，其实就一站路，我告诉他们在哪儿，走走就到了，不需要坐车，不该花的钱就不要花。就这样，我在 33 路公交车上一干就是 6 年。

首批公交车实行无人售票，售票员们纷纷转岗，我进了业务科。

我这人就是干活的命，后来新城汽车站招负责人，我去报考。同事鼓励我："赵姐，客运站客人多，你热心，业务能力又强，肯定行。"

我写了篇竞聘演讲稿，就说要是我当上了怎么把工作做好，没想到还真成功了。

当时新城汽车站厕所特别脏，还被《舟山晚报》曝光。售票员卖票、检票之余还要拖地、打扫厕所，确实很累，我就一起帮忙打扫。

就这么干了两三年，新城汽车站的客人越来越多，实在应付不过来了，公司决定聘请一位保洁阿姨，但月工资不能超过 800 元。临城那边都是拆迁户，家境都挺富裕，这点工资谁肯来啊？好说歹说找来一位，但这点薪水，活太多，人家也不肯干，我们就帮她一起分担。

在新城汽车站，我们也做得挺好，省里、市里领导来检查，都过关。

从算不准到分毫不差

去年，我被调到公司结算中心当主任。刚上任，我就睡不着了，好几百辆公交车上收来的钱，都要在结算中心进行清点、复核、送进银行。每天时间紧、任务重，人员不够，大家数钱数到手抽筋，但有时还是算不准确。

银行经手的钱比我们更多，他们是怎么数出来的？我跑去银行取经，发现他们用的是一种硬币点钞机，把硬币往里一放，就不用人来清点了。

这东西好！我回来跟领导汇报，希望能买几台这样的机器，减轻员工的劳动强度。领导也很支持："多少钱？去买！"

省里银行的同志告诉我，公交公司适合用一种2000多元的机子，虽然比银行用的粗糙了一点，但不用调试，价格也更便宜。我说行，你先给我们寄两台。

一开始员工说不好用，我不信这个邪，亲自试，好用！本来要一个一个硬币数的，现在我一个人点钞，他们两个人捆，这不是减轻劳动强度了吗？

我让银行再寄几台来，然后把他们一一教会。现在大家用习惯了，把钱捋捋好放进机子就行，好几次竟然数得分毫不差。

时间过得真快，我已于2016年年底退休。现在，如果看到有人在公交车站台前驻足，我会忍不住上前问他们去哪儿，告诉他们应该坐哪条线路，哪个站下，我怕字儿太小他们看不清。有人会觉得我多管闲事，但这毛病改不了，我对舟山公交的感情太深了。

舟山植被分布"活地图"

□ 张晓华口述

人物简介

张晓华，市农林与渔农村委员会教授级高级工程师，1975 年从事农林工作以来，一直默默奉献在基层。

他在工作中更多的是跟舟山新木姜子、红楠、普陀樟等各类植物打交道。

因为他对海岛植被的贡献，2003 年被评为舟山市劳动模范，2009 年被评为浙江省劳动模范。

花白的头发，胳膊肘夹着一本厚厚的册子，一位老先生风尘仆仆地行走在朱家尖农场的土路边。这里即将成为波音公司的首家海外工厂。

老先生的心思全部在路边大棚内的树苗上。他就是张晓华，一位一直和山林田地间的植被打交道的"老农林"。

第一批工农兵大中专学生

我 1975 年从宁波林校毕业参加工作。

我们是第一批工农兵大中专学生，毕业后我到普陀山林场成为一名技术员，倒也挺对口的，读大学之前我就是一个农民嘛。

刚参加工作的时候，舟山的植被覆盖率挺让人担忧的。

新中国成立前土地归地主私人，老百姓做饭要用柴火，山头的树木就被砍得所剩无几，1950 年后"大跃进"炼钢铁、三年自然灾害，山头的植物寥寥无几。

我们做过专业的调查，结合以往的数据，发现舟山森林覆盖率在 1950 年只有6.4%，1960 年为 20.8%，1976 年为 33.2%。

虽然覆盖率低，但也要看到好的一方面——数据在不断增长中。

带着棉被到处做调查

1975 年 10 月到 1977 年 2 月，我第一次参与“四五”清查，调查普陀植被覆盖率。

我带着 8 个年轻人，在一年多的时间里穿梭在各个小岛间。当时交通没有这么便利，住宿也不像现在有这么好的条件。

没有船，我们自己讨小船；没有住宿，我们就带着棉被。

这一路，我们走遍舟山大大小小的有人岛屿以及大些的无人岛。

1977 年，我从普陀山林场调到普陀农技站。

1981 年，我调到普陀农林水利局。

1993 年，我又调到舟山市农林局。

这期间，我还曾经到南京林业大学深造。

类似的“四五”清查每隔几年就有一次，还有病虫害普查、海岛鸟类普查，每次都需要我们花两年左右的时间去调查清楚。

植被资源调查，一天用完 5 瓶风油精

1991 年的舟山植被资源调查是我印象最深刻的。

那时候舟山的植被覆盖率已经高起来了，植被也更加多样。

1984 年，舟山的森林覆盖率已经达到 36.5%，1994 年达到 39.34%。

森林覆盖率好，灌木丛增多，这对舟山环境来说是个好事，但也给我们的普查增加了不少难度。我们需要猫着身子探进树洞，穿过灌木丛。

山上蚊子多，特别是那种毛毛虫，爬到身上非常痒。

在朱家尖做调查的时候，我大热天穿着厚厚的长袖长裤，依然躲不过各类蚊虫，单我一个人一天就用掉 5 瓶风油精。后来实在痒得不行，急得跳进海里泡凉水。

那段经历特别值得。两年多的清查、制作标本，遇见不懂的问题积极汇报省里，请专家帮忙鉴定。1994 年，我们汇编出版了《舟山植被资源名录》，到现在还有借鉴意义。

名录中，我们共收录全部维管束植物 1602 种。

现在舟山的植被种类，基本和上世纪 90 年代差不多。

从封山育林到补植造林

上世纪 70 年代，树苗选择时还是从用材林、经济林考虑。

舟山曾推广两竹两木，两竹是毛竹、青皮竹，两木为杉木、苦楝，都是从经济建设角度考虑的。杉木是极好的用材林，苦楝又很容易长，竹子可以制作竹筐，用来捕鱼。

1963—1964 年，舟山提出了停垦还林，后来在 1966—1968 年、1979—1981 年都有提及。

封山育林可以说是随着经济的发展自然形成的。上世纪 80 年代中后期，老百姓家中用上煤气了，谁还上山砍柴烧火呢？

进入 21 世纪后，舟山种树更加注重树种更新，以及生态系统改造，红楠、舟山新木姜子、普陀樟都列入了种植范围。

我们也进行了一系列经济树种改造，例如每年培育五六万株杨梅树送到各县区进行种植。

也有让人失望的事情发生，在我们补植造林的时候，有人在偷挖偷采，破坏生态。

上世纪 90 年代初，兰花市场突然红火的时候，有人挖兰、卖兰。

像新风兰，原本主要集中在嵊泗、岱山、普陀的海边山坡和沟谷崖缝中，纤叶钗子股主要集中在定海和普陀的岩石上、崖壁上，当年都被大批量地挖采，现在已经很少见到了。

每年要照看几十万株苗木

我现在的工作重心在朱家尖的苗圃，这个苗圃大棚是从 2003 年开始办起来的，面积大的时候有 500 亩，现在因为用地调整，面积也有 300 亩。

苗圃主要培育树苗，用于运往各地补种。

各类树苗很多，舟山新木姜子、普陀樟、全缘冬青、红楠，都是舟山常见的海岛特色乡土树种。每年这些大棚里要培育的营养杯苗有 30 多万株，大苗也有二三十万株。

我这儿是浙江省定点苗圃，每年生产的这么多苗主要种植在舟山各个山头，用来维持植物多样性，保证生态平衡。不少苗木也运往嘉兴、宁波等地进行栽种。

照看这些苗木可不容易，我每天早上 7 点多到达朱家尖大棚，下午 4 点多回去，我住在新城，路途不近，得很早起床。

创造一个四季常青的舟山

作为一个农林人，我看到舟山现在的植被发展很欣慰。

舟山的森林覆盖率，从 1950 年的 6.4%增长到 2007 年的 49.3%，离不开所有农林人的辛苦工作。

如果说一开始的封山育林是以落叶树种种植为主，那么后来的补植造林就是以常绿树种为主。

种树有很多讲究，要先种先锋树种、松树、落叶树种，这些树种成活率高，树一大就可以保证水土不流失。之后再加入常绿树种，最后落叶树种被常绿树种覆盖，就有了舟山不论哪个季节山头总有绿意的景象。

如今舟山植被保护得不错，桃花、朱家尖、普陀山植被都相当丰富。

忆东海上的激情岁月

□ 王家恒口述

人物简介

王家恒，岱山青黑山人，出生于1918年1月。

他是舟山的一位传奇人物，也是一位革命者、教育家、慈善家。

他在硝烟弥漫的战争年代，舍生取义；在山花烂漫的和平年代，废寝忘食，忘我工作；在离休后安享晚年的岁月，为桑梓学子创造学习机会。

不久前，记者前往王老宅邸，倾听他这一生的动人事迹。

王老忆及革命往事，激情仍在。

盐民暴动，小儿郎初识“革命”

在偏远海岛，“革命”两字，无论是对当地百姓，还是对尚是小毛孩的我来说，都是陌生的字眼。我所看到的，唯有身边那些受压迫的盐民。

我记得当时收购官盐的是一个叫“岱山盐务秤放局”（音）的部门，他们来村里收盐都是坐着大轿子来的。当地负责人不仅要好酒好菜招待“老爷”们，还要备好“辛苦礼”让他们带回去。

“老爷”们每次下午5点不到就回去了，哪怕还有很多盐民的盐来不及过秤，他们也毫不留情地要盐民挑回去，第二天再挑来过秤。任盐民怎么苦苦哀求，“老爷”们都不为所动。我当时人小，无法理解这些“老爷”们不讲理的行为。

1927年春，苦大仇深的盐民们忍无可忍，在只有3名党员的中共定海小组的领导下开展了声势浩大的岱山盐民暴动。当时，我只有八九岁，在路上目睹了这场运动。这也是我第一次接触到“团结工农”“打倒列强”“打倒军阀”“打倒贪官污吏”这样的字眼。

1934 年 7 月，我考入舟山中学初中。在那里，我接受新文化，接触共产党，发现新世界，汲取革命思想……我的人生由此转折。

1938 年，从舟山中学毕业后，我开始了革命生涯。在岱山东沙山渚头小学建立“小小图书馆”岱山分馆；参加政工队工作；又被派到宁波去搞统战，争取青帮头子王华参加抗日……

78 年前的五四青年节，我幸福入党

1939 年 5 月 4 日，正值五四运动爆发 20 周年纪念日。那天对我来说，是个幸福与荣耀集于一身的日子。

当天上午，我的革命领路人之一张启达把我叫到身边，看着我微笑说：“给你看样东西！”说完，他递过来一张纸。我定睛一看，双眼立即蒙上了一层水雾。这是我一直盼望的东西——一张入党志愿书！

我盼了很久，也期待了很久，终于拿到手了。当时拿笔填写时，我的手是颤抖的，写了很久，才在上面写上“王家恒”三个字。

我的入党介绍人除了张启达，还有一位是王起，当时是定海县工委书记。

在定海干䃎一间不大还有点霉味的小房子里，我在一面用红布做成的党旗下举起了拳头。那幸福的一刻，我回味了一辈子，也自豪了一辈子。

就是在这间小屋里，他们为我举行了特别的宣誓仪式。我向着党旗，举起右手，庄严宣誓，成为中共正式党员。但我的党员身份在舟山解放前，一直没有公开过。

第二天，我就带着党组织派给我的新任务返回家乡岱山，开展发动群众、抗日救亡活动。他们两个是我的单线联系人，正是他们的教育、帮助，引我走上革命道路。

舟山“余则成”，隐蔽海上游击战

不久后，上级组织委派我担任国民党定海抗日自卫团第三大队（以下简称三大队）指导员。

三大队是一支由小船帮发起的抗日队伍，以盐渔民为主，其中也有心怀鬼胎的不良分子。我与战士们同吃同住，利用教大队长读书认字的机会，对他们进行爱国主义教育，潜移默化地影响他们，并逐步清除队伍中的违法乱纪分子。三大

队的面貌焕然一新。

1943年，三大队第三中队队长徐和坤在与日寇激战中牺牲。根据党组织指示，我通过争取兼任了中队长，掌握了这支名为国民党领导、实际由共产党控制的抗日队伍。

1944年6月，只有一条胳膊的船夫多福，被日军强行拉到舟山东部小岛运粮运菜。一天，他获知在洛迦山养伤的日军少佐等鬼子要去白沙岛，便偷偷把这消息告诉了抗日游击队。

我知道消息后，立即进行周密部署。第二天傍晚，鬼子们在多福的船上喝酒狂欢时，一个个都趴倒了。其实，这是多福故意使的“坏”。

随后，他轻移开船板，我们整个分队的战士从舱内冲出，瞬间控制了敌人的轻机枪，当场击毙鬼子7个，还缴获轻机枪1挺、步枪5支、短枪1支，俘敌6人。

尽管战果颇丰，但考虑到隐蔽工作的特殊性，我并没有将战功向国民党汇报，日军也不清楚是怎么回事，最后以海难了事。

抗战胜利后，我又任国民党定海警察局保安警察大队第二中队队长，配合中共地下党组织与国民党进行隐蔽斗争。

舟山解放了，俯首甘为孺子牛

1950年5月17日，舟山解放。潜伏了12年的我，终于能以共产党员的身份正式亮相。

我当时是定海县军事管制委员会政务处副处长。新政权刚建立，百废待兴。我们的工作不仅繁杂，且工作量大，忙得几乎以办公室为家。与我办公室相邻的一户邻居老是开我玩笑说，他家报晓的公鸡都被灯光搞迷糊了。

一年后我调到杭州工作，直至1957年7月，再回舟山任职。其间，虽遇“文化大革命”荒废了大好时光，但好在改革的春风又及时让我回归，继续为舟山百姓服务。

1978年，全国科学大会召开，我作为舟山代表团负责人带队出席。这次会议，让我认识到“科学技术是生产力”。

回到舟山，我们立即行动，根据舟山地质和土壤条件，精心实施培育早稻新品种“竹科2号”等共34项农业科学技术研究项目。当年9月，就取得了成果。

离休后，为海岛教育事业忙碌奔波

1982 年后，我担任地区行署副专员，不再主管农业，开始一门心思搞教育。

早在 1938 年，我看到家乡学校停办、学生失学，非常痛心，在岱山岱西创办了青光代用小学（后改名为植新小学）。后来又陆续在岱山创办了 20 余所农村小学，并参照舟山中学模式兴办了岱山初级中学。

1983 年，我 65 岁了，已到党内干部任职的最高年限。当年 10 月，我退居二线，但内心并没有什么失落感。在我看来，只要有颗为人民服务的赤诚之心，反而有更多的时间和精力去办一些实事，去做最爱的事业。

1985 年，我创办东海业余专科学校。

1989 年 3 月 14 日，我正式离休，成为一名普通公民，但我的教育事业没有“离休”。尤其是“东专”，更是倾注了我后半生的精力。

我曾两次上京请求国家批准，终于使东海学院成为经国家教委批准备案独立设置的成人高校。

2005 年，东海学院并入浙江国际海运职业技术学院后，我又参与了浙江海洋学院民办东海海洋研究所和东海科学技术学院的建设。也是从这一年开始，我发起创办了东海教育基金会，让社会上部分贫困家庭的孩子也读得起书。

“教育救国，教育报国”是我的理想，也是我最为热爱的事业。

打通无声与有声的世界

□ 顾竹君口述

人物简介

顾竹君，1940 年出生，舟山市聋哑学校的筹办人之一。作为一位聋哑孩子的母亲，她深知聋哑人的困境和痛楚，一生致力于为聋哑人的生活、工作奔波，她用自己的爱心打通无声与有声的世界。

孩子意外失聪

我是沈家门人，年轻时在沈家门一小当语文老师。丈夫是军人，从六横乘小船回一趟家要四五个小时，平时很少回来。我就住在娘家，白天要上班，三个孩子都由父母帮忙养大。

23 岁那年，我生下二儿子。在他两三岁的时候，我们发现他的听觉有点异常，无论怎么逗他、在他背后敲锣他也毫无反应。我心里“咯噔”一下，抱着孩子到上海求医。

跑遍上海各大医院，最后五官科医生作出诊断：神经性耳聋，无法治疗。

追查病因时，上海医生问我们：“孩子以前是否打过什么针？”

我把病历翻给他看，最后医生发现，孩子在一岁半时因发烧打过链霉素，这种药会破坏极少数人的耳神经。想起当时的我因为忙于教学工作，连孩子发烧住院都没有陪同，思想便背上了沉重的包袱。

举家搬迁绍兴

孩子上幼儿园的时候，因为听力残缺，跟周围小伙伴格格不入。

到了 8 岁，别的孩子都上小学了，他没有读书。当时的定海、沈家门，没有一所聋哑学校。我咬咬牙，作出一个决定：举家搬迁到绍兴，因为那儿有所专收聋哑孩子的学校。

宁波也有聋哑学校，离舟山更近，为啥选择绍兴呢？因为我丈夫的老家在绍兴。

白天，孩子在学校读书；晚上，我利用业余时间去学哑语，比如吃饭、睡觉、问好这些最基本的手语，都是那段时间学的。

当时我的想法很简单，就是为了和儿子交流。虽然已经残疾，但我要教育他做人的道理，让他不要走邪路。

一次偶然巧遇

我们全家在绍兴一待就是 10 多年。每年寒暑假，我都要回舟山看看爹娘。工资虽然低，但车旅费也便宜，一元钱就能从绍兴坐车到宁波，再从宁波坐小船回沈家门。

有一年回舟山，我在路上碰到个聋哑人，就上前用哑语跟他交流。他问我："你能否陪我去民政局？"我问："你有啥事？"他说："我要找领导。"好，我就陪他去。

当时负责接待的局长也非常好，饶有兴趣地问我："你怎么会打哑语？叫啥名字？"

我把名字告诉了他，没想到局长跟我姐姐、姐夫认识。

就是这次意外的巧遇，埋下了我日后回舟山参与创建聋哑学校的伏笔。

二话不说回舟山

上世纪 80 年代初，政府对残疾人事业相当重视关心，全国各地都在兴办聋哑学校。舟山也要办一所，但没人带头。那位民政局局长一下子想起了我，辗转找到我姐夫问："能不能把你小姨子叫回来，帮我们一起办聋哑学校？"

我姐夫说："这种公事不需要通过私人关系，你直接给她写信吧。"

局长给我写了一封信，信里说："舟山要办聋哑学校了，你会打哑语又是本地人，能否回舟山为家乡人民做点好事？"读着信，我挺感动的，因为我就是一个聋哑人的家长，孩子的教育问题让我吃了苦头，不得不背井离乡举家搬迁。这些父母都跟我一样，如果孩子不能在家门口读书受教育，长大后无法融入这个社会，会给生活带来更大的痛苦。

那年我 45 岁了，在绍兴也已落实了编制，回舟山意味着一切都要从头开始。但为了聋哑孩子和家长的渴望，我二话不说回到舟山。

肯学、肯做、有爱心

舟山市聋哑学校建在山边，刚刚创办起来时很辛苦。政府很重视，师范学校里的学生让我们先挑。我挑老师有几个条件：一是擅长舞蹈、画画、体育，因为聋哑孩子虽然耳朵听不到，但模仿能力特别强；二是肯做、肯学、有爱心，聋哑人是残疾人，内心会比较敏感，如果你有爱心，让他信任你，工作就好做了。

从来没跟聋哑人接触过不要紧，由我来负责教老师们哑语。

为了学习办学经验，我和两位老师去上海第四聋哑学校、宁波聋哑学校学习。学生的生活怎么管理，文化课学习什么内容，带学生出去看电影要注意哪些细节……我都一一记下。

每天我们三个去得很早，把办公室打扫得很干净，学校老师也愿意教我们。

就这样，经过一年紧张的筹备，1986 年秋天，舟山市聋哑学校开学了。

孩子们安心了

第一批招收的 32 名海岛聋哑学生，都才七八岁，刚开学就哭啊闹啊。因为之前都是在爹娘身边长大，学校对他来讲是陌生的，对寄宿也不理解，还以为爹娘不要他了。

我就让儿子媳妇去做工作，他们两个都是聋哑人，同处无声世界更容易沟通。

我儿子跟他们讲："我是顾老师的儿子，从小耳聋，后来妈妈陪我去绍兴读书，现在我能识字、看报、看书，你们读了书后也可以跟我一样。"

他这一解释，比我们苦口婆心劝还管用，孩子们都安心了。

一星期后，有家长放心不下跑来教室门口张望，结果孩子们都特别守纪律，还互相督促："别看，我们眼睛要看老师的，上课不好开小差的。"

家长很高兴，才一星期时间，孩子改变这么大！家长特意跑来办公室向我们表示感谢："老师们确实有一手，孩子让你们教得这么乖！"

学校勇夺第一

在聋哑学校过的是集体生活，孩子们都吃得白白胖胖。

主要是政府工作做得好，那时还需要粮票、糖票、油票，农村来的孩子因为定粮不够，吃不饱。我们去反映后，政府尽量满足需求，我们也不会揩油，一心一意让学生吃饱穿暖。

很多孩子都是第一次住寝室，我们带学生去部队参观内务。回来后，孩子们把被子叠得方方正正的，跟豆腐干一样。学校还统一买了蚊帐，跟部队一样。

领导逢年过节来慰问，对学校印象很好。

1986 年，全省 36 所聋哑学校进行经验交流，不少人来学校参观后跟我说："你们学校蛮出色的，刚办起来就这么好。" "到底只是初办，不是老学校，能办成这样不容易。"

最后一评比，舟山市聋哑学校勇夺第一，这极大提振了我们的士气，大家开心极了。

垃圾场变操场

学校面貌焕然一新，但我还有块心病：学校附近有个垃圾场，天热一发酵，闻着臭烘烘的，对学生健康多不利啊。我通过多方努力去找领导："不要嫌我说话难听，政府这么关心聋哑人，我内心非常感激，干脆好事做到底，要么搬掉垃圾场，要么聋哑学校搬迁。"

在我的努力下，垃圾场终于搬走了，原地块改建成了操场。我也终于了却一桩心事，在舟山市聋哑学校工作 10 年后，光荣退休。

退休后的我依然没闲着，聋哑人只要有啥困难来找我，我都想办法替他们解决。汽运公司、银行等一些窗口单位需要服务聋哑人，让我来教员工哑语，我义不容辞去帮忙培训。

很多聋哑人把我当妈妈看待，有 3 个聋哑姑娘就是从我家"出嫁"的。我还收养了一位聋哑"养女"，在我家里同吃同住已有 9 年，我待她视如己出，外出旅游也带着她。

这么多年来，我一直坚信，只要有爱心，任何事情都能成功。

百年木船手艺，在他的手里走向世界

□ 岑国和口述

人物简介

岑国和，岑氏木船作坊第四代掌门人，国家级非遗代表性传承人。1956 年出生，1975 年中学毕业后随父学艺，三年满师后承担木帆船设计与制造任务，2002 年后重组木船作坊。现为浙江岑家木船文化发展有限公司董事长。

岑国和的人生注定和木船紧紧地捆绑在一起。

他在少年时代伴随舟山渔业的鼎盛，见证木船打造的辉煌时期；壮年时却经历行业衰败，传统木船修造业在市场冲击下濒临淘汰。

就在其他木质船厂纷纷转行的时候，岑国和靠着一身过硬的本领坚持传承，让老手艺在历史长河中历久弥新。

进入 21 世纪，随着海洋文化建设的发展，岑国和终于守得云开见月明，为岑氏木船闯出了一条不同的路。

沈家门半升洞一带曾有千家造船厂

舟山人和大海、船有着分不开的缘分。

我出生在造船世家，我的阿太（曾祖父）岑明赐在 1900 年创建了造船小作坊，那年阿太 40 岁，自此开启了我们岑氏木船作坊的百年兴旺。

100 多年前，阿太打的还是小对渔船、舢板渔船这类小型木帆船；到了爷爷那一辈，开始打造中型木船了；传到父亲手里，成批地打造木帆渔船。舢板渔船、小对船、流网船、大对船、大捕船……船只的每一次变化，侧面反映着我们舟山渔业的发展史。

我记得小时候，沈家门半升洞、墩头一带都是造木船厂，少说也有几百家吧，岑氏是其中一家。

那时渔业鼎盛，大黄鱼就几分钱一斤，岑氏木船已经打开了名气，很多渔民找我们订船。

远洋渔业还未开拓，渔民主要以近海捕捞为主。我们做的船，渔民都说质量好，安全系数高。

木帆船制造总共需要47道工序

老一辈一直教导我们，掌握一门技术就可以养活一家子，所以我们家的男丁，大多会造船。

别看简单的一艘木船，造起来一点都不容易，除了设计图纸，岑氏木船作坊祖传的木帆船制造总共需要47道工序，从最初的木材选择就严格把关。梢木耐用，不易变形，更不易漏水，是做桅杆最好的材料。我曾经为了找到合适的梢木，奔波于两广地区和东南亚国家。

小时候我们住在勾山的四合院里，出了门我就能看见在门口忙碌的造船景象，男人造船、女人做帆。

耳濡目染，我等到17岁跟着父亲正式学艺后，上手十分快。仅3年，我就掌握了全部47道工序。到21岁时，已经可以独立到外省替人家打船。

舟山渔业当时发展势头强劲，1980年我自己就在平阳浦开起了船厂，一年要造二三十艘船，最大的25米长。

但是谁都猜测不到时代的脚步下一步会走向何方。上世纪90年代末，舟山的远洋渔业越来越发达，人们需要能前往深海捕鱼的钢质船，手工木船无法承受海浪的颠簸，这个行业自然而然被时代抛弃。各类木船厂逐渐不再有生意，很多个人的小船厂干脆被淘汰了。

一个好的造船人肯定是个好的木匠。我学造船之前学过一段时间的木工，活做得精细，即便是在行业最困难的时期，还是有人愿意找我来打渔船。毕竟远洋再怎么发展，还是有人从事近海作业。

一个德国人的出现给我带来转机

1998年，就在我为这个行业迷茫的时候，德国人托马斯的出现给我带来转机。

托马斯会讲五国语言，他走遍了中国东南沿海一带，想造一艘属于自己的木帆船。

根据他的草图，我们花了两年不到的时间，打造出这艘不使用不锈钢螺钉的帆船。

这艘符合国际帆船标准的“卡尔欧”号（CAROL）木帆船，全长 14 米，宽 4.2 米，载重 30 吨，托马斯只身驾驶它从沈家门出发，辗转中国、马来西亚、泰国，最后抵达家乡德国。

回国后，托马斯把这艘帆船的照片和建造的有关资料放在一个网站上，被有心的德国商人看到，他们立即和我们联系。

他们说，一直想要打造自己的帆船，联系了中国诸多船厂，但很多造船世家都改行了，像我们家这样还能坚守着的实属不易。

从此，越来越多的外国客商找上门来。

仿古船带给企业新的转机

凭借着百年手艺，我们的古船生意越来越好。每一艘仿古船，都是通过史料查找、图纸设计、船模制造、实船复原才得以最终完成的，船上的每一条纹路、每一朵雕花都倾注了我们的心血。

2002 年，朱家尖为了弘扬舟山海洋文化，找到我们，打造了一艘仿宋代的“绿眉毛”号古帆船。

之后的 5 年，“绿眉毛”号访问了国内 12 个有名的城市，还出访了韩国，代表中国首次参加国际高桅节。

2006 年，为了迎接瑞典“哥德堡”号访问舟山，我们打造了仿唐“鉴真”号三桅木帆船，迎接“哥德堡”号驶进舟山。

2007 年、2008 年，我们打造的“安福舻”号仿清代皇家游船承担了水上传递奥运火炬的重任。

2009 年，我们又打造了仿唐代“不肯去观音”号古船，亮相世博会。

印象最深的是 2008 年 9 月开工建造的“仿明代福船”，这艘总长 30.6 米的古船建成后于 2010 年被上海中国航海博物馆收藏、展出。这是我们岑氏木船作坊承建的规格中要求最高、技术工艺最为精致的一艘仿古船。就连里面的每一盏灯笼都是我们翻阅了大量的典籍后制作而成，力求尽可能还原明代福船的样子。

我们研制建造的郑和宝船船模被国家博物馆收藏，制作的几十艘仿郑和船队的古船模型，仅中央电视台一次性就订购了 5 艘。

现在，我们找到了自己的定位，除了做仿古的大型木帆船、渔船和仿古船模外，也为国外打造运动帆船、木质游艇。

讲课、开博物馆，将木船文化发扬光大

2008 年，普陀传统木船制造技艺被列入第二批国家级非物质文化遗产保护名录。

2010 年，岑氏木船作坊被文化部评为传统木船制造技艺的传承保护单位，我身上的担子更重了。

我到中小学校、文化礼堂去上课，宣传传统木船制造手艺，希望吸引更多年轻人喜爱这门手艺。

同时，我投资 150 万元开设了木船博物馆，近期刚开馆。越来越多的旅游团队、学生团队来这里参观学习、拼装船模。

博物馆总共三层，有这些年我们制作的各类船模几十艘，“绿眉毛”“开角花屁股”等都在其中。

希望这个博物馆能带给中小学生、游客更多直观的感受，将岑氏百年木船文化传播出去。

闯荡大海37年，安全航行30万海里
相当于绕了地球14圈

□ 徐熙孟口述

人物简介

20世纪六七十年代的岛城，交通极不方便。远远停在洋面上的航班，让舟山人出行方便多了。

1973年，舟山迎来了“浙江801”轮，从此三天一班可以走定海—嵊泗—上海。1975年，又来了比“浙江801”轮大的“浙江815”轮。

在担任“浙江815”轮船长期间，徐熙孟常年航行于渔船暗礁密布的近海航线，频繁出入高风险的上海港，但从未出过安全事故。

闯荡大海37年，连续安全航行30万海里，徐熙孟相当于绕了地球14圈。他还先后获得交通部颁发的“金锚”奖、“金帆”奖，被授予“全国最佳船长”“全国安全明星船长”称号。

一到舟山，心凉半截

我1940年生于大连。1960年，我从大连海运学院海船驾驶专业毕业，在上海海运局实习一年后，被分配到舟山。

当时共有5位同学被分到浙江，舟山就我一个。

初来乍到，人生地不熟，话也听不懂，再一看舟山的船运条件，我的心凉了半截。

因为无论是在大连学习还是在上海实习，我们操作的都是五六千吨级的大船，而舟山还是几条小木壳船，船况比较落后。

走出校门时雄心壮志，最后去开小船，说老实话，我当时思想上是有点波动的。

不想待舟山了！我跟领导要求调走。

时任舟山航运局局长的马本强找我谈话："小徐啊，我们舟山会发展的，特别需要像你们这样的人才，留下吧！"

没想到，这一留，就是一辈子。

载客量少，抗风力差

我在舟山工作的第一艘船是"中浙 2"号，1955 年 12 月 7 日始航，由定海起航经衢山、泗礁至上海。

那年我 21 岁，刚毕业没啥经验，从实习驾驶员做起，干了一段时间后担任二副。

"中浙 2"号只有 122 个客位，载客量少，航程也比较长，一趟下来需要 12 个小时，而且抗风能力也比较差，遇到大风大浪停航是常事。

船期三天一班，船票也蛮紧张的，乘客常常碰到没有航班或买不到船票的情况，很多人不得不绕道宁波去上海。

两年后，公司把我调到其他船上锻炼，我先后在三艘小货船上做大副。

在全国第一次船长资格考试中，我顺利通过，自此开始担任船长。

亲临指挥，免出纰漏

1973 年，定海至上海的航线，迎来了"浙江 801"轮。1975 年，"浙江 815"轮投入运营，很大程度上缓解了舟山人出行难。

1985 年，我被调到"浙江 815"轮上做船长。

行驶这条航线的最大难点，是从吴淞口进去到十六铺码头的这段航道，一般要航行一个半小时左右。

因为航道复杂，这一个半小时，船长要亲临现场指挥，精神必须要高度集中。

跟现在的黄浦江不同，那个年代黄浦江上来往船只特别多，有大型船舶，也有小型船只。

像从长江过来的船队，一个拖轮要拖两三个大铁驳，吨位比较大。还有一些小木船，"一条龙"似的，一艘船后面拖二三十艘小船。

"一条龙"一般都顺水行驶，马力小，操纵性能差，只能走自己的，避让比较困难。

黄浦江的宽度有限，这么多船只要通过，有些还不讲规则。而我们“浙江815”轮通过的时候，一般都是晚上或后半夜，所以更要胆大心细，否则要出纰漏。

通过“S”形，绕过外轮

作为船长，业务素质要过硬，紧急关头要沉着冷静，才能化险为夷。

有一次，“浙江815”轮顺水驶进港口的时候，正遇上一条外轮驶离。恰在这时，有个“一条龙”船队也要进口。

外轮很少遇到这样的“一条龙”小船，船长有点吃慌，操作不正常了，横在了航道上。

而我们船正好是顺水进去，航道这么窄，压根儿就没有多余的地让我们通过。

当时正值大潮汛，稍微迟疑一下就有可能错失避让的最佳角度，导致两船碰撞。

通过“S”形，我们成功绕过了外轮。

巨轮占道，冷静应对

还有一次，我们的船准备出口，迎面遇上一艘巨轮。

我是顺水，它是逆水，照正常情况，我们各走各的航道。没想到，它占据了我们的航道。

我用高频联系，说你行动慢，要不保持现在的航道，我避让一下。因为我操纵比较方便，可以从它的右舷通过。

他们不回答我。那就意味着，我不能随便改。

我果断采取措施，最后两条船擦着边过去了，要是碰到一点点，那就完蛋了。

船员们都吓坏了，我当时还是比较镇静的，“左满舵！右满舵！”口令下得很准确。

越是遇到紧急关头就越要冷静，船长要是吓瘫了，指挥不当，那肯定出事情。

潮流复杂，稳妥靠岸

那个年代交通比较落后，有了这样一条船，就方便了与外界的往来。“浙江815”轮对舟山老百姓来讲，确实带来不少便利。

舟山老百姓会经常托船员从上海带东西，最受欢迎的有两样：一样是面条，上海的筒子面比较好吃，舟山人蛮喜欢的；二是花布，上海的花样比舟山多。

上世纪80年代后，舟山至上海的航线重现繁荣，除了直航航线，也有经停航线，即定海—衢山—嵊泗—上海。

这条航线也很有特点，中途要停靠两个码头，外沿岛屿风浪比较大，潮水又比较复杂，靠泊难度相当大。要是靠得慢一点，旅客会有意见，“明明到了码头还靠不上！”船员也要埋怨。客船吃水比较小，受风面大，横风吹向码头，船的速度很快，容易碰撞。

我一般会根据当时的风浪情况，很快拿出一个靠泊方案，在10分钟之内稳稳靠上码头。

2000年，我从这条航线上退休。

人命关天，注重安全

回想当年，我的第一志愿本来想搞土木工程，因为家里经济条件不太好，想早点工作，看大连海运学院可以减免学费，就选择了这一行。

其实我的祖父、父亲也是跟海打交道的。

干我们这行比较辛苦，每天和风浪打交道，以前船舶条件比较差，风险比较大，干得不好就要出问题，而且一出就是人命关天的大事情。

欣慰的是，我这辈子干下来还是比较顺利的，安全地干到退休。

舟山靠近大海，舟山人对海比较熟悉，所以海员也多。

这些年，舟山航运企业发展比较快，船的技术状况跟几十年前不能同日而语。

但为什么海上依然会发生事故？我觉得，安全这根弦不能松。我们的船员队伍，尤其是高级船员——船长、轮机长、大副这三个角色，要管好船舶。

因为，安全就是最大的效益。

接过父亲和哥哥的重担，继续舟山锣鼓的传承

□ 高如丰口述

人物简介

高如丰，81岁，舟山锣鼓高家班传承人，国家级非遗代表性传承人。从小和哥哥一起跟随父亲学习舟山锣鼓。在哥哥高如兴去世以后，他接过舟山锣鼓传承的重担，重组白泉“高家班”，前往各地演出，为舟山锣鼓赢得荣誉。

高如丰的家在白泉镇上，闹中取静，小院里的景观树被他精心修剪，恬静的生活一如他的性格。作为高家班第三代传人、舟山锣鼓的“国家级传承人”，高如丰讲起舟山锣鼓时眼睛里有光亮，双手不自觉地打着节拍，即使身边没有鼓，哼出来的节奏也足以让人感受鼓槌击打鼓面时振奋人心的声响。

舟山锣鼓的前身：父亲的吹唱班
总管先生点戏，没有父亲不会唱的

父亲一辈子吃的都是这口饭，笛子、二胡、板胡、琵琶、唢呐都会。那时候还没有“舟山锣鼓”这个称号，只是吹唱班的敲敲唱唱，两只鼓、两面锣，气势上也没有现在五只鼓、十三面锣来得磅礴，但应对红白喜事已经足够了。

舟山解放前，父亲的吹唱班已经被大家叫作白泉高家班，在民间很有名。即便现在到沈家门等地去问我父亲高生祥的名字，年纪大的人有些还是知道的。

总管先生总会在酒席间点戏，他点的戏若你每首都会唱，那就是真本事。我父亲就是其中一位，没有他不会唱的。就是因为这个，我们白泉高家班的名气越来越大。

我七八岁跟着父亲学音乐。小时候，父亲带上我们兄弟三人，再带上一个得力徒弟，一起去雇主家里。唱的是京剧，兄弟几个你唱生、我演旦，喝喜酒的人听了，都拍手叫好。

舟山解放后，因为时代原因吹唱班不再吹拉弹唱了。我们父子几个也各自有了职业：我和大哥学理发；父亲舍不得那把二胡，去越剧团拉二胡。后来剧团去了上海，父亲考虑到自己已五六十岁，不想再离开家乡，就安心在家研究音乐。

民间有很多像《贺郎调》《红绣花鞋》等小调，就是在那个时候，父亲一点点整理出来，重新谱曲作词，整理成册的。

舟山锣鼓的辉煌：登上国际舞台

用鼓声征服评委，屡获奖项

1953 年，为响应“百花齐放，推陈出新”的指导方针，首届浙江省音乐舞蹈观摩演出大会在杭州召开。全省的民间艺人大多去了，我们跟随父亲在会上进行锣鼓表演。

从舟山乘船到宁波，再乘船到上海，接着又去嘉兴绕了一圈，那时候去趟杭州不容易。我们不辱使命，在大会上用鼓声征服评委获了奖。就是从那时候开始，越来越多的人慕名而来，到白泉找我父亲取经。浙江民间歌舞团、舟山海防文工团、铁道部文工团、空军文工团……还有好多有名的作曲家，我都记不过来了。

父亲有个小本子，专门请远道而来的客人留下赠言，可惜这个本子和小调谱子随着父亲和哥哥的先后离世，已经找不到了。如果那个时候有口述历史，相信将成为宝贵的资料。

我记得当时有位舟山海防文工团的演员，来白泉住过一阵子，向父亲讨教了很久，之后用舟山锣鼓到莫斯科演出，那是 1958 年的事，还得到了民俗奖呢。

1959 年，解放军前线歌舞团演员向父亲学习后带着创作的《舟山锣鼓》前往奥地利维也纳参加第七届世界青年联欢节的比赛，获得世界民间音乐比赛的金奖。

印象中，改叫“舟山锣鼓”大概在 1956 年左右吧。之前我们一直都叫“海上锣鼓”。随着“海上锣鼓”的名气越来越大，这个名字已凸显不出舟山特色，遂改成“舟山锣鼓”。

舟山锣鼓的传承：大哥高如兴的坚持
每一个鼓点都是对出海的还原

说起舟山锣鼓，不得不说到我们白泉高家班；说起高家班，不得不说我的大哥高如兴。父亲之后，大哥继续了舟山锣鼓的传承，是他一点点改良舟山锣鼓，从原来的两面鼓变成五面鼓，气势更加磅礴，高家班的名气也正是通过他的努力，越来越响。

为了表演好舟山锣鼓，大哥特意去沈家门渔港采风，跟着船出海。舟山锣鼓分为三番，分别是出海、捕鱼、丰收归洋。

表演开始用唢呐调动，随着渔歌号子一起，海螺一鸣，真实还原以往开船的场景。过去渔民没有手机，他们靠着海螺传达信息。听到海螺声，就是那头渔民在通知："我们要出发了。"这头也吹响海螺，便意味着："我们也来了，一起走。"

接下去就是开船了，大哥高如兴用鼓声模拟出过去木帆船、机帆船的马达声，之后船铃"叮叮叮"地响起来，这艘船就要满载渔民的希望出海了。

船上等待收网前，渔民会打打牌打发时间，有意思的是，大哥将这些都编进了舟山锣鼓，让舟山锣鼓有了趣味性。

三番归洋是舟山锣鼓的高潮，渔嫂挑着扁担来码头收鱼货，那年头鱼多，每次归洋都是丰收场景。老百姓的高兴愉悦，大哥都用锣鼓表现得淋漓尽致。

舟山锣鼓的将来：我接过了传承
台下十年功，还有很长的路要走

父亲和大哥先后去世，父亲整理曲谱的本子丢失，高家班也低迷过一阵子。我觉得自己有义务重新振兴高家班。2007 年，在上级领导的关心下，我找到了一批音乐爱好者。我们用了 54 天时间，渐入佳境。

困难也是有的，老谱要从脑子中搜索出来，新人要培训，忙得焦头烂额，好在经过了这么多年，我们成了一支优秀的队伍。但是我们这批人已经七八十岁了，需要更多的年轻人来传承舟山锣鼓。

现在愿意学习舟山锣鼓的人越来越多了。很多学校从小学开始就普及舟山锣鼓，我经常去小学教课。全国上下对非物质文化遗产的保护也越来越重视，前几天中央电视台的记者来采访我，面对面拍了 8 个多小时。前不久，我刚去杭州领了奖，省文化厅厅长亲自给我颁了浙江省传统音乐传承贡献奖。

很多人在学，我希望他们坚持下去。别看只是敲鼓打锣，也需要多年积累。

我是舟山敲武锣的第一人，武锣就一个热水瓶塞大小，而且武锣没有自己的谱子，只能看表演者的悟性，得眼疾手快，在超拍、抢拍中夹杂进去。当年我的武锣和大哥的鼓配合得很默契，特别是在三番中，我的武锣让大哥的鼓更具有感染力。

现在学武锣的人少，我带了几个徒弟，都需要多加练习。舟山锣鼓也是，希望现在学习的年轻人能沉下心，愿意花更多的时间去钻研我们这项民间艺术。

医者情怀，妙手仁心

□ 杨文西口述

人物简介

杨文西，男，1963 年毕业于浙江医学院，分配到舟山市人民医院工作，1985 年起先后担任副院长、院长、党委书记，2001 年担任医院名誉院长。

跳级的小不点儿

我祖籍宁波，1942 年出生在江西，父亲是银行职员，母亲是小学老师。

我的学生时代是在金华度过的。读书的时候，我年龄最小，因为跳级了。不是因为成绩好、天分高，据母亲说，我从小是哥哥的“跟屁虫”，离开哥哥就要哭。母亲无奈，找到校长问，能否让我跟哥哥一起上学。校长同意了，从此班上多了一个小不点儿。

高中毕业后，我考上了当时的浙江医学院。

选择从医，主要有三方面的原因：一是母亲很希望家里有人成为医生；二是医务人员穿着白大褂，在我眼里很高尚；三是中学时代有两个比较要好的学长，一位考入上海第一医学院，一位考入浙江医学院，让我对医学院心生向往。

先去舟山医院报到

1958 年入学，1963 年毕业，填志愿的时候我跟多数同学一样，听从党的召唤，填写“服从组织分配”，我被分配到了舟山。时隔 60 年，我依然记得来舟山报到时的情景。

当时从宁波到舟山有艘“601”轮，我到窗口买票，售票员问我：“你到舟山啥地方?”我答不上来，当时压根儿不知道定海、沈家门、岱山、嵊泗这些地方。售票员问：“你去干什么?”我说是工作分配去报到，她说：“那你就买定海吧。”

上了码头天色已晚，我坐三轮车去地委，组织部同志接待了我，先安排到招待所住下。第二天到卫生局报到，接待的同志讲：“哎，你怎么这么早来了?”让我回去等。

等了几天没消息，身上的粮票用光了，我又到了卫生局。他们开会商量后说，你先去舟山医院报到，但要做好思想准备，可能会做第二次分配。

既然来了就好好干

当时的舟山医院住院部就在北门，进传达室后，首先看到两层的“工字楼”，前面一幢，后面一幢，当中有条连廊。“工字楼”旁边有一个传染科的单层病房，再过去是食堂、职工宿舍。传染科边上有个小小的太平间。

至于分科呢，“工字楼”楼上是妇产科，楼下东面是院部，西面是心电图室等。当中是放射科，后面两排分别是外科、内科，再加上传染科。另外定海西门还有一个门诊部。

当时床位数100多张，全院人员100余人，这是当时舟山医院的全部。

虽然海岛条件比较落后，但我没有太多的思想波动，既然来了就好好干呗。不久后，我与患者建立了比较好的医患关系，不时有来自海岛渔村的患者会拎着土特产过来表示谢意。其实我一点都不需要，但他们真心实意拿来又很难退回去，我转送给有家室的同事。

多学一点总是好的

医学是一个不断否定又不断发现的过程，作为一名医生，需要不断充电。很幸运，组织上给我三次机会，让我进修培训。

第一次是上世纪60年代。来舟山医院工作后不到一年，我被抽调到基层工作队防治霍乱、流脑。1965年2月，正在干䃎做防治工作的我接到医院领导电话，让我马上回医院。我问行李要不要带回来，他说，都带回来吧。

一到医院，领导让我马上到浙一医院进修。因为我们医院要发展胸外科，需要一个肺内科医生。这里有个插曲，我毕业时曾经在浙一医院实习过，导师们对我印象蛮深。后来他们说，到浙一医院进修一般需要临床三年以上，我两年还不到，多亏了实习时表现不错，他们对我这个名字印象深刻，破格同意。

第二次是 1978 年前后，舟山医院想派一位医生进修血液病，领导问我是否有兴趣，我说愿意，反正多学一点总是好的。

第三次是 1983 年，浙江省卫生厅开办全省主治医师培训班，考试蛮严格的，我幸运地被录取了。

担任一院之长

1985 年，在前任院长叶文瀚的说服下，我开始担任副院长。

那时候工作条件没这么好，几个院领导都在一个办公室。开会时我忍不住要去看显微镜，叶院长点我："杨文西，你专心开会！"

1992 年 9 月，我到天津参加一个全国的血液病研究会。开完后正逢国庆，想到女儿在北京念大学，我请了几天假去北京跟女儿共度国庆。

一回到舟山，组织部便把我叫去，任命我为舟山医院院长。

打过两次辞职报告

接手之后，我打过两次辞职报告。因为我觉得自己更适合搞业务，不希望几年之后，组织上认为我从政不宜，因为业务荒疏而从医不能。

两次报告都没人理我，我只有承担下来。

既然组织上让我干，敷衍了事也不是我的风格，那就一点点干吧。

为了方便群众就医，舟山医院准备筹建新的门诊大楼。选址的时候我跟叶院长一起去。解放东路上有个消防队刚好要搬掉，我们就选在这里，这里离东门车站近，农村坐车过来的患者走几步路就到了。

"三阳开泰"去募资

刚当院长时资金不足，我们想去找香港舟山同乡会募点钱。当时是三个人一起去的，外事办主任杨雪飞、卫生局局长杨尔昌，还有我。

听完自我介绍，香港的舟山老乡们都笑了："是不是特意这么安排的啊？三个都姓杨，'三阳开泰'好兆头啊！"大家都很高兴，纷纷慷慨捐助，最后统计下来，共有人民币 230 多万元，在上世纪90 年代初，算不小的数字了。

硬件、软件一起抓

作为现代化医院，硬件必不可少。

1996年，我去日本气仙沼市参观当地医院，他们有20多台血透仪，对我刺激很大。因为尿毒症患者可以依靠这个延长生命，所以我下决心，回来后引进血透仪。

CT、磁共振都是在那时引进的。还有过敏源检测仪、血细胞分离器等，很多医院都下不了决心买，我考虑再三，觉得从整个医院发展来讲，是需要的。

另一方面，软件也要抓。我们和温州医学院、武汉医学院挂上了钩，重视医生培训，让医生去学腹腔镜，为开展体外循环心脏手术让团队去上海进修……

电脑起步也比较早的，我们专门采购了好多台电脑，组织了几期培训班，普及电脑知识。现在回过头来看，感觉还是比较有价值的。

留点时间给自己

退休后医院要延聘我，被我推辞了。我的兴趣爱好很多，想留给自己一点时间，看以前没有时间看的书，做自己感兴趣的事。

退休后的几年，我和老伴一起去了不少地方，国内去了新疆、内蒙古、宁夏等，国外去了日本、英国等。老同事看我背着双肩包，拿着三脚架，问我大热天干吗去啊？我说去杭州拍荷花！

舟山医院整体搬迁到临城后，我去过几次，感觉变化非常大。占地规模比原来院区大，全部用上了电脑，医疗仪器不能同日而语，还有了分子实验室，张永奎微小肺癌的诊断治疗技术在全国都是领先的，今年通过了JCI国际认证。我今天又得到一个信息，“浙江大学舟山医院”挂牌了，这些都使我由衷感到高兴。

我们那个年代是起步阶段，真正的飞跃是在临城。整个舟山医院的发展，是几任院长和所有医护人员、广大职工共同努力积累的结果，也是时代发展和社会进步的一个缩影。

一路向前　带动和见证舟山造船业的发展

□ 郁惠民口述

人物简介

郁惠民，现任浙江海洋大学教授，市科协兼职副主席。

踏着舟山造船业发展的节拍，郁惠民一路向前，带动和见证了舟山造船业的发展。

2016年，郁惠民从一位造船排头兵，转身为一名传授船舶知识、研究船舶技艺的大学教授。

在长达30多年的一线生产管理中，他已成长为一名造船专家，并结出累累硕果：《数字技术在修造船中的开发与应用——船舶管系三维设计系统》科技项目获2007年度舟山市科学技术进步奖一等奖；《船舶建造精度控制关键技术攻关与产业化应用》科技项目获2010年度舟山市科学技术进步奖二等奖——郁惠民都为第一完成人；2008年，郁惠民荣获2008年度舟山市海洋科技创新奖。

数年“折腾”

1978年，我参加高考，那个时候根本不知道大学里有什么专业，一位初中数学老师跟我说：“水产学院不错，就在家门口。”就这样，稀里糊涂地，我读了渔业机械这个专业。

1982年，我被分配到舟山船厂。当时，舟山船厂主要制造小型渔船和500吨以下的沿海货船，一年的产值在800万元左右，已经是地方的产业旗帜。

被分配到船厂不久，我被调到船厂的船舶技工学校，做了9个月的老师。在教学过程中，我学到了很多船舶知识。

教学结束后，我被分配到技术部门做船舶设计。那几年造船业形势不好，当时的舟山市轻工业局建议企业做注塑机产品，我又被调到新成立的一个部门——新产品开发办，负责新产品开发工作。

新产品开发也有成效，我们自己设计的 100 吨和 125 吨冲床市场销售良好。

委以重任

1989 年，舟山船厂承接了北仑电厂 1600 吨/时的装船机业务。这对船厂来说是一项新业务，装船机到底怎么组织生产，过去没有经验，为此，厂里成立了 1600 吨装船机生产指挥部，让我担任总指挥。

最后终于不负众望，从设计（委托第三方）到制造、调试，我们顺利交付了这艘装船机。从 1989 年接单，到 1990 年年底调试结束，花了近两年时间。

之后，我被新升任的舟山船厂厂长徐裕康调到舟山通用机械厂，做技术科科长。

作为舟山船厂的二级厂，我们先后建造了一批小型渔船，有 818 型、802 型、803 型等。

上世纪 90 年代，舟山船厂在徐裕康厂长的领导下，生产形势很好，承接了批量的海南岛车客渡船，舟山—上海的车客渡船等产品，舟山船厂由此成为“亿元企业”。

国际大单

1999 年，我回到舟山船厂，在此期间，我不但系统学习了船体专业，还自己设计开发过几个小型渔船产品。2000 年前后，顺应当时造船模式的改变，舟山船厂成立了造船事业部，统管与造船相关的所有事项，我出任部长。

就是在此期间，船厂承接了一个订单：出口德国的 4350 吨多用途集装箱船。这是船厂承接的具有较高技术含量的第一批出口船订单。

当时，承接外国订单的难题很多：如何应对国外船东的技术要求？怎么跟他们用英语交流？现在船厂有很多高水平英语人才，但那时我们都不懂英语。

怎么办呢？请人。我们把造过出口船的生产技术人员请来工作，并邀请专家——当时中华船厂的厂长助理来给我们讲课，同时定期组织一批骨干去外地学习。

当年的船东代表，我现在都还记得他，名叫布朗，就是这位小个子老头让我们吃了很多苦头。

布朗先生是一位非常有经验的船舶监造师，对造船各个环节都很了解。在验收时，他每一块铁板都用手去摸，摸到不光滑的地方，会要求我们立即停止工作。我把施工人员叫到现场，召开现场会议解决问题……

就这样，我们一步步把产品质量提上来了。最终，这艘船按时交付，我们也逐渐适应了国外船东的高质量要求，整个造船团队很有战斗力，很能吃苦。从另一个角度来说，我们也很感谢布朗先生。

之后，我们在欧洲造船市场有了一定的知名度，欧洲船东都很愿意将单子交给我们，我们先后接了一些大单子。

赢来奥迪

2006 年 8 月，改名后的扬帆集团企业改制，由浙江建龙控股，企业性质从国有转为民营。之后，扬帆集团进行了扩建，新建了舟山大神洲造船有限公司、浙江东海岸船业有限公司。其中大神洲位于盘峙岛北端，工厂按现代总装造船模式设计，具备 10 万吨级以下各类船舶产品的建造能力。

我当时作为扬帆副总兼大神洲总经理，负责组建大神洲造船厂。

一切从零开始，我从扬帆抽调了两位总经理助理和部分生产技术骨干，同时向社会招聘了一些人，一边做生产计划、做人员培训，一边进行工厂建设。2007 年年底开始负责这个项目，2008 年 12 月底，第一艘船已经出坞了，从开山填海，到建船坞、码头和生产车间，最后完成第一艘船的建造用了两年不到的时间，这个建造速度，我自己认为是最快的。

第一艘船载重 92500 吨，也是我们扬帆到目前为止造的最大的船。

我们跟增洲船厂签了一个分段合作协议，两家约好同步开始生产。增洲船厂老总担心我船厂建设跟不上，因为他的分段需要尽快投产，所以还和我打了个赌，赌注是一辆奥迪车。结果他输了，果真送来一辆奥迪车，当然，这辆奥迪是送给公司的。

成为教授

2013 年，我从扬帆集团辞职。2016 年年初，我被浙江海洋大学作为“人才引进”，成为一名教授，研究方向为船舶与海洋工程设计制造。

到 2017 年我已经上了三个学期的课。刚开始蛮累的，经过一年多的时间，我已经适应了。和一般的教授相比，我有优势，也有劣势。

我的理论基础没那么好，但实践经验多。现在的教材大多跟不上形势，跟当前的造船技术大概有 20 年的差距，我们在造船中运用的一些新装备、新工艺，教材里没有。

我讲的很多课都没有课本。像我讲的“造船的测量技术”，因为对于传统造船，测量技术就是一把尺，但在现代造船中，分段无余量建造、一次定位搭载技术等，都需要先进的测量技术来支撑，我们都是用很先进的全站仪，不光是测量，还要用专门的软件，用三维模型和实际数据进行对比，等等。这一技术是最近 10 年才发展起来的，我可以找到很多资料做成讲课的 PPT。

有时间的话，我还想编些教材，把自己毕生所学尽授于学生。

教书育人52载　把教师当作一份事业

□ 杨学俭口述

人物简介

杨学俭，南海实验学校原党委书记，中学化学特级教师。全国劳模，是唯一享受国务院特殊津贴的教师。曾荣获全国、省、市教育系统劳模，全国优秀教师，特级教师，“浙江省功勋教师”等称号。他撰写的论文多次发表于国家级核心刊物上，获得较好反响。他与人合编的《知识点拨与能力训练》，全国二十几个省市学校均在使用。

从1965年参加工作以来，杨学俭教书育人52年，辅导了17届高考生。2017年，72岁的杨老师站好最后一班岗，送高考毕业生踏上各自前程，他也迎来属于自己的退休时光。

在衢山把24年青春献给海岛讲台

（1965年8月—1989年8月，杨学俭在岱山大衢中学任教，一待就是24年，见证了海岛教育的变迁。其间，他被评为浙江省劳动模范、全国教育系统劳动模范、浙江省化学学科特级教师。）

1965年，我从舟山中学高中毕业后，来到大衢中学当老师。

起初当的是体育老师，因为一名化学老师生病，而我高中当过化学课代表，临危受命，没想到和化学结了一辈子的缘分。

1977年，国家恢复高考制度，当时大衢中学一共出了9个大学生，只有一人是应届生，他考进了浙江水产学院。相比现在来说，试卷是简单的，但当年是春季招生，即使是应届生，也已经在头一年夏天毕业离开学校。往届生更不用说，平日里还要干农活。所以对这一批学生来说，能考上大学都是下了苦功夫的。我记得当时考进最多的是杭州大学和浙江水产学院。

在海岛唯有学习才能改变命运

（过去衢山人除了种田，就只能捕鱼、晒盐，要走出海岛到外面的世界，没有其他办法，只有读书。对衢山人来说，一个孩子读大学，能改变自己甚至家庭的命运。）

1977届有那么多学生考进大学，给1978届以及之后的大衢中学应届生带来很大的信心，加上我们老师也比较快地适应了高考要求，辅导学生很用心。我每天上夜自修，专门在教室坐着，辅导学生。之后，每年考进大学的学生成倍增加。

上世纪80年代，大衢中学每年都有几十名甚至上百名学生考进大学、中专，上清华、北大、复旦、中科大这样重点大学的也有很多。当时在海岛农村中学里头，大衢中学的成绩能排前列，最重要的是学生很刻苦。作为老师，这是我们愿意看到的。

据我所知，在“文革”以前，大衢中学考上大学的只有两个人，以前几乎没有大学生。知识改变命运，曾经从大衢中学毕业，目前在复旦、上海交大当教授的有很多。

在舟中代表浙江基础教育老师参加党的十五大

（1989年8月—2001年8月，杨学俭任教于舟山中学。1992年，他再度被评为浙江省劳动模范，之后分别被评为全国优秀教师、浙江省杰出教师。1998年获得国务院特殊津贴，2000年被评为全国劳动模范、浙江省有突出贡献的中青年科技人员。）

我19岁刚到衢山的时候，大衢中学还是初中。1958年建校时，只有6间陈旧的房子，但有9个班级，10多个老师，都是外地人，师资力量好极了，都是宁波师大、上海师大、湖南大学毕业之后分配的，住宿都和学生们在一起。虽然教学条件艰苦，但老师们很勤奋，以苦为乐，教学踏实，很能出成绩。后来随着本地大学生的培养成才、留校任教，外地老师纷纷回去。我是最后一个走的外地老师，调往舟山中学任教。

1997年，中国共产党第十五次全国代表大会在北京召开，我作为浙江省普教战线老师代表参加了十五大，当时高教战线去的还有一位浙江大学党委书记。

我还记得江总书记在报告中前后 10 次提到教育，阐述教育改革和发展的方向。自从 1977 年恢复高考以来，整个社会环境对教育越发重视。

在南海学校见证舟山教育的又一次飞跃

（2001 年南海学校成立，杨学俭从舟山中学被借调到南海学校出任党委书记。但他依旧冲在教育第一线，担任教学工作，至 2017 年又教出了 6 届学生。其间获得“浙江省功勋教师”“舟山市求真务实先进典型”等荣誉称号。）

2001 年南海学校成立之前，舟山有很多中小学生选择到外地去读书，大批学生和优秀老师流失。为了改变当时的情况，国有民办的南海学校应运而生。

南海学校的创办效果显而易见，学生、老师都留住了。教育均衡后，南海又从民办改为公办。南海一成立，我就被调去担任党委书记。学校覆盖幼儿园到高中，我主要负责高中。对于一所新学校，招生是个问题，特别是高中招生，当时幼儿园到初中的招生问题都不难。

为了招生，我们四处奔波，到普陀、嵊泗、岱山等地去做工作。

那年招收的学生 2004 年毕业，也是南海第一届高中毕业生，事实证明他们考得不错，好几个考进浙大。

学校刚成立，有太多的事情需要操心，我除了当党委书记，还是两个班级的化学老师。对于一个老师来说，如果走出一星期、两星期，学生学习效果要差很多。所以当时有不少出国考察机会，我都主动放弃了。带高三学生很累、有压力，老师反应要快，题目要做得多，学生提出的问题和高一高二完全不一样。

学校创办第三年，遇到了“非典”。从幼儿园到高中，师生吃住都在食堂，所以我们当时对食堂把控特别严，学校被评为舟山市教育系统抗“非典”先进集体。

不要把教师当作一份职业，而是要当成一份事业

（从教 52 年，杨学俭未进行任何形式的有偿家教。他依然保持在大衢中学时就养成的习惯，吃住都在学校，每天晚上都在教室，学生有任何问题随时可以提问。）

2008 年，我从南海学校党委书记的位置上退下来，专心当一名化学老师。

我依然保持在大衢中学时养成的习惯，平时住在学校，周六上完课回家，周日下午又回学校。只要有夜自习，我都会在教室，这样辅导学生也方便。

带好 2017 年这届高考生，我就退休了，知足了，我已经比别人多教了 10 多年。这辈子，我只会教书，除了教书，别的事情我也不会做。

要做好一个老师，最要紧的是态度要好。不要把教师当作一份职业，而是要当成一份事业。既然做了这份事业，就要静下心来。

135 海里水路，12 小时航行，夜夜如此

他所撑的“南湖”轮承载着舟山人一个时代的记忆

□ 罗迪鲁口述

人物简介

罗迪鲁，出生于 1943 年。1996 年获全国海员工会“优秀船长”，被授予“金锚奖”；1997 年被评为高级船长；2003 年获得一海公司“40 万海里安全航行无事故奖”。

请辞“官职”，要求下船

我的老家在上虞，跟著名导演谢晋是一个镇的。初中毕业时，我想考金华铁路运输学校，当一名火车司机，结果考上了宁波航务学校（浙江交通学校前身），学船舶驾驶。

毕业后我选择了参军，在舟嵊要塞区陆军航运队当代艇长。7 年后，我被分配到舟山一海公司工作，从水手、三副、二副、大副一直当到船长，一级级地考上来。

1983 年，我幸运地被提拔为舟山一海公司党委副书记，分管生产经营。在公司，从船长提拔上去搞管理工作的很少，我在这个岗位上干了整整 6 年。

然而，我这人天生就是吃技术饭的，不太喜欢婆婆妈妈的行政工作，所以向领导主动请缨，要求仍旧下船，先后在“浙江 801”轮、“南湖”轮、“大红鹰”轮上任船长。

夜进夜出，省钱省时

那个年代，舟山与上海两地来往密切，我跑的定申航线承担起繁忙的客运任务。“浙江 801”轮从定海出发，经衢山、嵊泗到上海。而“南湖”轮是直航，傍晚 5 点从定海出发，次日凌晨 5 点到上海；返程晚上 7 点从上海出发，次日凌晨 7 点抵达定海。

从我们船员角度讲，当然是白天开船好，安全系数高，而且不用日夜颠倒。但当时市领导从方便旅客的角度考虑，决定夜进夜出。旅客只要买上一张卧铺票，在船上睡一觉，第二天一早就能办事情去，还能省一个晚上的住宿费，时间、金钱，都节省许多。

船上安排了严格的值班制度：三副从晚上 8 点值到 12 点，二副从午夜 0 点值到凌晨 4 点，大副从凌晨 4 点值到上午 8 点。航行过程中如果遇到下雾等特殊情况、复杂状况，船长必须要到驾驶室指挥。夜航对船员来讲确实辛苦，生物钟都被打乱了。

迎来“南湖”，不愁船票

我先后撑过新旧两艘“南湖”轮。一艘老的是丹麦造的，3000 吨级客船，原先走北欧航线，船舶质量很好。公司买来后送去整修改造，船上需要安装铺位，最底下是五等舱，价格最便宜，通铺床位卖完时还会增加散席。每往上一层价格就增加几元，四等舱、三等舱、二等舱、一等舱，最好的是特等舱。

旧“南湖”轮是 1985 年 8 月 27 日来到定海的，9 月 13 日首航上海，额定载客量是 920 人，船员就有 86 人。这艘船一投入使用，便大大缓解了运力不足的问题，舟山人买上海的船票不再紧张了。

不过老的“南湖”轮有一个先天性隐疾，就是“稳心不好”。要是旅客往上跑，重心会往上移，船容易偏。我就给客运部以及船员们布置了一个任务：把所有通往上层甲板的门全部关起来，绝对不能让旅客上去，以确保安全。

同时我想办法在船的双层底内放置铁块，增加稳定性，但年数一长，旧“南湖”轮因为有这个隐疾，抗风能力不强。1997 年 1 月 2 日，我把它开往崇明岛，送这个老伙伴“卸任”。

就在当年，公司又购置了一条新“南湖”轮。它原来叫“华神”轮，是海南跑香港航线的，我们买了下来，又对它进行了适合舟山航线的改造。1997 年 2

月 1 日进行首航。这艘船后来改名为“大红鹰”轮，它于 2002 年 6 月 26 日从这条航线上“退役”。

一船之长，责任重大

我是“南湖”轮的第三任船长，前两任船长都是上海人。每晚航行 12 个小时，船上有近千名旅客，作为一船之长，责任重大。

安全航行是保障，船长反应能力要快，这主要靠平时实践经验的积累。比如我把船驶入黄浦江的时候，旁边有那么多船，“一条龙”小船、军舰、大商船……怎样安全通过，稳稳靠泊十六铺码头，这都需要我胆大心细，统管全局。

除了安全航行，还要应对船上的各种突发状况。1998 年的一天，“南湖”轮刚准备驶离定海港码头，只见一群人用担架抬来一位正在输氧的病人。我们客运部主任应品元立刻上去询问，原来是一位八旬老人患中风需要转院去上海医治，应主任立刻为他们安排了床位。

想不到在轮船航行 3 个小时后，病人家属发现随身带的 15 只氧气袋不够用了。应主任跟我讲了这件事后，我们最后商量借用当时海军 4806 工厂工人带的氧气瓶，让老人渡过难关。

还有一次，船上一位老大爷突然大量吐血，我一边向公司要求派快艇接病人回定海，一边果断调头往回开。结果这一决定遭遇船上一位急着赶飞机的旅客反对。我和应主任耐心说服这位旅客，最后稳妥地将病人送上前来援助的“飞鹰湖”快艇。

新旧“南湖”，我接我送

说起来也是缘分，新旧两艘“南湖”轮，都是我接我送。

去把船接来的时候，想到公司增加了运力，我心里感到很高兴。因为当时如果新造一艘船，资金、周期都不允许，直接买船更为方便。

把船接到舟山后，我们都要整修一下。当时海军 4806 工厂修船技术力量比较强，经过试航改造、检验，再进行试航，层层通关后再发证书，船的安全性能就有保障了。

而我们船员则负责大量日常的事情，在航行过程中保证安全、平安。

每次把船送出去的时候，我都是恋恋不舍，毕竟那么多年在一起，像老伙伴一样，习惯了。一年 365 天，吃啊睡啊都在船上，对我们来讲，船就是家。

为了做个纪念，我留下了船长室房间的一把椅子，60 多年前丹麦制造的，几十年坐下来一点都没变形，直到今天皮都没开裂。

承载记忆，见证历史

那个年代上海货很俏，“南湖”轮船员免不了帮人带东西，都是义务的。如果有朋友说：“你啥东西帮我带点来！”我肯定一口答应：“好的嘛！”“南湖”轮靠上十六铺码头后，做完自己手头的工作，我们就去荡马路买东西了。南京路离十六铺很近的，我也帮人家带过，皮鞋、糕饼……那时候舟山人觉得，去上海带东西，“南湖”轮喊得应。

来而不往非礼也，上海的朋友也常常叫我带一些舟山海货过去，都是有来有去。

2003 年，我从“南湖”轮退休。现在，去上海探望小女儿的时候，我总喜欢去十六铺转转。码头全部都拆掉了，光光的，回想起当年各地客船靠泊码头、十六铺人来人往的热闹场景，我心里有点失落。

舟山跨海大桥通车那年，有记者来采访。我想起刚到舟山的时候曾经在“中浙 2”号上实习，那是一艘斯汀船，烧煤的，“咔哒咔哒”要一天才到上海，现在坐上汽车，三四个小时就能抵达……我对记者说，时代在变，交通方式也在变，很幸运成为这段历史的见证者、亲历者。

33 年维权路　见证工商系统的每一次变革

□ 金芳口述

人物简介

金芳，镇海人，出生于 1966 年。现任舟山市消保委“小金工作室”主任，定海区消保委秘书长。多年来，她情系消费者，汗洒维权路，被消费者亲切地称为“娘家人”。

因为工作中的突出表现，金芳先后获得“省级经济卫士”“省工商系统十大感人典型”“省工商改革开放 30 年印象人物”“省五一劳动奖章”“省消费维权十大能手”等荣誉称号。

定海文化路 19 号，舟山市消费者权益保护委员会所在地，进门右转一楼，“小金工作室”的牌匾格外醒目。这个以金芳姓氏命名、为消费者维权而生的工作室诞生于 2010 年，而金芳成为消费者的“娘家人”得从 33 年前说起。从 1984 年金芳参加工作进入工商系统的那一刻起，她的名字就和消费者紧密相连，见证工商系统的每一次变革。

基层工作四年，初尝工商人的艰辛

1984 年 6 月，我通过招干考试进入工商所工作。那时社会上普遍还没有工商的概念，消费维权这一块谈论得比较少，最多的还是“六打一整治”，主要打击投机倒把之类的。

我先去基层金塘工商所报到。1984 年的金塘没多少自行车，更别提汽车，所有走访都是老同志带着我们走出来的。在金塘的三个月，我批了 61 家个体和企业登记。有一段时间，金塘晚上九十点钟要停电，我白天走访，晚上停电前将所有的工作完成。三个月内，我只回过一次家。也正是因为这份辛苦，我们成长很快。

三个月以后，我调往白泉工商所做内勤。当时白泉有好几个市场，主要售卖渔农民自产自销的果蔬或鱼货。每天，企业向市场管理办公室开发票后所缴纳的交易费用都会汇总到我这儿。有一回，我将开票员交上来的账本核对了一下，发现每天的账单都存在差错，虽然数额不大，也就三四毛钱，但我这人较真，每一笔账单都要重新核对，每天六七本账单，每本 250 笔，我觉得我做细活的潜质可能是从那时候开始的。

经检大队成立，查假冒卷烟

1988 年，经检大队（全称经济检查大队）成立。成立那天，我就去当了内勤。

我性格好动，有案子积极参与，也是那一段时间的经历培养了我对案件的敏感性，为我日后做 12315 工作打下了基础。

那段时间，我们经办的很多案子是查假冒卷烟、走私录音带，查倒卖美金、黄金、鳗苗和走私服装等。

一天凌晨 1 点多，我们接到一个举报电话，到鸭蛋山码头查盗版录像带。女儿当时才四五个月，我把女儿“打包”送到婆婆那里，自己通宵查案直到早晨。这种通宵查案的经历在 1993 年前后非常多。

我们还查倒卖外汇。外币兑换券可以在华侨商店购买很多其他人购买不到的东西，比如电视机、洗衣机，于是就有人动起了外币兑换券的主意。

那时我们还有专门的走私办，我是定海打击走私办公室的末任会计。我整理好账务之后这个办公室就取消了，之后的工作就交由海关了。

成立维权热线，至今还在坚守

1998 年 3 月 15 日，96315 电话在全国范围内正式开通。舟山是从 2 月 23 日就开始试运行的，后来叫作 12315。热线成立之初，我前往这个岗位，到现在依旧在这个岗位上，在舟山市乃至全省，我都是这条线上最老的员工之一。

热线刚成立的时候，每年有一万多个电话，后来变成一万七、一万八，不过当时以咨询电话为多，比如问一下衣服破了能不能退。那个时候还没有明确的“消费者”称呼，更多使用“投诉者”“举报者”。

我们维权的范围很广，全区所有的点都要去。1998 年到 2000 年之间，我们还没有建立农村维权站点，因此我经常要去农村为农民维权。

有一个案子我印象很深刻。盐仓五六位上了年纪的农民，种了五六百株文旦树，6 年了，每年结出来的文旦都不好吃，这让几位老年人很是纳闷。毕竟当时卖给他们树苗的店家拍着胸脯说，这是水晶文旦，相当好吃。老农民前往农科所询问，农科所检查后说，店家卖给老农的根本不是水晶文旦。后来，我出面调解，最终店家同意免费帮农民嫁接，并赔偿农民损失。最终，我帮农民争取了约 7000 元的赔偿，那个年代这笔赔偿款十分可观。

远程、实时、互动，网上维权更便捷

想想 1998 年之前的工作，那时候量的确大，但是难度和现在没法比。以前市场主体无非是企业和个体，现在网络时代出现了微店、网店。投诉维权情况也越来越复杂，以前大家的维权大多是为了“三包”或者产品质量，现在更多的是投诉虚假广告、侵犯消费者隐私权等。有关网络的投诉也越来越多，2017 年第一季度接到网络投诉 20 起，第二季度翻番。

为了更好地适应网络环境，2010 年，“小金工作室”成立了，利用舟山论坛开辟消费维权板块，实现维权工作的“远程、实时、互动”。大家不用再特意跑消保委，只要在网上提问就可以了。

有位市民在一次超市开业的时候，看见某样商品的原价和特价竟然一模一样，拍下照片后通过网上告诉了我。我们迅速找到商家，要求其改正。没想到商家只是将原价抹去，消费者再次拍下照片。如此反复，最终商家将两个价格都写清楚。

我们需要这样的消费者，他们不仅为自己维权，也在替这个城市监督。而这个案件也让我们看到了网络渠道维权的实时便利。

小金工作室成立后，共收到舟山论坛网友发帖数 600 多个，回复 7000 多个，点击率 20 多万次，为消费者挽回经济损失 60 多万元。

放心消费在舟山，新时代下的维权多样化

近 10 年，各类之前没怎么有的投诉一下子都冒了出来，比较典型的应该是有关预付卡的消费维权。印象中，预付卡最早是从健身房开始的，逐渐蔓延到蛋糕房、美容美发、足浴、教育机构等。这种付了钱做了卡，最后店没了，或者店

转让了的案例时有发生。劝大家一句，钱放在口袋里是最安全的，不要因为低折扣去办大金额的预付卡。

好在法律也对预付款作出了规定，消费者权益保护法浙江新规规定：开业不足半年的公司不得发放预付凭证，单张记名预付凭证不得超过 5000 元，单张不记名预付凭证不得超过 1000 元。

每一部新的法律法规出台，会促进消费者维权意识的觉醒。比如新《食品安全法》出台，关于食品类的投诉明显上升；《广告法》出台，关于虚假广告的投诉很快超越了食品类投诉。但对于我们而言，不管什么样的市场类型，提升自己、适应时代才是最主要的，所以这么多年，我都没有落下学习。

现在我正在做的一项工作叫“放心消费在浙江”，无论是实体店还是网店，除了遵守消费者权益保护法，还要健全消费纠纷处置机制，与专门机构或人员负责消费投诉处理，自行协商和解消费争议，做到一般消费投诉 3 个工作日内处理完结。相信这会让更多的消费者吃下定心丸，以后买东西，认准“放心消费”店就可以了。

初心与匠心同在

□ 倪志伟口述

人物简介

倪志伟，出生于1956年，舟山技师学院专业技能大师、原舟山海峡轮渡集团有限公司高级技师。在舟山，他是将浙江省"钱江技能大奖""全国技术能手"及"浙江省首席技师"都收入囊中的第一人，并获国务院特殊津贴。今年，他又获"浙江工匠"荣誉称号。

盘峙船厂的学徒生涯

1974年7月14日，定海港客运码头，父亲陪我坐上了去往盘峙船厂的渡轮。

那个年代，定海盘峙船厂缺技术工人，想从插队落户的知识青年中挑几个头脑活络、踏实能干的小伙子。到盘峙插队没几天的我，被幸运挑中。

在船上，父亲跟我讲了一句话："学技术一定要下苦功夫，以后就有饭吃了。"

我由此开始了学徒生涯。师傅孙金根，技术很好，尤擅船电，我从他身上学到不少东西。

白天，我跟师傅干活学技术，晚上向他借来书籍学理论，看到重点还喜欢做上记号，不懂的再问师傅。

当时资料极少，我就啃两本书：一本是父亲托人从上海买来的《船舶电工轮机问答》；还有一本《渔船电工电器维修技术》，是外地来修船的一位轮机长送给我的。别人下了班去渔村里玩，我就窝在宿舍里看书。

索性拆了发电机瞧个仔细

我学技术有个特点，要是没弄懂，就浑身难受。

有一次，师傅派我去船上干活，错失目睹发电机内部结构的机会，说不出的遗憾。

吃完晚饭，我一个人悄悄走进车间，不敢开灯，透过发电机的通风口往里瞧，看不清楚，索性拆了它瞧个仔细。两三百公斤的发电机，我用起重机把它吊起来，下面垫好木头，一边拆一边做记号，对着图纸全部弄清楚后再装拢复位，从晚上 6 点半一直捣鼓到凌晨 3 点。

第二天，我们把发电机运到船上，全部安装完毕后准备发电，我那时紧张极了，心"怦怦"乱跳，生怕被师傅发现我昨晚搞的"小动作"。调试后一开闸，啪，灯全亮了，我的心这才放下。

买了辆永久牌自行车代步

1976 年，我作为职工子女进入浙江省航运公司舟山分公司船厂工作。尽管父亲当时在人事科，但并未出面为我谋个电工的岗位，我从冷作工开始干起。

父亲说："要是你真有本事，不需要我出面的。"

上班地点在十六门。我每天早上 5 点起床，背上黄军包、穿上黄跑鞋，快走一个半小时到达单位。月工资 16.5 元，我把 3 个月工资攒起来一分没用，凑了近 50 元钱，加上父亲资助的 70 元，买了辆永久牌自行车代步。

此后不久高考恢复，同学跑来告诉我这个消息。我原来读书时成绩蛮好，但考虑到当时我爸工资只有 55 元 5 角，要供全家 7 个人生活，我一走，他还要帮我交学费，负担太重，我是长子，要为家里分担责任，就这样放弃了高考。

每天把造船资料背回家研究

上世纪 80 年代初，厂里要开始造船了，需要大量技术工种，盘峙船厂 1 年零 8 个月的学徒经历让我有机会改行当电工。

我遇到了龚一鸣师傅，他没有马上收我为徒，第一天就想考考我："给你一星期，做一套船用配电箱。"我拿着图纸埋头苦干，6 天半之后，配电箱完工。

龚师傅来验收，第一句话是："线倒是蛮整齐的，不知道好不好用。"一试，都能用，龚师傅满意地说："嗯，做得蛮好，速度也快，其实一般需要 10 天的。"

因为龚师傅对我的认可，正式报到那天，他提拔我为工段长。

去镇海学习一周后，我们回来开始造船。我带的工段共 7 个人，造船用的图纸多到我一个大男人都搬不动。

每天下班后，我用背包把造船资料背回家，把床腾出来作为工作桌，细细把第二天的工作任务研究透。

次日一上班，我分配人员、交代任务，工作高效有序地展开："一号位，线穿过来。""二号位……"

人在船舱里就跟做生煎包子一样，脚心烫得站不住，汗湿得工作服能绞出水来。但我对工程要求很高，做得不满意就返工，所以我负责的工程都能获评优质工程。

技术革新避免上千万元损失

父亲跟我说过一句话：什么叫有用？人家会来找你就叫有用，否则你学得再好都没用。

有一回，一位船长跟我讲："小倪，我们船靠码头的时候，发电机经常突然跳闸，灯光传令钟失灵会撞码头，搞不好要闯祸。你是不是想个办法，船上没电的时候，传令钟还是能正常使用。"我说试试看吧，就把图纸背回了家，想了三个晚上，专门做了一个船电和应急电源自动转换装置。

把这艘船改造好后，我们去金塘洋面试航。驶到大海中央时，船长一声令下，人为把电源切断，传令钟还是能使用，相当于尽管船暂时失去动力，但还是能把控方向避开各种碰撞物，试验成功！船长可开心了，激动地抱住我说："好足了，老倪的儿子太聪明了。"

这个技术很快传开了，公司各个船长、周边船厂都来找我，向我要图纸。这是我第一次技术革新，对船舶安全避让、紧急事故处理起到了很大的作用，避免了每年上千万元的损失。

上船 44 天保障春运安全

有一年春运前，一艘跑宁波航线的船刚出修理厂，发电机、锚机等又出现各种毛病，无法正常航行。

这下要命了，春节是运力最紧张的时候，再加上是舟山到宁波最热门的航线，上哪里调运力去！公司党委为这艘船开了半天的会，最后决定，航线不能停，点名让我去修。紧急命令下来，我马上出发。

当天船靠码头后，我一个人上船修，细找毛病，最后发现是三条线路没对好，造成刹车不灵。

一个星期后，发电机、锚机、并机都修好了，船长也很开心。我可以回厂了吧？不能去，公司命令我要跟船到春运结束，每天船长签字后，还需要我的签字才能开航。就这样，我在船上共待了44天，保障船舶的性能安全。

解决技术难题最幸福

1992年，我被调到舟山市海峡轮渡有限公司，舟山首座液压码头的设计安装、白峰码头和鸭蛋山码头的照明系统、大楼电路设计图的审核、电路敷设的监管……我一次次面临新的挑战。光是大楼的中央空调，我就节约了2000多万元。在公司，我得了个绰号叫“舟渡110”。

2003年，我和两位师傅代表舟山参加全省的技术比武，获得了不错的成绩。也正是通过这次参赛，我打下了比较扎实的理论功底。

学了这么一身技术，我觉得应该分享给更多的人。2013年，我进入舟山职业技术学校任教，主要任务是带年轻教师、做重点课题、带品牌学生。

我反对“黑板上种田”，喜欢“现炒现卖”，把理论与实践相结合，所以学生们对我说：“师傅，我们听你课不会打瞌睡。”

什么是为孩子们好？不是轻轻松松坐办公室，有过历练，吃得起苦，有技能，将来过得好，才是真正地好。

往事历历在目，能帮别人解决技术难题是我最幸福的时刻。

31 年看舟山交通风云变幻 8.3 海里承载海岛时代变迁

□ 李如光口述

人物简介

李如光，1964 年出生，工号 008，舟山海峡轮渡集团有限公司总船长，“全国五一劳动奖章”获得者。

从鸭蛋山码头到白峰码头，8.3 海里的距离，从 22 岁到 53 岁，李如光用了 31 年的时间在这片海域来回。他见证了这片海域上航运交通从无到有，从寥寥无几的生意到车流人流的巅峰的过程。曾经李如光作为船长每天要在这趟航线上往返 10 多次，一船 2000 多名旅客的安全都由他来守护。

如今进出岛交通的接力棒从轮渡交到了大桥手里，鸭蛋山码头的辉煌不似从前，但李如光坚持做好大桥的后备辅助力量。他从初入公司的水手到成为总船长，将继续坚守在这一方海域，从交通变化见证舟山的发展。

舟山的经济发展催生出海峡轮渡

1986 年 8 月，22 岁的我从浙江交通学校船舶驾驶专业毕业，来到了舟山海峡轮渡集团有限公司任职。这时的舟山海峡轮渡集团有限公司是一家崭新的企业，2 月份成立，我前去任职时成立不过半年。

公司当时就两艘船——1 号船和 2 号船，都是从日本买来的旧船。一幢小小的办公楼矗立在码头边上，全部员工 70 人左右，就 2 个船长。我被分配从基层水手开始做起。

在舟山海峡轮渡集团有限公司成立以前，舟山人要外出，都是从舟山的客运码头出发，船只能运送人，不能运送车子，一天也没几班船。随着舟山经济的发展，车子开始出现，有了车子进出岛的需求，我们公司应运而生。

刚开始的时候，客流算不上大。舟山虽然有了车子，但毕竟不多。我趁着业余的时间查阅了大量的航海驾驶书籍，把学校学到的知识和实际联系起来，完成了一本详细的驾驶技术台账。工作第二年，就因为业绩出色，升任三副，后来又逐步升到了二副、大副。别看我瘦瘦的，打缆、操舵都没有任何问题。

上世纪 90 年代进出舟山的车子多了

公司成立后的两三年内，过轮渡的车子都在稳步上升中，印象中大概是上世纪 90 年代，过轮渡的车子有了跳跃式的发展。从过轮渡的车辆数量激增，就可以从侧面看到舟山经济的腾飞。

我们公司的设立，为舟山人进出岛提供了方便自不用说，更重要的是为货物进出带来了莫大的便利，而且货物的损耗量也小，所以当时车子载着货物过轮渡是很受欢迎的运输方式。

最开始运送的货物中，以食品为主，舟山有一家烟糖公司隔一段时间就会进一批食品进来。除了食品，电视机、电冰箱也都是运输货物中占据大头份额的，这些可都是稀罕货。

也正是因为车子、货物量的陡增，在上世纪 90 年代，我们开始自己打船。我们一边自己打船，一边从外面买船，因为轮渡行业发展太快了，特别是 1995 年、1996 年那段时间，车子成倍增加。

舟山轮渡迎来辉煌期，排队从鸭蛋山到青岭

1997 年我当上了“舟渡 4 号”轮船长，这艘船就是我们自己打的。当上了船长，就要肩负起整船的责任。

到了 2005 年，我被任命为首席船长，公司也从最开始的两条船发展到拥有十四五条船。当时排队乘船的场景我现在想起来都还觉得很壮观。

平常人就很多，一到暑期不得了。7、8 月份排队上船的人从鸭蛋山一直排到了青岭那边，我们所有的船都调用起来，24 小时连续开，相当于我这一条船，刚下客，马上就接上新的一批客人。按照一条船一天能往返 16 趟，14 艘船一天得跑 224 趟船班呢，这数字可不得了。

有的人为了乘船，凌晨三四点就来排队了。要是下午才来排队的人，那不好意思了，可能得次日凌晨两三点才轮得上。当时就是这样的盛况。

通过轮渡进出舟山的货物品种也变得多样起来，从单一的进口变成了进出口兼顾，舟山的鱼、蟹等水产品从鸭蛋山运往长三角各地。

不管何时舟山旅游从未停止过

2006 年、2007 年是私家车的井喷年，通过轮渡进出舟山的私家车数量难以计算。我也是从那时候意识到，原来舟山的车子已经有这么多了。

那时候舟山“水产品+旅游”的组合拳已经开始打起来了，来舟山旅游的逐渐多了起来，多是长三角地区的游客奔着普陀山和朱家尖来的，舟山旅游还没有像现在这般有这么多丰富的景点。多的时候客流量也有 12000 人次左右，自然和现在大桥时代没法比，但这数量在轮渡时代，已经是很可观了。

不过当时一些船都“服役”很久了，有时也会闹闹脾气，航行到半路断电、故障也偶有碰到，不过这些都难不住我们这些经验丰富的船长。像我之前当船长的“舟渡 4 号”马力小，航行慢，很多船员不愿上这艘船；“舟渡 1 号”机械故障多；“舟渡 11 号”船舱面宽、载车辆多、航速快，并且与码头不太配套，靠离泊难度大，给公司带来了很大的挑战。我先后任“舟渡 1 号”和“舟渡 11 号”这两艘船的船长，经过钻研，很快掌握了不同船只的操作特点。

因为过硬的技术，也因为我们是整个舟山唯一具有运输能力的公司，我们承担了很多重要的运输任务。2006 年，首届世界佛教论坛在舟山举行，我们公司负责重要嘉宾的接送任务，从卫生到陈设、礼仪，我们都精心安排了很久。我作为船长，驾驶船只安全将嘉宾运送到。

大桥时代当好大桥的辅助兵

东海开捕，梭子蟹的香味吸引来长三角的大客流，跨海大桥一片繁忙。8 月 12 日一条信息让很多人重新想起了鸭蛋山码头：“跨海大桥因舟向大货车侧翻施救，目前甬舟高速舟山方向封闭，请提醒舟向车辆改变行车路线，建议走鸭蛋山到白峰轮渡。”

大桥的通车对我们来说，具有很强的冲击性，一度我们每天的营收从七八十万降到了 20 万左右，这还只是大桥开通的第二年。

大桥开通的第一年率先通车的是客车和小轿车，货车还是走轮渡，那时候影响还小些，我们依旧很忙。从第二年货车也开始通车后，过轮渡的车辆大幅减少。面临运力、人员均过剩的情况，这些年，我们采取卖掉老船、人员分流等方式让公司平稳过渡，适应大桥时代的来临。

大桥的通车，为舟山带来了更多的客流，三江码头由此开始繁盛，前往岱山、嵊泗的游客多了起来。

短短 31 年时间，在历史长河中并不算长，但却是舟山海峡轮渡有限公司从成立到经历辉煌，在历史必然中，从台前走到幕后的一个过程。我见证了这 31 年公司的变化，也见证了这 31 年舟山经济的腾飞。公司的每一次重大时间节点都和舟山经济挂钩，侧面来说，舟山轮渡的发展史也是舟山变化的发展史。大桥时代，我们将做好大桥的辅助工作。现在依旧有很多北仑过来的客车，对于他们而言，特意去绕行大桥，不如 45 分钟的船程来得方便，每天这儿依旧有 40 多班轮渡在航行着。

戏里戏外总关情

□ 李世庭口述

人物简介

出生于1939年的李世庭，历任舟山市群艺馆馆长、舟山市文联秘书长、《海中洲》杂志主编、舟山市戏剧曲艺家协会主席。他长期从事群众文艺创作，发表了许多戏曲、小品等曲艺作品，他创作的主要作品有大型越剧《征帆远航》《唐宫风雨》《观音出世》《观音得道》等。

一纸调令，从老师到编剧

1962年5月，在学校教书的我接到一纸调令：去朝民剧团当编剧。

当时舟山有三个国营剧团：荣艺、朝民、集艺。其中以荣艺实力最强，其他两个剧团没编剧，领导想把人员配齐，见我在学校的时候喜欢写小说、快板，就把我给挑中了。

23岁的我只懂教书，编剧是啥？一窍不通。其实内心不太想去，但年纪轻，不敢反抗，就照调令上写的日子去报到了。人事科科长找我谈话："看你人蛮老实的，不过剧团里女同志比较多，你要注意一点。"

为了让我尽快熟悉剧团业务，团长让我先跟团一段时间。所谓跟团，就是随剧团到各地演出。上世纪60年代，剧团演出任务比较重，一年有几个月要下乡，再加上各地巡回演出，一年到头就把锅碗瓢盆背身上，四海为家，苦不堪言。

过去演出场地非常差，说是剧场，实际上是礼堂，根本没地方安排剧团人员睡觉。有一年到富阳演出，天气热得不得了，出了汗都没地方洗澡，尽管住地旁边有条河很脏，但大家还是下水去擦擦身子。没想到水里有好多蚂蟥，一阵乱咬，把女孩们吓得半死。

沈家门剧院算好的，有房子让我们睡，但是床铺又窄又小，臭虫多得不得了。有一回去沈家门岭陀山旁边的一个生产队演出，为省经费，我们步行去。每人一根扁担，挑着被铺、脸盆等日常生活用品。尽管山不高，爬上山后实在走不动了。大家想了个办法，把被铺往地上一扔，让它们自己滚下山去。

跟团一年，摸到编剧门道

住学校宿舍的时候，摸黑都知道方向在哪儿，但跟着剧团漂泊，今天睡仓库、明天睡破庙，有时半夜醒来，黑咕隆咚去上厕所，脑子会有点发懵，不知道该从何处下脚。

能在一个地方睡上安稳觉还是幸福的，有时整晚都没法合眼。一个地方的戏演完后，半夜三更要赶往下一个地方，大家连夜打包行李，集体去赶火车。

舞台组的人最辛苦，演出结束后把音响、灯光、舞台全部拆掉，装运到火车站。

有时还要买香烟打点火车站工作人员，因为有的地方偏、站点小，火车经过时只停留几分钟，而我们一个剧团有 40 多个人，道具、行李多，所以请他们帮忙，无论如何要让我们全部上车后再发车。碰到这样的夜晚，我们就在候车室里等着，实在困了就在冰冷的椅子上蜷一会儿，不敢打盹儿，怕误了火车。

跟团一段时间后，团长给我下了个任务："这段唱词比较拗口，你想办法改得顺口一点。"我就想办法借来几本关于韵脚的书，把唱词改得押韵一点，朗朗上口，演员也容易记。碰上自己没把握的，写好后就去请教言秋士，他是荣艺剧团的编剧。当时大家都住在舟山剧院旁边的宿舍楼里，走动比较方便，慢慢地，我懂得了点编剧的套路。

一个电话，停演《三审刁刘氏》

在一年的跟团生活结束后，1963 年，我在橱窗里翻到一本《三审刁刘氏》的剧本。故事很吸引我：刁刘氏与人通奸后谋杀亲夫，因为家族很有势力，而她本人是个才女，口才很好，小小县官也吃不消，最后她老公的一位结义兄弟挺身而出，帮忙打赢了官司。

我看这戏矛盾冲突蛮尖锐，很适合舞台，便改了几个角色，改成越剧唱腔，用蜡纸刻好，给剧团团长及童云芳、林一枝等几个主演送去。他们看后都很喜欢："这剧本好！"

排完这台新戏后去各地演出，观众反响很好。马上就到国庆节了，剧团准备回舟山，在沈家门剧场演出。很快，消息传来，三天的戏票全卖光了。我们当时还在外面，听了很高兴。

正在这时候，一个电话打来了：地区领导觉得这台戏不妥，不能演，三天的票都退掉。本来国庆节开开心心回家演戏，现在一个电话令下，我们只能灰溜溜地回来。大家都有点想法："戏讲的是主持正义，有啥不好演的！"

多年后才知道，当时开始讲阶级斗争，古装戏不能演了。古装戏演不了，就写现代戏。1964 年，我看雷锋的话剧蛮好，便选取了几场戏，改成越剧唱腔，时长一个多小时。剧团把戏排出来后在舟山剧院演出，5 分钱一张票，像放电影一样，从早演到晚，滚动演出，一天能演五六场。票不贵，看的人特别多，定海所有中小学、企业单位全来包场，观众普遍反响不错。

话剧《22 秒》，火到了省城

1965 年，三个剧团共 100 多号人被精编成两个剧团——越剧一团、越剧二团，每个团 40 人，余下的人被分流了。有的到宾馆当服务员，有的到百货公司当售货员。我跟另外两位同事因为是干部身份，被调到地区文化馆。

那个年代，搞群众文化工作有个好处，从乡镇调人员排节目比较方便，因为她们是赚工分的，排节目工分照计，所以她们都挺愿意来。我们排了很多节目，每年参加省里演出，舟山锣鼓是开场必备曲目，给舟山长了不少脸。

当时岱山排了一个节目，讲的是女民兵火线救护班的故事，我把它改成小话剧《22 秒》，用舟山方言演出。剧情梗概是这样的：火线救护包扎有个指标，25 秒及格，民兵姑娘们刚训练的时候很紧张，达不到指标，后来想了个办法，搞了个实战演习，结果一个年纪很小的姑娘，达到并超过指标，22 秒就达到了。

《22 秒》演出后效果很好，特别是送到省里演出后影响很大，杭州大学特意邀请我去介绍创作经验。后来这个剧本在《浙江日报》上整版刊登，省文化厅的一本杂志也发表了这个剧本。杭州歌舞团、浙江话剧团等派出主创人员，专门来舟山，想把它改编成歌舞剧等。

越剧《终身大事》，夺得全国最高奖

1981 年，岱山县越剧团的越剧《终身大事》轰动一时。这部现代戏讲的是

“顶职”，反映了当时渔村青年想从农村户口转到城市户口的社会现象。何赛飞就是凭着这部戏获奖，进入浙江省小百花越剧团的。

戏写得很好，语言通俗，在地区演出后被评为优秀演出奖推荐到省里，同年11月参加浙江省现代戏调演，获剧本一等奖，后来又获文化部和中国剧协1980—1981年度全国优秀剧本奖。这个奖项是全国最高奖，舟山很出风头，对我们编剧来讲也是一种鼓励。

戏文吸引观众，文史吸引读者

上世纪80年代，我们抓戏剧创作，每年都要开一两次创作研讨会。演员培训也步入正轨，培养出了陈娜君等一批名演员。既有人写戏，又有人演戏，当时的舟山越剧迎来了辉煌时代。

越剧团到上海演出，当地名家看了也很赞许，上海剧协特别召开座谈会，《新民晚报》发表文章《小荷才露尖尖角》予以肯定。1985年，越剧《海明珠》从上海一路演到南京，共演了两三百场。

1989年，我任群艺馆馆长时，原先的戏剧创作团队人员生病的生病，调离的调离，退休的退休，创作团队就此散了。尽管那个年代依然有优秀演员，但没人写剧本了。

2000年，我在写了两出观音戏——《观音出世》《观音得道》后退休。此后我被定海区史志办聘请，编年鉴、定海区志等。尽管写文史跟编剧是两码事，但有一点是相同的：戏文要吸引观众，文史要吸引读者，都要讲好故事，引人入胜。

“海岛驯树”第一人

□ 俞慈英口述

人物简介

俞慈英，舟山市农林科学研究院教授级高级工程师，享受国务院特殊津贴。她致力于海岛林业科研工作，主持、参与多项部、省、市林业科研项目，取得了丰硕的科研成果。

多年来，她先后获得“浙江省女科技先进工作者”“舟山市科学技术突出贡献奖”“舟山市科技创新奖”“民革浙江省骄傲人物”等荣誉，曾担任中国林学会树木引种驯化专业委员会常委等职。

如今，古稀之年的俞慈英，依然奋斗在海岛林业科研一线。

为盐碱地找到 13 种耐盐树种

1979 年，舟山林场分设林科所，我从林场调到林科所，开始搞海岛林业科研工作。

那时部队每年都来林场买树苗，其中大成盐场买得最多，原来，他们每年栽，但都栽不活。单位会计就跟我说：“小俞，你去现场考察下。”

我很有兴趣，马上去了，发现是盐碱地，问题的关键在于树种没选好。

我是从内陆来的，不知道什么树适合盐碱地。我从定海沿海到蚂蚁岛等小岛，沿途采集盐碱土壤样本，观察分别有什么树种。

我一边做准备工作，一边争取课题。1981 年，我向舟山地区科委争取到“舟山海涂绿化树种调查及引种实验”课题。

那几年，我跟助手走遍了舟山沿海，采集到的土壤样本有 233 个。我们对

72 个引种和乡土树种进行育苗和反复适应性造林实验，确定了木麻黄、绒毛白蜡、海滨木槿、夹竹桃等 13 个耐盐树种。

一位职工聊天时告诉我，在海边有一种“海棠树”，很漂亮。我就去找，最后在岑港的海塘找到一排，但这个树种学名叫什么，谁都不知道。我采下样本，寄到母校，请浙江农林大学的两位教授鉴定，才知道叫“海滨木槿”。之后，通过研究进行推广，现在浙江沿海，海滨木槿已经成为盐碱地的先锋树种。

这个课题成果的推广，填补了浙东沿海碱地绿化树种的空白。

随着研究的深入，我开始研究防护林建设，一边做研究一边造林。在普陀山千步沙、石礁、马目农场等地，规模化造林。现在普陀山千步沙到百步沙那儿，还有一条一公里长的木麻黄林带，就是我当年种下的。

首个海岛型树种引种驯化专类园

刚来舟山时，我就发现一个问题：舟山树种单一，多是松类树种，上世纪 80 年代马尾松毛虫比较严重，1991 年前后松林线虫病危害爆发。我下决心解决舟山树种单一的问题，就此开始树种引种驯化的课题研究。

要引种，得先掌握理论知识。单位没资料，我带着助手，一个月跑了省内 9 个单位，去省林科所、杭州植物园等大单位，只要查到关于引种驯化的资料，就摘录下来。那一个月实在太累了，我们两个都扁桃体发炎，靠强力抗生素压下去。

为了引种，我去全国各地参加会议，跟各地来的林业专家和会友联系，跟他们交换种子，请求他们提供引种种源。

1990 年 11 月，我去参加全国引种驯化会议，组织方安排去韶山旅游。我带着助手放弃旅游，去湖南省新宁林科所引种。广西林科院一位老干部很感动：“这种工作劲头很值得学习，以后一定要大力支持她的工作。”

5 年内，我们从 8 个国家和 10 多个省市引进树种 982 种，保存了 712 种，建立了我国第一个海岛型树种引种驯化专类园——舟山海岛引种驯化树木园，并从中筛选出一大批能适应舟山海岛生存的优良树种。

我几乎每天起早摸黑种树。有一次，天黑了还没回家，丈夫来找我，我以为他对我有意见，一听他来，赶紧从另一条路溜走了。有一次去普陀山种树正赶上观音节，回来人太挤，我助手的一只鞋子都被挤掉了……

那些年发生的故事太多了，收获也很大，“舟山海岛引种驯化树木园营建技术及树木引种驯化实验研究”项目成果获 1996 年度浙江省林业厅第五届科技进步一等奖，获 1997 年度林业部科技进步三等奖，我也被誉为“海岛驯树”第一人。

让普陀鹅耳枥“儿孙满堂”

上世纪 80 年代初，专家开始关注普陀鹅耳枥，但做起来很困难。

1999 年，我从新闻报道中看到，新的野生动植物保护名录中，普陀鹅耳枥从二级保护名录提升到一级保护名录。我意识到，搞这个工作很重要。

要突破繁育关，必须得有种子。我们去普陀山，把世界上唯一一棵母树上能采的种子全采回来，连掉在地上的，都一颗颗捡回来。

我们在后来的研究中发现，普陀鹅耳枥 100 颗种子里，只有 2 颗能达到饱满度要求，而这 2%的种子，出苗率只有 20%左右，也就是说，1000 颗种子只有 4 颗能发芽。

在滕坑湾苗木基地，我们把种子播下了，会不会出苗，还不知道。

结果，2001 年出了 2000 棵小苗，我们有信心了。2002 年开始，我们继续育苗。

2008 年，通过我们的研究，普陀鹅耳枥的子代个体数量首次突破了 1 万大关。省里验收课题的时候，专家对我们非常满意。

2009 年，“普陀鹅耳枥等海岛珍稀树种保存及开发利用技术研究”课题获得了国内林业最高荣誉奖——梁希科学技术奖。

普陀鹅耳枥苗木育出来了，但树苗要长大，它的生存能力和抗病抗灾害能力也需要进一步研究。于是，我继续向国家林业局、省林业厅申请普陀鹅耳枥推广课题，争取经费。

为了这个项目，我去过北京两次，经常去省林业厅“磨嘴巴”。

2012 年 5 月，我带着团队，承担了中央财政林业科技推广资金项目——“普陀鹅耳枥等珍稀树种的保存及开发利用推广应用示范”。

经过多年的辛苦耕耘，我们团队让普陀鹅耳枥的子代个体数量跨过 4 万株大关，并逐渐被引种到省内外相关植物研究机构进行迁地保存，人工子代群体规模不断扩大，“地球独子”如今已是“儿孙满堂”。

保持年轻的秘诀就是搞科研

大学毕业时，我被分配到山西，水土不服，瘦得不到 40 公斤，肠胃完全坏掉了。1972 年，我以工人的身份调到萧山林场，那几年，又要干体力活，又要带孩子，身体很差。1978 年调到舟山林场，有人说：“调来了一个林妹妹这样的‘宝贝’。”

这对我刺激也很大，我当时就下决心，把身体养好，再好好工作。1979 年，我丈夫调回舟山，我开始放下一切包袱，专心搞科研。

慢慢地，我把身体的毛病也忘记了，有时候遇到小毛病也坚持工作，身体的抵抗力也提高了。

如今我也已经再不是那个林妹妹的形象了！是科研焕发了我生命的活力，使我忘记了疲劳和疾病。我保持年轻的秘诀，就是搞科研。

在科研道路上，我得到了太多领导、同事和专家的帮助，得到了家人的理解和支持，我做科研要对得起所有帮助过自己的人。

我已是年逾七旬的老人了，但只要科研工作需要我，我就会一直干下去！我实在是离不开比自己儿女还亲的普陀鹅耳枥。

“教师作家”，点亮学子心中的写作之灯

□ 汪国华口述

人物简介

汪国华，1950 年出生，衢山人，舟山中学原办公室主任、大衢中学原副校长，舟山市第一届优秀教师称号获得者，浙江省“春蚕奖”获得者。省作协会员。出版散文集《打捞岁月》《与书相伴》《岛情海韵》。

1972 年，汪国华前往小衢岛任教，从此开启教书育人道路。他多年来醉心语文教育，在大衢中学和舟山中学先后成立文学社，让更多热爱写作的同学有一片施展的天地。

船靠不了码头，渔民背着老师上岸

我是 1966 届大衢中学毕业生，成绩好，文章写得不错，毕业后经常去公社帮忙。负责教育这一块的公社领导常叫我帮忙做些事情，比如，公社选拔工农兵上大学，试卷叫我出，我都义务完成。

1972 年，同学邀请我去岱山南峰教书，我去公社打证明。副书记舍不得我这笔杆子，说正好小衢岛缺老师，你去那儿吧。就这样，我坐了 45 分钟的木帆船来到小衢岛当初中老师。

登岛便是高低不平的山路，后来才知道，去的那天运气好，没有碰到涨潮，否则船没法靠码头，只能一脚深一脚浅地踩着泥涂走过去。小岛民风淳朴，向来尊师重教，遇到这种情况，渔民都会背着我们上岸。

深夜家访走山路，沙滩边上开运动会

小衢本来没有初中，正好碰上“小学办初中”，就衍生出了初中班。我在小衢的两年，主要当初中数学老师，也带小学课程。

当时教室主要在红山岙，一排四间屋子。另外，在 40 分钟山路远的南岙，我们还有一个小学班，有点像分校。

从红山岙到南岙，都是山路，会经过一个坟场。知道我晚上去家访，渔民们吓唬我“晚上有鬼”，偏巧还真让我看见了磷火，毕竟才 20 多岁，胆子再大也怕的。

小岛上的学习生活很轻松。老师和学生一起勤工俭学，我们会带着学生一起去摘松果、收松子卖给别人当班费。学校开运动会，操场不够大就去沙滩开。没有扔铅球、垒球这种项目，但有扔手榴弹比赛。

任教黄泽岛，带着学生迎高考

之后我来到黄泽岛任教，一个离衢山更远的小岛，好在这儿有渡船，而且是机帆船。之前从衢山到小衢，没有渡船，我来回靠搭便船，渔民什么时候开船按照潮水时间定，有时候匆匆扒几口饭也得赶着走。

轰轰烈烈的办学运动中，岛斗中学开起高中班。

总共开了 3 个班，我教的是渔村联办那班，有 60 来人，连讲台边上都是课桌。很多学生报不进名，家长恳求：“凳子我们自己带，只要能在教室听课就行。”岛上文化人吃香，渔民对孩子的学习很看重，他们知道，想要改变孩子的命运，只有读书。这个班第一年课堂在渔村，一年后就搬到了岛斗中学。我上语文课和物理课。

1978 年，恢复高考的第二年，这一届学生迎来了高考。在全国高考通过率只有 5%的情况下，有一名学生通过高考，上了舟山师专。虽然这届通过高考改变命运的学生不多，但涌现出了许多人才，现在有的从政，有的成了演员。

这是我带过的第一届高考班，也是岛斗中学唯一的一届高考班。他们毕业以后，教学更加正规了，岛斗中学不再办高中，专心办初中。

民办老师考大学，考进一个“老头班”

1979 年，为了缓解老师紧缺的情况，国家鼓励民办老师考大学，考上了就去位于定海的舟山师专系统学习两年。

校长推荐我去参加高考，说实话我没什么信心，语文、政治没什么问题，但高中数学我没有系统学习过。没想到最后我还是高分通过了考试。考试挺难的，还有“30岁以下”这个年龄限制，当时计划招收40人的班级，最后只招到了19人。

我们这个班是79中文2班，也叫进修班，都是教龄3年以上的民办老师，年龄肯定比其他班的应届毕业生大了点，所以我们也自嘲是“老头班”。

分配回到衢山岛，语文教育重周记

1981年毕业后，我被分配到大衢中学，继续担任高中语文教学，这一教就是13年。

大衢中学学风很好，高考通过率很高，是农村中学的一面旗帜。1981年，农村中学教育现场会就是在大衢中学开的。

我到了大衢中学后，马上带高考班。在语文教学上，我重视周记的写作。学生写好，我当天或者第二天就批改好交到他们手里。老师认真，学生努力，大家对语文的热情劲儿一下子就上来了。当时，我将作文教学总结了“三合一”方法，就是一个整体的作文教学，用三个方面的形式进行：一是周记，以丰富写作内容；二是课堂片段练习，以强化优质语言和速度；三是课堂作文，以规范结构，整合内容。

创办文学社，办起《望岳》和《逍遥游》

1982年，我萌发了创办文学社的想法。恰巧衢山有个作家鲁永兴，我们请他来学校作演讲，极大鼓舞了学生们的写作热情。

文学社先从我带的几个班入手，感兴趣的孩子报名。结果，呼啦啦来了20多人，稿件、排版都由学生自己来。没有电脑的时代，我们用原始的铁笔刻下，用油墨印刷。特制蜡纸下面垫着一块钢板，孩子们拿着铁笔一笔一画地刻着。

渐渐地，文学社初具规模，有了特定的刊物，我取名叫《望岳》和《逍遥游》。《望岳》取自杜甫的诗，希望孩子们能有“会当凌绝顶，一览众山小”的气魄。当时这两本刊物经常被评为市里的优秀刊物。

有学生毕业时对我说：“高中期间最高兴的两件事：一件是踢足球，另一件是进了文学社。”

调任舟山中学，顶起《舟中天地》

1994年，在小岛任教22年后，我调到舟山中学任教，也将带领学生办文学社的做法带到了舟中，成立了镇鳌山文学社。学生依旧担任主力，依然用铁笔钢板刻写。学生们星期六收齐了稿子开始排版刻字，一直忙到晚上七八点，结束后去我家，我炒几个菜和他们一起吃。没有电话、手机的年代，有学生早上出门没有和父母说，到了傍晚，还有父母寻上门来。1995年3月，校刊《舟中天地》创刊，热爱文学的学生成为校刊的中坚力量。

1997年，文学社有了第一台电脑，学生们从钢板铁笔中解放出来。每年暑假，我们还会组织学生出去采风。如今大热的风景地东极、嵊泗，我们学生当年都走过。

文学社的学生考入大学后，当其他新生还不知道文学社应该做些什么时，我们的学生已经将约稿、排版、印刷等全部流程烂熟于心，我很替他们高兴。

有学生对我说："老师，你这么瘦的一个人，是什么力量让你挑起一座山，顶起一片天地？"他说的"山"是镇鳌山文学社，"天地"是《舟中天地》。

看遍一草一木，方能领略全山风景

1979年，市里举行新中国成立30周年征文比赛，我写了一篇《飞腾吧，巨龙》，表现过年舞龙的热闹场景。海岛教书的22年，丰富了我的基层经历。舟山师专的学习，让我的写作水平得到进一步提升。记得《舟山日报》复刊第一期副刊就刊发了我的这篇文章。现在，我一共出了三本书，下一本《陈梦偶记》正在筹备当中。

我想告诉年轻的孩子们，语文是一项重要的课程，它渗透在每个人日后的学习、工作、生活中。语文的学习必须课内、课外相结合，课内学习系统知识、开阔思路，课外大量阅读、厚积薄发，这样才能打下扎实的功底。

如果把语文学习看成攀爬一座山，不是沿着一条路登顶就可以，而是需要走遍这座山的每一个角落，看遍这座山的一草一木，方能领略这座山的风景，可谓是"踏遍青山人未老，风景这边独好"。

做义工就是生活

□ 宋峥口述

人物简介

宋峥，生于1949年。2000年前后，宋峥开始做义工，因热心助人，被市民亲切地称为“亮亮师傅”。宋峥也荣登“中国好人榜”，这在舟山属于首位。

此外，宋峥还先后获得“定海魅力人物”“浙江省优秀志愿者”“舟山市首届道德模范”等荣誉称号。

现在，年逾花甲的宋峥依然与42位孤寡老人结对，每日忙着送豆浆、点心，送净化水，忙着为老人们分忧解难。

随叫随到，能帮就帮

其实早在成为“亮亮师傅”之前，我就开始做义工了。

2000年前后，我在单位小区做物业经理，我们办公室就在白虎山路马路边，附近都是老小区，住的也多是老人。我了解到一些老人生活困难，家里线路、电器坏了，舍不得出钱叫维修工。我手下也有维修工，但不能随意叫他们去干活，所以我自己去做了。

当时，我立了一条规矩：凡是离退休干部、退休教师、70岁以上孤寡老人，只要有需要，我随叫随到，能帮就帮。

再后来，看到社区里有健身器材坏掉了，我就主动跟社区联系，帮忙修理。

社区和居民认识了我，“亮亮师傅”的名号也越来越响。

2001年，舟山成立了义工联组织，我成为定海区义工联副会长。

义工联成立，我们义工也算有了一个娘家。之后，我们开始有组织地做义工，每月 5 日，在定海文化广场开展便民服务。市委宣传部组织的“三下乡”活动，我们也经常参加，为村民们修理电器，很受欢迎。

“亮亮师傅，救命救命！”

成为“亮亮师傅”后，我经常在半夜接到电话：“亮亮师傅，救命救命！”

前几年，老小区的线路很多是铝合金细线，夏季空调一开，线就容易断掉。对心肺功能不好的老人来说，夏季不开空调，身体会非常不舒服，所以很多老人半夜电话求救。

接到这样的电话，我肯定要去。

除线路老化外，还有自来水管堵塞问题。如果把锈掉的自来水管全部换掉，花费要数万元，所以很多老人家更愿意选择清洗。

我当时使用了一套超声波仪器，可以伸进水管深处，通过振动，将锈震动下来，再清理出来。还使用了一套化学药水，可以把水垢融化掉，再用高压枪打出来。这两套设备对清理水管内的水垢和水锈很有帮助。

台风天，给九旬老人送饺子

做义工的故事，太多了。

2002 年前后是我最忙的时候，那时身体也好，连国庆长假都不得闲。

有一次台风天，竹山门一位 90 多岁的老人，一整天没吃东西。我骑着电动车去给他送饺子，风大得站不住，我把老婆也叫上，坐在电动车上增加重量抗风，结果还是在半路上熄火了。前方水太深，我就让老婆在原地守着车子，自己蹚着没过小腿的水为老人送去。

拿到这份饺子时，老人哭了。

从一个人做义工，到带领一个义工小分队，队员最多的时候有 10 多人，经常参加活动的也有四五人。每次我们“三下乡”义务修理电器，面前都摆满了坏掉的电风扇、洗衣机……

两处伤痕，也是两枚勋章

做义工这些年，我受了两回伤。

2012 年的一个风雨夜，昌国路附近的一位百岁老人晚上 9 时 30 分打来电话求助，电视机坏掉了。尽管外面大风大雨，我还是骑上电动车出发了。结果，修好回来的路上，电动车被风刮倒，左腿被压在电动车下。当时风雨很大，连路过的司机也都不敢下车来施救，我自己挣扎着，把电动车抬开一点，把腿挪出来。

后来到医院一检查，脚踝到小腿这段骨头粉碎性骨折，国产钢板都不顶用，最后，用了价值近5万元的进口钢板。按照治疗程序，钢板一年后要拿掉，结果我后来有事拖延了，再去拿的时候，钢板已经与骨头长到一起，拿不出来了。

现在，我左小腿还留着钢板，打雷天不能出门，也不能做核磁共振，快步走也不行。想当年，我可是交谊舞、拉丁舞都跳得很好。

还有一次，是2007年，也是一个风雨天，有一幢楼的电路出了问题，我冒雨爬梯子上去修。因为大雨模糊了视线，我一手扶梯子，一手去擦眼镜，结果不小心触电从梯子上摔下来，直接摔晕过去了。他们摇晃我才醒过来，当时感觉尚可，修好后就离开了，第二天也没去医院。现在后遗症出来了，一到风雨天，我的头就跟针扎似的疼，记忆力也大不如前，医生说脑神经受损了。

与48位老人结对

2013年，市家庭服务业协会的“帮帮你”助老服务项目参加了市民政局组织的首届公益创投大赛。自此，我陆续与48位孤寡老人结对。这几年有6位去世，还有42位。老人们有什么需要帮忙的，都直接给我打电话。其中8位是我的重点结对对象，是每天必去的。

前不久去世的我市文坛大家叶宗轼老人就是其中一位。3年前一个夏天的晚上，他家线路坏了，空调打不开，天气太热，叶老打了好几圈电话，最后打到我这里来了。自此，我们开始结对。还有洗桥阿婆殷桂兰也是其中一位。

前几年，我们用公益基金买了个净水器。经过净化的水更甜更健康一些，我就去买来水桶，每天一桶桶灌好，给这几位老人送去。喝惯了这些桶装水，有老人经常给我打电话：“亮亮师傅，水好送来了伐?”

除了送水，我也给他们送早点。每天晚上，我一边看电视一边和面、泡豆子。第二天一早，面发好，上锅一蒸，胖胖的，软软的，香喷喷的，满屋子飘香。出锅后，我拿刀“咔咔咔”切成一块块的，豆浆打好，骑上电动车，几位老人家走一圈，就送到了。

这些年，除了特殊情况，基本上每天都送。还想办法变花样，有时加银杏粉、灵芝粉，有时放大枣、核桃……老人们很喜欢吃的。

做义工，是我的生活

我父亲是南下干部，是一艘指挥舰的轮机长，炮手都牺牲了，父亲就从机舱出来顶上，受伤了还继续战斗，弹片没取出，几年后牺牲了。我们的父辈为了人民的事业，做了这么多牺牲，我们这一辈做一些力所能及的事，有什么呢?

1965 年，我到部队参加国防施工，当时部队正掀起全军上下“学雷锋”的高潮，所以，我脑子里“学雷锋”思想是根深蒂固的。

2017 年 12 月份，我就要 70 虚岁了，女儿和老婆都在上海，我一个人在舟山，也是孤寡老人啦，哈哈。想想自己年纪大了，说不定也需要别人来帮我。现在身体还行，还是多做些好事。我一个人在定海，每天就是忙着为 42 位结对老人服务。

做好事，我相信总会有回报的。现在我身体没什么毛病，就是牙齿掉了几颗。

那些回馈也让我很感动，有一位老太太，身世可怜，无亲无故，我经常去帮她，她买个西瓜买只面包也要叫我去吃。还有洗桥阿婆，待我跟亲儿子一样，我女儿结婚，她包了个大红包；我外孙女满月，她送了长命锁。这些都让我很感动。

穿越时空，寻找最真实的民间记忆

□ 庄世维口述

人物简介

庄世维，从农民成长起来的作家，一生热爱文学，致力于本土历史文化散文写作，语言醇厚，很见功力。他挖掘和整理历史文化，并非出于好奇，也不是为了伤古感怀，而是为了在历史的丛林地带体会文化的魅力，从而接续绵延不绝的文化和生命之脉。

从小喜欢文学

1945年，我出生于定海洋岙一个普通农家，小时候最喜欢跟着母亲来城区里逛。

上世纪50年代初期的东大街，是一条繁华的街，几乎所有的商铺都集中在这里，从进东门到状元桥止，除李永年中医铺、打铁铺、怡和南货店外，还有辅仁栈房、棺材店、鸿大绸布庄、马元和糖果店、存德堂中药房和滋源酒坊等。

我从小喜欢文学，热爱阅读，所以最喜欢状元桥下竺家弄边的小书摊。那原是一家蜡烛店，因为有迷信成分，舟山解放后改成了小书摊，我时常看得如饥似渴。

有时好不容易得了本书，我在灯下看得废寝忘食。那时候用的还是火油灯，灯光幽暗如豆，头天晚上看两个钟头的书，第二天起来，鼻子里黑黑的。

然而那个年代，文化生活非常匮乏，好书难觅。没书看的时候，我只有抄《唐诗三百首》，自得其乐。

干过很多行当

我在家中排行老大，因为家里负担较重，初中只读了一年半便辍学了。那年我 16 岁，种田、拉小板车、制砖头、打坑道……什么行当都干过。

上世纪 60 年代，我还挑过冰。当时的定海有很多冰厂，专门贮藏冰块。因为舟山是渔区，为防止鱼变质，冬天将冰挑入冰厂内保存好，到夏天卖给渔民。冰厂一般建在靠近海边，周边又有水田，交通比较方便的地方。为啥呢？周围有一定数量的水田，冬天就有足够的冰源供其贮藏；临近海边，夏天在船只拢洋后方便挑出厂冰装船。

半个世纪前的冬天比现在冷，贮满水的水田一旦结冰，我们一些年富力强的壮劳力就前去挑冰了。路近的，一角一担；路远的，两角一担，凭竹筹领报酬。有些地方冰厚，挑到中午还挑不完，生产队的人就说："不要走，煮几条年糕给你们当中饭，钞票马上算走。"

这个行当现在已经消失了，然而正是多样的人生经历，给我后来的写作、文史研究积淀了丰富的素材。

边干活边写作

上世纪 60 年代末、70 年代初，面对当时复杂的国际形势，毛泽东审时度势，发出了"深挖洞、广积粮、不称霸"的号召。洋岙公社成立了个工程队，到上海郊区青浦、朱家角一带打矿道，我也去了整整三年，在工程队里开空气压缩机兼任会计。

工程队里 100 多号人，住的是大通铺。空闲下来的时候，我喜欢拿出随身携带的练习簿，练笔写作。旁边的工友走过总要凑过来看一下："你在写啥？"我赶紧捂好不让看。因为当时文化氛围还不太好，很多人曾因写文章受到牵连。

其实我那时就开始练笔写小说，但不知道到底啥写法，便跑去书店买了几本书。其中一本《莫泊桑全集》，给我震撼特别大：原来小说还可以这么写！从此爱不释手，看了好几遍。

打坑道的月工资有 70 元，除去星期天，平均算下来 2.34 元一天，这个收入在当时来讲已经算蛮好了。一放假，我就去上海逛书店。有一回特意起了个大早去买《红楼梦》，想不到这本书超级畅销，书店早已售罄，我失望而归。1985 年实行土地承包责任制后，我曾经卖掉 300 斤的稻谷，换回一套《资治通鉴》。

加入了文学社

回到舟山后，我进了洋岙船厂，每天走路到十六门上班，很想买辆自行车代步。但那时家里条件不太好，没钱买，我只得把一张祖传的床给卖了，得了260元，花100元买了张差一点的床，剩下的160元买了辆凤凰牌自行车，还是二手的。

把路上的时间节省下来，我才有更多的时间搞文学写作。第一篇短篇小说《二妹》，就是在洋岙船厂当会计时写的。后来以此篇小说为书名，出版我的第一本小说散文集。

上世纪80年代，舟山有了海边文学社，吸引了一大批有志于文学的热血青年，我也加入成为其中一员。差不多在那段时期，我写了篇短篇小说《招标》，反映乡镇企业腐败问题，用方格纸抄好投稿，最后得了个奖。这次得奖给我增添了莫大的信心。

跑遍乡乡村村

2002年，我响应政府"腾笼换鸟"的号召，57岁就从城东街道企业办主任的岗位上退下来。受一些单位邀请，我开始搞文史研究。编写定海区志、年鉴，着手搞非遗，写党史，编地名志……这些年，我几乎把定海乡乡村村都跑遍了。

我不喜欢把自己埋在故纸堆里，写些耳熟能详的掌故，也不喜欢凭想象写，这样对历史不负责任。我喜欢自己跑下去，发现新东西，所以写的东西史志里不一定有。

不会开汽车，也不喜欢坐公交车，我就骑着自己的摩托车，只要加油就能跑起来，穿穿小街小巷很方便。我有很多文友，阿能、汪国华、孙和军、袁甲……有时我们一起跑。

有一次，我跟孙和军听庙里几个老年人说起，有一块乾隆年间的石碑。我们两个都不会开车，头顶火辣辣的烈日，一口气走了好几公里地，辗转打听，终于找到了那块石碑。

双桥有个石镜山，看看像马上要坍下来一样，但在那里屹立千百年而不倒，有一种诡异的平衡。我非要实地去看过，写的时候心里才有谱。

讲述古城人与事

2012 年，我出了本散文集《小城旧事》，就是讲定海古城的人与事，获得当年文艺创作成果银奖。书里讲的这些都是我经历过的，有人反映蛮有看头，有些人觉得不可思议：当年的生活哪有这么苦？事实就是这样，最艰苦的年代确实没得吃，吃野菜、饿肚子是常事。

几年前我编写《定海名优特产》，编入定海地情文化丛书，老城中的传统小吃编入《舟山传统饮食品》。这些资料都是到处去搜罗相关的人与事，一是找年纪比我还大、脑子清爽的老人打听，老早哪里的小吃做得好；二是请教师傅，大饼油条咋做。

这些定海老城中的传统小吃，是最真实的民间记忆，是对已经逝去的童趣的回放。

讲述古城的历史记忆，必须深入到各岛屿、乡镇、街道进行采访。几年来各街道乡镇大多出版了一套反映自己乡镇文史的专辑，如《千年马岙》《盐仓记忆》《画说新城》《双桥古韵》《白泉流韵》《人文小沙》《金塘印记》。定海区文史委前年也出版了一套《定海印痕》上下集，我都参与其中，作为骨干作者进行采写。

地名承载历史

地名是一种文化，让我们不但记住乡愁，还承载历史。2015 年，我开始参与编写《舟山市定海区地名志》，两年写了 100 万字，形成初稿，工程量相当浩大。

有人说编地名很简单，志书上都有的。但我不喜欢从书本搬到书本，有些地名我要怀疑的。像老志书里曾写："马目有步枪湾，因山形像步枪而得名。"我就心生怀疑：步枪是民国后才有，冷兵器时代没有。我跑到马目，找到当地老书记才得知，原来当地以前是晒盐的，外地人用蒲草搭厂，有时就睡在里面了，所以得名蒲厂湾，后来误传为步枪湾。

像这样的东西还有很多。

2017 年我已经 73 虚岁了，晚上很早睡觉，凌晨三四点钟就醒了。像现在这个季节，5 点钟天已经亮了，天气又凉快，我喜欢骑着摩托车到外面转转。每次跑来有新发现，回来就在键盘上码字，心里总是很开心。

半个多世纪，在贝壳上雕刻时光

□ 夏雨缀口述

人物简介

夏雨缀，出生于1945年，从事舟山贝雕和螺钿镶嵌50多年，是省工艺美术大师、省非物质文化遗产传承人，多次获得浙江工艺美术精品博览会金奖。

捡来贝壳，画上花鸟

我出生在定海烟墩的一个普通农家。父亲没读过书，但画图惟妙惟肖，母亲也擅长在鞋上绣花。我耳濡目染，从小就喜欢画画。

那时放学早，我把书包一扔就往海边跑，捡些贝壳回来，画上花鸟送同学。

农村里常演木偶戏，我在台下看得目不转睛，心想这种人偶我也会做。课余找来木头又是雕又是描，做出老生、公子、状元、小姐等，两三角钱一只卖给同学，他们都抢着要。

虽然成绩不错，但家境不允许我继续读书，17岁到生产队参加劳动。

当时农村里男婚女嫁要请木匠做床、箱子等，有些木工不会雕刻，就来问我："小团蛮聪明的，会雕狮子吗？"我说会，你两三天后来拿吧。没有工具，我拆出废旧雨伞的骨架，打磨成雕刀。木匠师傅看到我雕的狮子很高兴："蛮像，蛮像。"

除了雕些小东西，我跟在漆匠后面学描漆，算是吃民间工艺这碗饭了。

白骨镶嵌，首次尝试

在岱山干活时，一位老伯说：“你会不会白骨镶嵌？儿子这一水捕鱼回来结婚，我打了张床，底板是红木，不舍得描花，最好镶嵌。”

白骨镶嵌，是当时比较讲究的人家喜欢把牛骨镶嵌在床上。我没做过，只是小时候随母亲来定海，在半露亭看到有人做过。虽然事隔多年记忆模糊，但我答应老伯一试。

在舅舅的指点下，我乘木帆船到宁波镇海，找小旅馆睡了一夜，第二天找到一家专卖牛骨、刀具的店，买齐材料回家搞试验。

把描好的图案剪出来贴到白骨上，再用钢丝杆割出来，邻舍都说好看，我心里有底了。

怎么粘上去又成问题。做漆匠的舅舅告诉我，可以把黄鱼膏放进饭锅里蒸熟捣碎，等要用的时候，再拿出来蒸一次。我一试，蛮灵光的。

老伯每天都来看，笑眯眯地说：“蛮好，蛮好。”

参照书本，描教学图

上世纪 70 年代，我在定海渐渐有了点名气，舟山卫校让我去描教学图。第一次去，老师给了我 1 本书、3 张铅画纸，让我照着书画，10 块钱一张。

两天后把画送去，老师很惊讶：“啊？这么快画完啦！”看我画的质量还可以，老师又给了我 5 张纸，这次，我一星期画完了。就这样，我断断续续画了几百张。

学校招工想要我，我答应考虑一下。1972 年的一天，我带儿子来定海看病，顺道去姐姐家。姐夫见到我就问：“昨天给你寄的信，收到没？”原来，他听定海手工业联社的负责人说起，舟山要办工艺美术厂，想选拔手工艺人才，姐夫马上写信把这个消息告诉我。

咋报名呢？手工业联社的同志说，口说无凭，交几个作品来吧！

我回头就把好消息告诉了毕养得，他是木匠，我俩经常搭档。他一听也很高兴，我们各雕了几个作品捧到手工业联社，没想到负责人说，这事儿现在归地区工业局管。

送上作品，受到赏识

我俩傻眼了：地区工业局级别这么高，怎么可能理这种小事？我们心里发怵，准备打道回府。毕养得的姐夫说："既然来了，就去试试看。"

到了门口，看见穿制服的警卫人员有点怕，他问："找谁啊？"我们如实相告。在他的陪同下，我们硬着头皮来到手工业科。有人喊来了局长王春生。王局长闷声不响看了半天作品，然后发话："老说没人，我看这两个小青年就很好嘛！"当时周边地区工艺美术出口产值很高，王局长下决心把舟山的也搞起来，由于舟山贝壳资源比较丰富，所以决定发展贝雕。

舟山工艺美术厂的筹备人之一老刘，拿出大连贝雕厂的一幅作品给我们瞧："这样的作品，你们能做出来吗？"我一看，产品并不复杂，但到底用什么工艺，心里没谱。

牛郎织女，结缘贝雕

毕养得说，东钱湖的亲戚常常把河蚌剥出肉来卖，我们去宁波搞些蚌壳尝试做贝雕。

到了宁波菜场，我们没找到蚌壳，只看到一个卖螺蛳的。凑上去一问，原来去年的老蚌壳都拿去烧石灰了，新蚌壳要等9、10月份才有。

一个老人指点我们说，附近有三四间小厂，那边有蚌壳。我们找到厂长。"外面只要没钻过洞的蚌壳，你们都拿去好了。"厂长很是慷慨，我们各拎一麻线袋的蚌壳，回到舟山。

白天干活，晚上点煤油灯埋头研究贝雕。我们决定做幅牛郎织女图，两人分工，毕养得做牛郎、牛、桥，我做织女、喜鹊、云。完成后送到工业局，王局长点点头："蛮好。"

不久，公社书记登门给我送来一套《毛选》："地区工业局要你了，以后要好好干，用毛泽东思想武装大脑。"遗憾的是，毕养得因为家庭成分原因没能录取。

辉煌年代，全国铺货

当时舟山工艺美术厂尚未正式成立，4个手艺人组成贝雕研究小组，每人制作一幅作品，送到上海工艺品进出口公司。1973年，这家公司把产品带到广交会，竟然接到4.8万美金的大订单。我们深受鼓舞，开始批量生产。

舟山工艺美术厂也正式招兵买马，4 个师傅带 17 个徒弟，分成两组，干得热火朝天。这批产品完成后，我们又做内销产品，订单也相当多。

1974 年，哈尔滨百货批发站来了两个人，说你们厂以后的产品，我们包销了。

上世纪 80 年代，贝雕市场迎来最辉煌的年代，厂里产值每年翻番。

1985 年我到浙江美院进修一年，回来时厂里增加到 60 多人。扩建厂房后，增至上百人。到了 1987 年，哈尔滨百货批发站已经包不住销量了，我们的产品在全国范围内铺开，杭州国际百货商场、南京新街口、上海一百和城隍庙、北京王府井大街……除了西藏、新疆和青海，其他地方都有我们的贝雕作品。

屡屡获奖，坚守一生

因为我设计的产品占到订货量的 70%以上，连续 3 年在舟山地区工业会议上受表彰。1978 年，我得到一笔 500 元的奖金，当时工资只有 38 元，我开心极了。

1982 年，轻工业部要在全国范围内举行贝雕作品评比。我也分到了任务，雕什么？想不出。正好徒弟给我送来一张舟山剧院《屈原》的戏票，看完戏后，我决定用贝雕塑造屈原形象。只有屈原一个人物太单调，我把《九歌》里的人物全部用线条铺起来。因为时间太紧，木框没做好就拿去参赛，结果分数被拉低，得了第 6 名。

照规定，前三名可以参加第一届工艺美术百花奖评比，轻工业部一位处长说："我看舟山那幅《屈原》格调很高，只是镜框粗糙拉低分数，可以重新制作参评。"遗憾的是，因为送展途中一个部件脱落，只评了个二等奖。

1984 年，我用贝雕创作了一本唐诗，参加全国创新产品奖评选。这本贝雕唐诗有 25 页，正反两面共 50 首诗。尽管形式创新，但因为急匆匆送展，胶水粘连，又得了个二等奖。菲律宾前总统马科思和夫人来杭州时，想要本唐诗，省里的人想起我的作品，让我指导另外再做一本……

与贝雕一结缘，就是半个多世纪，我见证了它的兴盛和衰落，也坚守了它一生。

相信会有那么一天，虾兵蟹将再次称霸舟山渔场

□ 虞聪达口述

人物简介

虞聪达，1959年出生，浙江海洋大学党委副书记、教授、农学硕士，中国水产学会水产捕捞分会副会长，浙江省水产学会捕捞渔船渔机专业委员会主任。

他长期从事海洋捕捞科学与教研工作，在国内最早提出海洋捕捞选择性概念，入选浙江省“新世纪151人才工程”第二层次、浙江省高校中青年学科带头人。

多年来，虞聪达主持“东海区重要渔业资源养护工程技术研究与示范”国家科技支撑计划项目和“浙江南部外海渔场渔业资源生态容量和作业方式研究”、“舟山渔场人工鱼礁建设”等国家科技部星火计划项目，为东海渔场的保护贡献自己的力量。

背对分数填志愿，来到舟山与捕捞专业结缘

我是慈溪人，1977年报名参加高考。当年是“背对着分数填志愿”，我至今不知道自己考了几分，只知道上线了。志愿表上保底填写了浙江水产学院，也就是现在浙江海洋大学的前身。这一填就和舟山结下了缘，从1978年初入学到2017年，我已经在舟山待了40年。

慈溪的淡水养殖业比较繁荣，所以当时我填报的专业是养殖，最后却被海洋捕捞专业录取了。我觉得也可以，反正都是大水产类的。老师一直教导我们不能朝三暮四，要树立牢固的专业思想，所以这么多年，我也没想过要转行转专业。

因为读书刻苦，成绩不错，1982年毕业后直接作为教师留校，在捕捞教研

室做青年助教。

短短两三年，切身感受到东海渔场捕捞过度

在学校读书时，我曾去螺门捕捞队进行专业实习。

当时螺门捕捞队规模比较大，出海开的是大型机帆船，使用的是长约300米的对网。两小时连续不间断作业，能捕上带鱼40担，每担50公斤，算是不错的产量。

我第二次来到螺门时，已经从学生变为带队老师。仅仅两三年，同样的船、同样的网，产量竟然直接减半，只剩20担了，这让我大吃一惊。

当时，其他水产品减产更加明显，像墨鱼、大黄鱼、小黄鱼，已经没有明显的渔汛了。

回想起来，我读书的时候渔业资源已经在衰退了，只是当时很多人没有意识到这一点。教我们“渔业资源与渔场学”的老教授李星颉先生，是最早意识到的人之一。他给我们上课的时候，已经提出“捕捞过度了，鱼不能这么捕”。

传统资源衰退，对网退出历史舞台

1987年左右，我实习时用过的“顶天立地”的对网，彻底淡出了捕捞舞台。这也意味着舟山渔场近海部分传统资源的衰退。

取代对网的是拖网。拖网是伴随工业发展出现的，可以说是现代渔业的一个标志。1905年，德国人在中国长江口用拖网追捕鱼群，中国人才知道原来鱼可以这么捕。上世纪60年代以后，拖网逐渐在网具中占据主要角色，但拖网越来越小的网眼，让现在的我们吞下当年的苦果。特别是底拖网，对海洋生态环境的破坏几乎是毁灭性的，它把海底藻场“拖”成了海底荒漠。

上世纪90年代前后，在政府部门主导下，舟山对渔业作业结构进行调整，我们开始保护渔业资源，减轻传统渔场捕捞压力，让更多的渔船去外海。目前，远洋捕捞占比逐年增加，据不完全统计，大约已经占到总产量的30%左右。

情人岛，舟山人工鱼礁的起点

1997年前后，我们形成了舟山人工鱼礁的建设方案，用了两年时间，将300多艘淘汰的渔船经过清洗、加固后，作为人工鱼礁有序地投放在朱家尖情人岛海域。

在形成方案之前，我们特意组成考察团，前往福建、广东、广西等地进行考察。当时全国的人工鱼礁建设都还在探索阶段。上世纪 80 年代初，南海水产研究所的专家去日本学习后，在南海北部湾海域投放了人工鱼礁。上世纪 90 年代中后期，当地渔民发现北部湾一带到春夏时期，有大量成群的幼鱼出现，这让大家意识到人工鱼礁的重要性。

我们去的时候，一是考察人工鱼礁的情况，二是考察当地政府对建造人工鱼礁的规划和想法，回来后形成报告，省里、市里都很支持。

要投放人工鱼礁，必须选择好地点，我们当时出海取样，整天在海上漂着，整个人晒得和渔民兄弟一般黑。情人岛的人工鱼礁投放 5 年后，我再到那儿去看，发现有很多人在附近从事休闲渔业作业，这说明人工鱼礁有了效果。情人岛可以说是舟山人工鱼礁的一个起点，目前人工鱼礁在岱山、嵊泗等地得到广泛推广。

更为庞大的海底牧场建设

到了 21 世纪，我们提出建设海底牧场，进行渔场资源修复。这是一个庞大的工程，主要工作是释放人工藻种，让海底生物链从最基础进行恢复，现在主要工作集中在东极岛海域。

当时我的另一项工作是编写《渔具准入目录》，这是一项全国性的工作。各地的研究所进行大量基础调研工作以后，将资料上传到农业部，农业部聘请了 20 多个专家进行审核，我是专家组的一员。整整三年，我奔波在舟山、北京、上海之间。

现在该目录已经出版，一些对生态破坏严重的渔具被直接列入禁止使用名单。比如插网，在捕小型鱼类的同时，很容易误杀近岸的小黄鱼幼苗。

像拖网这样的网具则进入了考察名单，作为上世纪中后期主要渔具，如果一刀切地禁止，会对渔民生计造成问题，也会令社会上鱼货供给不足。所以，我们给拖网三五年的技术改造时间，但明确禁令：近海不能用底拖网。

渔具被禁，我们是要被渔民骂的。相信在未来的发展中，渔民会知道网具变革的重要性。

生态渔业为中国的渔业发展负责

我从事海洋捕捞专业 40 年，对渔业的认识更加清晰。我现在给研究生上课，主要围绕一个指导理念：生态渔业。

生态渔业是一个大概念，但可以分为几个关键词：选择性捕捞、环境优先、活体捕捞、节能、渔场的生态建设。这五点基本能构成生态渔业的框架。

选择性捕捞这一点上，国外做得比较好。他们捕一种鱼就一种鱼，不能兼捕误杀其他鱼，应该让每一条鱼都至少有一次繁殖机会，才能保证这个鱼种不断发展。

我在多年前的一次采访中提出，中国人不需要捕这么多鱼。假设每一条捕上来的鱼都是活的，渔民能卖出好价钱，市民也能吃到美味的鱼，这才是最好的状态。要做到活体捕捞就要对渔具进行改革，螃蟹是渔具改革直接的“受益者”。过去捕螃蟹用底拖网，几个小时下来，最早落网的螃蟹已被挤压而死。现在改用流刺网，市场上活蟹明显多了，价格也上去了。

我一直在向我带的研究生们灌输“生态渔业”的理念。他们有的继续深造读博，有的前往科研机构，有的去了渔业管理部门，不论前途如何，我都告诫他们：“你们要为中国的渔业发展负责。”只有我们每一代人，做研究的在这个理念指导下进行科学研究，做管理的在这个理念下进行宏观调控，从事生产的在这个理念下自觉遵守法律法规，我相信总有一天会看到东海渔场没被人为破坏前的场景。

漫漫长路，发展生态渔业没有最好，只有更好。

东极诸岛上的渔民亲切地称他为“光明卫士”

□ 蒋海云口述

人物简介

蒋海云，现任国网舟山供电公司东极供电服务站站长。2009 年 9 月，蒋海云带队来到东极建设电网，之后便扎根东极，守护偏远海岛的光明。

同时，蒋海云还热心服务当地百姓。8 年来，他让孤悬外岛的居民享受到了“保姆式”的优质供电服务，东极诸岛上的渔民亲切地称他为“光明卫士”。

蒋海云于 2013 年荣获“最美舟山人”称号；2015 年荣获“舟山市道德模范”称号；2017 年荣获“全国五一劳动奖章”和“浙江省劳动模范”称号。

35 年一直在海岛

1982 年，我参加工作，被分配到虾峙岛。那个时候，虾峙岛还是用柴油机发电，很快换成汽轮机发电，我主动要求调到汽轮机发电班组，并成为汽轮机司机。1989 年，我成为值班长，负责从码头运煤进来发好电，再把电送出去。

1990 年，虾峙电网并入普陀电网系统，我开始从事线路工作，负责抄表、检修等工作。

2000 年 10 月 1 日，我被调到普陀山供电营业所。我们把虾峙岛的供电经验拿过去。普陀山是旅游景区，保供电任务重，遇到重大节日或者节庆活动，保供电的任务就更重了。全普陀山 1000 多个路灯，坏一个就要修一个，最重要的是佛顶山脚下到山顶的路灯，所以每年大年三十和正月初一，我都是要值班的。

那些年的海岛工作经验，让我掌握了海岛发电、供电、运行等方方面面的技术和管理。

2009 年，我调到东极，一直工作到如今。

东极 24 小时供电了

我是 2009 年 9 月 2 日到东极的。当时的东极本岛庙子湖，新的柴油发电机组已经准备就绪，电网也造好了，按照计划日程，10 月 1 日起就要 24 小时供电。在这之前，岛上有一个小小的柴油机发电厂，电压不稳，也不能 24 小时供电，岛上居民饱受缺电之苦。

9 月 2 日，到岛上后，我们先与镇政府交接好电网系统，又开始调试新的 4 台柴油发电机组。调试中我才发现，旧发电机组的工作人员，是岛上几位六七十岁的老人，不够专业。

时间非常紧迫，我一边对发电机组工作人员进行培训，一边调试机器。终于在 9 月 28 日那天，发电机组调试成功，人员培训也差不多了，我们成功发电。10 月 1 日起，正式开始 24 小时供电。

要管发电，又要管供电，为了避免发电机组发电时出现意外情况不能得到妥善处理，我就住在山上的发电机组旁，吃饭去山下食堂，吃好再上山。那个时候，山周围很荒凉，有时晚上风大，又没有路灯，走在山路上，还真有点害怕。

等到一切理顺后，我们开始步入正式管理：发一千瓦时电，成本是多少？能不能再压缩一点?

老百姓家里线路坏了，随叫随到

2012 年的一天晚上，庙子湖一家民宿打来电话，说店里停电了。我们马上赶过去，一间间查，一直忙到凌晨 3 点，把问题解决了，游客们也没有退房。

2015 年的一天晚上，东福大酒店开关跳闸了，客人要求退房，200 多个游客在一楼大厅吵了起来。当时已经是夜里 11 点多，我们赶过去检修，修好时已过凌晨 1 时。

岛上居民家线路坏了，我们也要去的。跟本岛上只管外线不管内线不一样，老百姓家里线路出了问题来叫，我们随叫随到。

我们有规定，老百姓打来电话，必须要去一趟。特别是老人，必须帮他们修好。

外岛的也是如此。冬季的时候没班船，也要坐小船过去。有时候受台风影响，没航班回来，一去六七天也有可能，没吃没喝，但我们一直在坚持……

每年春节前，我都要去看望孤寡老人，主要是节前为他们检查一下线路，发现坏的灯泡、开关及早换掉。有时还送他们小礼物，一个热水袋，或把我们日常节省下来的大米和油送过去。

几年下来，岛上的居民基本人人都认识我，大家都叫我“蒋所长”。

岛上的“编外110”

2014年冬天，一天晚上8时30分左右，我跟两名员工正在值班，突然听到叫喊声：“着火了！”跑出去一看，单位下面的一栋民房着火了，火苗已经烧到最顶层的一间。看到火情后，我立即跑到离值班室300米外的员工宿舍，叫来所有员工，戴好安全帽，赶往火灾现场。

救火规范我们日常都学过，先把电力总闸关掉，然后用灭火器把门砸开爬到楼上去灭火。但当时火很大，灭火器根本没用，喷完火苗立即反扑，水也没有，怎么办？我们就从附近民房接来自来水，跟救火人员接龙，一桶桶拎过来，我跟另一名员工爬到邻居楼顶，对着旁边着大火的房间一桶桶淋下去，这才把火逐渐扑灭。

每年，我们总要参与一到两次救火。

2012年的一天晚上，我和站里一位青年员工从供电站值班回宿舍，路上遇到一位妇女，因家庭矛盾一时想不开服毒自杀。我们轮流背她，6分钟攀爬庙子湖百级石阶路，最终使这位妇女脱离了生命危险。有人说我们是“编外110”，有时候确实如此。到了冬季，东极的游客减少，各单位值班人员也减少，所以遇到这样的险情，就需要我们搭把手。

明年，任务更重了

这些年，我们曾经多次进行电力抢修。2009年11月，东极海域12级大风，青浜与庙子湖之间的电力线路被刮断，造成青浜岛400多户屋舍、100多户常住居民停电。我们雇了5艘渔船，从庙子湖线杆上接线，跨海牵引到青浜，抢修了20个小时。

2011年8月，强台风“梅花”来袭，各岛相继发生故障停电。我们76小时未合眼，出动40余人次，辗转各岛进行抢修。

如果没有电，小岛上居民日子就没法过，很多老人家存在冰箱里的海鲜就要坏掉，所以一旦遇到电力故障，我们就要尽全力尽快修好。

在东极供电服务站，我们有 9 位员工，他们大多是定海的。在东极工作艰苦，调动困难，我是劳模，年轻人都看着我呢，所以我更要以身作则。

这么多年了，孩子升初中、升高中，父亲生病，外甥结婚，我都没在他们身边。不是我不想，确实是东极那边离不开。

这些年，东极的电力设施变化很大，海缆相继通到了庙子湖岛、青浜岛、黄兴岛。明年，已经通好海缆的东福山岛也将接管过来，我们任务更重了。这意味着，东极每一个老百姓，谁家的用电出问题了，我们都要过去，尽力修好。

保障东极每一户家庭的用电，这是我们的责任，我们必须做好。

从“世纪曙光”到“最长日全食”带舟山人一起追星逐日

□ 刘瑞廷口述

人物简介

刘瑞廷，普陀区人，九三学社社员，定海区政协委员，高级工程师，舟山“世纪曙光”首倡者。

新世纪的第一缕阳光将照射何地

我从小就对天文很感兴趣。六横的夜晚，微风轻拂，星星闪耀。孩提时代的我，望着满天星斗，听着神话传说，对星空的奥秘萌发了好奇。参加高考的时候，我第一志愿填报的就是南京大学天文系，可惜最后录取我的，是杭州大学化学系。

尽管所学专业不是天文，但并不妨碍我对星空的观察探究。上世纪 80 年代，我订了《天文爱好者》杂志，当时还是双月刊。每到一期，我就兴奋地一口气读完。

2000 年 10 月 31 日，我从《舟山晚报》上看到一篇《世纪曙光到底归谁　两大权威炒热传媒》，这篇转载自新华社的文章，探讨了新世纪的第一缕阳光将照射何地的问题。国家天文观测中心认为，是在温岭石塘；紫金山天文台认为，是在临海括苍山。

我想想，不对啊，舟山明显比他们早。凭感觉当然不行，要拿出计算结果才有说服力。当时网络还不发达，一些数据搜不到，我通过朋友分别要来台州、舟山的数据，开始自己计算。那公式挺复杂，现在的我已经不会算了。

当时的中央气象台台长、中国工程院院士陈联寿曾经在舟山中学读过书，我了解到这个信息后，花了 21.5 元钱，把计算结果用挂号信寄给他。

东福山的世纪曙光比石塘、括苍山更早

没几天，我就接到陈院士的电话："你是刘瑞延？"虽然他错把"廷"看成"延"，但我还是很激动，全国知名的专家竟然亲自给我打电话！真正的科学家都是很严谨的，他说世纪曙光最早应该在胶东半岛吧？我说，如果昼夜平分，确实胶东最早，但元旦在冬天，太阳往南去了，所以计算时不但要考虑经度，还要考虑纬度。

我又把计算结果寄给当时的市委书记王辉忠，他也挺重视的，马上写了个批示给普陀区政府。普陀区旅游局局长找到中科院上海天文台，他们的计算结果跟我一样：舟山市东极镇东福山的世纪曙光确实比其他两个地方更早。

那时年轻，我找到《舟山晚报》想请记者报道这件事，第一个碰到的就是王晓东，他很有职业敏感性，说这个题材很好嘛！此后便一直跟进，很多报纸都转载了这个消息。

请英国皇家格林尼治天文台专家来评判

关于新世纪第一缕阳光将照射何地之争还没有尘埃落定，临海括苍山、温岭石塘开始各自筹办"中国陆域世纪曙光观赏节"。我提出，舟山何不办一个"中国海洋世纪曙光观赏节"？因为 21 世纪是海洋的世纪，浙江又是海洋大省，举办"海洋世纪曙光节"可谓名正言顺。

普陀区政府也成立了筹备委员会，决定举办"舟山海洋曙光节"，在东极的东福山、桃花的对峙山、朱家尖的大青山和普陀山筹划系列活动。

当时的市委宣传部部长张天龙很重视，把舟山各媒体负责人叫来开会，特别邀请我参加。我在会上说，目前三个天文台三个说法，都说自己的对，不如把三个地方的经纬度提供给英国皇家格林尼治天文台，那是国际天文学的顶尖权威。

我通过网络搜索到格林尼治天文台的网址，用中文写了一封信，请在浙大当副教授的同学翻译成英文直接寄过去。

还没接到回信，新世纪的第一缕阳光已经照耀到我们。2001 年 1 月 1 日凌晨 5 时多，天还没亮，一拨又一拨游客从四面八方赶来，《舟山晚报》记者在东

极、朱家尖、普陀山、桃花安期峰、岱山磨心山、定海竹山门等地，见证市民喜迎21世纪曙光的珍贵瞬间。我作为嘉宾，参加了朱家尖“十里金沙迎世纪曙光”活动。

比花5000万元在东方卫视做广告效果还好

1月2日，我收到格林尼治天文台罗伯特博士发来的电子邮件。他的计算结果是，东福山山顶日出时间为6时42分，临海括苍山山顶日出时间为6时43分，温岭石塘山顶日出时间为6时44分。罗伯特博士说，这个时间根据当地的天气状况，即地球大气的折射影响，可以有正负2分钟的误差。

2000年12月下旬，中央电视台为世纪曙光做了个专题。两位记者来舟山采访了我，其中一位我前两天还在电视上看到，叫熊雄，他那时还蛮年轻的。

至此，世纪曙光之争尘埃落定。这里还有一个小插曲。那个年代春晚很热，我把这个题材写了个小品，寄给赵本山，可惜石沉大海。

后来有记者发表评论说，这次世纪曙光之争，比花5000万元在东方卫视做广告的效果还好。我听了也很高兴，一个普通市民为宣传舟山做了这些事情，也蛮有意义的。

本世纪最壮观的日全食在舟山上演

时间一晃到了2009年，我很关注7月22日即将发生的日全食——那是本世纪最为壮观、持续时间最长的日全食，而舟山具有无可比拟的最佳观测优势。

我向分管旅游的副市长王忠志建议，舟山可以抓住这个绝佳机遇，做好日全食观测的宣传工作。我还和舟山市政协委员汪尔正一起，递交了一份提案，希望借此机会进一步打响舟山的知名度。

当年5月，中国科学院紫金山天文台的专家经过权威测算，此次日全食，国内主要有42个可观测城市，而舟山是日全食可观测时间最长的城市，时长6分01秒。

市旅游局接到王副市长布置的任务后，邀请紫金山天文台的专家来舟山走了一遍，列出九大最佳日全食观测场所，如最圣洁的观测地在普陀山、最浪漫的观测地在桃花岛的塔湾金沙、最具原始风情的在普陀东极……舟山也趁此向世界天文爱好者发出邀请。

为了让大家掌握安全观看日全食的方法，我们联合《舟山晚报》搞了个沙龙，讲解怎么观看日全食，比如要戴深色太阳眼镜、购买日全食太阳观测镜……那天来了很多人，效果非常好。

7 月 22 日，我在海滨公园边给市民讲解边观看。当天市政府正好在开干部大会，中途休会集体出来观看。那次日全食确实壮观，可谓千年不遇，效果非常震撼。

渴望舟山有个天文爱好者协会

很多人称我为“仰望星空的人”，事实上，我还关心生活的方方面面，特别是作为市政协委员，我关注新区经济建设和民生民计。两年前，我曾带领 17 名市、区两级政协委员，分成 6 个调研小组，到上海、杭州、宁波和我市的定海、新城、普陀调研菜价，希望为市民提供一个轻便的“菜篮子”。

作为天文爱好者，我在仰望星空时总觉得身边缺少点什么。一个偶然的机会，我跟浙江大学刘鸣教授相识。他原来在国家天文台工作，来到舟山以后觉得这地方环境优美，远离大城市灯光区，空气质量特别好，很适合进行天文观测。

刘教授到处打听舟山有哪些天文爱好者，结果找到了我，相聊甚欢，一拍即合。去年 3 月，我们在浙大搞了个天文沙龙，人们报名非常踊跃，来的人把报告厅都坐满了。

舟山不缺天文爱好者，只是缺少一个可供爱好者交流的平台。刘教授说，舟山要是成立一个天文爱好者协会就好了。我也有这个想法，只是力量不够强。如果有了这个协会，一些天文科普活动就能得到推广和普及，也能让更多人感受夜空的美丽和星光的灿烂。

创新引领 从“愣头青”到抢占产业制高点的“领头雁”

□ 陈冠宝口述

人物简介

陈冠宝，1963 年出生，毕业于浙江水产学院渔业机械专业，中共党员，高级工程师，现任浙江金鹰食品机械有限公司总经理，全国轻工机械标准化技术委员会委员。在他的带领下，公司近年来开发出多项高新技术产品，部分产品填补了国内空白。他带领团队研发成功的节材型高效全自动数控冲床被授予“国家火炬计划项目”证书。

大学毕业后第一份工作是拖手板车

我是岑港人，1979 年参加高考，重点线 330 分，我考了 333 分。

我很喜欢化学，上学的时候化学几乎每次都满分。第一志愿报了浙江化工学院，也就是浙江工业大学的前身，不过体检没过，说我是色盲。现在想想，可能自己有点紧张，加上医生翻页太快，所以没看清楚。

但我运气还算不错，进了保底的志愿——浙江水产学院。报考渔业机械专业的想法也很简单，男的学点机械比较实用。

毕业后被分到舟山柴油机厂，一个让人羡慕的工作单位。我们大学生薪酬也高，按照国家规定，每个月有 56.5 元。一同分到厂里的共 13 个大学生，我长得高高大大，被分到机械加工车间做调度，拖手板车。

13 个大学生中进入技术科的第一人

当时的舟山柴油机厂主要生产船用柴油机，但食品机械方面的工作已经开始了。

上世纪 80 年代国家取消部分计划经济，柴油机厂也得自找出路。隔壁水产食品厂负责人建议我厂往食品机械方向发展。偏巧我厂的一位老干部和上海美林当时的书记是老战友，得知消息后，他便前往上海学习取经。我们的第一批机器 M15 就是在美林的支持下开发成功的。紧接着，厂里开始研究空管设备。当时这种设备几乎靠从意大利进口，国家花了很多外汇，如果我们厂能研发成功，将彻底改变这个局面。

当时的我已经拖了两个月的手板车，非常想加入技术科一起研发新项目。车间书记说，如果我能率先通过技术革新车间工艺，他就同意。

车间当时的主要问题是用传统工艺车螺纹，一根几米长的零件，一天只能做一根，效率十分低下。我和老师傅搭档，在车床上做革新，经过 4 个月的研究，我们研究出了旋风切削，把工作效率整整提高了 4 倍，我也成为 13 个大学生中进入技术科的第一人。

从愣头青到年轻的高级工程师

到了技术科，我没有如愿以偿进入新项目研究小组，而是被派去进行 M15 的技术管理。极想参与创新小组的我向领导主动请缨，却遭到批评："工作是你可以挑挑拣拣的吗?"领导虽然嘴上这么说，但记住了我这个有上进心的愣头青。不久，我被派去专攻模具方向，之后单位的模具图纸都是我设计的。

1984 年，轻工业部成立模具标准化小组，商讨行业产品标准化，现场去的都是各厂上了年纪的专家级人物，就我一个 22 岁的年轻人。

1986 年，我前往西北工业大学进行为期两个月的进修，专家讲师、军事化管理、严苛的考试制度，学到的知识让我这辈子都受益匪浅。

1989 年，国有单位改制，我被分到模具厂，这一待便是 9 年。1998 年，我已成为年轻的高级工程师。

金鹰公司老板深夜上门留人

1998 年，模具厂并给了金鹰公司，当时职工可以自行选择去留。

有一天晚上将近 9 点，金鹰股份有限公司董事长傅国定亲自上门来我家，这是我第一次和他见面，我们聊到次日凌晨 2 点多。离开的时候没有司机，工作人员把他送到我家后，连夜赶往杭州谈项目去了。我被他们的敬业精神和经营理念打动，决定留下来，担任浙江模具厂的厂长。

模具厂百废待兴，留下的只有50多人。经过我几个月的管理，开始赚钱。

2000年年初，舟山机械厂也被金鹰公司收购，两厂合并，傅老板想让我当总经理，我一开始不同意。但因为金鹰公司的版图不断扩大，这个厂不能群龙无首，我答应傅老板暂时代理总经理位置。

寻求各方突破，挽救企业颓势

既然接下这个担子，就要全身心去办好厂子。我从分配制度、人员培养、新产品开发等方面展开工作。一年过去，销售额达1200多万。已经不亏钱了，但产品五花八门，无论成本还是管理费，都居高不下。

随后，我取消了一些产品，新招了一批人，着手研发一系列新产品，研发成功就给予奖励，并且将产品研发和销售挂钩，产品销路好，技术部也可以拿到提成，同时把薪酬制度改为奖金制度。经过多方改革，员工的积极性调动起来，工作效率也提高了，原先制作一台机器需要2个月，改革后只要10天。

但其中的困难也只有我们经历过的人才知道。到了2005年，厂子已经从一开始的800多万销售额变成了2700多万。不过作为总经理，我知道，虽然赚钱，但产品结构没有发生根本性的转变。

节材型高效全自动数控冲床横空出世

改变是从2005年开始的。当时公司开发节材型高效全自动数控冲床，这种设备国内进口只有两台。当时国内最快的冲床每分钟只能做400只罐头盖子，如果研究出来，数量可以达到3000只。我看好这个产品，费尽周折找资料、看设备、去学习。但当时开发这个新产品阻力很大，技术难关、销量的不确定性……大家没有自信心，我逼着他们去做，成立了专门小组。

这种机器的成功研发很感谢傅老板的支持。有人说项目难度太大时，傅老板说："不做新产品，一个公司能有出路吗？一回做不出就做两回，两回做不出就三回。"这些话他没有当我的面说，是人家后来告诉我的。

除了傅老板，让我永远难忘的还有一位来自黄岩的罐头厂企业家。当时我们的产品还在研发阶段，做不做得出都是未知数，他就订了一台，给了我们极大的鼓舞。第一台机器生产出来，漆都没来得及上，就给对方发过去了。2007年，这种机器开始批量生产。黄岩的其他企业看到这种机器的优势，纷纷找我们来订购。

和龙头企业的合作打开知名度

彻底打开知名度是在和新加坡升兴集团的合作之后。升兴集团在行业里是一家档次蛮高的企业，他们知道我们在做冲床后，老板请我过去。我相当开心，一旦我们的产品能进入这类顶级单位，以后的推广就不用愁了。

事实也证明我们的产品值得信赖，他们集团直接订了 5 台。很快，娃哈哈也找我们来订冲床。接到这两家龙头企业的订单，意味着我们的销售渠道全面打开，大伙儿都乐坏了。2005 年，销售额 3700 多万；2006 年，5000 多万；2007 年，达到 8000 多万；到 2013 年，已经翻到了 1.4 个亿。

而企业人员还是稳定在 220 人左右，改变就在于创新。

我一直强调创新。目前，公司已经研发出 100 多种产品，远销国外。每年，公司都投入专项资金用于研发。

未来，我们还将坚定地走好创新路。

从农业中专生到高级记者，建言献策多次得到国家领导人批示

他的传奇人生就是一本励志教科书

□ 徐博龙口述

人物简介

徐博龙，《舟山日报》高级记者、上海高校智库研究员、复旦大学访问学者。半路出家从业新闻，依靠创新思维与勤奋好学，最终连续破格成为舟山市解放以来第一个也是目前唯一一名教授级高级记者，后又破例晋升为正高三级职称。他先后向党中央国务院建言献策50余篇，其中8篇得到国务院总理等党和国家领导人批示，40余篇得到省部级领导批示，70余篇得到地市级领导批示。

从通讯员成为一名真正的记者

我可谓“生不逢时”：小学未毕业，“文化大革命”开始，学校停课，回农村种田放牛。1973年，就读两年制嘉兴农校，累计在校读书时间不到8年。

中专毕业后，我被分配到桃花岛农技站工作，后又调到普陀县种子公司当出纳，工作之余我经常写些“豆腐干”报道投给普陀县广播站、舟山电台、《舟山日报》，发表率还挺高。

当时县种子公司在沈家门墩头，没有广播，而东方红旅馆门口的电灯柱上有个喇叭，我每天晚饭后跑去那儿听节目。头天稿子送去，第二天就能播出，我主要听听编辑是怎么修改的。投给《舟山日报》的稿件刊登后，我都剪贴到本子上，留心编辑作了哪些修改，以后写稿就朝这个方向努力。由于我连年被评为优秀通讯员，普陀县委宣传部把我调去专门写新闻。

1992 年 5 月，我被调到舟山日报社工作，从业余通讯员成为一名真正的记者，很开心。

为舟山呼吁留住一所大学

作为一名在海岛基层工作的新闻记者，值得回忆的事情很多，其中为舟山呼吁留住一所大学令我印象深刻。

原来浙江水产学院在平阳浦，1992 年上半年，省里已基本同意学校搬迁到宁波，而且一半已经搬走。舟山市委向省委打报告，要求留住浙江水产学院。我也写了篇《百万干部群众呼吁浙江水产学院留在舟山》的文章，刊登在《光明日报》的“情况反映”上。

没多久，时任中共中央政治局委员李铁映在文章上批示，转达时任浙江省委书记李泽民：“李泽民同志，为什么搬？请你慎处。”1994 年 9 月，省委书记办公会议决定，浙江水产学院不搬了，与舟山师专合并成立浙江海洋学院。

浙江海洋学院成立 50 周年的时候，我作为特邀嘉宾参加了庆典。他们把我称为“海院留舟关键人”，并把这个过程写进了校史。

为舟山远洋渔业争取一项国家政策

2012 年，我在采访中了解到，舟山远洋渔业船员十分紧缺，沿海、内陆都招不到，只能通过境外机构偷偷招收缅甸、越南、菲律宾等国家的劳务。但因为中国是劳务大国，国家政策只允许引进高端人才，不允许招聘外籍劳务。我先后通过各级媒体反映，省市领导也作了批示，但问题没解决。

作为地市级媒体记者，稿子在《人民日报》“情况反映”上刊登，已经算到顶了。但问题不解决我心不甘，干脆写信给时任国务院总理温家宝，建议将远洋渔业作为特殊行业招聘外籍劳务，缓解国内招工难的问题。没想到很快引起重视，不久，农业部、外交部、公安部、人力资源和社会保障部联合发文，决定在舟山开展远洋捕捞行业引进外籍船员试点工作。

对于通过内参渠道为群岛新区争取国家政策助力一事，孙景淼书记专门作出批示：“新区建设需要这样一种锲而不舍、不达目的不罢休的精神。”2013 年，市委宣传部发出文件，授予我“全市外宣工作突出贡献奖”。

为渔民呼吁柴油价格补助

前些年，渔区柴油价格一涨再涨，加上近海水产资源不断衰退，渔民捕捞利益空间缩小，不少渔船被迫停产。经过深入采访，我写了《柴油价格飞涨，渔民难以承受，舟山1500余艘渔船被迫停产》，在新华社《国内动态清样》刊出。时任国务院副总理朱镕基批示后，国家相关部门专家进行实地调查，后来拨出两万吨平价柴油给舟山渔民。这条新闻被评为当年度全国十大海洋新闻之一。

2000年6月，由于柴油价格、水产资源、生产渔场等原因，不少渔民及家属到市政府集体上访。我获悉后立即进行调查研究，经反复核实推敲，撰写了《海区缩小、油价飞涨、资源骤减，舟山25万渔民面临生计威胁》内参稿，先后在《人民日报》、新华社、《经济日报》“情况反映”刊登。时任国务院总理朱镕基作了批示，国家计委、农业部等到舟山调查后，国家财政拨出3500万元渔用柴油调价专项补助资金，以减轻渔民负担。连续几年的不断呼吁，为全国渔用柴油补助政策的出台打下基础。

调查报告编入全国大中专教材

有一次，我去探望病友，交谈中得知，他经营的水产品卖不出去，好奇的我提出到他冷库去看看。一看果然如此，连上一年存放的鱼都没卖掉。我又连续走访了普陀六横、虾峙、桃花等海岛的多家水产冷库，情况基本相同，原因是跟当时企事业福利支出缩减、市场转型有关。

我据此写成的《为什么舟山鱼“游”不动?》在《人民日报》等发表，还先后被编入全国中专《文秘应用文写作》以及《大学应用写作》教材，并作为调查报告范文载入《中国文书大典》。

3份建议得到上海3位市长5次批示

2010年，我从舟山日报社副总编辑退居二线后，为弥补年轻时没念过大学的遗憾，申请去复旦大学做访问学者，被破格录取。

人生第一次进大学，犹如刘姥姥进大观园。第一学期，我认真听课。第二学期，我跑到社会上采访，采写了《外轮排放压舱水威胁上海海域生态安全》和《上海须严把贝类产品准入关》等3篇报道，得到时任上海市市长韩正等3位市领导的5次批示。

2013 年，我在上海图书馆讲座中说了这些事。演讲结束时，掌声四起，现场听众大声说：“徐老师，我们上海市民感谢您！”

不断学习，适应新时代的变化

学习无止境，学习无年龄。虽然没上过大学，但我一直在学习。说个可笑的事情，因为没读过中学，我很想知道初中语文教些什么，还去蓉浦学院冒充家长听了两个多星期的语文补习课。

几十年来，我有个习惯，床边总是放着一个本子一支笔，有什么灵感和想法就开灯记下来。

退休以后，我申请了上海高校智库访问学者，被破例录取。访学结束后留任智库研究员，为来自上海各高校访学的博士、博士后讲授如何建言献策。同时，我不忘舟山发展，去年向市里提供内参 18 篇，成为全报社第一。其中一文得到中共中央政治局常委领导批示，获今年浙江新闻奖。

现在，我经常在全国各地讲学，还为中国浦东干部学院、复旦大学等开设讲座，被学员们称“学霸励志哥”。我还开了微信公众号，向公众传播我的创新思维与励志演讲。

2017 年，作为复旦大学 2017 对口支援西部高校特邀专家，我到甘肃河西学院为师生作学术报告和励志讲座，并先后接受了来自国内的 5 本大红聘书，被聘为研究员、创新创业导师、特聘专家等，同时还登上中国海洋界最高讲台，为国家海洋局机关干部开讲座。

我的人生只有一本毕业证书，但我选择了独立思考、以勤补拙的成长道路。我很感谢时代给予的机遇，感谢新闻界领导和老师的关心帮助，使我这个读书仅 8 年的人，成为舟山目前唯一的正高三级记者，这是我以前连做梦都不敢想的事呀！

从教书到印书
20余年创业之路，用知识创造财富

□ 谢海妹口述

人物简介

谢海妹，1962年出生，定海人，舟山市定海同润图文印刷有限公司总经理。在创业过程中，她凭着过人的胆略和智慧，通过引进先进设备，实现企业质的飞跃。

创办打印店

我的父母来自温州平阳的书香世家，当年为支援海岛建设来到舟山，在这儿安了家。我从舟山中学毕业后，考入舟山水产学院水产养殖专业。毕业后先是分配到岱山工作两年，后调回定海。一个偶然的机会，进入当时的舟山航海学校当老师。

搞水产养殖，要经常跑出去为养殖户提供技术服务。上世纪90年代初，宁海的养殖户邀请我去为他们进行技术服务，并给了点报酬。回来后，我寻思着拿这钱做点什么：吃吃喝喝，这钱很快就花没了；把老房子装修一下，好像意义也不大。

还是老公出主意："你开个打印店吧。"他是个典型的"理工男"，很早就开始玩电脑，觉得打印店投资少，但前景看好。我相信他的眼光，于是说干就干。

先是找店面，启动资金不多，只能找小一点的地方。当时定海解放西路和柴水弄交界处有个浴室，我们就租了他们卖票的一个房间，大概10来平方米，每个月房租只要几十元。

接下来是添置设备，我们买了一台油印机，一台 286 电脑——还是组装的，借来一台打印机。因为我跟老公都要上班，店里请了一两个人打字、油印，打印店就这么开张了。

步入印刷业

当时“万元户”在舟山人心目中还是很值钱的。一家小小的打印店，一年下来有个万把块钱的收入，而且还是不耽误正常工作之外的“兼职”收入，我们已经心满意足，压根儿没想过要把小店业务做多大。

现在回想起来，那时打印店条件真是简陋，没有印刷机，客户来印名片，是用激光打印机打出来的。随着时代不断发展，客户的需求已不仅仅是复印几沓资料那么简单，他们提出要印很厚的书、材料，而我们当时采用的油印方式，肯定满足不了。

我跟老公商量了一下，觉得油印今后肯定要被淘汰掉，用什么方式、设备替代？我们决定一边考察，一边学习。我俩有个相同的观念：学习不仅仅限于学校，而是终生的习惯。不管在原行业积累多少知识、获得多少成就，要进入另外一个行业，必须得重新学习。

当时舟山规模较大的印刷厂有大胶印机，但不服务于社会的零星需求，只承接出版社教辅书的印刷业务。我们特地跑到新华书店下属的印刷厂，去看看人家用的是什么机器。

同时，我跟老公利用节假日跑上海，买了一堆关于印刷的书，搬回来日夜捧着“啃”。铅印、凹印、凸印、平印……从印刷的基础知识学起，了解这个行业的目前状况、发展方向。了解透彻后，我们觉得舟山的印刷市场大有可为，决定把小打印店“转型升级”成印刷中心。

三次买设备

1996 年，“同润图文印刷中心”注册成立。设备是企业立足之本，我觉得这个钱不能省。但先进的设备都贵，一台 6K 日本滨田胶印机，要人民币 19 万元。手头的积蓄，加上小打印店赚的钱，还是不够。我们向亲戚朋友东拼西凑，筹钱买了设备，同时引进北大方正激光排版系统，我们由此成为舟山第一家可以提供个人小批量彩色印刷的企业。

我在设备上很舍得投入。日本原装 4K 胶印机，我对它中意很久，但苦于要

100多万元人民币，没钱买。1998年，正赶上亚洲金融危机，它的价格也“跳水”了一半。我毫不犹豫，通过房屋抵押，向银行贷款65万元买下。这台机器大大提高了我们的彩印质量和速度。

2003年，我们又从日本引进四开四色胶印机，从此能独立完成整个彩印过程。那个年代，杂志比较繁荣，以前一些企业、单位需要彩色印刷，得拿到外地去印。我们有了这些设备后，他们就不需要跑外地了。

通过这三次引进先进设备，企业实现质的飞跃。随着业务发展，柴水弄的场地已经不够用了。我们在城东小洋岙工业区买下5亩土地。前些年在设备投入上花费很多，建厂房的钱还是不够，这3000平方米厂房分好几次，才建造完毕。

父亲的愿望

我的父亲谢垂节原来在舟山市群艺馆工作，现在已经离休，他编纂的《舟山海洋历史文化遗产丛书》就是在我们厂里印刷装订完成的。从编纂到印刷，前后花了近10年的时间，他“要么不做，要做就做最好”的行事风格深深影响了我。

父亲心地善良，对残疾人比较关心，他一直跟我讲，尽可能多地帮助他们。正是父亲的这个愿望，我们从一家小小的打字店，在变成“同润图文印刷中心”的同时，成为一家吸纳残障人士工作的福利企业。

做印刷行业是很辛苦的，加班加点是常有的事。随着设备的更新换代，印刷速度越来越快，而装订还是以手工为主，员工要做到晚上八九点。对残障员工来讲，劳动强度比较大，老是加班对正常生活肯定有影响。

而作为企业，也有自己的难处，不让员工加班就交不了货，以后还要不要接活了？

到了2008年前后，我就开始思考，企业该怎么办？如果还想发展，必须要突破这个瓶颈，得购置更先进的自动化设备，但价格可不便宜啊，动不动得上千万，一般大型印刷厂才有这种设备。对同润这种规模的企业来讲，究竟有没有必要花重金购置？讲实话，我很纠结。

全自动生产

我整整考虑了两年，最后还是下定决心，买！当时主要考虑两个因素：一是企业想发展必须得买，二是减轻员工的劳动强度。我们的想法是，让员工过上正常的生活，比如和孩子一起吃顿热乎乎的晚饭。因为，企业的成长来自每位员工的付出。

2010 年，我们投入两三千万元，引进了五色对开胶印机、马天尼全自动锁线机、精装联动线、骑订龙、配页机以及柯达 CTP 自动制版系统等现代化设备。这些设备进来后，大大减低了员工们的劳动强度。现在，他们可以准点下班，节假日不用上班。

这些设备对同润的发展大有帮助，甚至对整个舟山的印刷业来说都是一个提升。特别是德国产的马天尼书刊装订系列设备，在舟山乃至全省都处于领先地位。这套设备基本实现了全自动流水线生产，我们舟山的印刷行业可以说是真正意义上进入了现代化。

办公室有一个小小的厨房，有时候，我会亲自买菜，下厨，做饭给办公室的同事们吃。大家就像一家人一样，坐在一起吃饭。我们还定期组织员工旅游、体检，让他们尽可能享受好的福利。从同润创业开始到现在，很多员工没有离职，依然跟我们在一起。

付出有回报

我的职业生涯有两个角色：一是当老师，二是做企业。在浙江国际海运职业技术学院当老师的时候，我会把创业中的心得体会告诉学生们："学习的目的是学以致用，要把知识转变为财富。"我觉得把思维模式传授给他们，比知识本身更重要。

而做企业，要注重干实事。资金不够可以借，技术不懂可以学，我始终坚信，只要踏踏实实，一步一个脚印地去做，付出总会有回报。

2017 年上半年，我办理了退休手续，告别教师岗位，开始一心一意做企业。

现在，小洋岙的厂房面临拆迁，新址已经选定。我们最近又进了一套设备，准备搬到占地更大的新厂房去。我越来越感到，引进现代化设备非常必要，因为效率是提高企业竞争力的必要前提。

尽管随着互联网时代的到来，纸质阅读近些年来呈下降趋势，但我认定，一些经典不朽的读物还是得靠纸质呈现、传承。我们对未来充满信心。

他因平凡岗位的坚守而登上腾讯网明星栏目《中国人的一天》

□ 朱昌林口述

人物简介

朱昌林，舟山供电公司输电运检室运检3班（高塔运检班）班长，自1986年参加工作至今，一直从事电力线路施工及检修工作。

在平凡的工作岗位上，朱昌林干出了一片天，30多年无安全生产事故。他也多次获殊荣，2007年被授予“舟山市劳动模范”荣誉称号，2008年被浙江省人民政府评为“抗冰灾先进个人”荣誉称号，2009年被授予“全国五一劳动奖章”，2010年被授予“全国劳动模范”荣誉称号。

哪里施工就驻扎在哪里，最忙一年有9个月在工地上

1986年，我参加工作，跟在师父后面边干边学。当时的舟山市电力公司在勾山成立了一个线路安装队，专门负责35千伏以上的线路施工。

为了赶进度，我们去哪里施工，就驻扎在哪里，以工地为家。一个工程一般需要3个月，最忙的一年，有9个月住在工地上。

那时条件比较艰苦，我们跟部队一样，背着行囊出发，找当地的农房住。

刚开始，同事们白天干活，晚上凑到一起，还蛮热闹的，但时间长了，也很想家。下雨天最高兴了，我们开玩笑说，靠老天帮忙，可以休息两天。

后来，随着舟山电力网络的发展，各小岛开始“联网”，施工内容多了一项跨海线路施工。

1994 年前后，我们架设半升洞到朱家尖的跨海线路。当时去普陀山的船全从那片海域过，非常繁忙，但线路要从海上过，牵引时要封航，我们想办法尽量缩短封航时间，最终在技术上做了创新：前方线路牵引，后方增加一套张力设备，相当于把线路“拎”紧一点，效果不错。

朱家尖到半升洞、朱家尖到登步、桃花到六横、登步到蚂蚁岛、登步到桃花、六横到宁波……很多海岛的架空线路建设，我都参与了。

施工过程中，我也从学徒成长为安全员、副班长、班长。

从电线杆上爬下来吃晚饭时，已经到了消夜时分

随着舟山的发展，基建工程量越来越多，我们就外包给施工队来做，我们负责交付、验收和运行。检修二班（高塔运行班）成立，我是班长。

以前盼下雨，现在不一样了，最怕下雨、刮台风，一旦线路出现情况，我们必须立即前往，以最快的速度完成抢修。

这么多年来，有个抢修画面，我印象挺深的。

有一年台风天，勾山到螺门一条分支线的某个开关，被风吹掉了。这条支线关系到蓝焰燃气公司的供电，开关拉掉，整个公司都要断电，所以我们需要尽快赶过去，用操作杆把开关“顶”上去。

这个开关位于稻田中间，我们四五名抢修工作人员乘坐汽车沿着机耕路往前开，到稻田边，汽车就不能再往前了。风大雨大，我们都穿好雨衣下车，结果发现根本站不住。风太大，我们几位只好紧靠在一起，用现在流行的话说，就是抱成团，艰难地往前挪动脚步。路很窄，路面又滑，我们一点点往前挪，虽然只挪动了 10 多分钟，印象中却觉得很漫长。

类似的抢修经历还有很多。

2006 年 7 月，西四 3550 线盘峙直线遭遇雷击短路，造成盘峙全岛、4806 工厂以及五洲船厂等大面积停电，必须尽快抢修。接到抢修命令后，我带领班组人员第一时间赶到事故现场——小竹山岛。雷雨后天气闷热难耐，气温达到 35 摄氏度以上。因电流大，导线铝外层几乎被熔化了，铝包钢导线的外层变成一个个圆豆豆。

两名抢修工作人员，一个人负责 4806 工厂，一个人负责盘峙岛，从早上到晚上，一直爬上爬下，跑来跑去，当时是夏天，天气很热，我们又穿着厚厚的工作服，流了很多汗，蚊子全围过来了……

等我们抢修完，已经是晚上 10 点了；从 70 米的铁塔上爬下来吃晚饭时，已经到了消夜时分。

放弃与家人春节团圆，带领班组赴灾区抗冰抢修

2008 年春节前，一场百年罕见的雨雪冰冻灾害袭击了我国南方大部分地区，浙江电网面临前所未有的严峻考验。

我主动请缨，放弃与家人春节团圆的机会，带领班组随抢险支援队伍奔赴丽水灾区，深入抗冰抢修第一线。

丽水灾区输电杆塔所在的高山上，冰雪覆盖，一步三滑，路边竹叶结冰后像刀一样锋利，有潮气的冷风一过，手脚都冰冷麻木；线路问题也很严重，因覆冰很厚，张力过大，随时都有拉倒杆塔的危险。但抢修是线路工人的责任，条件再艰苦，我们也得克服。

救灾的 20 多天，我们战胜各种艰难困苦，修复了杆塔，重新架设了输电线路，为灾区人民送去了最好的节日问候，及时圆满地完成了上级交给的抢修任务。我也因此被浙江省人民政府评为 2008 年“抗冰灾先进个人”。

抗冰归来，我光荣地加入了中国共产党。

爬到塔顶低头一看，心里会“咯噔”一下

从事检修工作后，爬高塔成为我工作中非常重要的一部分。最早爬的是水泥杆，20 米高，爬了多少根，我自己也数不清了。

2010 年 7 月，舟山与大陆联网线（晓昌晓洲线）投入运行，也是舟山首条 220 千伏线路。其中在大猫山岛、凉帽山岛有两座输电高塔，都有 370 米高，是世界最高输电铁塔。

要爬这高塔，我们先坐电梯升到 212 米处，再靠双腿一个台阶一个台阶往上爬，这比楼梯难爬多了。

刚开始也有些害怕，爬到塔顶低头一看，心里会“咯噔”一下。后来慢慢也习惯了，这塔跟其他塔没什么两样，就是高度不同。

高塔刚投入运营后，我们基本上每半个月就要去爬一次。

2011 年，我们还曾在高塔上带电作业。国网北京电科院在高塔导线上安装了检测设备，时间长了，设备的螺丝松掉了。把高塔的电停掉是不可能的，需要带电作业，那次我们在上面蹲了好几个小时，把设备扶正，把螺丝拧紧……

直到高塔安装了视频监控设备，可以随时监控，爬高塔的次数才少了一些。

攀爬总高度超过 400 千米，相当于 45 座珠穆朗玛峰的高度

2015 年 1 月，我们运检成员因为维护着世界上最高的输电铁塔，登上腾讯网明星栏目《中国人的一天》。

对高塔班来说，平时的巡检工作就是红外测温仪、望远镜、照相机，但如果问题严重，就一定要登上塔顶去观测。塔高少则二三十米，多则几百米。220 千伏线路的铁塔都在二十五六米左右，新增的 500 千伏的线路，在四十米以上。

前几年，有同事帮我统计了一下，说我参与架设的输电线路达 70 多条，总长度超过 900 千米；攀爬铁塔、电杆 18000 多次，总高度超过 400 千米，这相当于 45 座珠穆朗玛峰的高度；参与紧急抢修 70 余次。这样一算，确实是个惊人的数据。

但对于我来说，就是干好本职工作，当一名合格的电力工人。这是我对自己的要求，人这一生，要脚踏实地走好每一步，做好每一件事。

“如果有来生，我还想做医生”

□ 沈娴口述

人物简介

沈娴，1934 年出生于上海，1952 年至 1957 年就读于上海第一医学院，毕业后来到舟山，成为舟山医院内科奠基人。沈娴能熟练地把新技术不断应用于临床，在职期间承担着内分泌科的专家门诊、专科门诊以及病房主任的查房工作，负责疑难病症的诊治和急、危、重病人的抢救。在职期间曾获得市“三八红旗手”、市“突出贡献专业人才”奖等，多次获评市卫生局、医院的先进共产党员。如今，舟山不少内科领军人物都曾是她的学生。到了退休年龄，她又受邀延聘。

2017 年 7 月 15 日，83 岁高龄的沈娴，在从医的第 61 年彻底告别热爱了一辈子的医院，“我是真的喜欢医生这个工作，如果有来生，我还想做医生”。

一家子教书匠，偏偏我想当医生

我从小学到高中，都没有动摇想要当医生的念头。说来也奇怪，我们一家书香门第，多当教师，偏偏我想当医生。

1952 年，我以高分考入上海第一医学院，也就是后来的上海医科大学，如今更名为复旦大学上海医学院。

1954 年，舟山医院新造了房子，急需专业人才。等我们 1957 年毕业时，5 个分到浙江的同学有 3 个来到了舟山，其中一个就是我。

我们对舟山一无所知，只知道海岛需要我们，以为舟山就是一个荒无人烟的小岛。在宁波往舟山的船上，我问一个舟山人岛上有没有三轮车。“有，汽车都有。”听到这句话，我就定心了，看来不是不毛之地。

新造的舟山医院就在定海城北，两层的小楼，一层内科，一层外科，加起来不超过 100 张病床。

我们到的时候，已经有不少来自上海的医生，他们已在舟山医院工作了四五年。

体重 150 公斤的胖子，一针穿刺成功

医生少、病人多，那时的工作环境很艰苦，两天值一班是常态。我晚上基本都睡在医院，第二天还要接着查病房，当时的条件和现在没法比。

每个年代都有不同的流行病，我刚工作那会儿因为环境差、人口多，感染性疾病和传染性疾病多发，比如流行性脑膜炎、白喉等。以前一到夏天，我们医生也很害怕，夏天是乙型脑炎高发季，死亡率很高，即便医好后，也像个傻子。这些毛病在现代医学技术看来，已经不算难题了。

没有 B 超的年代，我们诊断依靠病史、体格检查，直接穿刺，将脓液引出来。我一天得做五六个腰椎穿刺，技术方面的熟练都是靠练出来的。1983 年我到浙医进修，有个紧急病人要做腰椎穿刺，病人 150 公斤左右，摸上去一堆肉，谁都把不准一针刺下去是哪里。不知是谁听说我的穿刺技术了得，非要我做。我一开始也有点没把握，毕竟浙医多的是前辈。但一针下去，我还是准确无误地穿刺成功，现场所有医生都为我竖起了大拇指。我也很高兴，为我们舟山医院长了面子。

目睹生老病死，我们感到无奈

上世纪 80 年代，随着改革开放，病种也发生了变化，心脑血管、呼吸性疾病成为“主流”。

舟山医院顺应形势发展，大内科逐渐细分，传染科率先分了出去，后来又分出了心血管科、血液科、呼吸科、消化科等。1983 年，在我的带领下，内分泌病房和门诊开设。各科都有各自的带头人，在传承老一辈基础上再进行创新，技术上逐渐做到了和省内接轨，我也成了大内科主任。

说起来我独当一面很早。在工作四五年后，一位老医生去进修中医，主任医师又生病了，我一下子挑起了整个内科的担子，所有危重病人都要我来看，小孩子也嚷嚷着要我这个“漂亮医生”看病。白天看病，晚上我接着值班。在医院工

作，时常目睹生老病死，我们感到无奈。有一个晚上令我至今印象深刻，我们送走了一位 80 岁的老人，也送走了一位刚出生 8 个月的孩子。

如果不是在看病，我会捧着一本书钻研，这个习惯一直保留到现在。

60 年没和病人发生纠纷，靠的是诚恳

现在总说医患关系紧张，我承认有的病人的确难弄，但作为医生，如果我们有过硬的技术，对病人“诚”，就能做到问心无愧。我说的“诚”是诚信诚恳，把病人当成自己的亲戚朋友。对难弄的病人，做到动之以情、晓之以理，就会看到不一样的改变。

我遇到过一位高血压病人，一天内血压一下子升到要爆表，又一下降到量不出来，我们判断是嗜酪细胞瘤。这个病很严重，但在病人看来，就是我们医生没本事，连个血压都控制不了。几个医生在他身边守了整整一天一夜，最终稳定血压，让他转院去上海治疗。

上海的医生肯定了我们的诊断，在手术后对那位病人说：“你要感谢舟山的医生，如果不是他们帮你稳定了血压，我们也不敢给你开刀。”最终那位病人康复后专程来向我们表示感谢。

可以说，我从医 60 年，没有和病人大吵过，也没有发生纠纷，靠的就是这一份诚恳。

人家都说做医生苦，做医生累，我觉得苦中有乐。2004 年我加入专家委员会，70 岁的时候还是专家小组成员。

培养出很多接班人，觉得很自豪

内科医生一定要结合经验，再进行诊断。我也有几句话想对年轻的医生讲。

首先一定要抓牢基础，最简单的物理诊断——望、触、叩、听不能忘。基本工具也要用好，不能太依赖先进技术，我查房一直都带着听诊器。

刚毕业的医生不要固定在一个科室，要在内科轮岗三四年以后再分科，这样技术牢靠。我记得有个病人，半个月高烧不退，一直用抗生素治疗，被诊断为亚急性甲状腺炎，我仅用了几块钱的激素就把他的烧给退了。当医生要学会全面考虑。

其次内科医生一定要勤查房，做病例分析。很多医生喜欢跟着我去查房，因为我查房的时候不讲教科书上的理论，而是结合病人的病例，分析情况。

以前我经常被其他医院请去会诊。有一次，一位年轻病人被诊断为病毒性脑炎，用激素治疗一两个星期后，体温不退反升。我追问病史，病人说一个月前就开始发低烧，我诊断为结核性脑膜炎，请他们重新做穿刺。结果发现脑脊液内有薄膜，证明我的推断是正确的。用抗结核治疗后，病情转危为安。

我的大学同学都很有成就，有的是院士，有的是终身教授，听说我的事情后，在同学会上表扬我："沈娴扎根基层，在老百姓中拥有很好的口碑。"能得到他们的肯定，我也感到很高兴。现在家长不愿意送孩子学医，说责任重、太辛苦。我不一样，我的女婿、两个外孙都是学医的，其中一个外孙在上海的医院工作。我培养出了那么多接班人，觉得很自豪。

最近几年舟山医院不管硬件还是软件都发展很快，2017 年 3 月通过了 JCI 认证，6 月正式挂牌浙江大学舟山医院，这些都是向更高层次迈进的见证。我 23 岁来舟山医院，现在已过八旬，我很高兴能见证它的每一次发展。

很多反映历史性瞬间的照片成为这个城市最珍贵的记忆

他用镜头记录时代影像

□ 沈友才口述

人物简介

沈友才，浙江桐庐人，曾任舟山市摄影家协会副主席、顾问，浙江省新闻摄影学会理事，全国地市州盟报新闻摄影研究会理事。现为中国摄影家协会会员、舟山市老新闻工委秘书长、舟山市老干部摄影艺术研究会会长等。

他1958年起从事摄影和新闻报道，1979年起任《舟山日报》摄影记者、摄影美术组组长。有数百幅摄影作品发表在省级以上和港澳地区的各种报纸、杂志、画册上，有近百幅摄影作品在全国省级以上的各种影展、影赛中入选、获奖。他的镜头比较完整地记录了那个时代的影像，成为这个城市最珍贵的影像档案。在庆祝新中国成立60周年时被浙江省摄影家协会评为“突出贡献摄影工作者”。

肯学肯干肯吃苦，被挑中调来舟山

我是浙江桐庐人，祖籍浙江诸暨。小时候家里比较贫苦，甭提买照相机，连读书交学费也困难。我1950年入团，1951年参加招干考试被录取，到临安专署干训班学习，3个月后被分配到临安专区供销合作总社工作。

1953年，舟山成立地专，临安专署撤销，派了300多名干部来舟山支援海岛建设，我随大部队调来舟山，各单位都有人来。我们临安合作总社一下子也来了二三十位，是从单位100多号人中挑选出来的。因为舟山是国防前线，要求比较高，挑选的都是工作表现好、政治上可靠的人。

二十几岁的我穷苦出身，思想比较单纯，平时肯学肯干肯吃苦，被挑中调来舟山国防前哨工作，感到非常光荣和自豪，后来调到舟山地区水产公司政治处工作。

借来相机玩一玩，就此入门搞摄影

我搞摄影就是从这时候开始的。

当时照相机还是稀罕物，不要说普通百姓家里没有，就连很多单位都没有。一个偶然的机会，我从朋友地方借来一只120照相机玩玩，从此产生了浓厚的兴趣，买来各种专业书籍，研究它的成像原理。玩得兴起，还在家里搞了个简易暗房，配药水，自己冲印照片。

单位里开会、搞活动，我拿着那只借来的相机左拍右拍，把照片冲印出来贴在墙上，做成一面荣誉墙。领导看了点头称赞："嗯，蛮好。"考虑到政治处有宣传任务的需要，领导特别拨出经费添置了相机等摄影器材。有了领导的支持，我摄影的劲头更足了，便在单位楼道小房间里建起了暗房，配药水、冲胶卷、放照片。有时吃了夜饭进暗房，一搞搞到大天亮。

年年优秀通讯员，记录下"渔港春雪"

当时在水产公司政治处工作，我经常下渔场，带着相机拍渔民生产、渔嫂晒鱼鲞、海岛文化生活、城乡面貌变迁、知识青年上山下乡……我把拍来的新闻照片投给报社、杂志社，录用率还蛮高，几乎年年都被浙江日报等报社杂志社评为优秀通讯员。为了提高业务能力，我到复旦大学旁听新闻课，到中国摄影函授学院进修摄影，购买了各种新闻、摄影教材和有关书籍，坚持自学。

1977年，舟山下了一场历史罕见的大雪。当时大病初愈的我正好在沈家门的家中休养，清晨起来拉开窗帘一看，哟，雪这么大，立刻兴奋起来，揣着相机往青龙山上跑，用镜头记录下这一场"渔港春雪"。这张照片既有艺术性又真实地记录了历史，曾多次在全国省、市乃至国外展出。

现在回看当时的照片，那时候的城市没什么高楼，对面的鲁家峙都是平房，停泊在沈家门渔港的也都是木帆船，这张照片真实记录了舟山解放初期的城市影像。

摄影部门就一人，全套流程都掌握

1979年10月，《舟山日报》复刊，我4月份就被调来报社。这里还有个小插曲，当时地委指名要我，但水产公司领导不肯放，地委组织部部长亲自出马，说非调不可，这样才调成功。复刊工作千头万绪，最缺人才，我跟着总编一起跑基层，招来一批新闻人才。

刚复刊时，摄影部就我一个人，工作非常忙碌。当时经费比较紧张，而胶卷又比较耗材，所以都是买来一桶桶拍电影用的135胶卷，自己裁装。采访前，我在暗房里装完胶卷赶去现场，那时摄影不像现在拍完马上可以发稿，得赶回来连夜冲洗。药水也是自己配的，显影液、定影液等有好几种，把胶卷冲洗完毕，然后晾干再放大成照片。前后大概需要一个小时，最后才去制版。

那时搞摄影真是门技术活，得从头到尾掌握这一套流程，一个程序没掌控好，照片就报废了。

晚上采访任务紧，碰上风浪被“关进”

第二天清晨送到读者手上的报纸，要在头一天晚上制作完成版面。碰到晚上的采访活动，发稿时间紧，非常赶。

其中有一次印象比较深，省里春节慰问团来舟山演出，为了拍到领导跟演员握手谢幕的镜头，我一直等到演出结束。制版的同事等得心急如焚：“沈友才怎么还不来？再不来要开天窗了！”其实我的心比他们更急。

摄影记者时常要下基层，海岛交通不便，像东极、嵊山等偏远小岛，一去就是三四天甚至一星期，碰上风浪天还要被“关进”。我回到报社一刻都不敢耽搁，马上钻进暗房工作，冲洗放大照片发稿，满足版面需要。

名人回乡来寻根，时刻跟随求一瞬

尽管每天忙忙碌碌、风风火火，基本没有休息的时间，但我也很庆幸自己在报社当摄影记者的30年，用镜头记录了很多珍贵的历史时刻。像国家领导人、西哈努克亲王，以及董建华、安子介、三毛等名人回舟山访祖寻根，我始终跟随，时刻准备，捕捉最动人的那一瞬间。

三毛回舟山时，我们早早就在码头等待。她刚踏上故乡码头的那一刻，触景生情，忍不住落泪。跑在她正前方的我马上按下快门，拍下这幅《三毛寻根回故乡》。后来这幅照片在“改革之光”中国新闻摄影精品赛中荣获优秀奖，并在北京中国革命博物馆内展出。

记者当了30年，亲历见证“步步高”

我在《舟山日报》当记者的30年，正逢改革开放，我亲历了人民生活水平的“步步高”。上世纪80年代，谁家里要是有台电视机，可是件了不起的事。当时定海五金公司组织到一批金星牌14英寸黑白电视机，我闻讯赶去，拍下了市民凭票排队购买的火爆场面，轰动一时。

改革开放初期，人的思想观念也发生了很大改变。有一回，我在定海照相馆采访，碰巧看到一对新婚夫妻正在拍婚纱照，这在当时可是件新鲜事！我马上拍下来，刊登在了报纸上。想不到这张照片遭到有些人的非议，认为这是宣扬资产阶级生活方式。而现在，拍婚纱照成为新人们的“必备曲目”。

“鸟枪换炮”用数码，今昔对比很珍贵

见证时代进步的同时，我们也见证舟山摄影界的发展。1982年，舟山市摄影家协会成立，第一批会员33名。如今，会员人数已增长了约10倍。摄影人才辈出，舟山的摄影作品曾经在全国各地举办摄影展览，在各类报刊上发表的摄影作品不计其数。这些作品，都是摄影界的同仁们深入海岛精心创作出来的，运用摄影语言再现了我们舟山的自然地理与人文历史。

近年来，我们舟山的摄影展走出国门，在希腊、加拿大等国家陆续举办。2013年，“中国浙江舟山群岛新区摄影作品展”在加拿大多伦多举办，我拍摄的《上世纪60年代的沈家门渔港》等描绘舟山群岛往日风光的照片也参加了展出，令前来参观的舟山籍华侨非常兴奋。

这些年，摄影技术也发生了颠覆性的变化。有了数码相机后，我也“鸟枪换炮”改用数码相机拍摄，确实方便很多，可以自己调节色彩，拍得不好马上可以删除，不像以前一个镜头不敢多按，怕浪费胶卷。最近我又编印了第三本用数码相机拍摄的《影迹》彩色画册。

历史是珍贵的，我很庆幸自己用镜头记录下今与昔的对比，折射出社会的发展。

舟山独特的海洋渔业基础让我有了适合自己的事业

□ 丁国芳口述

人物简介

丁国芳，毕业于白求恩医科大学基础医学专业，现任浙江省海洋水产研究所党委书记、所长，浙江海洋大学海洋与渔业研究所党委书记、所长，浙江省海洋生物医用制品工程技术研究中心主任。

他是二级教授，享受国务院政府特殊津贴专家，也是美国癌症协会会员，从事海洋功能食品、海洋药物研究20多年，多次主持参与国家级、省级重大项目。

近年来，丁国芳带领省海洋生物医药重点学科人员和水产品精深加工技术支撑团队，潜心研究海洋生物医药开发和利用，对海洋资源保护、利用与开发，渔民增收，加工企业产业的转型升级和海洋生物医药产业发展都具有十分重要的意义。

统一了两个血管在国际上的名称

我是土生土长的舟山朱家尖人，今年是我参加工作的第40年。

我毕业于浙江省舟山卫生学校并留校任教，培养医疗人才。为了更好地充实自己，我考入白求恩医科大学读书，其间在国家核心期刊发表学术论文两篇。当时我注意到有些病人在胃部手术之后依然会出现胃出血现象，通过研究发现胃后上方另有两支血管，并将它命名为胃上动脉和胃上静脉，从此统一了这两支血管在国际上的名称。

舟山卫生学校于2000年并入浙江海洋学院，浙江海洋学院建立了医学院，这成为我研究工作的一个新的转折点。

顾名思义，海洋学院与海洋相关。我觉得原先从事的医学教育和科研工作与海洋不是很搭边。在日后的研究方向上，我很迷茫。好在这时我有了一个让自己静下来充电的机会——前往浙江大学医学院做了一年的访问学者。

这一年对我而言是一个难得的过渡期，我成天泡在实验室里，经过系统学习，看明白自己未来的研究方向。我决定在原有的医学基础之上，将研究方向从细胞转到肿瘤细胞，将研究与海洋药物、海洋功能食品研发结合起来。

人家去菜场买菜，我去菜场买科研用的实验材料

恶性肿瘤的起因包含多种因素，我和研究组成员想找一些低毒、高效的活性物质来做抗肿瘤药物。靠海吃海，我们将目标投向了大海。海洋环境恶劣，相信这种环境下生存的海洋生物能带给我们惊喜。如果通过海洋活性因子研制成新药，既能解决耐药问题，又能解决药源问题。

人家去菜场买菜回家做饭，我去菜市场买菜，是为了带回实验室提取活性因子。近20年研究下来，舟山人吃过的、没吃过的，我们团队研究人员几乎都提取遍了。菲律宾蛤仔、贻贝、青蛤、文蛤、泥蚶、泥螺、鱼鳔、鳕鱼皮、日本黄姑鱼、海蜇、虾蛄、海带、海葵、蟹壳、虾壳和羊栖菜等，我们都提取过，并通过细胞或动物试验，发现有的具有抗肿瘤、抗氧化、护肝、降血压或提高免疫力等功效。

低值水产品，也就是我们所说的便宜的水产品，像鳀鱼、小梅鱼等，在我们看来都是宝。我们通过提取活性因子，与企业合作将低值水产品做成食字号产品，在市场上销路良好，大大提高了水产品的附加值。

我们将提取出来的活性因子进行归类，如抗肿瘤型、护肝型、养肾型、降血压型和全营养型等，根据效力不同，研究目标区别为药字号、健字号、食字号，分别按照不同的方向进行研发。

别人不要的水产品副产物，在我这儿都是宝

鱿鱼墨、鱿鱼皮、乌贼墨等加工后的水产品副产物，在别人看来是“垃圾”，在我们看来，都是可以提取活性物质的宝贝。

鱿鱼皮在日常生活中，经常被当作废物扔掉，我们对其进行了活性因子的提

取，提取出像海绵一样的东西，这是很好的生物组成工程材料，可以做创可贴，也可以做烧伤病人的外敷料。我们做过实验，在同等条件下，将兔子臀部切开两道同样深的口子，普通创可贴需要贴 5 天才能愈合的伤口，敷上鱿鱼皮提炼出来的活性因子 4 天就能愈合。

蟹壳和虾壳也是宝。壳里的甲壳素含有丰富的壳聚糖，把药和壳聚糖结合在一起，形成了慢反应的缓释放剂。我们平常的药一天要吃三四次，但只要药和壳聚糖放在一起，一天吃一次药就可以了。

海洋生物还有很多好东西，近几年来，我们找到了几种新的抗肿瘤海洋活性因子。它们能够把肿瘤细胞杀死，而且对正常细胞没有影响，不破坏人的免疫力。

目前我们正在研发的是一款抗肺癌、抗白血病和溶血栓的药物，从动物试验来看，效果非常好，只要几微克就可以起到明显的治疗效果。这个研究是团队目前的主攻方向，希望有企业能够将其产业化。今年我又申请到了国家自然科学基金和国家级其他研发项目，内容是关于抗肿瘤等研究，研究工作正在进行中。

高产团队，每年申报发明专利 70 多项

无论是制药还是水产品精深加工，我知道科研道路上单靠一个人的力量是不行的，好在舟山市对海洋生物非常重视，给予了很大的支持。

早在 10 多年前，我就向浙江省申报了海洋生物医药这个重点学科。这个名字的正式诞生也是从我们那时候开始的，之前都叫生物医药。我们定位海洋生物医药，是因为我们的活性因子都来自海洋。

我当时是浙江海洋学院医学院和食品医药学院的院长兼书记，在学校的支持下，我开始引进人才，见证了这个团队从无到有的过程。

2004 年组建药学团队，2006 年申报药学本科，后来又申请了生物制药本科。目前，浙江海洋大学海洋生物医药团队人才共有 17 人，其中教授 7 名，博士 16 名。2014 年，我到了浙江省海洋水产研究所工作后又组建了一个水产品精深加工团队，有 21 个人。

这两支团队我都是负责人，团队主要从事水产品精深加工研发、海洋功能食品研发和海洋药物的研发这三个方面的工作。这一路走过来，确实为舟山市海洋生物医药、水产品精深加工的发展提供了强有力的人才支撑。

有人且有平台，研究才能更加深入。目前团队每年发表的学术论文有 70 多篇，其中高水平 SCI、EI 收录论文每年 40—50 篇，我们团队每年申报的发明专

利就有 70 多项，每年发明专利授权的也有 50 项左右。对于一个团队来说，是比较高产的。

把小型冷库装进船舱，让渔民受益

我们水产品精深加工团队研发出了“零添加海捕虾船载速冻冷藏保鲜技术及装备研发”项目。以前船上冷冻水产品用冰，耗资又低效，我们和船老大们一起研究怎么把小型冷库装到船舱去。经历三代的改造，最终成功升级，将船舱改为可以冷冻到零下 35 摄氏度的冰库，4—5 个小时能将新鲜的活虾冻住，且中心温度达到零下 30 摄氏度。做到了水产品加工前移（即加工在船上进行），保持其新鲜度，真正做到了国家要求的“提质增效、减量增收，绿色发展、渔民丰收”。

原来只能卖 12—20 元一公斤的红虾，通过这个项目研发，价格直接上升到 60 元一公斤，年底或休渔期甚至能卖到 100—160 元一公斤。我们现在能做到水产品可溯源，即该水产品从哪里捕获的，经过哪些环节，冻的温度怎样，客户用二维码一扫都能知道。

我可以说是标准的理工男，泡在实验室里，几点都不知道。做实验会着迷，数据差一点，就要找出原因，到底是 pH 值不对还是温度不对，就像跑步一样，一直不停歇，直到找到答案。

我对研究生的要求很高，对他们的培养主要是两方面：一是教会他们探索真理的思路、知识和技术；二是培养他们做有品德、有爱心、有孝心和懂得感恩的人。这是一个严谨的学科，希望他们都能带着严谨的心去从事这项事业。

感谢浙江海洋大学给了我一个好的平台，感谢舟山市政府对海洋生物医药的重视。舟山独特的海洋渔业基础，让我有了适合自己的事业。

绕地球 51 周的“老司机”，开车时速从不超 100 公里

“手握方向盘，我必须对车上旅客负责”

□ 郭超口述

人物简介

郭超，舟山市汽运公司快客分公司工会主席。作为一名曾经跑长途客车的“老司机”，他安全行车 205 万公里，相当于绕地球 51 周，无一起责任事故，多年零投诉。荣获全国、省、市级劳动模范和“舟山市优秀共产党员”“全国交通行业文明职工标兵”等荣誉称号。

符合“两高”要求，在部队学会驾驶

我老家在江苏连云港。1982 年 10 月，19 岁的我入伍来到舟山，部队派了一辆卡车来接我们这群新兵蛋子。习惯了家乡纵马疾驰的广阔平原，看大卡车七拐八弯穿过舟山的小巷小弄，又开上蜿蜒的山路，我不禁有点佩服那位坐在驾驶室的战友：“羊肠小道也开得这么稳！”

想不到，我后来也握上方向盘，当了名驾驶员。

被分配到高炮营后不久，上级领导要挑选新兵去学习驾驶技术，有“两高”要求：一是个子高一点，二是文化高一点。我两个要求都符合，顺利通过考试，跟着师父整整学了一年多，才正式“出师”。

再成“新兵蛋子”，专开农村班车

那几年在部队摸方向盘的生活，给我很大历练。战士们的任务之一，是用汽车把高炮拉到山上去。那驾驶难度不是一般的大，看不到路，只能把两边的山作为参照物。

不过，也正是经过这样的反复训练，我的驾驶技术有了很大的提高。

1989 年 10 月，我从部队复员后，因为擅长驾驶技术，没什么悬念地进入了舟山市汽运公司，当了一名客车司机。那时市汽运公司还在定海东门，很多农村班车都是从那里始发的，大沙、马岙、黄金湾……我又成了交通战线上的“新兵蛋子”，专开农村班车。

挤急了眼的乘客，从车窗跳进来

那时候的条件没法跟现在比。汽车是老式敞窗，大多数是“解放”牌的，发动机就在驾驶座旁边，现在想想都不可思议。

天气热的时候，我出车前带好一块毛巾、一只大茶缸。啪，把茶缸往驾驶台前一放，把毛巾往肩上一搭，热得脑门冒汗时，就顺手拿起来擦擦。

道路更是没法比，隧道没打通，必须翻山越岭。这样一来，耗在路上的时间长了。班车不多，间隔时间长，所以一辆车上人特别多，车厢只要能塞得进去就塞。

特别是过年过节的时候，乘客呼啦啦一拥而上。看前门挤成一锅粥，有些挤急了眼的乘客生怕挤不上，就从车窗里跳进来。

跑了 8 年上海，对当地商场、景点都不熟

上世纪 90 年代初，随着改革开放带来的经济繁荣，城市间的人员流动日渐活跃。市汽运公司根据需求，在一些热门城市开辟出新的长途线路。1992 年，我转跑长途。

我第一次跑长途是去诸暨，从鸭蛋山轮渡驶上白峰码头后，经宁波、慈溪、上虞、绍兴等地，需要 10 个小时。没导航，全靠路标找。

去杭州则需要 12 个小时，早上 6 点出车，晚上 6 点才到。我一般到站后不会东逛西逛，吃完饭在旅馆倒头就睡，因为第二天早上又要发车了。所以我跑了 3 年杭州、8 年上海，对当地商场、旅游景点都不熟，哪有工夫逛啊！

痛苦莫过于开夜车犯困，掐大腿让自己保持清醒

近到浙江省内，远到山东日照，那些年，我一直在路上。

跑长途免不了开夜车，光线暗、视线差，最痛苦的是，容易犯困。货车司机还能到什么地方休息一下，我们客车没法停，到站时间掐着呢。

困的时候咋办？没办法，只能“自残”，掐大腿，把自己掐痛。这个方法对我来说还适用，但对有些驾驶员来讲也不行，他们就通过各种方法让自己不犯困，喝咖啡、嚼口香糖……为了防止疲劳驾车，公司在一些长途班车上配双班驾驶员，两个人轮换着开，一个累了换另一个开。

货随人走的年代，司机除了开车还要装卸货物

温州、衢州、义乌、永康……那几年，舟山发往浙江省内的班线四处开花。因为流通的需要，很多乘客随身携带货物。那时物流业哪像现在这么发达，好多货都是随人走的。舟山不少开服装店的小老板去杭州四季青进货，都是一麻袋一麻袋背回来。

我一个人身兼多职，帮他们把货物扛上去，安放在车厢顶上，用网罩固定牢。

现在一路过去多隧道，那个年代多山路，上坡下坡一个不慎，行李都有可能掉下来，所以对驾驶技术绝对是个考验。

春运途中遇雪天，步步惊心往前“溜”

干我们这行就是这样，一年365 天摸方向盘，周而复始，过年过节更忙。

有一年，我因为开长途车差点没赶上回家过年。从山东日照返程回舟山的时候，在连云港附近遇上下大雪。我跟换班驾驶员说，有 6 年没回老家了，要不我直接下车回家过年得了。当然，只是开玩笑说说而已，车还得继续冒雪往前开。

到南京时开始大堵车，看这辆侧翻、那辆掉沟里，我们也是步步惊心，开得小心翼翼。我们的车毕竟是跑南方的，没像北方人一样给车装防滑链。人家北方车没事，我们就跑不动，刹车踩下去没用，只能慢慢往前“溜”。原计划腊月二十九傍晚能到舟山，结果整整多开了 10 多个小时，除夕上午 8 点多才到。

乘客知道开得慢是为了安全，没啥抱怨

遇上这样的事，乘客也没啥抱怨。那时候的乘客都这样，生活节奏慢，大家对时间没有那么高的要求，也比较宽容，知道你开得慢一点是为了安全，他没话的。

也会遇到不讲理的人。有一次，一位乘客要求在高速公路入口处下车，我说不好停的，为了安全你还是到站点转车吧。他一路骂骂咧咧：“猪脑子啊！人家都能停，为啥你不能停?”直到乘客们纷纷指责才住嘴。

当然，还是好人多。有一年冬天跑上海，起雾，轮渡开不了，我们在码头等了四五个小时，结果上高速公路后又堵上了。一位乘客说："这车早上 5 时 50 分从沈家门出发，可把我们驾驶员累死了，我这儿有面包、水，你赶紧吃一点吧。"我听了心里蛮感动的。

开车几十年，时速从不超过 100 公里

2009 年年底，舟山跨海大桥通车，这下开车畅快多了，4 个多小时就能到上海。

当时我在跑舟沪线，每天发车时间是早上 8 时 30 分，我一般 6 时 30 分就出门了，因为始发站在沈家门，留出宽裕时间是为了检查车况。这是我开车几十年保持下来的一个习惯，制动、方向、轮胎、钢圈、仪表信号……只有把这些一一检查过，我才会放心出车。

几年前，因为长期久坐引发腿部疾病，我离开了驾驶员这个岗位。

从一线退下来后，我依然关注和自身行业密切相关的社会问题。作为市人大代表，我积极建言献策，希望能为岛城交通事业发展贡献一份力量。

尽管是一名老司机了，但这么多年跑下来，我开车时速从不超过 100 公里。因为手握方向盘，我必须对车上所有旅客负责。

东海鸟王的坚守　只为鸟儿有个安居之所

□ 王忠德口述

人物简介

王忠德，省级“绿色公益使者”、省“绿色先锋人物”、中国野生动物保护协会颁发的“斯巴鲁生态保护奖”获得者、环杭州湾生态带“十大绿色环保人物”……这些荣誉的背后，是他几十年如一日的坚守。年轻时的一句应允成了他一生的坚持，有他，五峙山列岛才有了如今万只鸟儿栖居的壮观景象，成为名副其实的鸟岛。

从林科员到鸟岛守护人

我是土生土长的马目人，后到乡里当林科员。

五峙山列岛距离本岛 7 千米，四面环海，由 7 个无人悬水小岛组成，包括龙洞山、馒头山、鸦雀山、无毛山、大五峙山、小五峙山和老鼠山。从我家门口走到去五峙山的码头，就一点点距离。

1986 年，我和农林局工作人员乘船进行海岛资源考察，船经过五峙山列岛时发现，那儿有 300 来只海鸥，还有一些白鹭。他们感慨：“这儿鸟还挺多的。”

从小在马目长大的我告诉他们，这不算多，如果好好保护，不让人家来捡鸟蛋，这儿的鸟儿至少可以变成几千只。

他们一听，觉得这个建议可行，就对我说：“要不弄条小船，你去管，保护好这些鸟。”

我当时年轻气盛，觉得不就管个岛么，有什么难的，就答应下来了。真没想到保护鸟岛会吃苦头、挨拳头，差点把小命搭进去。

阻挡上岛捡鸟蛋的渔民

五峙山列岛是无人岛，没有固定船班，我请有经验的船老大带去。每年 5 月到 8 月，候鸟从北方飞到五峙山列岛繁衍生息，我伺候好它们生孩子、“坐月子”。

怎么守？第一步是不能让别人捡鸟蛋，让鸟蛋自由孵化。但当时对于渔民来说，捡鸟蛋是一件天经地义的事情。我小时候家里没什么吃的，如果能捡到鸟蛋烤着吃，别提多开心了。所以捡鸟蛋也怪不得渔民，这是千百年的习俗。但是既然决定要保护鸟儿了，就不能捡鸟蛋。

对上岛打算捡鸟蛋的渔民，我好言劝阻，有的渔民听了会回去，但也有不客气的。有一次，我就被打了。对方五六个人，我们才两个人，怎么打得过？一个拳头打过来耳边嗡嗡响。这群人最后没有拿走鸟蛋，骂骂咧咧地走了。

1988 年，定海区将五峙山列为区级保护区，对龙洞山、馒头山岛上的黑尾鸥、白鹭等鸟类进行保护，明令在鸟类登岛繁殖季节，禁止任何单位和个人上岛捡鸟蛋、捕幼鸟。

为守岛差点搭上小命

守岛经费有限，但船老大的工资得给，柴油钱得付，我只能到各个单位去要。有一次经费没要到，但是要来一些计划柴油票，可把我高兴坏了，那时候没有票去市场上买柴油，一公斤要 2 元钱，有票的话就只要 4 毛钱，我连忙把这些票给船老大。

为了提高老百姓的爱鸟意识，我有空就挨家挨户地去说，设立警示牌，联系镇上的广播站循环播放鸟类保护知识。有人打趣说：“鸟的事你都要管。”可我这人就是这样，要么不答应，既然答应了，就得管到底。

1989 年 7 月的一天，我照常 5 点多起床，灌满一大杯子的水，带上干粮去五峙山列岛。头一天我留意过天气预报，说晚上 6 点会有雷阵雨，只要 4 点前赶回来就没有问题。没想到下午 2 点，暴风雨提前来了。海上的乌云刹那间聚拢，暴雨像直接倒下来一样，打得我们眼睛都睁不开。我们的小船就两米多宽，哪里经得住这样的暴风雨，都快翻沉了。当时感觉真的要把命给丢了。

回来后我发了三天三夜的高烧，整个人昏昏沉沉，心想：“太危险了，等病好我再也不管了。”可病一好，照样还是敲响了船老大家的门。

经过几年的管理，好不容易鸟儿数量多了，渔民素质提高了，我不能放弃。

进入 2000 年，各级部门对鸟类保护重视加强

站岗、巡逻，多年坚持，岛上鸟儿数量从 1986 年的几百只，增长到了 2000 年的 8000 只。

2001 年，浙江省人民政府发文，建立五峙山列岛鸟类省级自然保护区，五峙山列岛成为全国三大鸟类保护区之一，这也是浙江省唯一的海洋鸟类自然保护区。

2003 年，舟山市人民政府发出通告，未经批准禁止任何单位和个人进入保护区的核心区域。

2013 年，五峙山鸟岛视频监控系统工程通过验收，我可以通过视频监控观察鸟儿的情况了。

我们也有了自己的巡逻船，我再也不用租船，不用担心小船不抗风不抗浪了。几年前，我们重新换了一艘巡逻艇，功能更强大。

2008 年，鸟岛迎来了“神话之鸟”

最让我惊喜的是中华凤头燕鸥的到来。中华凤头燕鸥又叫黑嘴端凤头燕鸥，是世界珍稀鸟类、国家二级保护鸟类，全球数量不超过 50 只，也被称为“神话之鸟”。

我发现中华凤头燕鸥是在 2008 年 5 月，在鸦雀山和无毛山两个岛上，我听到了陌生的鸟叫声。守岛这么多年，我已经对岛上鸟儿的叫声有了一定的辨别能力，立即开船去看，发现是一群凤头燕鸥。通过远距离拍照，我突然间发现，这群鸟儿当中混杂了几只黑色嘴巴的鸟儿，难道这就是传说中的中华凤头燕鸥？我连忙把照片传给省里专家，得到了肯定的回答，当时的心情就跟卫星发射成功一样高兴。

我们担心纷至沓来的爱鸟人士会惊吓到“神话之鸟”，决定先不对外公布。结果两年后瞒不住了，这个消息传遍了鸟类学界，大家都为之振奋。现在，中华凤头燕鸥已经从刚发现时的 4 只增长到 2015 年的 18 只。

20 分钟一到，就下“逐客令”

上岛 20 分钟，我就下“逐客令”，不管你是多大的官、多有钱的人，上岛都只能待 20 分钟。中央电视台来采访，也得遵守这个规定，所以他们为了取镜头，

连着拍了一个多星期。

为什么是20分钟？人一多鸟一惊，就会飞走。如果长时间不回来孵蛋，这蛋就臭了，孵化不出小鸟。这么多年，我家人想去鸟岛上看，我都没答应。鸟岛是鸟类繁衍栖居的场所，观光游览的人多了，影响鸟儿的生活。

我还规定，上岛留意脚下，不要摸鸟蛋，不要抓雏鸟，这是铁律。鸟儿是有灵性的。被人类的手触碰过的鸟蛋，会沾染上人类的气息。大老爷们手上的烟味，姑娘手上的脂粉味，都是鸟儿不喜欢的气息。一旦鸟蛋沾染了这些气味，便会被鸟妈妈舍弃。

这些知识我也是在这么多年守岛的过程中不断学习知道的。刚接手守护重任的时候，我对鸟类知识一窍不通。这么多年来，我向省里的专家求教、自己钻研自学，对鸟儿的习性相当熟悉。为了更好地展现鸟儿的风采，我还自学了摄影。

守护鸟岛的重任，还是得交到年轻人的手上

现在五峙山列岛鸟儿的数量已经达到14000余只，记录拍摄到的各种水鸟48种，分属7目10科。除了“神话之鸟”中华凤头燕鸥之外，还有国家二级保护动物白天鹅、世界濒危物种之一黑脸琵鹭、世界受胁物种黄嘴白鹭等。

今年我已经69岁了，守护鸟儿的重任总归得交到年轻人手上。我收了个徒弟小杨，小伙子很好学，我也把自己知道的毫无保留地传授给他。

但要让我完全不管这些鸟儿，我也做不到，它们就好像我的孩子，“结婚”没？“生小孩”没？今年夏天有没有都飞回“家”来看看？……这些都是我牵挂的。

习总书记对他说“你做了一件非常有意义的事”

艺术家就是要到农村去

□ 张高俊口述

人物简介

张高俊，1964年出生于普陀沈家门，中国美术家协会会员，舟山市渔民画产业协会会长。一直致力于海洋文化艺术品开发，作品在全国获奖无数。2015年，习近平总书记在舟山新建社区调研时，对扎根南洞的他表示肯定：“你做了一件非常有意义的事。”

酷爱画画，师从名家

我从骨子里就喜欢画画。小时候，常常揣着零花钱跑去新华书店买小人书，一毛钱一本，买回家来照着书上的图画乱描。家里好多书的空白处，都被我画满了。因为画画这个特长，我从小学开始担任宣传委员，出黑板报。

初中毕业后，我考上普陀技校第一届烹饪班。上课学厨艺，课余学画技。当时，国画大师潘天寿先生的女儿潘秀兰在普陀中学任教，我拜她为师。在她的指导下，我进步很快。学了几年后，潘老师说：“你画画很有天赋，跟我小儿子学会更有前途。”

她的小儿子就是朱仁民。那时朱老师因为画画从高架摔下导致瘫痪，独居在沈家门剧院旁边的一条弄堂里，生活无法自理。为了方便照顾他，我在旁边租下一间房子，大概10多平方米，里面就一张床。十六七岁的我一边照顾他的饮食起居，一边跟着他学画画。

那是1982年前后的事，我技校毕业后在沈家门美味鲜饭店当厨师、点心师。

每天，我都会走过那条青石板路，把自己做的油条、淡包给朱老师送去当早点，他很喜欢吃这些。朱老师常常督促我外出写生，直到现在，我还是喜欢随身带着速写本。我陪了他三年半，后来朱老师去了普陀山，身体也渐渐康复。

步子太快，生意失败

我应该算是第一批下海人员。上世纪80年代，国家允许停薪留职。我先是进入普陀图片社，后来又自己走出，下海做生意。我开过印刷厂、咖啡厅、录像店，搞过文化实业公司、副食品批发市场、文化用品批发市场，在改革开放的浪潮中掘得了第一桶金。

1993年前后，我在普陀开批发市场。那是舟山第一家个人开的批发市场，地址在现在鲁家峙大桥下面，当初设想让沈家门西横塘的流动摊贩进场交易，但最后没能如愿。市场没有形成，摊位没有全部出租，我一下子亏掉180万元。那年，我30岁出头。

没多久，南海市场开起来了，我这个先行者成了牺牲者。

当时舟山大部分工薪族的工资每月八九百元，我亏掉180万元，这是什么概念？那次失败对我的打击非常大。

欠下巨债，曾想自杀

我做生意全靠朋友。搞批发市场的时候，我没向银行贷款，跟100多个朋友每人借几万，资金就是这么“众筹”起来的。

朋友多的时候，我每天请客吃饭，大家称兄道弟，混在一起如胶似漆。生意一失败，忽然间都看清了。好兄弟依然很铁，会宽慰你；但有些人会为了一两万元跟你破脸，跟逼命一样地讨债，我家讨不成就去逼我妈，母亲三个月头发全白了。那段时间，我尝尽人情冷暖，也认清人性凉薄。

当时身边因为生意失败自杀的朋友有好几个，有的欠了30多万元，有的欠了60多万元，我比他们多上好几倍。

不瞒你说，我曾三次想自杀，拿着药爬到山顶想一了百了。但这么一死了之又很不甘心，我上有老母，下有稚儿，老婆也向亲戚朋友借了不少钱，连她一起害进去。你说能死吗？我要是死，他们怎么办？这180万，我这一世就真的赚不到啦？我就不信了！

苦干六年，偿清债务

我说服自己，要坚强地活下去！最终，法院把我的资产全部拍卖。我一个人带着2000元去了义乌，到朋友厂里当厂长。

当时舟山工薪族的工资一个月不到1000元，我在义乌的月薪5000元，算下来一年能赚6万，对普通人来说蛮好了，但对我来讲顶啥用？不吃不喝、一分不花地攒上30年，才能把这180万元还掉。我在义乌埋头苦干了两年，到了第三年，一个机会出现了。

普陀的一个朋友有兴趣投资，我们合伙开厂，三年半一共赚了370万，对半分掉后刚好还掉我所有债务，还略有盈余。

就这样，在出走义乌整整六年后，我把180万元全部还掉。

我捧着钱回到舟山，来到法院，让法官把所有债主叫来偿债。我的举动让法官很意外："都已经判决完了，六年后赚了钱还主动要求还债，像你这样的人着实少见！"我这人就是这样，不把债还掉，心不安。

依靠画画，东山再起

我是怎么赚到这些钱的？是画画救的我！我要是不会画画，这钞票就赚不到。

在义乌的日子，我每天都在设计画稿，更新产品。我当时做儿童玩具，画的都是卡通。在这个行业，我的产品所占市场份额很大，95%的产品出口世界上几十个国家，多少人来模仿我们的产品、偷我们的样品。

我一人身兼多职，是老板，是设计师，也是搬运工。设计好、生产完，还要自己送货。我每餐能吃一大铝盆的饭，背后衣服全是湿的，每天发两百箱货，我和司机两个人一起搬上搬下。跟老外谈生意，我几分钟就能跟他谈好，效率很高。一般厂子吃不消，他们的流程是先拟好合同拿回来，请设计师画图纸、打样，再去谈报价，至少要两天。我当场就能拍板，因为我了解所有流程，而且现场就能决定，在这方面，我占有绝对的优势。

工厂从20多人发展到100多人，怎么发展出来的？就是吃苦！不吃苦，怎么赚这个钱啊。这几年吃过的苦，只有自己知道。

扎根南洞，获得肯定

2012年，我把义乌的工厂交给妹妹管理，自己回到家乡。我觉得自己的根在舟山，创作灵感也来自舟山，这段情缘是割舍不断的。

在定海区领导的支持下，我把工作室设在南洞艺谷，成立了舟山红钳蟹海洋文化发展有限公司，成立了群岛美术馆。

初到南洞，我又从零开始，凭借自己的业内资源，向各大院校推荐南洞艺谷，让其成为学生采风写生基地。

我骨子里还是想画画，带着 4 名大学毕业生组建了艺术创作团队，主要创作富有舟山海洋文化特色的漆画、油画作品，同时对新建社区民居外立面进行主题改造，让舟山的农耕、海洋文化成为一幅幅生动的壁画。

2013 年起，我为当地村民举办培训班，使上百位村民学会了渔民画、版画、剪纸等技艺，开发的衍生产品也使村民增收不少。

2015 年 5 月，习近平总书记到定海新建社区考察，在群岛美术馆待了半小时，跟我聊了 15 分钟。他了解到我所做的工作后表示肯定：“一个艺术家扎根农村，很好，你做了一件非常有意义的事。”我告诉总书记，想把中国传统的民间艺术在南洞艺谷发扬光大。总书记对我说：“你这个梦挺好的。”

现在，看着一拨拨游客纷至沓来，南洞成为热闹的“美丽乡村”，我更加相信自己的选择：艺术家就是要到农村去。

“只要给相对公平的机会，我相信可以把国外竞争对手 PK 下去”

从 3000 元起家到年销售额 5.5 亿

□ 俞黎明口述

人物简介

俞黎明，浙江黎明发动机零部件有限公司董事长、总经理，市慈善总会副会长。

从 3000 元起步资金到年销售收入 5.5 亿元，从 46 平方米的水泵房，到拥有占地面积 14.8 万平方米、厂房 7 万平方米的大企业，俞黎明见证了企业的腾飞，也填补了舟山汽配工业的空白。

年关是收获的时节，俞黎明也成为“空中飞人”，赶赴各地领取属于公司的奖牌和荣誉。他不是刚下飞机前往商业洽谈的路上，就是行驶在跨海大桥奔赴机场的途中。也正是这一份辛勤，让浙江黎明发动机零部件有限公司有了今天的成绩。这个采访约了将近两个月，这位民营企业家终于有时间坐下来，讲述自己的创业故事。

时代加机遇走上创业道路

我们这一拨60 后正好赶上改革开放，这个机会让我们抓住了。

1994 年，我揣着 3000 元白手起家，从乡镇企业辞职，下海创业。

做汽车零部件行业，也是缘分。一次偶然的机缘，经朋友引荐，我们厂得到一个为夏利汽车开发气门锁片的机会。夏利作为当时汽车行业响当当的品牌，国产化率已达 90%，偏偏这个气门锁片一直依靠进口，最高开到每件 1 元的价格。夏利公司的负责人说，如果我们能生产出和日本一样质量的，就用我们公司的锁片。

当时国内生产气门锁片依靠车床，而国外已经采用先进的冲压技术。如果我继续沿用车床，没有任何优势，行业的大门都进不去。但一口又吃不成胖子，所以我将技术定位到中档：冷挤压工艺，工作效率比车床提高 10 倍。

如果研发成功，对我们来说是一个突破口。

创业前两年公司销售额为零

为了攻下气门锁片的难关，我每天晚上看书学习，但创业之路并不是努力就可以一帆风顺。光模具我们就研发了一年，其间经历无数次失败。我在甬东租了 46 平方米的一个水泵房，和 7 个工人一起，熬了整整一年，非常艰难地将锁片研发出来了。

马上送夏利那边跑台架，7 轮台架做装机试验，每轮 450 小时，这样又是一年。所以我们公司账目上，刚创立的头两年销售额为零。

不仅没有销量，我还东拼西凑 20 万投进去。1995 年的 20 万，放现在得多少钱！如果失败，我要破产的啊！

为了省 50 元钱，我一个人带着 200 公斤零件去上海，上船下船都是自己搬运零件，汗流浃背。我们这代人都是苦过来的，不会浪费。

好在经过两年创业，我们成功了。1996 年，公司有了第一笔订单，夏利预订 23 万元的气门锁片。国外进口的卖 1 元一个，我们卖 4 毛钱。

后来我们又与“五菱”“长安”等厂家谈成合作。因为我们产品工艺创新，价格也比进口的便宜，打开市场只是时间问题。如今，单单是气门锁片，我可以很骄傲地说，我们已经达到中国市场 50%的占有率。

在美国市场将美国本土公司 PK 下去

一家从水泵房起家的企业，为什么能打开市场？靠三点：品质、成本和交期。

我对产品有信心，承诺零件坏了赔整机。这是什么概念？我卖一个零件 4 角钱，赔一台柴油机整机需要 5 万元。行业允许 100 万个产品中有 3 个不良，而我们供货的 80 家企业中，有一半达到了零不良。目前，我们企业是 1000 万个产品中 3 个不良，超国际水准 10 倍。

美国康明斯是全球最大的独立发动机制造商，原本康明斯有两家供货商，一家是美国当地企业，一家是我们企业，供货比例对方占七成，我们三成。

经过 8 年努力，2016 年，我拿到了它们给我的 8 年品质 0PPM 奖牌，意味着这 8 年里我提供的零件没一个不良。加上我提供的成本仅为美国供应商的一半，到现在康明斯已经全部使用我们的产品，我们成为康明斯的战略核心供应商。

在美国市场将美国本土公司 PK 下去，多不容易！而且得了这块奖牌，意味着全世界柴油机行业的大门向我敞开。

为本田发动机公司省下一个亿

1999 年，本田发动机公司第一次来我们企业评审。当时我们技术还很差，场地也是租的，他们转了一圈就走了。对他们来说，我们还是小作坊。

此后我们苦练内功，创新技术，狠抓管理。2013 年，本田发动机公司又来测评企业资质。这次我们企业给了他们很大的惊喜，双方达成合作。

与本田合作了 3 年，我们年年有奖。其中一个是“成本感谢奖”，奖励我们为本田省下一个亿的成本。2016 年得了“优秀供应商奖”，奖励讴歌 SUV 一辆。全球 180 家供应商，就奖了 6 辆。

据我了解，最近 10 年，本田发动机公司仅扶持一家中国企业进入本田供应链体系，就是我们浙江黎明发动机零部件有限公司。如今本田发动机公司有 5 个零件是由我们独家供货的，光一个锁片今年就达 5000 多万件。

交期晚一小时赔 10 万元

作为独家供货商，我们承诺，如果不能按时交产品，晚一小时就赔偿客户 10 万元。

去年，有一批货 5 天前就发出去了，但正好碰上下雨，物流出了问题，平常 3 天送到的货，第 5 天还在路上。我连忙让员工加班到凌晨 3 点，又赶出一吨货，一大早就上路，用一天时间亲自送了过去。

靠着品质、成本和交期，才有了现在的成绩。2008 年，我们拿到丰田公司的第一块奖牌，一周以后就作为中国第五家企业进入全世界丰田的样板工程广汽丰田。10 年拿了 5 次优秀奖，中国企业能进入日系汽车行业的不多，特别是发动机屈指可数。

2008 年是我们企业的腾飞之年，熬过了最艰难的创业期，公司销售额基本每年都能增加 20%，保持 3 年翻一番。

为中国制造赢得尊重而努力

汽车市场这 30 年的发展可以说是史无前例。有数据显示，2017 年中国汽车产量达到 2900 万辆，我印象中，这已是中国连续 9 年拿到全球第一了。

1994 年刚投资这个市场时，整个中国汽车保有量还很少，更别提舟山，买辆桑塔纳已经非常了不起。想想我们小时候买自行车还得凭票，中国的汽车数量有一天能超过美国，做梦都没想过。

我觉得未来汽车行业面包还挺大，只要我们把内功练好了，就可以进军全球市场。

如果说创业初期是为了生活，那么现在是为中国制造赢得尊重而努力。只要给相对公平的机会，我相信可以把国外竞争对手都 PK 下去。

乐做慈善，感恩这个时代

从 2004 年企业还没有熬过来开始，我就投身慈善事业。到现在，我已经资助 500 多位寒门学子，并在多地开设专项奖学金，累计捐款 3100 万元，去年我又捐了 600 万。

不是说我们这一代人水平有多高，我们是赶上了好时代，我们也感恩这个时代。

把下一代培养好也是我们的责任。未来是高科技的时代，90 后这一代大有可为。我的儿子在大学学习的是发动机，后来又考取美国密西根大学安娜堡分校学习工业工程，该校的这个专业在美国排名第二。儿子如今在合资企业上班。

90 后比我们强大，各方面的想法都不比我们弱，也非常努力肯吃苦。我的儿子在美国求学时就已经在美国设立了销售分公司，招兵买马，下一步可以杀向海外。

没有最好，只有更好，面对依然残酷的竞争，我们还将继续努力。

为朱家尖旅游开发吹响号角

□ 胡伟民口述

人物简介

胡伟民，曾任舟山城郊广播电台台长、定海人民广播电台台长、舟山经济广播电台台长兼党支部书记等职，2013年10月退休。作为最早报道朱家尖旅游开发的新闻工作者之一，他为朱家尖旅游开发吹响了号角。

小岛迎来“大咖”考察队

从一座默默无闻的海岛，到“游客盈门车如潮”的国家级风景名胜区，朱家尖在几十年间发生了翻天覆地的变化。作为最早报道朱家尖旅游开发的新闻工作者，我目睹它的一路发展和不断崛起，每次听闻关于它的好消息，总是比他人更振奋，多年前的往事又浮现眼前。

1983年，我在舟山人民电台专题部当记者。7月底的一天，台里分派给我一个任务，随省里的综合考察队去普陀山、朱家尖采访。当时我还是30出头的小伙子，大学毕业六七年，尽管正值酷暑，但干劲十足，带上采访本就出发了。

这支综合考察队共10多人，包括了园林、环境、地质、气象、交通、建筑等多学科的专家学者。照时下流行的话说，都是各行业“大咖”。带队的是余森文，他是我国著名园林专家、浙江省园林学会理事长、高级工程师，当时已80高龄。

为啥派出这么强大的专家阵容？原来，当时改革开放不久，省政府决定挖掘一批有旅游资源的岛屿，为今后旅游复苏或开发创造条件，于是组织了这支多学科考察队，对舟山本岛、普陀山、朱家尖的旅游资源进行大规模摸底调查。

徒步野外挖掘旅游资源“金矿”

随队采访的共有 5 名记者，除我之外，其他 4 位分别来自浙江日报、浙江人民广播电台等媒体。由于省里对这次综合考察非常重视，要求主流媒体全程参与。

我们的第一站是普陀山。作为佛教圣地，普陀山在“文革”中未能幸免，重振千年古刹势在必行。而朱家尖当时还没有什么知名度，被放在了本次考察的最后一站。

或许是前两天冒着烈日考察太过疲惫，到了考察朱家尖的那一天，随队的 5 家媒体记者有的身体不适，有的单位有事，最后只剩下我一人。

我清楚地记得那个日子，1983 年 8 月 1 日，我们乘坐指挥艇前往。那时的朱家尖跟现在完全不一样，就是个小渔村，别说大桥，好多地方连公路也没有。

我们的“地陪”是朱家尖区副区长梁德宝，他为家乡迎来如此大规模、多学科的综合考察队感到非常高兴。他头戴一顶草帽，皮带上别着一把折扇，热情地向专家介绍岛上的历史沿革、自然景观等。

专家们沿着崎岖山路，一路踏勘。我们徒步登上大青山，经过人迹罕至的后门山龙洞，踏过松软如绵的南沙和卵石滚滚的乌石塘，趟着海水探测无人岛……

时值盛夏，烈日高照，热浪滚滚，如同蒸笼。考察队马不停蹄，大家的脸晒得红里透黑，个个衬衫湿透像被雨淋，人也累得像散架似的。

让我印象最深刻的当属五大沙滩，即里沙、青沙、东沙、南沙和千步沙，从山上看，这五大沙滩犹如五个金手镯在海边串连，美轮美奂，气势非凡。专家们如同发现新大陆，如痴如醉，站在山顶不愿离开。他们认为，这种没有经过雕琢的原始景观，就是旅游资源的“金矿”。

小渔村哪敢 PK 夏威夷

吃完中饭后，考察队在大洞岙山边的区公所招待所稍事休息。野外徒步考察十分劳累，有的专家头一落枕便呼呼入睡，有的还有兴致，聚在一起谈论上午的考察情况。趁此机会，我见缝插针，抓紧时间向有关专家了解情况以及他们对朱家尖考察的感想。

“我去过美国夏威夷，朱家尖的沙滩跟那里很相似，发展旅游，前景看好！”

采访中，有专家这么跟我说。这话现在听起来没什么，但在当时可是很超前的想法。对大多数没有踏出过国门的人来讲，美国遥不可及，舟山一个名不见经传的小渔村，哪里敢跟夏威夷比？

根据专家学者们的观点，我结合自己深入采访了解到的素材，很快写成了《未开发的旅游处女地——朱家尖岛》，先后在舟山人民广播电台、《中国旅游报》和《浙江日报》发表。

就像在平静的水面投下一块石头，激起层层涟漪，这篇稿件获得了较好的社会反响。时任普陀县副县长的王世和看到1983年9月25日发表在《浙江日报》的文章后，高兴地对县政府办公室的几位同志说："朱家尖上了省报，旅游开发大有希望。"

不久，上海社会科学院也派相关学科专家组成的考察队到朱家尖考察。他们认为，朱家尖的沙滩是舟山群岛目前最具开发价值的旅游资源，非常适宜建海滨浴场、水上运动俱乐部等，沙滩上面有一大片香樟树映衬，可以建饭店、宾馆、植物园等。

朱家尖开发旅游的号角由此吹响。

众人拾柴终引广泛关注

第一篇报道发出后，我继续参与旅游开发的后续跟进报道。朱家尖一有什么动向，我获知消息后马上去采访，对于有新闻价值的内容，立即着手写稿，用电话传给电台新闻部，当天播出，回来后再作修改补充，发给国内相关报纸。

这里不得不提到一个人——胡瑞根，上世纪80年代他任朱家尖区委党委委员，分管宣传工作。他待人热忱，每次有媒体记者采访时，总是热情接待，尽量满足记者们的各种采访要求。遇到旺季时，记者们来了一拨又一拨，老胡分身乏术，时常忙得团团转。

目睹当地干部为开发朱家尖旅游四处奔走，向地区和省里领导汇报，要计划、跑项目、争资金，我也很着急，想为扩大朱家尖的知名度尽一份绵薄之力。

此后一二十年间，我多次在《人民日报》《浙江日报》《文汇报》《中国旅游报》及福建、山东等省市报纸上发表朱家尖旅游开发动态的文章。

1984年9月16日，《文汇报》发表了《舟山群岛可开发成旅游岛群》，我在文中对普陀山、朱家尖、沈家门可构成"旅游金三角"提出设想构思。1985年12月3日，我在《中国旅游报》上发表《舟山群岛积极发展旅游业》，其中用很大篇幅报道朱家尖旅游资源。

这些报道对发展朱家尖旅游开发起到了有力的推动作用。众人拾柴火焰高，在各方努力下，朱家尖终于引起广泛关注。

为朱家尖的华丽转身感到欣慰自豪

1986 年春节，朱家尖与普陀山客轮航线开通，不久，朱家尖与沈家门的汽车轮渡开通。

1986 年 7 月 16 日，《人民日报》发表我的文章《欢迎投资朱家尖　共同开发旅游岛》。同年 8 月 22 日，《浙江日报》发表我的文章《朱家尖旅游区开发前景诱人》。这两篇文章的目的都是邀请海内外有识之士来朱家尖投资，共同开发旅游事业。

1992 年 6 月，中国工商银行在南沙投资建造的度假村开业；1997 年 8 月 8 日，机场正式通航运营；1999 年 5 月，全省首座跨海大桥——朱家尖大桥通过交工验收并试通车，朱家尖与舟山本岛连为一体；同年，朱家尖又举办了“首届中国舟山国际沙雕节”……

落地项目一个接一个，项目开发实质性推进。随着朱家尖知名度的逐步提高，影响力的不断提升，八方游客纷至沓来，朱家尖也成为舟山海岛旅游开发的一颗新星。

如今，朱家尖旅游开发建设全面推进。东海音乐节人气爆棚，有效拉动了朱家尖旅游经济。已经连续举办 19 届的国际沙雕节，打响了朱家尖沙雕天堂的旅游品牌。

2016 年，浙江省政府确定在朱家尖设立国际海岛旅游大会永久会址；同年 12 月，万众瞩目的舟山波音 737 完工和交付中心项目主体落户朱家尖的航空产业园区。

朱家尖几十年间的华丽变迁，看似偶然，实则是必然的时代潮流。每当获悉它的新变化、新发展、新成就，我总会感到由衷地欣慰和自豪。这不仅是一次采访的体验，更是一次人生历程的积累和拥有。

小拖轮身后的舟山港口大发展

□ 黄永平口述

人物简介

黄永平，浙江省劳动模范，舟山港海通轮驳有限责任公司原总经理。

自 1993 年公司成立起担任总经理，黄永平陪着公司走过 20 年风雨。轮驳公司也从一家年亏损 400 万元的企业，发展到 2013 年拥有 7000 多万元利润的舟山国企佼佼者。黄永平说，从轮驳公司的发展可以看到舟山港的发展。

2013 年，黄永平退居二线担任公司顾问，2015 年退休。回顾这大半生，他说："做人就是要做贡献，组织在 1993 年将企业交给我，我最后交给组织的时候，有这么一个成绩单，我也满足了。"

十年码头装卸工

高中毕业我去农村插队，1976 年 12 月 31 日，我被招工到浙江省航运公司舟山分公司装卸部门当码头装卸工。

当时的装卸工可不是现在开铲车、操作电脑的机械化装卸工，我们是靠肩扛担挑和小板车一点点推出来的。

当时码头主要是卸煤、卸水泥。电厂发电要用煤，老百姓也要用煤球。煤船过来，我们就要跳进舱里，把煤一点点背上来。

水泥也是一样。天气热的时候卸完水泥，皮肤爆开一样疼，只能用生油擦身体。上世纪 70 年代末，舟山迎来了第一艘万吨轮，从朝鲜过来的洪阴轮，装了 1 万吨水泥。我们越卸破包越多，卸到最后，我们都用手捧水泥到袋子里。

船舱小没人肯下去，我第一个跳下去；大家都走了，我收尾整理工具。因为辛苦肯干，又有头脑有文化，6 年之后我当了班长，后来又当了调度员。

当时码头是一个船运中转站，舟山有什么货要进来，都从这个码头前往各个单位；有什么要出口，也要通过这个码头。上海来的糖需要派人运到半露亭的烟糖公司，沈家门的美林罐头要出口，也得派人去拉货。派几个班的工人，分别到什么船上工作，都需要调度。

10 年后，我调到港务局下面的江河工程处，专业从事海上打捞、疏浚，从生产技术科科长当到了副总。

新的挑战摆在眼前

上世纪 90 年代初，岙山成立了兴中石油公司。这家码头是 20 多万吨级别，如果让这么大吨位的船自己靠码头，结果就是船和码头互毁，因此每个港口都需要配套一家引航公司，这是强制配套。在这个背景下，1993 年，舟山轮驳公司成立，我被调去担任总经理。

总经理名头很响亮，也只有我知道这个总经理当得多憋屈。人家好的单位有车，我就一辆自行车。办公地点是男浴室，把更衣室柜子搬掉，添置几张桌子，电话还是租来的。我虽然答应当总经理，但腿也是虚的，满脑子就想着怎么把公司维持下去。

公司刚成立时只有 50 多人，凑齐也不容易。从各单位抽人，大家都不想去这家前途未卜的企业。最后只能局长在里面开会，外面的工作人员赶紧在墙上写去轮驳公司人员的名单。开完会，大家去外面看，骂的骂、吵的吵、哭的哭，但都成了定局，局长车子都开走了，这样才把 50 多人定下来。

去的时候我下决心要把企业办好，一年 365 天，除了出差我都在公司。这个单位就像自己的小孩，我后半生的心血都在这个公司里。

第一个任务就遇到了难题

轮驳公司成立后的第一个任务是，为27 万吨级的英国籍“兰姆斯”号油轮进港引航，那是 1993 年。

公司成立之初，港务局和兴中公司去日本引进了 2 艘二手船，但要引“兰姆斯”号油轮进港，至少得要 5 艘拖轮。当时真的很狼狈，我们紧急从外面借了 3 艘过来。

一个地方港口力量强不强，就看有多少拖轮。港口没有拖轮配套，船进不来出不去，就成了死港。舟山是地方港口，向来不被看好，这么多年我就是憋一口气。后来舟山慢慢有了 10 多条拖轮，超过了烟台、厦门，去参加中国轮驳协会的活动，我走出去面子十足。

我们轮驳公司的发展也是舟山发展的一个缩影，现在宁波舟山港吞吐量排名在全球第一。我们的拖轮在全国轮驳排名里，也挺靠前。

从 400 万亏损到上亿利润

2008 年我接受晚报采访时曾说，希望到 2015 年，公司有 15 艘拖轮。真到了那一年，公司已经有拖轮 30 艘，短短 7 年，比预想的翻了一倍。

想当初，公司刚成立的时候，局里面允许我第一年亏损 400 万，逐年减亏。到 2013 年我进行工作移交时，公司 270 个人，利润已经达到了 7000 多万，拖轮 27 艘，正在造的还有 3 艘。到了 2017 年，公司利润上亿，拖轮也增长到 33 艘。我刚到轮驳公司的时候，公司固定资产 800 万，我交给他们的时候已经达到 7 个亿。

1998 年的春节，局长一定要我在会上发言，为什么？因为当时轮驳公司终于摘掉了亏损帽子，有了 9 万元利润。在当时看来，相当振奋人心。大家都觉得轮驳公司亏损很正常，拖轮的服务性很强，谁也没想过它能有什么利润。

随着改革开放，舟山的码头多了，来舟山的船也多了，我们的业务自然也多了。2018 年是改革开放 40 周年，我们这一代人，是见证者，也是受益者。

一年只有一天心情是放松的

每年 12 月 31 日，报表出来了，这一年职工收入对比多少，利润产值多少，各方面指标完成了多少，都放在我的办公桌。这一天是最开心的，但高兴完之后，第二天又要迎接新一年的挑战。

最怕的是半夜电话铃声，心一下子会揪起来，就怕出点什么事情。但半夜铃声不少，特别是抢险救灾。

一到台风天，我们拖轮不出去谁出去？六横、衢山、普陀山、定海港、沈家门港等港口，我们都安排有拖轮，一旦有情况，就近救援。

海上着火我们也要去救。六七年前，一艘外轮在海上连着烧了几天几夜，我们和宁波、上海的轮驳公司以及消防部门一起救火。一位大副、一位船员趁船还没靠拢的时候跳到船上去，用船锚将船固定，最终将这场火成功扑灭。我们公司奖励他们每人 1 万元。

公司发展登上新台阶

2002 年以后，公司发展上了一个新台阶。当时外汇波动比较大，特别是 2003 年前后，我们订设备得在电脑前实时关注汇率，分析形势。在人民币价格最高的时候将设备一举拿下，能省一点是一点。我们的设备都是五六台一起订，和外国人谈判，一直谈到下半夜为止。

有一年我一口气订了 6 艘拖轮，日本公司的大领导都到了。舟山一个地方港订了 6 艘拖轮，引起业内轰动。当然，我不是心血来潮随便订的，是根据需要来的。舟山发展的速度，让我把五年规划一调再调，最后调整到三年规划，不能让拖轮数量拖舟山发展的后腿。

2008 年，公司迎来中高速发展期，当时正逢金融危机，但对港口来说却是一个机遇。船多了，要进出港、要补给，都需要拖轮。

我以前经常和员工们说，能打败自己的只有自己，所以我们一定要记牢，提升技术，提升服务水平，现在这个道理一样适用。

在枪林弹雨中经受生死考验
在鸡毛蒜皮中收获群众信任

□ 朱祥芽口述

人物简介

朱祥芽，1958年出生，定海公安分局城东派出所民警，目前是浙江省公安系统内从事接处警工作时间最长、年龄最大的接处警民警。

他的前半生属于军队，后半生属于警队。参加过对越自卫反击战的他，曾在枪林弹雨中经受生死考验。投身警营后，又在鸡毛蒜皮中收获群众信任，用责任书写了对公安工作的一片忠诚。

民兵之家

对于出身农家的我来讲，穿上绿军装曾是最大的梦想。

年少时因为家境困难，读不起书，我14岁便回家务农，在生产队里挣工分。

当时的盐仓公社要组建民兵队，我立刻报名参加，很快成为副班长。大哥、二哥、小姐姐都是民兵，所以我家是个名副其实的“民兵之家”。配备的枪支就放在墙边，跟每天下地干活要用到的锄头钉耙一样。那时候民风淳朴，也没人拿。

民兵虽然也是“兵”，但怎比得上那一身真正的绿军装？

1976年，征兵工作一开始，我立刻报名，顺利通过体检。当年12月，我光荣参军入伍，戴上大红花，在家乡人民敲锣打鼓欢送下，来到南京军区某部服役。

除了日常训练外，部队里还有田地，在家干过农活的我主动挑粪桶、浇庄稼，表现积极，经常受到班长表扬。

写下血书

1978 年 12 月，对越自卫反击战吹响集结号。我听到这个消息热血沸腾，咬破手指写下血书，积极要求上前线。可是，第一批名单公布时没有我。班长说："你是老兵，马上要退伍，没希望了。"我又找到指导员，表明要求上战场的决心："我一定要去!"

最终我得偿所愿，被编入广州军区某部，参加了一个多月的战前训练。那里条件相当艰苦，训练非常严格。1979 年 2 月 17 日至 3 月 5 日，我参与了越南同登、高平、谅山三个地区的自卫反击战斗。

我在步兵部队里担任机枪手，和战友们一起冲锋陷阵。战斗很残酷，敌人埋下的地雷形形色色，有的跟菠萝一样，有的跟当地的地貌很像，我们"步步惊心"。子弹"嗖嗖"从耳边穿过，裤管边"呼呼"有风，不时有炮弹落在身边爆炸，我冒着枪林弹雨，扛着机枪匍匐前进。有一次我被炸晕过去，醒过来后继续作战。

火线入党

3 月 2 日，我们连组织攻打谅山一处被越军占领的无名高地，考虑到这场战斗的惨烈性，每个班都挑选了一名战士火线入党。班长对我说："你在战斗中表现得很英勇，我们班就选你了!"班长晚上 7 时 30 分作出决定，次日凌晨 4 时 30 分我就接到通知："你被批准入党了!"刹那间我热泪盈眶，激动得说不出话，真想把这个好消息跟远在舟山老家的爹娘分享，但我已经和家里失联好几个月了，他们只知道我上了前线，生死未卜。

经过激烈战斗，我们连终于将五星红旗插上无名高地的山顶。然而有 1 名战友牺牲，4 名战友受伤，我们连夜将战友背下山。雨天路滑，伸手不见五指，经过整整一夜的艰难运送，才将受伤的战友送进当地老百姓家里安顿好。而我因为两天粒米未进，饿得头昏眼花，最终靠坚强的意志撑了下来。战斗结束后，我被授予全军三等功。

告别战场，走进学堂。回到南京后，我考上南京陆军学校。经过两年的学习，毕业后作为武警分配到被誉为"国之光荣"的秦山核电站，护航核电安全。

走进警营

1992年，我转业了，很想去公安工作。因为我舍不得那一身绿军装，当时的警服也是绿的，工作职责差不多，都是保一方平安。现在回想起来，依然很感谢领导的出面推荐，他跟公安局的领导打电话："我们单位的朱祥芽打过仗，他希望来公安。""一句话，来嘛。"

就这样，我告别军营，走进警营。别看老百姓统一称我们为"警察"，其实公安系统里有不同警种，哪里需要，我就去哪里。20多年来，我干过的警种真不少，去过看守所，去过刑警队，当过交警站马路、吹口哨，还做过巡特警，驾驶警车巡查路面。

1994年，我被分配到市公安局定海分局巡特警大队，主要负责定海城区治安巡逻工作，一发现有吵架打人、偷鸡摸狗或突发事件，我们就立即出警处理。

时刻待命

上世纪90年代中期，110报警服务台在全国普及开来，舟山也于1997年1月10日开通了110。设立之初，办公地点在南珍菜场附近，仅有三四部电话。我们巡特警大队成为110的主力队员，民警、辅警加起来共六七十人。

自从110报警服务台开通后，我们时刻处在待命状态，一接到报警电话就要跑出去，饭不能准点吃，晚上睡不踏实。那时手机还不流行，队里给我们配备了BB机，必须24小时开机，"哔哔"一响，任务来了，必须第一时间到达。

随着时代发展，现在的110报警服务台也是鸟枪换炮，添置了电脑、监控设备，还开通了网上110报警平台。一台台先进的设备，一块块清晰的电子屏，都在默默守护着这个城市的安全。"有困难，打110"已经成为百姓共识。可以说，110见证着舟山社会发展。

送别英雄

从战场上活着回来的我，曾认为和平年代出不了英雄，但夏骑兵改变了我的看法。我们都是巡特警大队的，他比我小10多岁，长得很阳光、很帅气。

1997年6月1日上午，夏骑兵接到"城北水库有人落水"的警令，马上随同中队长毕家平驾车出警。到了水库边时，他发现落水者是一位妇女，在距离岸边50米左右的水中挣扎。夏骑兵毫不犹豫地跳入水里，把妇女推到岸上，自己却再也没有上来。

我怀着沉痛的心情，和同事一起把他的遗体打捞上来。

夏骑兵牺牲时，年仅 23 岁。他是我身边的英雄。

鸡毛蒜皮

因为派出所要加强警力，我又来到城东派出所做接处警工作。接处警是公安基层工作里的排头兵，特别是城东派出所，警情纷繁复杂，平时多摸排走访，关键时刻用得上。

2015 年，有一户居民报案家里失窃近万元。我到达现场后，调取周边多个监控，发现可疑男子的身影。通过摸排走访，在热心居民的帮助下，最终确认了嫌疑人。最后会同抓捕人员，一举将犯罪嫌疑人刘某抓获，此时距离案发时间不足 24 小时。

我的工作更多的是处理因“鸡毛蒜皮”引发的纠纷，我经常语重心长地劝他们：“阿伯跟你讲……”当事人看到我花白的头发和肩膀上的警衔章，都还比较听话，这对处理纠纷有莫大的帮助。

坚守岗位

考虑到我年纪大了，派出所领导曾几次主动想给我换个轻松的岗位，但我没同意。虽然接处警工作会接触形形色色的人，难免挨人冷眼、遭受误解、碰到钉子，但我热爱这份工作。

令我自豪的是，从事接处警工作以来，我没有一次被群众投诉，唯一的一次缺勤，还是因为在出警时扭伤了脚，休息两个月才稍有好转。等伤好以后，我立刻归队。

我的军功章里，也有她的一半。自从我投身公安事业以来，妻子默默支持我，很配合我工作，她 4 次被定海区公安局党委评上贤内助，我很感谢她。

2018 年 3 月，我就退休。作为一名基层接处警民警，我坚守岗位到底。既然老百姓信任我们，在发生问题的第一时间找到我们，就必须在最短的时间为他们排忧解难。

亲历“鸭白线”的辉煌年代

□ 李建杭口述

人物简介

李建杭，舟山海峡轮渡集团原党委书记、董事长兼总经理，全国劳动模范。作为海峡轮渡曾经的掌舵人，他亲身经历了它的辉煌年代，也目睹了它的沧桑巨变。

直达大陆

1998 年 12 月 18 日，我被调到舟山市海峡汽车轮渡有限责任公司（现舟山海峡轮渡集团有限公司）任总经理。

与此前干过的几份工作不同，刚毕业时我在市汽运公司当驾驶员，后来在轮渡码头派出所当民警，这些工作主要对自己负责，而掌舵一个企业，必须对上上下下几百号人负责。

所幸之前几年，我曾在海峡轮渡公司当过几年总经理助理、副总，也曾参与筹建、掌管其下属的通达海运公司，很了解舟山人对轮渡的感情。

轮渡是一个时代的产物，它承载着舟山人直达大陆的梦想。在很长一段时间内，舟山轮渡一直深度参与着城市发展，与舟山这座城市共生共荣。

蓝色公路

事实上，早在上世纪 70 年代，有关部门就提出用“汽车轮渡”来解决制约舟山发展的交通瓶颈问题。改革开放后，舟山人“要发展，先通渡”的需求更加迫切。

1983 年，在做了大量筹建工作并报省政府批准以后，轮渡工程终于在鸭蛋山破土动工。

1986 年 2 月 1 日，“舟渡 2 号”正式通渡。运营之初，每天只有 10 多辆车过渡，白天只开 4 个航次，有时一个航次只运载一位旅客和一辆自行车。

不过，冷清场面很快被打破。外出工作、探亲访友，使轮渡成为舟山人生活的一部分。此后，鸭白线成为宁波与舟山之间最繁忙的线路。对于这条舟山交通的生命线，人们亲切地称它为“蓝色公路”。

压力山大

上世纪 90 年代是一个恢宏奋进的时代，改革开放深化，社会活力激增。舟山也不例外，交通瓶颈一旦被打破，车流、客流滚滚，海峡轮渡由此驶向黄金时代。

赶上这个时代，是我们这一代轮渡人的幸运，但承受的压力也是前所未有。

接手海峡轮渡时，企业正是投入最大的时候，负债高达 8000 多万元。我们原本打算不造船、不买船，节省成本撑上一年，但 1999 年，我国第一个“黄金周”拉开假日经济大幕，恰逢首届中国舟山国际沙雕节开幕，旅客井喷。在白峰、鸭蛋山码头，过渡车辆第一次排起“长龙”。

我办公室坐不住，到下面去巡查，遇上个待渡的东北小伙。他说：“舟山这地方吧，那是相当美。但进入这舟山吧，那是相当烦。单说这过渡排队吧，那是相当累！”

知道我正是海峡轮渡负责人时，东北小伙又说了一句：“您呢，要当好这个老总吧，那是相当地不容易……”确实，繁荣之下，压力山大。对我来说，最担心的是安全问题，鸭白线是舟山进出岛的最主要通道，每天候渡的车、客这么多，绝对不允许发生安全事故！

自建“舟渡”

必须买船，刻不容缓！面对捉襟见肘的资金，我们采用“租买结合，更新轮渡”的办法，确实在一定程度上缓解了节假日、旅游旺季待渡时间长的问题。

然而光靠“租买结合”，还是跟不上鸭白线车客流增长的迅猛势头。只有自己造船，才能使海峡轮渡从被动走向主动！2001 年开始，公司相继在浙江扬帆集团建造了 3 艘渡轮。

当我们再与扬帆联系造船时，订单却被打了回票——因为造船业形势大好，扬帆的订单已经排到2008年。此时，一个更大胆的想法在公司领导班子中达成共识：我们要拥有自己的修造船基地，不仅要实现“自己的船自己修”，还要“自己的船自己造”！

2003年，我们全资收购舟山市海晨船务工程有限公司。此后，我们目睹一艘艘“自建舟渡系列船”在这里下水，投入运营，进一步缓解了鸭白线高峰期的运需矛盾。

破解难题

随着沪杭甬高速公路相继建成通车，集装箱运输迅猛发展，但原有码头设计靠泊能力低，大型车辆无法通过渡口。我们改造买来的二手船，把甲板层整体升高50厘米，自己造的新船，甲板层高满足4.5米，集装箱、特种车辆也能过渡了。

那几年舟山旅游业也发展很快，豪华旅游大巴过渡需求旺盛，但由于这种车型底盘低，不时发生底盘搁碰等情况，车辆又得积压。

我们参照国内码头的先进经验，把鸭蛋山、白峰大吨位码头改建成液压式的，可以升降，但改造起来时间长、投入大。我就琢磨：能不能在趸船码头上装一个液压升降平台装置？向上海通道公司两位高工请教，他们说：“只要你想得出来，我们就能设计出来。”

结果这个码头液压升降平台装置一搞，省下好多钱。液压码头需要投入200多万元，而这个装置只需要50多万元，同时每年还节约擦碰损失费10多万元。这项技术后来获得国家实用新型专利和浙江省职工技协优秀技术成果奖。

第一名片

作为旅客进入舟山后的“第一名片”，鸭白线必须提供豪华、舒适的乘坐体验！我们对渡船客舱进行改造，同时配备乘务员，让她们穿上统一服装，展现靓丽形象。轮渡班次也加密了，从原来的1小时一班，调整为40分钟、半小时甚至15分钟一班，繁忙时段随到随开。

早晚两头还好，中午旅客较少，企业内部便出现反对的声音：“真不会过日子！现在柴油成本上涨，还要大手大脚花钱，把客舱改得这么豪华。”

两三个月后，客舱旅客爆满，社会好评如潮。一位外地旅客说，这几年舟山变化很大，轮渡服务越来越好了。船上的小卖部也改革了，原来是船员管理，都是男的，说话硬，跟旅客时有摩擦，改为女乘务员接手后，纠纷减少很多。

值得欣慰的是，我们紧绷安全这根弦，有效避免了水上交通安全事故的发生，这是对旅客生命负责的最高服务。

亿千企业

1999 年、2000 年，企业利润分别达 700 多万元、900 多万元；到了 2001 年，利润突破 1000 万元，海峡轮渡成为舟山为数不多的“亿千企业”。

经济效益、社会效益双丰收，员工说起“我在轮渡公司工作”，满满的自豪感。收入提高了，我们不忘回报社会，每年，轮渡人都会通过公司建立的帮困助学基金，帮助困难群体。

在付出的同时，我们也得到了至高无上的荣誉，先后荣获“全国文明单位”“全国五一劳动奖章”“全国先进基层党组织”“全国拥军爱民模范单位”“交通部文明航线”等 20 多项国家级荣誉。

退居二线

历史的车轮如这滚滚海水，有潮起也会有潮落。早在舟山跨海大桥启动建设时，我们就提出了“大桥连本岛，轮渡通岛际”的科学发展理念，开始实施多元化发展战略。

2009 年大桥通车后，鸭白线“退居二线”，从原来的舟山对外联络主通道变为辅助通道。2011 年，我调离老总岗位，接手新的工作。

现在总经理是李平敏，他接过这个接力棒，继续描绘海峡轮渡新蓝图。最近，公司将新建或改造客轮，打造舟山“蓝色公路”新风景。在舟山大力建设“自由贸易港区”和“海上花园城市”的背景下，海上客运转型升级很有意义。

轮渡情怀

一棒接一棒，一代传一代，海峡轮渡就是这样，几代海岛交通人在这里挥洒汗水与激情。回望风雨历程，总有一些尘封的历史画面愈发清晰。

1983 年轮渡站筹建之初，老站长刘筱炎和负责财务工作的夏德鹏时常加班到深夜。没有夜餐可吃，刘站长烧上一碗四川老家的回锅肉，吃完后继续干。资金不足，刘站长还把自己爱人经营小百货准备进货用的 2400 元拿来救急……

正是在几代轮渡人的共同努力下，海峡轮渡为舟山经济发展出了不少力。

如今出行方式多种多样，但我们老一代轮渡人对“蓝色公路”的感情一直没变，鸭蛋山、白峰，这些熟悉的地名听起来就很亲切。不可磨灭的记忆里，是绕不开的轮渡情怀。

33 年扎根普陀医院，陪它走过百年华诞

见证普陀医院多个历史瞬间

□ 刘成国口述

人物简介

刘成国，普陀医院党委书记、院长，全国劳模，享受国务院特殊津贴，浙江省优秀院长，市首届拔尖人才。

刘成国出生于六横，以优异成绩考入浙江医科大学，自 1985 年来到普陀医院，至今已 33 年，刘成国一直扎根普陀医院，未曾离开。

他见证了普医多个历史性时刻。2007 年普陀医院和普陀中医院合并，2008 年规划东港新院址，2009 年正式动工，2013 年搬迁投入使用。2018 年，是东港新院址投入使用的第 6 年，也是普陀医院建院 101 年，刘成国陪着它走过了百年华诞，也将陪着它翻开新的华章。

为医好母亲的病，为乡亲送去健康

我是六横人，1980 年从六横中学毕业，以优异成绩考入浙江医科大学。

为什么学医？我的答案是，想要医好体弱母亲的病，也想为小岛的父老乡亲送去健康。所以我大学填报的志愿，一连串全是医学院。

得知被浙医大录取的时候，我特意来到普陀医院，当时普陀医院还在沈家门的一个山坡上。走进门诊大厅，环顾四周，看见忙碌的医生，我告诉 18 岁的自己，这就是以后我要从事的职业，这就是我要努力奋斗的地方。

按照当时的规定，我们必须回到原籍工作，服务海岛。1985 年毕业，我直接将行李放到了普陀医院。这一放，就是 33 年。当时和我一起回舟山的 11 个医学毕业生，只有我一个人还留在舟山。

从一名普通的内科医生到院长，我始终告诉自己：不忘初心，牢记使命。

靠双手摸出来，靠耳朵听出来

参加工作的第二年夏天，我轮岗到传染科，赶上两大传染病：霍乱和流脑。

追根溯源，我们医院的建立也和霍乱有关。1917 年，沈家门霍乱流行，时疫医院由此诞生，后更名为存济医院，它是舟山最早的西医院，也是普陀医院的前身。

而 1986 年我亲身经历的霍乱，同样非常严重。病人抬进医院时，担架下边一直在滴水，病人脱水脱得骨瘦如柴，只能两只手一只脚同时输液。

流脑作为另一种流行病，在登步爆发性流行。我们给病人做腰穿，流出来的都是黄色、绿色的积液。那段时间，我一共抢救了 30 多位流脑病人。

那个年代没有高科技医疗设备，我们都是靠手摸出来、靠耳朵听出来，也因此练就了一身扎实的基本功。

治疗疑难杂症如同侦破案件

1992 年，我担任业务副院长，看的病人多，查房也多，遇到并解决了一些疑难杂症。治疗疑难杂症的过程对我来讲，就像破案一样，解决后会伴随成功的喜悦。

有一位病人，平时身体很好，因为腹痛恶心呕吐被送进医院，却怎么都找不出病因。

主管医生来找我帮忙。我一进病房，就闻到了一股大蒜味，怀疑是有机磷农药中毒，但询问病人，他不记得最近接触了农药。还是患者的母亲回想起来，是患者的衣服不经意掉在地上，正好沾到洒在地上没有及时处理的农药。他没注意就接着穿这件衣服，农药随着汗液的挥发被人体吸收，导致中毒。找到病症再对症下药，患者及家属对我们千恩万谢。

2006 年 4 月，在杭州出差回来的汽车上，我接到一个紧急电话：“小岛船厂一工人被铲车轧伤，生命垂危，已在医院抢救。”连饭都来不及吃，我火速赶到医院。患者起先被诊断为“后腹膜血肿”，开刀只会加速死亡。

但我做了一个大胆的推测，会不会是“肠系膜血管破裂”引起大出血？经过反复缜密诊断，我坚定了自己的推断，当即向在场的外科专家建议：立即开腹手术。

果然，病因如我推测，一条年轻的生命被成功挽回。

海岛蹲点让老百姓家门口就医

我在普陀医院成长，也见证了医院的不断发展与强大。我刚参加工作时，普陀医院仅有 100 多张病床、4 个病区，现在医院拥有 900 多张病床、19 个病区、30 个专科。

2002 年，我担任医院党委书记、院长。为了解决医院长期运行中逐渐暴露的机制体制弊端，一上任，我就提出了“依法治院、质量立院、科技强院、特色兴院”的十六字方针。

随着海岛开发开放，大型船舶企业进驻小岛，小岛对医疗的需求更为强烈。

2004 年 7 月，我们和六横人民医院实施整合，开展了双向转诊、海岛支医等工作，并承担海上救助的重担。

2017 年 9 月 28 日，一艘渔船上的船员在作业时不幸被钢筋打穿导致腹部大出血，情况危急。我们迅速派出医生，经过 9 个多小时的航行，在 200 海里外的洋面上对伤者进行救治，伤者最终转危为安。

到去年（2017 年），我们已经先后派遣了近百名业务骨干到 4 个海岛蹲点开展支医工作，让海岛老百姓可以在家门口享受区级医疗专家的服务。

医者仁心，我希望普陀医院是每一位老百姓心目中自己的医院。

跟随城市发展，描绘医院新版图

无论是普陀医院，还是普陀中医院，在时代变迁中，位于沈家门的旧址在硬件上已经跟不上市民就医的需求。2007 年，普陀医院和普陀中医院合并；2008 年，政府规划了东港新院址；2009 年正式动工；2013 年搬迁投入使用；如今已是新院址投入使用的第 6 个年头。

这里要感谢政府的大力支持，尤其在东港新院的建设上不遗余力。我在东港的发展规划图上挑选了现在的这个位置。2013 年医院刚搬到东港时，我们是方圆两公里的“拓荒者”。坐公交车上班，我们经常能听见老百姓的抱怨声：“搬得那么远，看病不方便。”

但随着时间的推移，老百姓逐渐理解我们建新院址的初心：希望给老百姓更好的就医环境、更先进的技术设备和更充裕的病床。新院址总建筑面积 90184 平方米，投资 4.5 亿元。

两家医院强强联合后，中西医齐头并进、优势互补，目前，已经成为普陀区规模最大、设施最全、技术力量最为雄厚的一家集医、教、研于一体的三级乙等综合性医院。

续写新篇章，开启新征程

2016 年，一封来自大洋彼岸的邮件让我们医院每一位人员都兴奋不已——国际医疗机构联合委员会芝加哥总部公布，我们医院以高分通过 JCI（国际医院）认证，率先成为舟山市通过 JCI 认证的医疗机构。

JCI 认证代表着当今国际医院管理和服务的最高水平，也是世界卫生组织认可的认证模式。想要获得认证，必须符合 287 条标准、1146 条衡量要素，并经过严格的初评、正审以及每三年一次的复评。

我之前也未曾想过，我们医院通过 JCI 认证，能为舟山的发展出一份力。波音公司落户舟山，需要周边医疗体系经过 JCI 认证，当时波音公司的工作人员在我们医院考察了许久。

2017 年，我们医院迎来了建院 100 周年华诞。2018 年对我们普陀医院来说，将是一个新的开始。建院 101 年，我们将续写新的篇章，砥砺前行。

桃李芬芳一世情

□ 汤晓耕口述

人物简介

汤晓耕，普陀人，语文名师，1963 年毕业于杭州大学（现浙江大学西溪校区）中文系。先后在舟山中学、普陀教师进修学校、普陀师范学校任教，为教育事业奉献了一生。

磨　炼

1956 年秋天，我考入舟山中学高中部。初进校门，内心相当震撼，偌大的校园有田径场、球场，体育器材一应俱全，实验设备应有尽有……我仿佛找到了汲取营养的金色池塘，把所有课余时间放在了阅览室。高一暑假，我学着写了小说《担水》，在全校征文比赛中荣获一等奖，这大大激励了我对文学的兴趣。

1958 年，同学们投身于农村劳动和“大炼钢铁”运动中。春耕，我们下乡插秧，赶牛耕田；秋收，我们用稚嫩的双肩挑起 100 多公斤的番薯；为了多抢积肥料，我们晚上在学校厕所掏粪，借用大马车连夜运往蚂蟥山；我们还为万吨级煤船卸煤卸水泥，并把水泥从码头挑到学校。

为了完成炼钢任务，我曾代表学校出差采购。有一次，我单独去普陀山后山采购石英砂，那时去普陀山得坐木航船，然后步行到后山矿场。不巧的是在半路遇上了滂沱雷雨，周围没有一个人，茫茫然一片雨雾。这时，我真正感到什么叫作孤独。

这段经历极大地磨炼了我的意志。打那以后，我不再害怕任何艰难困苦。

离高考还有两个月时，一个当飞行员的机会放在我面前。经过几轮体检，舟山只剩下我一个没被刷，同学们纷纷祝贺我，“有戏!”我带着学生证前往宁波体检，通过后又赶到省会杭州。没想到体检中心的医生说我的眼睛有先天性毛病，长时间远距离专注一个点，会出现飞蚊状小黑点。尽管检查时我没这感觉，但医生还是给我写下鉴定。我一下子清醒，知道飞行梦到此结束。

此时，离高考只剩下最后一个月。我别无选择，捡起课本重新复习，结果未能如愿进入复旦新闻系，被杭州大学中文系录取。

转 身

1963 年 7 月，我从杭州大学中文系毕业，被分配到了家乡舟山。高中母校指名要我，我回到了原点，华丽转身，由学生变成老师。

李村农校长对我的到来表示欢迎，用山东味普通话对我作了一番鼓励。这是我第一次见到李校长，倍感亲切。

教导处谢之勃主任交代我：“你开学后接任 1964 届初三年级两个班的语文，先熟悉全册教材。”一听这话，我微微冒汗。作为教育门外汉，初来乍到，无从下手。

谢老师指点我：“首先，快速通读教材；其次，初步熟悉初中语文教材教法；第三，广泛汲取他人长处，兼收并蓄，取长补短。”我如醍醐灌顶。

开学后没几天，语文教研组组长尤伯翔老师来听课。这是舟中的传统，领导听课不打招呼。课后我主动征求意见，尤老师为我做了鞭辟入里的分析，同时对我表示肯定：“你基本功扎实，仪表出众，讲课生动，富有激情，前景看好。”

一个月后，我走进教室，发现李村农校长端坐在教室后面，我既兴奋又紧张。

课后，李校长只说了两句话就离去，第一句是“你的课很好听，还要努力”，第二句是“以后我还来听”。他没有食言，经常来我班听课，并给了我许多指导。

在这么多领导和前辈的呵护下，我废寝忘食地投身于工作。

歉 意

某天，我们班来了一位不速之客，她是地区教育局局长沈慧，未经招呼就来听我的课，一听就是整整一个月。

沈局长准时在上课前到达，下课按时离开，从不间断，也从不与我交谈。

一个月后，校长室秘书、俄语教师尤郁芬突然来通知我说，沈局长找你，请马上去校长办公室。

当时已近中午下班时间，我正在处理学生的一则证明材料，学生急于要取走，拿回乡下家里急用。

不久，尤老师第二次来催。当我办妥跑去校长室时，沈局长已经离开校长室回教育局了。

从我接到通知到跑去见沈局长，间隔了大约 15 分钟，我负疚万分。如果沈局长仍然健在，请接受我迟到 50 年的道歉："沈局长，我失礼了！"

动 力

第二年，我接任 1967 届初一（3）班班主任，很快确立了班主任工作的主导思想：恩威并重，一视同仁，培养正气，侧重文体。1964 年年底，我们班排了两个节目。一个是《圣诞老人来我班》，上世纪 60 年代，这类表演形式极为罕见，节目博得观众满堂彩。另一个节目是独幕话剧《你我之间》，通过发生在同学们身边的日常故事，表现班集体观念，深受好评。丰富的文体活动感染了同学们，班级发生了潜移默化的变化。无论是学习成绩，还是下乡劳动，均表现不俗。

教育好孩子，建设好班集体，离不开家长配合。因为个性关系，我喜欢去工农子弟家里家访，没想到当领导干部的家长主动来校找我，而且大部分是夫妻双双一起来，其中包括海军司令员马龙夫妇，岱山守备区司令员、著名战斗英雄张明夫妇。他们的热情主动、平易近人，给了我做好班主任的巨大动力。

当时电影《年青的一代》热映，舟山也要排同名话剧，剧组要舟中推荐演员，语文教研组把我推荐上去。就这样，我走进了《年青的一代》剧组。我们利用业余时间投入排演，元旦前彩排结束，公演时在教育界引起一场不小的轰动。

锤 炼

1972 年春，学校领导突然通知我和郑家驹老师为全舟山地区中学教师各上一堂公开课。我的课文是初三诗歌《车向湘西》，郑家驹的是高中小说《马蹄得得》。两堂课都是上山下乡教材，前者是对支边支农学生热火朝天般热情的歌唱，后者是对上山下乡学生战天斗地行为的赞颂。

在荒废教学六七年之后，教师们是多么渴望能听到一堂示范性的教学课！公开课取得成功，听课者多达四五百人，反响强烈。

那一年秋季，学校指定我担任语文教研组组长，我又一次得到锤炼。与此同时，我还被抽调担任了两届全地区高中教师师训班的教学任务。

幸　运

作为一名教师，最欣慰的莫过于看到学生成为栋梁。特别是 67 届（3）班同学，虽然在那个动荡年代逃脱不了各奔东西的命运，有的插队，有的参军，有的务农，但同学间感情深厚，凝聚力强。夏阿国同学后来成为舟山市市长，杜烈芬、金亚珍成为优秀企业家，康健、马建舰、张清明等进入军营当了干部，其余同学也各有出息。

自上世纪 90 年代始，班里一直聚会不断，只要一声令下，天南海北的同学相聚一堂。现在建起了微信群，非常热闹，无话不谈。

1976 年秋，为了照顾年迈的双亲，我调往故乡沈家门，在参加完毛主席追悼大会后的第二天，难分难舍地离别舟山中学。

回到普陀后，我先后进入普陀教师进修学校、普陀师范学校任教。学生跟我说："汤老师，我们很爱听您的课，一点都不枯燥。"为什么能把语文课讲好？我觉得是舟山中学培养了我，那里有取之不尽的知识、技能和本领，特别是各位老师的"绝活"，让我受益终身。

教育是一个日积月累的事业，我能成为这条战线上的一员，深感幸运。

从 19 岁起，见证舟山体育的发展变迁

浙江第一个乒乓球国家级荣誉裁判

□ 赵明昌口述

人物简介

赵明昌，舟山市乒乓球协会副主席兼秘书长，舟山市足球协会顾问。他是浙江省第一位乒乓球国家级荣誉裁判，从 19 岁当裁判起，75 岁高龄的他依然活跃在裁判席上。就在前几天，他还收到了来自浙江省乒乓球协会的荣誉证书，表彰他为浙江省 2017 年度优秀裁判。从少年到迟暮，他见证了舟山乒乓球的发展，也见证了舟山全民运动的崛起。

少年裁判

上世纪 40 年代，我还是小小孩，海岛的体育氛围还不浓厚。我们打乒乓球，多是用门板支起的球桌，少有乒乓球台，球拍也都是自己用木板做的。

姐夫从上海给我带来的胶皮乒乓板，让我爱不释手。

舟山解放后，体育氛围明显增强。

我毕业的 1962 年，舟山专区设立后第一次派出自己的代表团参加省里面的体育赛事，我也接到了去省里当裁判的通知。

那年我 19 岁，是所有裁判里年纪最小的一个。

接到这个通知，我并不意外。在普陀中学读书时，我就是体育爱好者，在学校当过篮球比赛、乒乓球比赛的裁判，也经常被叫去市里当裁判。当时省里在每个地市挑选裁判，舟山推荐了我和舟山中学的一位老师。

现在的赛事，下午比赛，裁判上午到场就行。当时裁判要比运动员提前 3 天到省里报到，因为要辅导培训。

清晨 5 时半，我从沈家门出发，乘船到定海，再到宁波，之后坐火车到杭州，天都黑了。这是我第一次走出舟山。

在省大型赛事上当裁判，给了我很多学习的机会。

以前在舟山当裁判，多是报报分，但省级比赛有一套系统的流程，我光是对着镜子练习举拳头就练了很久。

因为好学，加上反应快，我很快得到了裁判长的赏识，之后每年省里的比赛，他都叫我去当裁判。值得一提的是，舟山专区设立后第一次参加省比赛，乒乓球男子团体赛竟然击败了宁波、嘉兴，捧回了第二名的奖杯。

进入体委

这次裁判经历对我的提升非常大，我去的时候是三级裁判，回来后就升级成二级裁判。

1963 年，我被分配到了普陀体委。之前普陀体委就一个人，我去了，办公室有了两个人。这也从侧面反映出舟山当时的体育力量是比较薄弱的，不仅体育工作者少，体育项目也少。1962 年参加省比赛的项目中，仅乒乓球有男、女队，篮球、排球都只有男子队伍。

进入体委工作后，我主要负责组织赛事，如篮球比赛、乒乓球比赛、一年一次的中小学生田径比赛，那时候连足球比赛都没有。

同时，我每年还担任省级赛事的裁判。

1965 年，杭州要举办一个全国性的体育赛事，来的裁判、工作人员都是国家级高手。省里安排我和另外两人进入编排组。一个大型比赛的初期工作，就是做好编排，几日几时几分，什么队和什么队比赛，都要提前安排好，特别是像乒乓球这类项目多的比赛。

浙江省当时并没有拔尖的编排人才，所以我们被当作重点苗子培养。那次赛事后，省里的大型比赛就算不是我编排的，工作人员也会让我看一看。

培训规范

在那个动荡的岁月里，浙江乃至全国的体育发展都是暂时停滞的。

1973 年，一场国家级的比赛放到了杭州，省里让我这个“老裁判”过去。

我个人感觉，体育赛事彻底纳入正轨是在 1978 年。

同年，第一次全国乒乓球裁判员培训班开班。省里派 3 个人去学习，一位是浙江大学的老师，一位是省里的老裁判，还有一位就是我。

我这人学得快，学到什么就忍不住回来实施。

培训结束回到舟山后，我马上在市里推动了二级裁判的培训。之前舟山裁判员不多，经过这次培训，不仅人数增加，也更规范了。

我一直认为，当裁判，除了爱好与努力，还要再加点天赋。胆子不大，哨子都吹不响，那还怎么当裁判？

成立协会

改革开放以来，舟山体育比赛多了，随着体育工作的发展，体委的工作人员也慢慢增多。1989 年，我被调往市体委工作。

上世纪 90 年代可以说是舟山体育发展的一个新阶段，各个协会都在这个时期如雨后春笋般成立。光我参与过的就有老年体协、桥牌协会、羽毛球协会、足球协会、体育摄影协会等等，其中乒乓球协会和足球协会是比较早成立起来的一批。

舟山市乒乓球协会是 1995 年成立的，我担任秘书长。从成立之初的 20 多人，发展到现在几百人，一路走过来十分不容易。光协会地点就从别人公司的会议室，换到海山小学、海滨小学、定海二中等，搬家次数多得数不过来。

引进赛事

舟山市乒乓球协会成立的第二年，我们马上举办了一项大赛事——全国少年乒乓球比赛，这是舟山第一次承办如此大型的乒乓球比赛。为了接下这个比赛，我跑了不知道多少地方，一点点讨钱要赞助，最后筹齐了 10 多万元的赞助。

如果说 1996 年的全国少年乒乓球比赛还是小试牛刀，那么 2002 年的全国甲A比赛水准就相当高了，来参赛的都是专业运动员，多个省队都来舟山参赛。

当时舟山中学和南海学校的体育馆都刚建成不久，我借了这两个地方组织比赛。

这次比赛非常成功，舟山还因此被评为优秀赛区。

之后我们接了很多全国性赛事，比如全国甲 D 比赛、中国乒乓球协会会员联赛等。比赛期间，来自全国的乒乓球高手汇聚舟山，其中还有不少是外国友人。

为什么要把这些大型赛事引进舟山？对乒乓球爱好者来说，这是一种见识，亲眼看专业选手打球和日常自己切磋是完全不一样的。这些赛事的举办，不仅可以扩大舟山的知名度，也增强了全民运动的氛围。

优秀裁判

我是浙江省第一个乒乓球国家级荣誉裁判。

现在省里的比赛，我依然在参加，只不过现在当总裁。如此，还拿到了省乒乓球协会颁给我的 2017 年度优秀裁判证书。

现在省里有不少裁判，还是我作为主考官考出证书的呢!

舟山体育的发展，也随着城市经济的发展日新月异，从当年的单一赛事，向全面化、群众性体育发展。其中，我们乒乓球协会也在承担自己的社会职能。

现在，我们在老年大学那边租借了一块场地，分时段免费向老年人开放，让老年人也能更好地强身健体。

“我们是法援律师，免费，真的是免费”

□ 徐爱华口述

人物简介

徐爱华，舟山市司法局副调研员，法律援助律师。曾先后获得“全国三八红旗手”“全国政法系统优秀党员干警”“全国法律援助先进个人”“浙江省优秀共产党员”“浙江省劳动模范”“浙江省首届三八红旗手标兵”等荣誉，荣立个人二等功一次，蝉联三届全省司法行政系统“十大最具影响力人物”。2003 年以来，她共办理各类法律援助案件 1076 件，挽回经济损失 2800 余万元。

念中文，律师梦

我在大学读的是中文专业，但心里一直有个律师梦。

1988 年，我如愿以偿进入律师事务所工作。当时律师的社会地位有点下降，愿意从事这个行业的人不多。

我当时的想法特别简单，就是想捍卫公平、正义，为这个社会做点什么。

1992 年，我考出律师证书，成为一名真正的律师。

同事们都是从学校刚毕业的年轻人，对这份工作充满激情。我们很团结，也很敬业。那时候的案子没像现在这么多、这么杂，老百姓打官司的理念也没像现在这么强。

我记得有一位台湾人娶了个舟山老婆，结果他婚后 3 个月就去世了，留下 8000 元。

这个钱该归谁？村里给了他老婆 500 元，她觉得不合情理，坐车从很偏远的海岛渔村跑来定海咨询。我告诉她，她丈夫上无老下无小，按照法律规定，应该全部归她。

她决定打这个官司，最后打赢了。

这个案子给我的感触很深，一个农村妇女，能够在这个时候相信法律，维护自己的权益，在当时很不容易。

懂法律，会办案

1999年，舟山市法律援助中心（以下简称法援中心）挂牌成立。说白了，这里就是免费帮助贫穷的弱势群体通过法律途径维权的。我自小同情弱者，因为父母的祖辈都是农村的，对于弱势群体，我希望为他们做些什么。

2003年，法援中心需要一个懂法律、会办案的人。我当时在舟山市苍海律师事务所当主任，既然这地方要人，而领导又比较信任我，我很自然地就来了。

作为市属法律援助中心，别的地市主要搞管理，而我们是直接办案子的。我来了以后，就是帮弱势群体打官司，接了一个又一个案子。很多人不相信我们真的能免费为他们打官司，所以我常常挂在嘴边的一句话是："我们是法援律师，免费，真的是免费。"

找我们打官司的大多是出了工伤事故的外地人，办完全权委托代理后，我一般让他们回去，因为在舟山待着，一日三餐、住旅馆都要钱，对本来就缺钱的他们来讲，又多了笔支出。

多年律师做下来，我的感受是，为弱势群体争取到钱，比自己拿到钱还高兴。这句话你不会理解，我的同事也不相信。但有一次，他帮人家打赢官司把钱拿来，开心地跟我说："你这话一点都没错，真的比自己拿钱还高兴！"因为我们没像农民工那么缺钱，他们摔伤了，致残了，这钱拿来真的是救命啊！

没有杆的锦旗

做了15年法援律师，经手过上千个案子，其中有一个让我印象颇深。

有一位来自湖北的打工者吴永明，因为家境贫困来到舟山一采石场打工，结果才来20多天，就在一起铲车翻车事故中受伤，被舟山医院诊断为脑震荡、身体多处挫伤，就此拄上双拐。住院治疗结束后，他拿着老板给的1万多元补偿款，回老家去了。

吴永明之前在家乡也欠了债，债主看他拄着双拐回来，怕借出去的钱打水漂，天天上门来要钱。吴永明没有能力还债，只好返回舟山，在好心人的指点下来到我们法援中心。当时是我接待的，他话不多，低着头，很淳朴。

办完全权委托手续后我就让他回去，因为待在舟山要花钱。他跟老家的人说，舟山有个律师在帮他免费打官司。人家笑他，天下哪有这么好的事，你被骗了。后来我帮他做了工伤认定和伤残鉴定，又申请了劳动争议仲裁，为他争取到工伤保险长期待遇、停工留薪期间工资等共计 18 万余元。

然后我给他打电话，说 18 万元好拿了，你去做张银行卡，我把钱打过来。吴永明不信，连夜搭了辆货车来舟山。确认把钱打到他卡上的时候，他说："徐律师，你救了我和我们一家。"回去后，他给我寄来一面锦旗，这是我收到的锦旗中唯一一面没有杆的，因为便于邮寄。

来舟山打工，放心

当时采石场的老板还特意来找过我，希望我高抬贵手，毕竟我们都是舟山人。我跟他说，人家外地来打工的不容易，现在还致残了，该赔的钱还是要赔。他作恍然大悟状："我知道了，这个人跟你们局长有亲戚关系，否则你不会这么卖力。"

我跟他说："吴永明是湖北的，我们局长是山东的，哪儿跟哪儿啊？说实话，我跟他只有一面之缘，要是现在他站我面前，我还不一定认得出来。"

等官司打完，采石场老板终于相信，我跟吴永明素不相识。他把钱拿来后说，我要交你这个朋友，因为他通过这个官司相信，这世界上确实有人会捍卫公平正义。

我跟吴永明素不相识，只有几面之交，但有能力帮他在人生关键时刻做点事情，我很欣慰。这个官司之后，吴永明所在的那个少数民族村都传开了，"来舟山打工，放心"。

有些事情你不去做，就不会有这么多感动。我也是做了法援律师后相信，一个人有机会深入到弱势群体当中，发现自己原来有力量去帮助他们，这是一种心灵的洗礼。

从敌意到敬重

尽管办案时也会受到一些威胁恐吓，但我不怕，我相信这世上还是有公平正义的。

曾经有一个案子，打工者出了工伤事故，因为没订合同，老板不承认劳动关系，直接就说不认识，一分不赔。为了证明他们的劳动关系，我跑宁波调查，去了好几趟，终于把证据拿到手。对方也很敬佩我，甚至说，下次要是徐爱华来了，直接赔给她。

不是所有老板都是黑心无良，大多数还是有道德的。只要他们发现你办案的时候确实没有一点私心，为了一个素不相识的人尽心尽力，竟然还不要钱，不管当初是怎么对你抱有敌意，最后还是敬重你。

调解的基础是双方都要信任法律。前段时间我处理了一个工伤案件，48小时调解好了。其实这家企业挺讲道德的，但遇上这种工伤事故也怕伤者会漫天要价，这时候就需要有个懂法律的专业人士让双方都相信，什么样的赔偿数额是合理的。最后调解下来，除医药费外再赔偿50万元，双方都表示接受。

尽心尽力，问心无愧

从2003年到2018年，我在法援中心一共办了1076个案子，挽回经济损失2800多万元。

从事法律工作30年来，舟山的律师行业、法治环境、老百姓的维权意识都发生了很大的变化。而我几十年如一日，就是为弱势群体打官司。

前不久开大学同学会的时候，我就讲："我这辈子，就是在为农民工打官司。我觉得挺自豪的，能在他们人生最关键的时候，引导他们用法律维权。"

有时候我也深受感动，在法院、公安等部门办案会碰到很多同行，他们知道我打官司没有利益，非常配合，我能感受到大家对弱势群体的那种善意。

我一直坚信，这个社会有很多人是讲法律、讲道德、有良心的，所以，我们是能做好的。

2018年，我退休了。这些年得到了很多荣誉，其实没有这么高大上，我这人比较随缘，既然命运把我推到这个平台，就认真做好这份工作。等有一天老了，回过头来看看自己办过的案子，我可以说问心无愧，因为对每一个案子，都曾尽心尽力。

3 秒钟冷冻一只虾，缔造“低温神话”

□ 高华明口述

人物简介

高华明，舟山德升海洋生物工程研究所董事长、所长，浙江省优秀发明企业家。他研发的“MJX-50 脉冲惊虾仪”曾获全国重大科技精品奖、第 44 届比利时布鲁塞尔尤利卡世界发明金奖。

随着时代变迁和渔业资源衰退，保护海洋资源成为社会共识，在惊虾仪被列为禁用渔具后，高华明把研究方向从传统渔业转向现代渔业，用科学技术引导水产品精深加工。他研发的“超导超低温单体速冻技术”被列入省科技厅重大科技攻关计划项目和国家高科技研究发展计划项目，荣获第四届国家科学技术最佳成果进步奖二等奖和第四届国家专利技术优秀发明一等奖。

专业充电

我之前在普陀农机厂工作，农机厂是一个技术力量比较强的单位，我刚踏上工作岗位，做的就是和技术相关的工作。

1977 年，我考上了大学，但为了厂里的新设备调试，我选择了另外一条路：先上 3 年电大，再前往浙江大学完成后续的两年进修，所以我读了 5 年大学。

我很享受读书的过程，这是一个专业充电的过程。

在浙江大学完成学业以后，我回到了舟山，后来担任市电子协会副主席、普陀区电子协会主席等职务。

当时普陀区工业局有一个项目，是前往清华大学参加跟踪研究，研究内容和汽车相关。

1985年，桑塔纳从德国引进过来，我们发现它的汽车和我们以前的汽车不一样，以前所有的汽车都有汽化器，偏偏桑塔纳用的是一个很小的通电陶瓷。而我被派往清华大学就是参与通电陶瓷的研究，当时希望将这项技术引进舟山。

可惜的是，我们舟山没有拿到这个项目，但是这段时间，也成了我难得的充电期。

我一边做实验一边在清华大学材料系跟着老师学习生物材料，也经常跑中科院和专家们一起研究高能加速器冷却的自控系统。

1986年，我被评为工程师，当时电子自控方面的年轻工程师还是比较少的。

转变方向

科技是为社会服务的，上世纪90年代的舟山人，依然靠海吃海，渔民占有很大比例，他们的生存空间就是我们关注的方向。

1989年，我去市委党校工作，办起一家校办厂，希望为舟山经济发展做技术力量方面的支撑。脉冲惊虾仪就是那时候发明的，1990年开始研制，1993年成功投产。

当时渔业资源已经出现衰退，渔民们开始从捕鱼转向捕虾，但是捕虾技术并不成熟，究其原因，和虾的生活习惯相关。

虾作为鱼的饵料，有自己的生存方式，它们昼伏夜出，白天钻在泥底下，只有到晚上或者水浑浊的时候才出来。以前渔民用沉重的石柱甚至铁链去捕虾，就像耕田一样，把泥沙和虾一起挖起来，不仅破坏了生态环境，而且捕上来的虾很多已经被压死了。

我们经过研究，找到一种专吃虾的鱼，名叫虎鱼。这种鱼嘴巴长在肚子底下，平常就像扫地机一样贴着泥沙游走，发出一种能“召唤”虾的电脉冲信号，以此来吸引虾从泥底下钻出来。我们模拟这种脉冲波，研制出了脉冲惊虾仪，投入使用后，一个航次能提高5到10倍的产量。

虽然舟山渔场的渔业资源已经出现衰退，但大多数渔民以及市民都没有意识到渔业资源也是有限的，大家觉得，海里的鱼多得是，哪会捕完。所以，脉冲惊虾仪的出现，在那个年代被当作“科技力量推动渔业发展”的典型来宣传。

这项发明也获得了不少大奖，甚至拿到了全国重大科技精品奖以及第44届比利时布鲁塞尔尤利卡世界发明金奖。为了保护生态平衡，我们又对脉冲波进行了调整，只“叫醒”大虾，让小虾继续“安睡”，做到“捕大留小”。

不过惊虾仪的“杀伤力”实在太厉害了，经过几年的推广运用，大家忽然发现，大海里不管是鱼还是虾，都是会捕完的，到时候追悔莫及。保护渔业资源的意识开始觉醒，东海的电脉冲捕捞被叫停，而惊虾仪因为对虾类资源杀伤比较大，被国家规定为禁用渔具。

如今，经过多年的伏季休渔以及大规模增殖放流，东海的渔业资源已经有所恢复，大量消费渔业资源的日子一去不复返了。我也把研究方向从传统渔业转向现代渔业，用科技的力量引导水产品精深加工，减少浪费现象。

低温神话

到了千禧年，因为一个契机，我开始研究超导超低温单体速冻技术。

当时由于国家的一个奶牛基地需要引进种牛，但因为欧洲口蹄疫的爆发，禁止引进活体，于是考虑引进胚胎。

胚胎引进也面临一个技术难题，就是如何有效冻结胚胎，让胚胎能适应长途运输。想要对胚胎进行快速冷冻不出现龟裂，必须找到一种对生物没有危害又可以作为缓冲剂的中间体，以提高胚胎的存活率。当时有报道称，美国已经在鱼类当中发现了这种抗冻蛋白。

舟山靠海，有许多鱼类加工厂，从鱼类中提炼抗冻蛋白这个课题交到了我的手上。我也不负所望，很快完成了任务。

项目完成后我看到了这项技术的可贵性，决定继续研究。鱼类中的抗冻蛋白有限，我又从低温孢子菌中找到了大规模生产的可能。

既然这项技术“取之于鱼”，那便“用之于鱼”。我们把超导低温单体冻结技术运用到了冻鱼上。

一台超导超低温速冻机能在液态下将温度降到零下 60 摄氏度，每小时能速冻 1 吨水产品，解冻后鱼虾蟹质量接近新鲜产品。

一天可以装运一只集装箱柜，如果水产品按每吨 4 万元计算，一天产值可达 80 万元。

更直观的对比是，以前七八个小时才能冻好一条鱼，现在几秒钟就可以了，经过试验，一只虾最快仅需要 3 秒钟就可以冷冻。

上海一些企业现在还在用这项技术冷冻虾类，出口国外。后来，这项技术还被用于大黄鱼精液低温保存，存活率达到 60%左右，同时也被用于器官冷冻等。

新的挑战

2004 年，我承接了一个课题任务——金枪鱼船的超低温技术装备研究，研究成功，将填补我国在这方面的空白。

这个课题源于我国加入 WTO 后，争取到了大洋金枪鱼的捕捞配额。虽然争取到了配额，但是我们却没有船、没有设备。金枪鱼是一种比较“难伺候”的鱼，捕捞上来后必须立即在船上进行超低温冻结。日本和德国这项技术比较先进，我们要做，就得自己重新研究。

研究中，我在金枪鱼身上发现了一种细胞生长因子，可以促进人类的新陈代谢，也就是我们研究所提炼的金枪鱼蛋白肽，它在提高人体免疫力方面具有比较大的作用，预计 2018 年可以出进一步的成果。

除了这个，我现在主要从事的是 SOD 的研究。

SOD 被誉为人体细胞的除锈剂，这是上世纪 30 年代德国人发现的，虽然这些年 SOD 的研究发展经历了一系列的阻碍，但一直没有停滞。

2005 年，一起做科研的朋友和我说，我的专业领域和这方面相关，可以尝试 SOD 方面的技术攻坚，于是我开始从微生物中提取耐高温 SOD 的研究。

之前 SOD 研究的瓶颈在于从植物中提取后，无法做到有效杀菌，我选择运用生物电子学技术，采取靶向杀菌技术，就像打枪瞄准一样，专杀坏的菌，而不是一个手榴弹下去，好的坏的菌全部杀死。

目前我们已经将金枪鱼蛋白肽和 SOD 进行结合，研制了相关产品，可以提高人的生命质量，相关临床实验已经进行到了第 3 期，可能会达到意想不到的效果。

做科研的人就是一直在做科研，即使退休了也不会止步。

大猫岛上有位“赤脚医生”为百姓健康奉献了一生

□ 李光鲁口述

人物简介

李光鲁，1955年出生，定海环南街道大猫岛驻岛医生，自17岁成为大猫岛的赤脚医生以来，守护一方百姓健康至今。

因为平淡但不平凡的事迹，他获得了多项荣誉：省“五一劳动奖章”、省“优秀责任医生”、市劳动模范等。

大猫岛往返定海的船班，一天4趟，最早一班清晨5点从大猫岛小南岙出发，依次停靠大猫岛的其他3个码头，最后到达定海。

小岛上的人醒得早，这个季节正是岛上好吃的马铃薯上市的季节，老人们挑着马铃薯去定海赶早市卖。

记者坐早上9点从定海到大猫岛的船班出发，和船员说去岛上找一位医生，他说：“你找阿鲁啊，第三个码头下，医疗站就在社区对面。”

随着小岛迁、大岛建，曾经有2000多名常住人口的大猫岛，现在只剩下300名左右，而且绝大多数是老人。

他们需要一道基础医疗屏障，而李光鲁对岛上的老人来说，就是保护神一样的存在。

李光鲁说，这个岛上的百姓，不是他的亲人，但胜似亲人。

赤脚医生

上世纪60年代，大猫岛有家医院，就建在梅湾，医院有两个医生，有一个据说还是作家三毛的亲戚呢！

大猫岛挺大，去不同村子得爬山，我们所在的庵基港没有医院，属于医疗盲点。

1971 年，为了响应全国“合作医疗一片红”的号召，每个行政村都要建立一个合作医疗站。我的文化程度在村里还算可以，再加上踏实肯学，村里推荐我去舟山卫校学习医疗知识。7 个月的学习，针灸、草药、内科、外科、妇科、儿科等科目我们学了个遍。我一边学习，一边在舟山医院实习。

1972 年春，位于庵基港的“先锋大队合作医疗站”正式对外开放。

因为我参加过专业培训，所以医疗站把我当主力，还配了两个人帮我一起摘草药、晒草药。17 岁，我成了一名赤脚医生。

岛上的老百姓，一般的伤风感冒能忍就忍，只有得了腮腺炎、麻疹等传染病，熬不过去才会来看医生，所以来看病的人寥寥无几。

我这人性格还算稳重，刚开始接诊也没有吃慌。有一位开采石头的村民，被铁锄敲击胸口，一下子呼吸困难，他的朋友吓坏了，把他送来就医。我看他肋骨骨折不严重，而且没有出血，马上给他做了人工呼吸，很快，他就缓过来了。

以院为家

上世纪 80 年代初，“合作医疗一片红”工作结束，“先锋大队合作医疗站”和其他行政村的医疗站都撤销了。

这段时间，我种过田、做过木匠，但是老百姓有什么病痛还是习惯来问我，我会给他们建议，该配什么药，遇到紧急情况还会一路陪他们去梅湾就医。

当时位于梅湾的大猫岛医院还有 4 位医生，后来因为大猫岛地处偏僻，留不住医生，乡里决定培养本地人。

1991 年，乡领导把我叫回去，让我继续当医生。

自从进了梅湾的医院，我白天在这儿工作，晚上就住在这儿。领导和我说：“以院为家，辛苦你了。”

2001 年前后，大猫才开始修路，在此之前，我出诊大多得爬山。

当地老百姓的自我保护意识不强，病从口入，大半夜突发急性肠胃炎是常有的事儿，不管落雨刮风，我都得赶去。

急性肠胃炎的病人必须挂盐水，我一直陪他们挂完。

有一次，病人挂完盐水已经半夜一两点了，我回来的路上，一只獐飞快地从我眼前蹿过去，吓得我半个魂都没有了。

没电话的时候，都是病人家属来医院叫，我过去的时候还有个伴。后来有了电话，我得一个人壮着胆，半夜翻山头。

不过能爬山，说明路还算近的，那种路远的，连翻山抄近路的机会都没有。

一个人的医疗站

上世纪末，大猫并入定海环南街道。之后的10来年，是我最辛苦的时候。小岛迁，大岛建，岛上的年轻人都走得差不多了，医院变成了医疗站，整个站就剩我一个人。来就诊的病人不多，加上来买药的，一天也就10来个人。一个人孤独倒不怕，就怕有危重病人，我没有帮手，甚至连个商量的人都没有。

有一天晚上9点多，我接到一个电话，庵基港有人脑血管破裂，一下子就不省人事。电话这头的我，一听情况这么严重，说实话内心也有点担心的。

赶到的时候，病人瞳孔缩小，呼吸微弱，好在血压还算正常。我连忙用了急救药，病人慢慢恢复。等情况稍稳定一些，我们赶紧叫船连夜把他送到舟山医院就医，经过诊断，竟然是血管瘤。

除了岛上老百姓的电话，我最熟悉的是开小船的船员电话，一年里面总有那么几次，得让他们紧急送病人去本岛大医院。

虽然医院病人少，但一旦忙起来，我一个人分身乏术。常常遇到这样的情况，医疗站病人盐水还没有挂完，那边又有人让我赶去出诊。

有一年流行性感冒爆发，我一整天都在外面跑。这里的病人大多比我年纪大，我不跑过去，难道让他们感冒发烧还跑到医疗站来?

那些年，也有遗憾的事情。因为小岛的闭塞，也因为这儿缺少年轻人，很少接触新事物，我觉得自己越来越笨了。

第一道“保护屏”

这些年，我们大猫岛的医疗环境不一样了，新的年轻医疗人员不断加入。大概是2016年吧，我们还安装了远程网络医疗，只要打开电脑和摄像头，我们就可以和舟山医院的专家面对面。遇上我们吃不消的病例，可以直接向专家讨教。上次有一位关节痛的病人，通过远程网络医疗，直接和舟山医院的骨科专家“面对面”。

我们虽然没有什么先进设备，但是岛上老百姓求医问药的第一道“保护屏”，有我们在，老百姓发生一些紧急情况就可以采取措施，为下一步抢救争取时间。

我刚来梅湾没多久，一位中年妇女割稻时感觉不舒服，刚走进医院，整个人就不行了。我用了急救药，并打电话给舟山医院的专家，请他们赶紧包船过来。

后来舟山医院的专家告诉我，这位病人心脏三道阻塞，说句不好听的，在那种情况下，人什么时候走都不知道。好在我们的急救措施及时，为后续送医争取了时间，把她从鬼门关拉了回来。后来这位病人在舟山医院安装了心脏起搏器，健康地活着。

现在，岛上多老年人，我们以治疗常见病为主，比如高血压、糖尿病、气管炎、感冒等。

我 2015 年就退休了，现在被返聘继续在这儿当医生。我喜欢这份职业，因为感觉自己还被老百姓需要。

她把大批优秀渔农民子弟送上国际航运舞台

□ 刘静波口述

人物简介

航运业是男人的世界，女士非常少。然而少，并不代表无法跟男人比肩。在中国大陆的行业圈子里，有两位女士做得比较出色，刘静波是其中一位。

1956 年出生的刘静波，是舟山东方船员服务有限公司董事长。她一直致力于解决我市渔农民子弟就业问题，输送大批优秀渔农民子弟到境外航运公司，为打造舟山海员培养基地作出了贡献。

改变传统

上世纪 80 年代，我调入舟山轮船公司工作。那个年代，去香港当海员是一件很风光的事情。公司有个“传统”，把“外派去香港”当作扶贫帮困的一项政策，谁家有困难就把他派到香港去，增加收入，改善家境，但这样一来，海员素质没法得到保证。

我接手海员外派工作后发现这一问题，便和当时的领导提出，必须改变这种做法，因为国际海员对素质的要求非常高，如果不能保证外派海员队伍的素质，想拓展业务难上加难。领导非常支持：“这个思路很好，就照你自己的想法做。”

既然领导信任我，我就一改以前照顾困难户的做法，把海员队伍中素质最好的送到香港去，海员的素质提高了，业务量也慢慢上去了。1987 年，舟山东方国际经贸有限公司成立，经过 30 多年发展，每年外派的海员由当初的 10 多人增加到现在的 800 多人。

新生力量

1990 年，董建华先生第一次回舟山省亲，作为在国际航运界享有盛誉的“船王”，他很想为故乡做点什么。在参观了舟山水产学校后，他决定和市政府共同筹建舟山航海学校。

学校办起来后，董氏集团在人力、财力上给予很大支持，捐助了大量当时先进的航海教学仪器设备。而国际航运市场趋向也悄悄发生变化，国际船员人力资源从西欧、北美向远东转移，中国低廉的人力成本吸引了国际船东。

1994 年，舟山航海学校首届航海专业学生毕业。学校开展劳务外派时发现，国家规定没有外派机构出不去，得益于董建华先生和董氏集团的影响力，他们就找到我们公司，我们由此成为董氏集团在舟山的船员代理单位。当时董氏集团在大陆有 3 家船员代理公司，现在，舟山的代理公司是规模最大的一家。

很多航校毕业生是通过我们的代理被选派到国外去的，他们以“舟山海员”的品牌亮相，成为全球海运航线上的新生力量，公司也成为外派国际海员的“大本营”。

金色名片

从舟山航海学校毕业出去的船员参加国际海员适任证书考试，通过率很高，甚至高于航运界大专院校本科毕业生。2004 年，在又一次获得几乎“满堂红”的成绩后，董建华先生的胞弟董建成先生致函给我们：“欣悉舟山航校毕业生船员参加考试，成绩优异，尤胜大专毕业出身船员。这是全校师生共同努力的结果，为舟山赢得殊荣。”

当时读中专的这批学生，原本就是读高中、大学的料，他们选择航海学校是为了早点就业，因为多是农民、渔民的孩子，肯吃苦，学习很用功。而这个成绩的取得，表明董氏集团高层“造福桑梓、培养子弟、兴建航校”的战略决策是相当正确的。

董建成先生在信中赞赏了舟山航海学校和舟山东方国际经贸有限公司为培养国际海员所作出的努力，同时希望我们一如既往，“为舟山子弟树立一个务实而进取的风范，在国际航运界独树一帜”。

随着世界航运业的发展，舟山航海学校毕业生一年比一年抢手。我们公司也与香港东方海外、香港太古轮船公司、新加坡泰昌祥轮船公司、台湾台塑公司、招商轮船等建立了长期合作关系。舟山海员的优秀素质在国际知名船务公司中有口皆碑，成为国际航运圈的一张金色名片。

东方舟山

远洋轮船是流动的国土，而船名是流动的名片。香港董氏集团东方海外的船舶，一般以重要的国家名或者国际知名港口的城市命名，如东方美国、东方日本、东方中国等。

2003 年，我有个想法，要是有一艘“东方舟山”航行于世界各地，展示“渔都港城、海天佛国”的迷人魅力，对提升舟山形象肯定大有裨益。当时的市领导得知我的想法后说：“很好，你去努力。”

然而，谈何容易！当时还没有宁波舟山港，为了这事，我来往于香港和舟山之间，多方奔走斡旋。经过 3 年努力，东方海外的高层领导终于点头同意，这充分体现了境外船东对舟山的港口、海员资源等优势的青睐和希望。

2006 年 9 月 18 日，以舟山命名的香港东方海外货柜航运有限公司集装箱船——“东方舟山”号在老塘山港下水，配备的海员全部由舟山航海学校毕业的本土船员组成，这对扩大舟山在海外的知名度和影响力都具有重要意义。

技能比武

舟山现在是国际海员比武基地。首届全省大比武的时候，作为基地要拉出一支队伍来，我们公司派员参加。别的队伍从几万人里挑“千里马”，提前 3 个月训练备赛，而我们大部分船员在跑国际航线，把他们拉回来比赛不现实，只能在休假船员中挑选。好在我们这支队伍很精干，在全省得了冠军。

后来大比武升级为全国性赛事。比赛时我们船员提出来，用中文发布舵令不适应，因为平时习惯英文舵令，从中文转化为英文，慢了一拍。我找到总裁判要求：“既然跟国际接轨，必须要用英文。”总裁判觉得有道理，采纳了我们的建议。

最后，我们的队伍得了全国第四，前三都是央企，我觉得很不容易。比赛检验了我们这支队伍的优秀，同时说明舟山有培养国际海员的土壤。

做精做强

我们的船东在国际航运界都是有名望的，他们对船员相当爱护，口号是“人、人、人”，所以我一定要把最好的船员派出去。国际海员对素质能力的要求很高，香港太古轮船公司曾经找到我们，想招收一批船员，首先要求过语言关，否则连口试和面试也没法参加。如今，经我公司外派太古的舟山海员已达到 50 余人，更涌现出了两位舟山籍的船长、轮机长，这在英资太古公司实属不易。

舟山这样的船员很少，我们就全国范围去招。别的专业经过学习后才考雅思、托福，而做一个国际高级海员，还没进门就要求英语过六级，这是外界想不到的："你们海员队伍还有这么高素质的。"

我做公司的原则是：在做精、做强的基础上求发展。前两年，新加坡的一家公司慕名而来，问我："6 艘船的业务，接不接?"我说不行，只能一艘一艘地接。如果我是商人重利，肯定接，自己消化不掉可以转让。但这种事我做不来，因为无法保证质量。

这也是为什么别的代理公司短短几年就发展到几千人，而我做了 30 多年，公司船员还保持在 1000 人左右的原因。我只要好的，做金字塔的顶端，要是为图利润做滥了，航行安全就得不到保障。

一个摇篮

我们不但要对船东负责，还要对船员负责。

航运业有自己的规律和周期，低谷的时候，船员在船率低了，待派率高了。平常在船和待派船员的比例是 7∶3，但在航运界不景气的时候，会达到 6∶4，甚至到五五开，公司压力就大了。因为我们与船员都签了长期劳动合同，休假期间还是要为他们缴社保五金。

但看到我们的船员在升级成长，从实习生到三副、二副、大副直到船长，看他们回到岸上，进入海事局、引航站、船级社、修造船厂，成为这些单位的中坚力量，我很高兴。

过年过节公司会搞派对，船员在跑国际航线的，就把家属叫来，一起吃饭聊天，临走时我送他们米、油等，不能叫他们空手回去。去年太古轮船公司派员来审核，对于我们的流失率如此之低深感惊讶，他说你们公司像一个大家庭，很温馨。

现在，同龄人开始享受含饴弄孙之乐，但我还是放不下工作，有些重大事情还是在参与。几十年来，公司已经成为培养国际海员的一个摇篮。想到公司为舟山航运界培养了这么多人才，我感到由衷地欣慰。

飘扬在海岛的一面“团”旗
30 年前，他在渔山奏响青春舞曲

□ 林福堂口述

人物简介

林福堂，岱山人，1968 年出生。30 年前，担任渔山团委书记的他，带领团员青年抢修海塘、维护治安、自办“春晚”，给海岛枯燥的业余文化生活带来活力，这面“团”旗成为海岛最美丽的青春色彩。1988 年，他荣获“中国共青团五四奖章”。

20 岁的团委书记

我是土生土长的渔山人，爷爷、父亲都以捕鱼为生。从学校毕业后，我没有沿袭父辈们走过的路，而是进入村委当了一名会计。算账的时候，我能很安静地坐下来，对着账本打算盘；下了班，我喜欢唱唱跳跳，个性开朗活泼。

那个年代，义务劳动比较频繁。1988 年，村里要修建篮球场，因为我参加劳动时表现活跃，引起了当时乡团委书记的注意，他笑眯眯地看着我说：“林福堂，你来当团委书记吧！”

我以为他只是开个玩笑，没想到他真的向组织推荐了我，通过上级部门的考察，我被任命为乡团委书记。那年我 20 岁，年轻、热情、有冲劲，心想既然上级这么信任我，就不要辜负期望，我要带领渔山的团员青年活出自我风采！

把交谊舞引入渔山

上世纪 80 年代，渔山还是一个热闹的地方，岛上有 4 个自然村，常住人口有 3200 多人，其中年轻人占了 1/3。身处悬水小岛，生活上有诸多不便，照明电到了晚上 10 点要关掉，更别提文化娱乐生活了。整个渔山就一家影剧院，片子是从高亭送过来的，遇上刮风船停航，电影就没得放。

20 多岁的年轻人，正是精力最充沛的时候，一旦闲得无事可做，就容易寻衅滋事。那时经常听说谁和谁打架了，原来是姑娘小伙找对象，为了争风吃醋，一言不合就打起来。

我思忖着，团委不仅是搞搞团员活动，要把渔山所有的年轻人带动起来。我想把交谊舞引进渔山，让小岛的年轻人吃完晚饭除了看电影、打牌之外也有地方可去，还能在跳交谊舞中增进了解，交流感情。

当时交谊舞刚开始流行，岛上会跳的没几个，首先要物色老师。从外岛派来驻渔山工作组的年轻人、学校里的年轻教师，这些同龄人因为来自“外面的世界”，紧跟时代潮流，大多会跳交谊舞，我们把他们请来当老师。

从剪掉电线到开出私人舞厅

学交谊舞需要场地，我们借乡政府、村委的会议室，添置音响、买来磁带，桌椅一移开，水泥地成为舞池。虽然小岛条件简陋，但年轻人在一起，跳得很开心。

正当我们欣喜于小岛终于接轨时尚，开始有了活力时，遭遇很大的阻力，反对的声音不绝于耳：“年轻人在一起搂搂抱抱，伤风败俗！”

别说是年纪大的人从骨子里反感，有些年轻人也对我们存在偏见，有人见我们直接就骂。有位老伯不想让自己儿子学跳舞，直接冲过来把电线给剪掉了。

我当时顶着很大的压力，但内心一直有个声音告诉自己，我们的做法是正确的。幸运的是，团干部们都很团结，我们坚持每周搞一两次“舞会”，为小岛青年创造互相了解的平台。

两三年后，交谊舞在渔山被广为接受，村民对我们不再侧目而视，不少姑娘小伙在这里产生感情。有脑子活络的人还发现商机，在岛上开出私人舞厅。

属于渔山人自己的“春晚”

城里的人都盼过年，岛上的人也盼。每年春节前，外出捕鱼的渔船都拢洋了，渔民们也回家了。但过年除了串门走亲戚，吃完饭除了打牌又无事可做了。上世纪 80 年代末的渔山，老百姓家的电视机大多是黑白的，只有 8 个频道好放，大年三十好不容易盼来春晚，结果“啪嗒”，没信号了。

我当时就产生了一个念头：既然看不了央视春晚，那就排一台属于渔山人自己的春晚。首先找演艺人才，谁的歌唱蛮好，谁的舞跳得棒，谁还会来段越剧清唱，团干部们心里都跟明镜似的。这得归功于团支部平时活动搞得频繁，总能发现每个人的特长。

演出前，团员青年们忙排戏，大合唱、小合唱，在一起排练几次，才有底气站上舞台。除夕，渔山人自己的“春晚”在影剧院上演，有歌颂毛主席的，还有演唱邓丽君的歌曲的，还有戏曲、舞蹈，整台演出热热闹闹。

为了现场秩序，我们实行凭票入场，结果一票难求，整个影剧院座无虚席，反响很好。

冲在第一线的“青年突击队”

当时渔山没有派出所，维护治安的力量相当薄弱，我们团委成立了一支“青年突击队”，哪里需要，我们就出现在哪里。

没有自来水的年代，老百姓喝的是井水，只是井底污泥经常淤积。我们“青年突击队”就去挖井，把污泥掏出来，以利蓄水。

海岛多台风，每当海塘被风浪冲垮，又是“青年突击队”冲锋陷阵的时候。我们组织团员青年搬石头，紧急抢修，尽快修复海塘。

一桩桩，一件件，我们做的事情都很踏实。渔山的团员青年能有这么强的凝聚力，跟平时学习是分不开的。我们每星期都要组织开会，那时候年轻人的思想单纯，而且认真，我也以身作则，走一两个小时的夜路去村里开会，没有路灯，就拿手电筒，风雨无阻。

和工作对象、伙伴打成一片

这么多年团委工作搞下来，我有个很深的体会，跟工作对象、工作伙伴必须打成一片，以心交心，和他们做朋友。

有一次，为发挥渔民青年的生产积极性，团委想创建一艘“青年文明号”船。渔山有位年轻的船老大朱松成，当时 30 岁不到，我们交上朋友后，他对创建工作相当配合，我们在船上添置图书，充实渔民青年的业余生活。

交朋友说易不易，说难不难。我没有下海捕鱼的经历，跟船老大聊两句就没有共同语言了，怎么办？我就邀请他们一起来搞活动，通过交流跟船老大们交朋友，通过他们再去做渔民青年的思想工作，就容易多了。

同时，还要和工作伙伴交朋友。有的团干部遇到困难直接撂挑子，也有的老公、老婆或者父母不支持，其实有这些想法也正常，因为绝大多数团干部是兼职的，不拿工资，而开会、学习、搞活动要牵扯很大精力，多多少少会影响本职工作。

碰到这种情况，我就找上门去，有的人说话比较直白："钞票不用赚啊？""我吃你饭啊？"我不恼不怒，苦口婆心劝他们继续干。所以，平时建立感情相当重要，否则人家一口就给你回绝掉。

付出热情才能把工作干好

1988年，我很荣幸地获得"中国共青团五四奖章"，来自中国青年报、浙江日报等报社的记者纷纷来采访我。当时《舟山日报》记者周咏南住在我家，跟我聊了一个晚上，后来以《大海的弄潮儿》为题，登了整整一版。文章说，在小岛艰苦的环境下能把团委工作搞得这么活跃，很不容易。

我做了整整10年团委工作，1998年前后，浙江团省委授予我"十年功勋"奖章。这些对我来讲，是莫大的鼓励。讲句真心话，我确实是把共青团工作当作自己的一份事业，因为青少年是祖国的未来。

做了多年的团委工作，我有两个很深的体会：一是做任何工作都不能搞"空中楼阁"，一定要脚踏实地，到群众身边去；二是要有热情和责任心，现在比起30年前条件更好了，有电话、有网络，但我坚信，只有付出热情才能把工作干好。

每一个案件都是犯罪嫌疑人设的一个谜 我们要做的，是解开谜团

□ 方国平口述

人物简介

方国平，定海区公安分局刑侦大队前大队长，目前已退居二线。

自 1984 年从警以来，多次荣获个人三等功、上榜“全市十佳刑警”，并于 2002 年获得“全省优秀人民警察”称号，2004 年被授予“全国五一劳动奖章”。

方国平说，每一个案件都是犯罪嫌疑人设下的谜，而刑警要做的，是破解这一个个谜团，还老百姓一个真相。

初入警界，老前辈给了我“三件宝”

我高中毕业先去当兵，退伍后，我选择了和海军制服差不多的公安制服，并顺利通过了考试，被分配到昌国路派出所当民警。

当时的昌国路派出所位于解放西路附近的一栋老房子里，是租来的民居，3 间小平房，外面下大雨，派出所下小雨。总共 9 个民警，治安、刑事都要办。

老刑警和我们说，侦查员靠的就是“三件宝”：一双腿，多跑；一张嘴，多问；一支笔，多记。那个年代，人员地域范围较小，案件多发生在室内，流窜犯罪情况较少。

感触最深的是 1992 年发生在辖区内的一起碎尸案，一位金华籍姑娘被残忍杀害后分尸，我作为辖区民警参与侦破。犯罪嫌疑人很快浮出了水面，是本地 3 个青年因贪财犯下命案，案发后，三人连夜逃离舟山，并往不同城市逃窜。

我们随即派出追捕组，我分到的追捕组去宁波追凶。临近春节，领导下了死

命令："抓不到人，谁都别回来过年。"

最终，犯罪嫌疑人分别在宁波、杭州、上海被抓获。这个案件让我获益匪浅，对老前辈所说的"三件法宝"有了更深刻的了解。

打小打早，将犯罪遏止于未发生时

1994 年，我从派出所来到刑侦大队，从事刑事情报工作。

1996 年，定海发生了一起超市小卖部烟草盗窃系列案，涉案价值好几万。在万元户很了不起的年代，这是一起大案。

监控、大数据分析，这些现在常用的刑侦手段是我们当时想都不敢想的，我们唯一能做的，就是复勘现场、走访周边，对定海城区的旅馆进行大范围排摸。最终，两名犯罪嫌疑人落网。经过盘查，两人都曾有盗窃前科，烟草盗窃案由此告破。

定海公安率先提出加强刑事情报和刑事犯罪嫌疑调控这个概念，目的就是"打小打早"，将犯罪遏止于未发生时。后来这个方法在全省得到推广。

"铁桶工程"，一年抓获几百个犯罪嫌疑人

随着鸭蛋山轮渡的开通，社会流动人口增大，刑侦工作难度增强。当时发生了一起案件，犯罪嫌疑人在西码头盗窃了一批大黄鱼，经鸭蛋山码头出逃。我们将犯罪嫌疑人抓捕归案的同时，也认识到交通发展让鸭蛋山码头成为犯罪分子进出的主要通道。

与此同时，全市公安开始"铁桶工程"建设，维护这座城市的安全。2000 年左右，我们正式在鸭蛋山轮渡码头成立了卡点中队，设立 3 名侦查员、七八名辅警，对通过轮渡离开舟山的人进行拦截检查。通过"铁桶工程"，一年能抓获几百个犯罪嫌疑人。有时候，我们抓到犯罪嫌疑人，被盗者还不知道自己被偷了。

2000 年前后，舟山发生了一起酒后斗殴引发的杀人事件，当时嫌疑人想要坐出租车逃跑，我们第一时间在各个出岛路段启动了卡点，很快将犯罪嫌疑人捉拿归案。

后来，随着交通大环境的改变，鸭蛋山不复往日繁华，但"铁桶工程"还在继续，并且加强为"信息化铁桶工程"。大桥开通后，我们成立了交通派出所，设在各个车站、码头。发现案件后，我们第一时间通知各卡点，将犯罪嫌疑人堵截在舟山范围内。

“天眼”看不到的地方老百姓看得到

2004 年，我担任定海区刑侦大队大队长，主攻大案、要案侦查。

大沙灭门惨案是我印象很深刻的一件案子。2004 年 7 月，大沙有一个三口之家在深夜被残忍杀害，市局高度重视，出动市局刑侦和定海公安分局的力量，全力侦破此案。虽然犯罪嫌疑人很快被排查出来，是同村人，和这家人有矛盾，但他已经躲进了深山。

我们组织了一次大规模的搜山行动，公安民警、部队官兵、社区干部、村民等共 2000 多人，搜了整整一天没有结果。接下去的两个多月，我们把山上能走的、不能走的路全都搜了，一直都没有结果。命案没有破，我就像身上穿了一件湿布衫，很难受。

一年过去了，我一直没有忘记这个案子。第二年，“麦莎”台风后，大水冲出了山上的一具尸骨，我有种直觉，就是畏罪自杀的犯罪嫌疑人。当时舟山还没有 DNA 样本采集技术，我们将样本送往省厅，三天后，鉴定结果出来了，我的猜测得到了证实。

这个案件的侦破，靠许多群众提供线索，所以我经常说，就算现在有了“天眼”（视频监控），也别忘了群众，“天眼”看不到的地方，老百姓看得到。

破案手段在科技发展中得到提升

近年来，入室抢劫、拦路抢劫等案件整体下降，一方面老百姓都用银行卡储蓄，家里不放钱了，另一方面小区安保设施、社会管控力量等都加强了，犯罪嫌疑人作案少了。但是，网络的发达导致近几年高科技犯罪案件增多，像网络诈骗、网上传销等，成本低、涉案金额大。

我一直认为，所有高科技产品在造福人类的同时，肯定也会被犯罪分子利用。我在 2013 年离开刑侦大队，从事经侦工作。经侦案件多涉及税收、操纵股市期货等，犯罪分子智商高。有些骗子利用舟山新区开发的名头，实行合同诈骗，或是进行售假、虚开增值发票，这些都是我们当下工作的打击重点。目前，针对通信网络诈骗这一块，全市推出了“心防工程”。

我们的破案手段也在科技发展中得到了提升。近两年，我们通过先进的侦查系统，抓获了 1995 年的一个命案逃犯。当我们发现他时，他身份已经洗白，成家立业，甚至混得不错，已经是个小老板。但是就算远逃他乡，改名换姓，最终还是没躲过。

2003年起没有一起命案积案

2004年，我获得“全国五一劳动奖章”，但我觉得这不是我一个人的荣誉，而是属于我们全体侦查员的。

从2003年起，我们定海分局刑侦大队没有一起命案积案，这是一个了不起的成绩。在抢劫、强奸等五类恶性案件中，我们的破案率连续几年都是100%，平均破案率达90%以上。

2008年，我们“扫黑除恶”打出漂亮的一仗。2000年前后，几乎没有女性出租车驾驶员，就因为害怕出车时被抢。现在，女出租车司机开夜车的又逐渐多了起来。

1994年，我刚到刑侦大队时，整个大队20多人，现在加上辅警，已经有七八十人；以前我们连好一点的相机都没有，现在各种高科技专业设备越来越多。

群众看公安，关键看破案，我们在这条路上越走越坚定。

火神、济公有了“接班人” 她想让跳蚤舞代代相承

□ 程琦口述

人物简介

程琦，白泉人，新苗幼儿园园长。作为非遗传承人，她将舟山跳蚤舞文化的传承重任放在了孩子们身上。在省文化厅今年公布的第五批浙江省非物质文化遗产代表性项目代表性传承人中，程琦榜上有名。

父母都是跳蚤舞传人

跳蚤舞是白泉庙会上的一个重要节目。曾听我的祖辈们讲起，它原先是流传在海岛迎神赛会、喜庆丰收时表演的一种民间舞蹈，后来，白泉人在祭灶神时也会跳起这种舞，所以又叫“跳灶会”。我的父亲母亲都是跳蚤舞传人，我与跳蚤舞结缘，主要深受他们的影响。

年轻时的父母亲都爱好文艺，上世纪 70 年代，白泉公社专门有一支文艺宣传队，他们都是宣传队里的文体骨干，经常排练节目。童年时，我家院子总是人头攒动，很多叔叔伯伯拿着乐器来我们家敲打，还有不少阿姨跑来“咿咿呀呀”唱，我就是听着铿锵的锣鼓声长大的。

当时公社宣传队的主要任务是下海岛演出，家里孩子没人照顾，爸爸妈妈经常带着我和哥哥一起去。有时节目缺少小演员，他们把我们也拉上场。

我第一次参加演出，是在一个表现海岛渔民大丰收的节目中。我分配到“大黄鱼”的角色，被安排在整个舞蹈最高潮的部分出场。当我背着一条大黄鱼的道具登场时，听到观众席传来的掌声。虽然当时只是上幼儿园的年龄，但我没有怯

场，获得大人的一片赞扬。

慢慢地，我加入到舟山锣鼓传人高师傅的演出团队中。他当时开了一个“舟山锣鼓幼儿班”，从亲戚朋友的孩子中选拔一些“好苗子”，他的外甥、侄子都加入其中，我和哥哥也一起进了培训班，每天晚上都去高师傅家学习。我练小鼓，每天“咚咚咚”，把鼓擂得可欢了。

家庭版跳蚤舞风靡定海

看爸爸妈妈和熟悉的伯伯、阿姨们演出跳蚤舞，是我和哥哥童年最开心的事。那时候看的跳蚤舞，火神是会喷火的。演火神的伯伯把柴油含在嘴巴里面，像火种一样，然后用嘴“呼”地一喷，火苗从他嘴里冒出来，就像四川变脸一样，太神奇了。

然而跳蚤舞对体力的要求很高，一旦上了年纪，就跳不动了。当时一位阿姨因为年龄原因，不再参演跳蚤舞，有人就建议我爸：“你们家都会唱会跳，不如全家一起上啊。”

正好有一个活动需要以家庭形式参加，我爸便决定一家四口出演跳蚤舞。

我爸妈本来就擅长文艺演出，我跟我哥从小耳濡目染，都有舞台经验，一家人排练节目、演出更有默契。这是我们家人第一次合作，我爸跟我哥演济公，我跟我妈演火神。每天吃完晚饭，收拾好碗筷，我们就在院子里排练。

演出的时候，我爸妈一对，我跟我哥一对。我妈帮我梳了小火神的头发，往我脸上涂了粉又扑了胭脂，就这么热热闹闹开演了。

听到雷鸣般的掌声，我们知道演出成功了，很多活动我们都受邀参加。上世纪 80 年代，我们以家庭版的跳蚤舞风靡定海。经常有记者来我家采访，有一次电视台来拍节目，在我家院子里放了很多鱼鲞，还挂了一张渔网，漂亮极了。

小火神、小济公大获成功

1996 年，我从定海职高幼师班毕业后，进入白泉镇的一家公办托儿所当老师。两三年后，我逐渐萌发了自己开托儿所的想法，因为我很喜欢孩子，专业也对口，觉得开一家托儿所也不是很难的事。

在父母、哥哥的支持下，我们在自己家开了一家托儿所，取名“苗苗”，寓意孩子们在托儿所能像小苗一样茁壮成长。创业起步阶段是艰辛的，因为没有什么知名度，我只从亲戚家和邻居家招进几个孩子，每个月收取 80 元保育费和 40

元伙食费。那时的托儿所不像现在这么正规，以托养为主，我们主要把孩子看牢，像教学前班一样，以教知识类内容为主。

到了六一，幼儿园要排练节目，代表村里去参加镇里的演出，我脑中灵光一闪："要是让小朋友们来扮演小济公和小火神，这个表演形式相对来讲不那么大众，反而有可能爆冷门。"把这个想法一说，爸爸也赞同，他挑了3个小朋友演小济公，我挑了3个小朋友演小火神。结果一登场，大家眼前一亮，节目大获成功。

让每个小朋友都接触跳蚤舞

这次演出给我们很大的鼓励，但那时我还没有形成明晰的"传承"的想法，主要觉得跳蚤舞可以丰富小朋友的舞台经验，而且家长也愿意让孩子参加这种演出，认为可以增强孩子的自信心。

渐渐地，苗苗托儿所在我们的苦心经营下做出了口碑，到了第二年，托儿所招进了30多名学龄前孩子。到了2002年，愿意把孩子交给我们的家长越来越多，原来家里的场地不够大，我下决心另外找个地方新建园区。

我贷款在白泉镇南山下买了一块空地，也就是现在新苗幼儿园园址。家里人也很支持我，哥哥卖掉了商品房，父母掏出全部家底，全家人齐心协力凑了30多万元，帮助我建成了一幢幼儿园主体楼。那年正逢我结婚，因为资金紧张，结婚时就买了一张新床。

而有关部门也非常信任我们，将"非物质文化遗产传承基地"的牌子授予新苗幼儿园。从那时开始，我的思路日益明晰，作为跳蚤舞的一个教学基地，我要让小朋友去传承这种民间文化。以前演出，我都挑选好苗子参演，不能让每个小朋友都参加，怎么办？我分两条路走：一是编写园本课程，二是在早操中渗透。来我们幼儿园的小朋友，从小班、中班到大班，都有一个系统的课程让他们学习、接触跳蚤舞。

必须让它回归原汁原味

2008年，市妇联举办了一场"百年三八"大型文艺演出，我有幸当选"群岛丽人"，需要在舞台上呈现跳蚤舞。我们组织了10个老师、20个孩子演出"跳蚤舞"，一位外地作曲家还特意为我们制作了配跳蚤舞的音乐。这样一来，跳蚤舞就不需要用现场乐队伴奏了。

尽管歌曲很好听，也给我们带来很大的便利，去外地演出时不必再带乐队，但也有它的局限性。因为跳蚤舞的变动性、灵活性很大，乐队可以根据场地大小来决定用几个八拍出场，而录制好的音乐就没有这么大的灵活性。所以现在，我们又启用乐队现场伴奏。

其实不单单是音乐，演出中的很多元素又回到了最初的时候。像火神拿的道具，我小时候拿的是花伞，后来换过水袖、扇子，现在又回到了花伞，因为我觉得，非遗是草根的东西，必须要让它回归原汁原味。

演出跳蚤舞是个体力活，特别是济公，整场不停摆马步，对体力是个挑战。记忆最深的一次，我们幼儿园要演出跳蚤舞，排练结束后，老师们都是扶着楼梯横着上楼的。

现在，我的父母亲都已上了年纪，他们从舞台前的表演者走到台后，成为演奏者。我跟我哥也是，在杭州参加完“浙文化”演出后，也从台前转向幕后。幸好，我们还有这些孩子们。这些年，我们创新了各种版本的跳蚤舞，纯幼儿版的、师幼合作的……最早培养的那批孩子，现在都已经成家立业了。每次看到孩子们成功的表演，我们很欣慰。

跳蚤舞是民间艺术的一颗璀璨明珠，要在原汁原味的基础上加以创新发展，才能展现出源源不断的魅力。

保持“农艺”理想　将研究进行到底

□ 叶阿宝口述

人物简介

叶阿宝，原市农科所高级农艺师，全国劳动模范，享受国务院特殊津贴。他从事水稻培育逾40年，其中培育的“舟903”品种，先后两次被评为农业部优质早籼米，获全国科技星火精品博览会金奖和第二届农业博览会银质奖。

“理想教育”下的求学路

我出生在沈家门，父亲是搬运工。正是因为家庭比较贫困，初中毕业以后，我选择了去浙江农业大学宁波分校求学，在那儿读书学费全免，还能在食堂免费吃饭。

当时推崇“理想教育”，我受到苏联园艺学家米丘林的影响，树立了做农艺师的理想，所以农艺这个专业我自己也是比较喜欢的。

求学期间，有一个口号是“和平利用原子能”，我也希望在学校做些实验，将相关原理运用到农业上。

当时，我基于米丘林学说，通过低电流、高电压对种子进行处理，并把处理后的种子栽种在学校的田地里。

临近毕业，我要离开学校了，只能请求老师看管正在成长的作物。

后来，老师托人给我捎话，说经过处理的种子长出来的作物的确有一定的变化。

这坚定了我继续坚持自己的理想、将研究进行到底的想法。

拜老农民为师

1959 年毕业之后，我被分到舟山农业局，半年以后下乡到展茅去了。

那年代没什么化肥，农民用的都是自然的绿肥。稻割完以后，种下绿肥让它自由生长、滋养土地。黄花苜蓿就是当时流行的绿肥之一。

有一阵子，黄花苜蓿容易得炭疽病，总是枯死。绿肥种不活，地就不肥沃，第二年稻谷的产量就低。

急农民所急，想农民所想，我一头扎进去深入调查研究，拜老农民为师，在书本里找答案，找浙农大的老师求教。

研究了整整 3 年，我终于发现了这种病的规律：温度 16 摄氏度以上，湿度 85%以上，绿肥就开始发病。病毒靠流动的水传播，所以扩散非常快。

知道这些还不够，最关键的是，还得找出病菌来源。通过不懈努力，我终于发现病菌源于种子，种子本身质量不佳，携带病菌。

弄明白了这些，我开始在源头对种子质量进行把关，播种前先进行除菌处理，并采取了推迟播种、控制湿度等一系列措施，终于替农民解决了多年来的心病，让稻谷产量增加了百分之三四十。

用电流处理种子

虽然在病虫害这一块做得不错，但我还是没有忘记上学时的志向，就是电子流育种。我要求回到农科所，把未完成的实验进行下去。

我想专心做这件事情，有两个原因：一是我之前在学校学习过，有基础；二来，也是时代的需求，当时我们面临早稻米质量差的困境，急需优质米去替代。

电子流育种可以在一定程度上改变早稻米的质量。在种子萌发的时候，里面的细胞分裂是最活跃的，这时候对种子进行电子流处理，几秒钟时间，就能让种子内部染色体发生变化。经过电流处理的种子，日后在品种、株高、穗型、穗期、产量等方面都会和之前的普通种子存在差异。

这项研究我从 1963 年开始着手做。记得有一年，我在全国会议上演示时，几位教授给了我一些建议，他们说，最好在仪器外加一个罩子，因为电子经过空气会产生臭氧，导致气味难闻。听取建议，不断改进。就这样，这台仪器从手动变成自动，操作系统也越来越成熟。

种子通过电子流育种后，并不是颗颗都好，还需要进行人工筛选，从中选出优质的种子。因为每一粒种子都是微小突变，人工筛选过程就需要我们思想高度集中。所以做我们这一行，不吃苦是不行的。

后来，由电子流育种出来的“红突 31”品种大获成功，产量高，并且米质软实，非常好吃，先后获得农牧渔业部优质产品奖、浙江省政府科技进步三等奖等荣誉。电子流诱变育种机理研究也在 1991 年获得浙江省政府科技进步四等奖，以及舟山市政府科技进步二等奖，同时在《核能学报》上发表，经编委评审，作为“八五”期间优秀科技成果，编入《中国“八五”科学技术成果》一书。

“舟 903”轰动全国

“舟 903”是我们取得的又一项成绩，之所以叫这个名字，是因为这个品种是在 1990 年第三号株系上选出来的。

“红突 31”在推广了几年之后，走了下坡路，我们需要另一种米来替代它，“舟 903”就是在这个时候出现的。

“舟 903”的出现可以说是轰动全国的，不但产量高，而且做出的米饭比晚稻米好吃。这个品种在 1992 年、1995 年两度被农业部评为优质早籼，并获“1994 成都全国科技星火精品博览会”金奖，还在 1995 年获得浙江省科技进步二等奖，之后被列入“九五”国家科技成果重点推广项目。

据我们农科所出的一本书里讲，这项品种自 1992 年以来，省内外累计推广面积大约有 1650 万亩，成为当时全国优质早籼最大种植面积品种之一，增效 5.4 亿元。

“舟 903”质量好到什么程度？有一次我开全省会议的时候，把这米带去了，很多人都不相信这是我随手抓的一把米，非得说这是我一粒一粒挑出来、用手搓出来的。

1991 年，“舟 903”已经有了一定的名气，我又前往海南，租了 11 亩土地进行种子繁殖。很多种子公司相关工作人员都跑到海南考察，看了之后表示要引种繁殖。这个品种后来连续 6 年在浙江省种植面积都在百万亩以上。1997 年 9 月，获得国家科委国家级科技成果重点推广项目。经三省一市农作物种子委员会省定推广，2000 年，成为农业部推荐在南方种植的首位品种。

有一年我们到温岭考察，一家米厂的厂长看见我们农科所的人特别激动，他说：“全靠‘舟 903’救了我们的厂。”

原来，因为“舟 903”煮粥很好吃，碰巧福建人喜欢喝粥，这家米厂就拿

“舟903”去厦门卖，大受欢迎，让本来濒临倒闭的米厂又有了生机。

在这个基础上，后来我们又培育出了“红米”，在改进口感的基础上，营养价值更高。

“人生在勤，不索何获”

张衡的名句“人生在勤，不索何获”是我的座右铭，无论是学习、搞科研、下乡调查、在田间试验，都要勤劳，不能有功利的心态。

我从事研究时，每天都去田地里，大中午大家都在休息，我还是在田地里。

有一年，我们新上任的所长来视察，发现我和同事正在田间忙碌。大家开玩笑说，我们比农民还苦。

水稻杂交，让一个品种稳定需要培育10代。我们每年都会想办法到福建、海南等地方去寻找品种。往往等我们从海南回来，又是清明时节，又一季的稻谷播种时间到了，所以注定了，我们一年到头都在田地里忙活。

做了这项工作就没有办法，一定要勤劳，我们要去观察作物的变化，哪怕水稻长了一点点，我们都得随时掌握它的动态。

这些年，我一心扑在农业研究上面，忽略了对孩子的照顾。获得劳模荣誉的时候，我开玩笑说：“抓了种子，丢了儿子。”

从农科所退休后，我也没闲着，成立了舟山市红宝食疗研究所，生产研究含有米麸的营养食品，并获得国家发明专利。我一直觉得，人要活到老学到老。

30 年前，他按下合闸按钮
大陆电网电流首次越过大海输入舟山岛

□ 吴伟理口述

人物简介

吴伟理，毕业于浙江大学电机工程系。1987 年 11 月 27 日，时任舟山直流输电逆变站站长的他按下合闸按钮，大陆电网电流首次越过大海输入舟山岛！作为我国首个高压直流输电工程，《中国电力百科全书》记下了这一历史性时刻。

1991 年 3 月，该项目获国家重大技术装备成果一等奖；1991 年 5 月，获能源部科学技术进步二等奖；1991 年 9 月，获国家“七五”科技攻关重大成果奖……在吴伟理的带领下，直流输电逆变站的一群年轻人在舟山电力发展史上留下浓墨重彩的一笔。

一次会议让我开了眼界

1968 年，从浙江大学电机工程系毕业的我，响应“大学生去工厂、下农场，接受再教育”的号召，来到舟山电厂勾山车间，成为一名配电运行工。

车间实行“三班倒”，值完 8 小时可以下班。我最长曾连续值班 24 小时，反正年轻人闲着也是闲着，谁有事叫一声，我就顶上了。

当时电力主要输往沈家门，因为墩头一带有食品厂等大企业，用电量很大。尤其是渔业公司，用电量约占整个电厂的三分之一。

1972 年，华东电网电力生产经验交流会在新安江召开，我作为舟山电厂的代表去了。那次会议让我开了眼界，知道舟山的技术相比之下已经落后。

对我来讲，这次会议也是一个新的起点。回来后不久，我被调到基建科，参与的第一个项目是十六门电厂扩建工程。在会议上开过眼界，我认为三号机组要用前瞻性眼光来扩容打造。省电力局领导对这个想法也相当支持，最后照此计划实施。

电厂要造，输给我们的电也要

十六门电厂三号机组投入运营后，“用电荒”得到一定程度的缓解。然而随着城市发展步伐的加快，本岛还有不少地方没通电。当时出现了两种声音，有人提议扩建电厂，有人提议新建电厂。最后上级部门决定，新建定海电厂。

当时舟山大多提议建设 6000 千瓦机组，我们提议直接搞两台 12000 千瓦机组，有人反对：“舟山有没有必要搞这么大?”我们在项目书中陈述理由：“建设需要周期，随着舟山经济社会的发展，几年以后极有可能需要这么大的容量。”

而省电力局领导提出另一条思路——让大陆电网给舟山输电。有浙大教授提出，用直流输电，“最早跨海输电的是瑞典，通过海底电缆把电输送到另一个岛屿，方便、高效”。

1975 年，我去省局参加直流输电第一次会议，听了浙大戴熙杰老师的直流技术介绍。报告厅里坐满了人。听完后，我感觉应该拥抱新技术。回来跟领导汇报，他思路很清晰：电厂要造，输给我们的电也要。虽然当时舟山工业薄弱，但随着经济发展，用电量肯定越来越大，所以，最好鱼和熊掌兼得。

这次会议把我作为舟山地区的联系人，此后我又参加了几次直流输电的重要会议。

是边远地区，又是国防前线

1976 年，好消息传来，舟山定海电厂获批了！5 月 9 日，定海电厂筹建处成立。

1977 年，我接到一项新任务，去国家计委为定海电厂争取项目立项。到了北京一问，才知道这事儿不好办，有硬杠子在那儿呢——当时国家规定，25000 千瓦以上的机组才能列入计划。眼看这事儿肯定成不了，我有点打退堂鼓，但又不想灰溜溜打道回府，就四处瞅瞅，看事情有没有转机。

结果真让我发现一个特例：新疆有家电厂，两台 15000 千瓦机组也被列入计划。负责申报的同志跟我解释：“他们情况特殊，是边远地区，又是国防前线。”我说：“舟山也是边远地区、国防前线！”我马不停蹄地连夜回舟山拿到文件，又匆匆赶到北京，终于在 9 月 30 日之前挤进计划，心里那个高兴啊！

解决了定海电厂建设过程中主要辅助设备后，我又被分配到指挥部输变电工程队，在勾山、石礁、定海城区、白泉搞了4个变电所，完成了定海电厂工程配套的输变电项目。那段时间，白天施工、晚上设计，连丈母娘也说我：“不怕天黑，只怕天亮。”快马加鞭，终于在1980年把4个变电所、6条线路搞好，完成了定海电厂建设。

既保证冷库用电，也解决百姓用电

1980年1月，由于工业设计的需要，我被调到舟山地区建筑设计室，一个偶然的机会，开始各大海岛的电力建设。当时六横要建造冷库，我对六横比较熟悉。1972年和爱人谈恋爱时，她在六横工作，岛上没电，我当时就说，有机会帮助解决六横的供电问题。

现在机会来了。我在做冷库设计的时候发现，它并不是365天不间断使用，在用电高峰也有关闭的时候。我提出，可以趁此机会把六横电厂搞起来，既保证冷库用电，也能解决百姓的用电需求。当时普陀县县长很支持，决定建六横电厂。此后几年，泗礁、虾峙、桃花等较大岛屿也大建冷库，我就参照“六横模式”，帮助解决岛上的供电问题。

1984年，我调回舟山电力公司，算是“二进宫”。离开的这4年，让我有机会跳出电力看电力，回来后知道要做什么。

我国首个高压直流输电工程顺利投运

1986年，我开始搞直流输电。

早在1981年，当时还在六横设计冷库的我，跑到浙大学习了一个月的直流输电技术，指导老师是戴熙杰教授。在校期间，我加入电力系统动模实验室，参与舟山直流输电动模装置的讨论。没想到5年前学的知识，这次要派上用场了，但问题来了，怎么开展工作？

这是我国首次研制的直流设备，从来没上电网运行过，也没有人从事过高压直流输电系统的运行管理，管理体制上也有些问题需要理顺。这对我是一个极大的挑战。

1986年4月，舟山直流输电逆变站正式成立，我被任命为站长。

5月8日，员工报到。这是一群20岁左右、朝气蓬勃的年轻人，他们在舟山师范集中学习了一个月的直流输电技术，然后投入工作。他们从零开始，编写出了首本可控硅桥阀运行维护规程。经过一年多的设备安装调试，这支年轻的队伍得到了锻炼。

1987 年 11 月 27 日上午 10 时，在完成一系列操作后，我按下最后的合闸按钮。成了！直流输电系统并网成功，大陆电力通过直流输电系统开始输入舟山，我们见证了我国首个高压直流输电工程顺利投运！

时间都去哪儿了？沉淀在项目里了

那一刻，我的心情相当激动，为填补了我国高压直流输电技术空白而自豪！也为团队在整个安装调试过程中没有一次误操作而骄傲！更以我们的年轻人为荣，面对那么多新设备，他们不断学习操作，没有一次失误，这就是奇迹！在新设备的安装、调试过程中，我们也锻炼出一支能够肩负起直流输电今后日常运行和维护的队伍。

1989 年 9 月 1 日，舟山直流输电工业性试验作为国家重点科研攻关项目，通过鉴定。这个项目得到了很多荣誉，戴教授给我寄来了国家教育委员会科学技术进步二等奖的证书。

这些荣誉，还包含了项目前期、工地施工、海缆敷设、线路架设等同志们的辛勤付出。

项目在舟山获得成功，值得所有舟山人骄傲，也一定会留在舟山人的记忆当中。

2017 年是直流输电并网成功 30 周年。同年 11 月，原舟山直流输电逆变站老员工们自发举办了纪念并网成功 30 周年聚会。分别多年后再聚首，大家都很开心。

此后，我又参与过温州发电厂建设、舟山港口大电厂可行性研究阶段的工作等。

2018 年是我毕业 50 周年，时间都去哪儿了？沉淀在项目里了。我参与过的这些项目，总投资超过 160 多亿元，管理过的项目资金 59 亿元。回首这些年来的职业生涯，能为社会经济发展和人们生活提供优质电力，我很欣慰，也很充实。

舟山第一位引航员　海上的“开路先锋”

□ 沃棉康口述

人物简介

沃棉康，1935 年出生，舟山引航站原站长，全国劳动模范、浙江省劳动模范，曾获“舟山市第三批优秀专业人才”“全国优秀引航员”等称号。

舟山港第一位引航员

1981 年 5 月，经国务院批准，沈家门港对外开放。

港口对外开放，要求组建引航机构，招收一批引航员。当时我是港务监督负责对外开放工作组的成员，对政策比较了解，再加上我在部队的时候当过船长，而引航员需要很强的专业技术能力，领导将我报了上去。

当时我们国家的引航人才紧缺，各港口除了老引航员外，新生力量比较少，学校教出来的专业引航人员满足不了各大港口的需求。

1982 年进行专业考试，我顺利通过，很荣幸地成为舟山港第一位引航员。

在我看来，引航员代表的是一个国家的正义，代表着维护国家主权的决心，在引航过程中保障港口和船舶的安全。因为舟山海域对外籍船舶实施强制引航，外籍船舶到了我们港口不能随意开，必须由我们来引航。

万吨轮的到来轰动全舟山

1982 年，上海远洋公司的“洪阴”轮从朝鲜过来，靠泊塔山码头，当时轰动舟山。

这是来舟山的第一艘万吨轮，是我引航的。记得当时有记者专程来采访我，知道我是六横放牛娃，后来去当了兵，就在《浙江日报》上刊登了一篇《从放牛娃到引航员》的报道，写的就是我引航这艘船的故事。

为什么说这艘船的到来惊动了全舟山呢？一来，它是来舟山最大的船；二来，它运来的水泥花了整整一个星期才卸完。

那时候的舟山，水泥路很少，多是老房子，修路、造房子需要大量水泥。去上海等地进水泥还不够，就从朝鲜进。

万吨轮装来的水泥实在太多了，卸水泥需要交通管制，路上跑的全是装水泥的车子。

我这人心理素质还可以，胆子大，做事严谨，而且这艘船是国轮，船上都是自己国家的人，所以第一次开万吨轮，我也没什么心理压力，顺利完成任务。

引航员要眼观六路、耳听八方

虽说沈家门港开放了，但因为基础设施比较老旧，来的船少，我有时候一星期才引航一艘船。1987 年，舟山港对外开放了，船就多了起来。

一开始引航最多的是国轮，即便是我们国家的船从国外回来，这类船我们也需要引航。

舟山港对外开放后，两艘日本船给我留下很深刻的印象。一艘是“基努亚丸”，是新中国成立后第一艘进入舟山的外籍船；还有一艘是 6500 吨、装载木材的“第八送义丸”。

引航本身是个复杂的工作，定海、沈家门、岱山等各个港区地形不一样，潮流也不一样，接受引航这个任务后，必须自己肯下苦功去钻研。加上船有大有小，驾驶难度有高有低，所以引航工作量也很大。

引航员的工作要求胆大心细，考虑问题要周全。特别是舟山港区有其特殊性，渔船多，比如小舢板时不时要冲出来，这就需要我们眼观六路、耳听八方。

为超级油轮“兰姆帕斯”引航

港口刚开放的时候，舟山没有自己的万吨轮码头，万吨轮要进来，要么在锚地减载，要么就借用海军码头，像之前提到的塔山码头就是部队码头。

后来，老塘山一期码头的建成改变了这一历史。1987 年 11 月 19 日，12680

吨的秦皇岛“东光”轮装载水泥，成功停靠在老塘山一期码头，成为第一艘停靠舟山自有码头的万吨轮。

后来我们的码头越造越好。岙山码头开始造的时候，我还和同事开玩笑说，退休前怕是看不到岙山码头投入使用了。结果我 1997 年才退休，1993 年岙山码头就造好了。

岙山码头造好后的第一艘船，也是我引航停靠的。当时这艘船的停靠不仅惊动了舟山，更惊动了全国。这艘船就是超级油轮“兰姆帕斯”，有 31.8 万吨，是当时来中国最大的船。我和另外两个同事引航，我是主引航。

当时压力非常大，我好几晚没睡着觉，因为船实在太大了。船还没到，船长的电报就发了好几封，一封问我们船几点到，一封问我们什么时候可以登轮，一封问要打几根缆、船哪一侧靠港……我被他一封封电报给难住了，这么大的船，没有资料，没有说明书，而且没地方问。后来我也动脑筋，发电报和他们说，一切等引航员登轮的时候面谈。

有个词叫“以港兴市”，港口越发达，经济就越繁荣。岙山码头的建立、“兰姆帕斯”的停靠，说明舟山港口的发展到了一个新的高度，我们有能力迎接越来越多的船只。

果不其然，后来来靠泊舟山的船只数量不断上升。

我们引航员作为外籍船来到舟山后的“开路先锋”，处处要以身作则，人家才能尊重你，才会相信你所在的这个港口。

当时还有一个插曲，“兰姆帕斯”之后又来了一艘 27 万吨的船来靠岙山码头，我登船之后船长不肯出现，他觉得舟山没这么大的能力。我就直接跟他们船上的工作人员说，比你们大的船都来过了。后来船长跑到办公室查“兰姆帕斯”号，之后一句话都没有了。

为舟山的发展感到骄傲

从沈家门港开放到现在，我最大的感受是，我的想法基本都实现了。

我以前曾想，我引航了那么多船，拉了那么多水泥进来，希望舟山的马路造好一点，房子多建一点。现在看舟山的城市建设，我觉得当时的想法实现了。

我以前曾想，我们引航员辛辛苦苦工作，就是希望舟山经济能更上一层楼，港口在世界上有影响力。现在看我们的港口，来的船越来越大、越来越多。有资料显示，2017 年全球前 20 大集装箱港口排名出炉，宁波舟山港排在第四。

以前拖轮少，我希望根据引航员数量分配拖轮。现在，拖轮数量已经很充足了。

港口发展和引航员的成长是相辅相成的。回想刚开港时，来的船少，我们引航员的经验就少。我们抓住一切机会练兵，欢迎各地来考察，他们来了，我们就有机会进行引航实操。以前沈家门港口刚开放的时候，我一个星期能引航一次算蛮好了，现在引航站有时候单人一天就要出去引航一两次。

看到这些翻天覆地的变化，我为舟山的发展感到骄傲。

陈利恩，昔日的“马面鱼大王”

□ 陈利恩口述

人物简介

陈利恩，1937 年出生，舟渔公司退休职工。他曾因出色的捕捞技术获得“马面鱼大王”美誉，晚年，又在舟山渔业史上书写华章，成立了我市第一家民营远洋渔业企业。

对马渔场，值得闯一闯

我是岱山东沙人，1963 年 10 月，被招工到舟渔公司捕捞生产大队当渔民。

上世纪 70 年代后期，因近海渔业资源急剧衰退，“舟渔”船队开辟作业新渔场，全面转向马面鱼生产。

我是公司最早到我国钓鱼岛附近渔场探捕马面鱼、开拓外海渔场的船长。

1979 年 2 月的一天，我们的“舟渔 207/208”号渔轮（对船）在宁波象山石浦渔港避风时，得知有兄弟公司的几对渔轮在对马渔场（该渔场位于日本海外）捕捞马面鱼。我一边寻思这事儿，一边在驾驶室看海图，找对马渔场。那时船上设备简陋，没有电子设备，全凭自己多年的航海与捕捞经验，用比例尺与铅笔在图上比画、琢磨。

这个消息虽让我有些心动，但我却不敢贸然前往。因为凭我们当时的渔轮，去对马海域需要 100 多个小时，至少四天四夜的航程。更重要的是，我们对那里的水文、天文情况，甚至是海域的潮流和渔场底质状况几乎一无所知。

困难重重，但“不入虎穴，焉得虎子”，我把这个想法告知一起在象山避风的“舟渔 209”号船船长。

我们反复分析对马渔场的海况渔情后，一致认为值得闯一闯，便立即向公司请缨，很快得到批准。

公司让我作为总负责人，率“舟渔 207/208”和“舟渔 209/210”两对渔轮从象山石浦直接开赴对马海域……

开启“马面鱼时代”

印象中，对马渔场的海水特别绿，涌浪也特别大，我们的渔轮就像四瓣豆荚壳，被海浪肆意推搡蹂躏。

我虽有些担心，但仍打起精神紧盯定位仪。通过鱼探仪收集的水文、海况等信息，我们终于撒下了试捕的第一网，但收获的多是海藻、贝类和杂鱼。这与鱼探仪上反映的信息完全不符。有船员质疑，也有人沮丧，但我深信这里肯定有“大网头”鱼群。

一整天，船都在渔场上转大圈子，直到半夜时分，我发现鱼探仪上的大片黑斑在持续下沉。我立即伸手摁响电铃，下达作业指令，扯着嗓子大喊：“快放夜网，快放夜网，这里有马面鱼群!”

大概两小时后开始起网，但系着渔网的夹棕绳刚露出水面，网机就发出了刺耳的“嘎嘎”声，这是网机超负荷的警示！我兴奋地大喊：“吃上大网头了！快落地，注意安全!”话音刚落，船员们像打了鸡血般发力起来。很快，那个沉甸甸、胀鼓鼓的网袋被拉起来。粗略估计，网上 1500 箱鱼。我们真的捕到大网头了!

同时，我也将这个信息传给公司。次日，“舟渔”大批渔轮奔赴对马渔场。

之后，马面鱼渔场作业范围也逐渐扩大，从原有的温台、鱼山、闽东等 18 个作业渔场，扩展到了对马海域。我们还确定了马面鱼的洄游路线，刻录下了许多珍贵的数据。“马面鱼时代”由此开启，大家还送了个“马面鱼大王”的称号给我。

远赴西非夺得“达喀尔冠军”

上世纪 80 年代中后期，海洋资源衰退更加明显，“马面鱼时代”也随之结束。“舟渔”作为海洋渔业的领军者，把眼光瞄向了远洋，接受新的挑战。

我当时已担任舟渔公司党支部副书记一职，但我直接参与了公司参与组建的我国首支远洋渔业船队的工作。

1984年上半年，公司接到中国中水渔业公司要求指派4艘渔船参加全国首支远洋渔业船队的通知。那份通知单上，我只记得一句话：要发展远洋渔业。

舟渔公司当时有渔船100多艘，渔民近2000人，要从中挑选4艘船的船长、老轨、船员，并不是件容易事。

层层把关，处处核实，我们为精挑这4名船长，不知开了多少会。最后，我们在公司党委会议上定下人员名单，上报中水公司和农业部审核。随后，4艘船的大副、大管轮、老轨等10余名职务船员名单也相继落实，选人工作一直到1984年年底才尘埃落定。

1985年3月8日，我们公司派出的4艘8101型渔轮从舟山出发，参加我国远赴西非塞内加尔渔场生产的首支远洋渔业船队。

两天后，这支船队从当年郑和下西洋时的靠泊地福州马尾港起航，历经54个昼夜安全抵达西非塞内加尔国达喀尔港。

1986年，我们收到了4艘渔船的喜报：年产量6000多吨，产值8亿西非法郎，在当地渔场的各国同类渔船中名列前茅。

舟山远洋渔业首战大捷，甚至夺得“达喀尔冠军”，并受到塞内加尔总统的表彰。听到这个喜讯，我就像捕到大网头一样兴奋。

走出去，进军远洋

1988年3月，中水公司要求舟渔公司再次派船远行。这一次，我亲自带队前往，航行了33天终于到达目的地。一开始，我作为后方管理人员负责岸上工作，但我闲不住。船长们见我跟他们一起出海，立即将“指挥权”移交给我。

对这份信任，我以高产回报。七八艘船，我每天上一艘指挥，一周下来，各船的作业时间不仅缩短了，产量也有提高。原本每艘船限装50吨鱼货，经过我一番计算改良，每艘船都多装了6吨鱼货。

有意思的是，一位西班牙船老板在看到我的优秀成绩后，想高薪挖我到他船上当船长。翻译说，对方出每月1万美元的薪金，请我去当船长。那个时代，中国人的思想觉悟都很高，我直接就婉拒了。若当时答应，一年就能买3套大房子。

我喜欢钻研，喜欢研究海图，以及渔场上的鱼发情况。就是在那个时期，我自己动手绘制了一张塞内加尔的作业渔场图，不仅详细标注海上的障碍物、礁石等，还注明哪个区域生产哪种鱼等情况，给其他船长作参考。

几年后，舟渔公司的决策层坚定了“走出去，进军远洋”的目标。1994年前后，在舟渔公司的引领下，舟山其他国有企业和群众远洋渔业纷纷加入到钓鱿鱼的行列，经济效益和社会效益十分显著。

创办全市首家民营远洋渔业企业

1996年，我退休了。捕了一辈子鱼，闲不住的我决定创业。

1998年，我在亲友建议下，与朋友合股投资100万元购置了一艘二手渔船，赴北太鱿钓作业。那年，我净赚40多万元，收益不错。

次年4月，我又换购了另一艘北太鱿钓船。在北太生产半年后，我指挥船长转战阿根廷渔场。因为在研究各地渔场后，我觉得这个新渔场有前途，得占先机。很幸运，那年我又净赚100多万元。

2000年秋，我又向温州渔业公司购置“新吉利1号”“新吉利8号”大吨位鱿钓渔船，赴阿根廷海域生产，另向市远洋渔业有限总公司购置一艘“金星8号”超低温金枪鱼渔船，但那年收益一般。

之前，我的鱿钓船都挂靠舟山远洋渔业总公司。2001年，我成立了舟山新吉利远洋渔业有限公司，没想到成为我市第一家民营远洋渔业企业。当时，这样的民营远洋渔业公司在全国也没有几家。

当时的公司办公地点就在我家，原想继续做大，但一场突如其来的车祸，打乱了我的计划。

2003年，我因车祸落下腿病，最终只能将公司和“新吉利8号”“新吉利1号”“金星8号”分别转让。

这一路走来，我从未后悔。

海岛绿衣信使

□ 焦志安口述

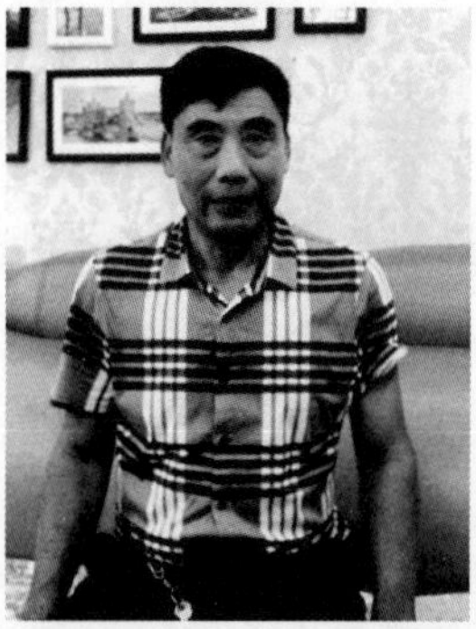

人物简介

焦志安，退休前任职于六横邮政局。1972年参加工作，2011年退休。39年来，焦志安坚守岗位，没有让一封死信退回原处。2005年，焦志安获得“全国百家模范邮递员”称号，次年获“全国五一劳动奖章”。

书信是一种惊人的时间容器，而焦志安，就是一封封“时间”的传递者。这么多年，他见证了无数学子接过录取通知书时兴奋的模样，也见过无数村民收到久违家书的眼泪。无论是先前工作的佛渡，还是后来工作的六横，都是小岛，在没有电话的年代，岛上的居民更依赖信件，每一封漂洋过海的信都显得那么珍贵。

每天翻7座岭，过5条海塘

我是佛渡人，1972年参加工作，成了佛渡岛上唯一的邮递员。

上世纪70年代，虽然信不多，但是收信的人住得分散。整个佛渡岛上最多的时候有3000多人，分散在7个行政村、14个自然村。我几乎每天得把整个佛渡岛跑遍，除了送信以外，还要送村民们订阅的报纸。

每天早上，我6点钟起床去码头，背着邮电包坐木帆船去六横的涨起港拿当天的报纸和信，再坐船回来。最开始是手摇桨，坐船来去得好几个小时，之后有了机帆船就快一点。

邮电所没有给我配自行车，配了也没法用，岛上多山路，送信只能靠走。我每天都要翻越7座岭，跨过5条海塘。

大概在 1980 年前后，明白了“要致富先修路”这个道理，公社书记号召老百姓修路。男女老少点着煤油灯加班加点，海塘边的机耕路就这么造起来了。

不过公路并不能覆盖全岛，所以那一阵，我在平路上骑自行车，在山路上扛自行车，骑坏了好几辆车，磨破了无数双鞋。

一封只写了小名的录取通知书

1985 年前后，我被调往六横继续从事邮递员工作，负责的五星段偏巧又是整个六横路最差的，都是山岭。

印象最深的是一封大学通知书，收件人名字写的是一个小名，我问了村里、学校，大家都不知道这个人是谁。后来我又问医疗站、小卖部，依旧没人知道。这封录取通知书的地址写得挺清楚：六横涨起港村。偏偏这是一个大村子，不知道去哪儿找人。

按照规定，一封信送三天，如果找不到人可以退回去。但那时候大学毕业包分配，这封录取通知书，关系着一个学生一辈子的命运啊！我身上一直带着那封信，每天送到涨起港村的时候就问问村民，终于向隔壁邻居打听到了。

我现在还记得那个考生拿到录取通知书时的兴奋表情。后来我了解到，他大学毕业后带着爸妈搬离了六横，生活应该过得不错。

从六横考出去的大学生很多，每年高考结束，我都能送出二三十封录取通知书。

发高烧还送信，晕倒在半山腰

岛上很多村民的亲人在沈家门从事水产生意，和家里的沟通就靠我传递的一封封信件。头一天我送过去，第二天老百姓就把回信交到我手里。有时候碰不到我，他们也会将信投到邮筒里，同时再附上 8 分钱，意思是邮票钱。那时候小岛上没地方买邮票，邮票就由我们邮递员随身携带，老百姓想要订报纸、寄信、寄包裹，找我们就行。

我送过一封特殊的加急电报，是来自台湾的，寄件人和收件人我都熟悉。寄件人是收件人的父亲，平常这位父亲寄来的信都是从台湾到香港九龙，再从香港转到舟山，所以我印象很深刻。

接到那封电报的时候，我已经送完信回到单位，正发着 39℃的高烧，但一想到凡是发电报都是要紧的事，更何况是加急电报，所以我决定立刻出发去送信。

因为来回要几个小时，出发前我先去村里面的医务室打了一支退烧针。结果半路上没扛住，脚一软就晕过去。不知过了多长时间，雨滴把我淋醒了，我也顾不了其他，赶紧先去送电报。

一封地址不详的寻亲信

到了 2000 年，我又收到一封来自台湾的信，上面写着“浙江宁波郭巨对面六横岛沿海一带村民张世立收”。对这类地址不详的信件，按规定，我们可以直接退回去，但我隐约觉得这肯定是封寻亲信，寄信人万分想念亲人，却不知道亲人住在哪里，只能试着碰碰运气。

必须要把这封信送到！根据这个模糊的地址，我判断收件人应该住在涨起港村或长涂村，但问了很多人，都说不认识叫“张世立”的人。

我试着寻找名字相近的人，还真让我找到了。一位 80 多岁的老人和我说，张家塘有个叫张世意的，舟山解放前他弟弟被抓走了。不幸的是，张世意已经去世了，我把信交到张世意儿子的手里。事实证明，这个张世意就是寄件人想找的张世立。

后来，寄件人回舟山探亲，特意做了面锦旗来六横邮电所找到我，表示感谢。这位白发苍苍的老人说，如果不是我把那封信送到，他可能永远回不了家。

听到这些，我觉得自己做的一切很有意义。

白天是邮递员，晚上是电影放映员

现在我回佛渡，很多人都认识我，这源于我的另外一份工作——电影放映员。很多年轻人说，他们是看着我放的电影长大的。

那时我当上邮递员没多久，普陀电影公司要求每个乡成立一个放映队，我被选为放映员去平阳浦参加培训，回来放的第一部电影是《闪闪的红星》。

当时有规定，一部片子在每个乡放 4 天。为了让更多人看到电影，我有时候一个晚上走两个村子，这个村子刚放完，赶到另一个村子去放。

那时候的电影多受欢迎啊！放电影的机器大，我一个人扛不动，村民顾不上吃饭就挑着箩筐来帮我搬机器，用毛竹搭舞台。等我赶到的时候，村民们已经搬着小板凳坐好了。

岁月荏苒，想念书信沟通的时代

有一位从普陀化肥厂退休的老人，特别爱看报纸，一个人订了四五份报纸，又订了四五份杂志。直到他去世的前一年，我还在给他送报纸。

每次我去送报纸的时候，总能看见他沏一杯茶，坐在院子里看报纸。他人特别好，看见我来，都会给我倒茶，让我也能歇歇，一起聊会儿天。

后来得知他去世的消息，我有点接受不了。有时候去送报纸，习惯性地走到他家，才记起来他已经不在了。

邮递员的工资不高，风里来雨里去。很多收信的人看我冒着大雨送信，还要“批评”我说：“这有什么着急的，你等天晴再送来啊。”但是我喜欢这一份工作，和村民都成了朋友，从来没想过换工作。

送了半辈子的信，我看到海岛上的路越来越宽，以前每天要翻山的岭没有了，隧道通了。随着电话的普及，信越来越少，我们的交通工具也从自行车改为摩托车。岁月荏苒，闲下来的时候，我还是挺想念那个书信沟通的时代。

掌舵“海星”轮

□ 杨根堂口述

人物简介

杨根堂，岱山县长涂岛人，从18岁到船上当货浆团开始到退休，他在海上闯荡了40余年。作为舟山海星轮船有限公司的老船长，他掌舵“海星”轮多年，经历过木帆船到机帆船的年代，见证了舟山航运业的发展变迁。

货浆团

1958年，14岁的我从长涂小学毕业，到岱山水产大学读书——校门口的牌子挂的是大学，实际上是中学。学校有轮机班、养殖班等，我就读的是加工班。

一年后，普陀食品厂来校招人，让我们填报志愿，可以参加相关培训后就业。我在志愿表上填的是“电报员”，就是在船上发电报的工作。然而，在那个特别讲政治的年代，我因为哥哥在台湾，最终失去这个培训机会。

哥哥是国民党撤离舟山前，被抓壮丁去台湾的。与这个机会失之交臂的我，只能回到长涂老家，每天上山砍柴、做些农活，成了“待业青年”。

屋漏偏逢连夜雨。在定海海运公司工作的父亲，不幸英年早逝。家里失去了顶梁柱，原本就不宽裕的日子过得越发艰难。1962年，公司出于对职工子女的照顾，让我进入长涂运输社工作，那年，我18岁。

那个年代上船工作，一定要从最底层的工种干起，一级一级做上来。到了船上，我当了一名货浆团，给船员们烧饭。每天围着柴米油盐转，蛮累的。

跑运输

在船上烧饭跟在陆地上不一样，碰上大风大浪，船身倾斜，摇晃厉害，人根本站不稳，刚烧好的滚烫的饭菜也要倒翻。遇到这种情况，我们也不抱怨，重新烧一次。

因为跑运输船，对当时生活在海岛的年轻人来讲，已经是不错的出路了。我身边的同龄人要么去捕鱼，要么跑运输船，而我所在的长涂运输社，那时有 40 多艘运输船，在舟山来讲算规模蛮大的单位，我对这份工作心满意足，一心想干好它。

当时已经出现了机帆船，但不多。长涂运输社的 40 多艘运输船，绝大多数是木帆船。

我们的船主要装运石头，把岱山双合的石头装到上海崇明岛去，偶尔也装到江苏去。来回的天数主要看风向和潮水，顺风比较快，一天一夜就能到达崇明岛。碰上逆风就没底了，木帆船只能绕着“S”形曲线行驶。有时候船驶不动了，船员们就在船艉摇橹，得摇个几天几夜才能到。

船长证

两年后，我从货浆团“晋级”为水手。

当时其他船都有专职舵工，就我们船上的舵工是水手兼任的。我这个人还算聪明，学东西比较快，舵掌得比较稳，船老大也蛮喜欢我。

照理说，我可以凭此顺风顺水地晋升到三副、二副、大副一直到船长，但没想到这一路，我碰上的是“逆风逆水”，别提晋级，连入团的资格都没有。

究其原因，还是家庭关系，因为我亲哥哥在台湾。

不过我并没有因此而气馁，该学习的知识照样学习，该掌握的技能刻苦练习，而且力求掌握得比别人更好。到了上世纪 70 年代初期，木帆船渐渐被机帆船代替，我经过努力，拿到了 200 吨级的大副证。

改革开放后，我终于“扬眉吐气”。1978 年，我获得了 500 吨级的船长证，终于可以驾驶运输船，驰骋海上。

“海星”轮

1988 年，公司要外派员工去深圳撑船。因为深圳是特区，处在改革开放第一线，那边的收入比原单位高5—10倍，大家都想去，报名像抢一样。

而我，只想待在舟山继续干老本行。同年，公司改制，我进入舟山海星轮船有限公司，做了3个月的大副后，被正式任命为“海星”轮船长。

“海星”轮在舟山的知名度特别高，它原来是艘渔场指挥船，后来才改为客船。提起这名字的来历，还是周总理给取的呢。

据《舟山市志》“大事记”中记载：“1960年4月23日，国务院总理周恩来批准，建造1470千瓦的渔业指导船1艘，定名‘海星’，分配给舟山使用。”

1980年12月，舟山地区交通局根据行署决定，将舟山地区水产局渔业指导船“海星”号折价120万元，转拨给舟山地区轮船公司（即海星轮船公司前身），改装成客轮。1981年1月，开通沈家门至上海航线。

人满舱

尽管我来“海星”轮之前当了10年的船长，但刚上船时还真有点不适应。开运输船跟开客轮，完全是两回事。运输船的开航时间没那么严格，我早到一步、晚到一步问题不大。但客船不一样，说好几点开船一定要准时开航，靠泊码头的时间也要准时，否则要被乘客骂。

沈家门至上海的航线，傍晚时分从沈家门墩头客运码头出发，翌日清晨靠泊上海十六铺码头。照我们的航速，大概凌晨2点就可以到了，但当时十六铺码头非常繁忙，香港、温州等地的客船都轮番在外面候着，轮到我们进港的时候，一般是凌晨5点多了。

那个年代实行单休，很多沈家门人会选择周六晚去上海，周日晚坐船回来，不耽误星期一上班。平常日子，做水产品的生意人特别多，吃完中饭，他们把鱼、虾、蟹往船上搬，下午两三点钟，船舱的走廊已摆满了装着新鲜鱼货的箩筐。

“海星”轮不设一等舱，只分二等舱、三等舱、四等舱、五等舱，越往下越便宜。其中五等舱在最底下，每位乘客发一条毯子、一张席子，席地而睡。

当时，沈家门至上海的航线就“海星”轮一艘，所以船票特别紧张，碰上节假日高峰期，甚至一票难求。核载370多人的“海星”轮，船上挤得满满当当。作为船长，我把更多精力放在确保旅客的生命安全上。令人欣慰的是，多年来，“海星”轮从未发生海上事故。

新航线

随着改革开放的不断深入，从福建来舟山的香游客不断增多，其中多晋江、石狮、厦门一带的客人。那时交通不像现在这么发达，普陀山机场还没造好，飞机只能到杭州、上海，到舟山还得再转车转船。

为了方便福建香游客，1991 年，公司开辟了一条新的客运航线——从沈家门至福州马尾。而这一航线，就由“海星”轮担纲。天气好的话，头一天早上八九点钟从沈家门开航，次日上午八九点钟就能到马尾港。

1991 年 4 月，作为“海星”轮船长，我为沈家门至马尾航线首航掌舵。

由于是首航，我压力挺大。当时船上有不少公司邀请来的领导，而我对第一次驶经的航区海况不太熟悉，心里还有点紧张，好在一路平稳地驶过来了。

没想到，在靠近马尾港时，海上忽然起了大雾，我们只得在港口滞留了一个下午。等大雾散去后，在引航船的带领下才靠岸。

这条新开辟的航线，淡旺季相当明显。福建人有农历七月不出门的习俗，所以每年到了这个季节，坐船的人急剧减少，最少的时候，我们一个航次只载过 7 位客人。但停航有失信誉，所以即便客人再少，我们也照样开航。

我的家

那些年，“海星”轮经历的大风大浪可真不少。

有一年，我驾船载着 300 多名乘客从马尾港回沈家门，结果驶到石塘的时候遇上台风，当时已经入夜，心想再加油一把可以到家了。但浪像小山头一样，没办法，为了顾及全船旅客的生命安全，只能去乐清湾避台风。

船上 300 多号人，要安抚他们的情绪，还要照顾好吃喝拉撒。米的问题不大，我们的储备量足够，但新鲜蔬菜因为难以保存，数量远远不够。船员只能乘坐小艇，上岸采购。就这样，我们整整避了两天，等台风警报一解除，马上开航。船一靠泊沈家门，全体旅客都开心坏了，终于回家了。

福建因为邻近台湾，几乎成为走私进口香烟的“天堂”。有些船员按捺不住，利用职务之便偷带香烟回来，一星期带一箱，倒卖给沈家门人，有时能抵上一个月工资。我严禁他们干这事儿，一经查出，一律扔海里。

“好，你把烟扔海里，我就把你自行车丢海里！”有船员为此恨上了我。我找不到自行车，猜测可能被他们丢海里了，就用铁钩在码头附近的海里找，结果还真把自行车给钩上来了。这些陈年旧事，我都没往心里去。

后来，因为吨位小、载客量少，“海星”轮渐渐不适应发展需要，它退役了。公司派我和安全科科长去广州，接回“普济”轮，它的总吨位达 3000 多吨，有 800 多个客位，代替“海星”轮的航线，仍旧跑福建航线。

作为老船长，我对“海星”轮挺不舍的，这么多年吃住都在船上，它已经是我的家了。

为渔民兄弟代言

□ 邱安全口述

人物简介

邱安全，74岁，全国劳动模范，省人大代表，下海当过船老大，上岸当过会计，曾任樟州村党支部书记。关于樟州的渔业发展史，他的心中有一本书。

从拿算盘的会计到下海捕鱼

1961年，我初中毕业，正好赶上了大公社分小公社。我们樟州自己也成立了渔业大队，大队有自己的组织：党支部、大队管理委员会、财务等，我成了渔业大队的出纳，到了第二年下半年，升任会计。

正因为如此，我没有任何下海捕鱼的经验。作为出生在渔区的人，没有第一手捕鱼经验怎么行？到了1967年，我下决心要学习下海捕鱼。

到了1968年的春夏汛，我就上船了。一开始，上船没什么职务，当的是“二浆团”，也就是现在说的水手。捕鱼最远的地方，大概离家四五个小时的船程。

那个年代海产丰富，沙滩边海蜇、乌贼、黄鱼都可以抓到。家里来了客人，要是没什么菜，我就会拿个网去海边捞一捞，收获一桌子渔获没问题。

不过，鱼虽然多，也不见得每一艘渔船都可以满载而归。因为那时候，船小，网也小，虽然已经有了机帆船，但马力一般仅有80。综合下来，我们大队的平均年产量七八千担，好的时候有一万多担，一个劳动力年收入大约一千块，已经算蛮好了。

当选村党支部书记

1975 年，作为朱家尖的先进大队，樟州开展了“农业学大寨”活动。1 月的一个晚上，我已经睡下了，公社党委主管渔业的副社长把我叫到大队里，让已经在船上当大副的我重新回来当会计。这么一当，就当到了 1980 年。

1979 年，樟州已经有了七八对机帆船，虽然从数量上来说并不占优势，但胜在机械化程度高，船的吨位也有五六十吨了。就是在那年，船老大的选举采用大民主的方式，我连着两年被大家选上，于是在 1980 年 1 月，我回归大海。

捕鱼没多久，次年 8 月，我又上岸，被调到渔业队后勤工作。到了 1983 年 1 月份，我当选村里的党支部书记。

我上任时，村里已经淘汰了木帆船，总共有九对机帆船，年纪大的渔民就到后方养海带。当时樟州的渔业水平在朱家尖处于中游，而在普陀区，只能说是中偏下，毕竟普陀的渔业在全国范围是很了不起的。有句老话说：“全国渔业看舟山，舟山渔业看普陀”，普陀出了很多“名老大”“红老大”。

“三定两奖”促改革

我担任村党支部书记时，正巧赶上 1983 年渔区体制调整，实行大包干。

我觉得渔业有相当大的特殊性。首先协作性比较强，一对 2 只船要协作，船上 20 多个人既要协作又要分工；其次风险大、投入大。基于这两点，我认为定额包干可能会导致收入拉开。樟州 300 个劳动力，有适当的收入差异是必要的，但是差距过大我也担心。

从整体利益考虑，我采用了“三定两奖”的方式：定劳力、定产值、定成本；超过产值进行奖励，节省成本进行奖励。这个方式和“吃大锅饭”相比，提高大家的积极性的同时，也兼顾了公平。

同时，我积极发展后方集体经济：办冷库、办船厂、办网厂。对当时的樟州来说，除了生产资料要从外面进来，其余的加工全部自己来。船、机器都是自己修的，网是自己织的，油库是自己造的，就连自来水也是自己接的，鱼捕上来直接冻到集体的冷库里。

在“三定两奖”的激励下，阿拉樟州既发展了集体经济，又提高了群众生活。樟州有一句老话：“没有暴发户，也没有贫苦户，都是万元户。”那时候，万元户已经很了不起了。村民孩子读书不用钱，村里面看病不用钱，就连用自来水也不用钱。

1986年、1987年前后，不少国家领导、省级领导来过樟州，全国各地不少省份派人来樟州学习。“三定两奖”一直实施到1994年樟州采用股份合作制才终止。

“樟州人都开始造铁船了”

1989年，捕捞渔场越跑越远，资源也慢慢开始变化，我开始筹备造钢制船。到1994年，樟州所有渔船都实现了钢制化。

有造钢制船这个想法，是因为我自己也是渔民出身，了解渔业。之前的机帆船，风一大就吃不消，安全系数低，再加上当时国家号召造大船、闯外海，我觉得我们的生产工具也应该转变了。

当时中国捕捞渔船做钢制船的很少，我看到外国有那么多木头，造的多是钢制船，这说明钢制船有它无可替代的优势。于是，1989年，我们来到武汉青山船厂——长江轮船总公司下面的一个国有企业，第一次去，我们决定造7艘钢制船。把船驶回来的时候，整个渔场都轰动了：“樟州人都开始造铁船了。”

当年，我们樟州集体经济一年有几百万元的积累，足够支撑我们造钢制船。后来，在舟山的船厂，我们又造了很多。到了1994年，我们共有22艘钢制船，樟州渔船全部实现钢制化。当时的钢制船船速快、产量高、风险小，渔业成本也小。

上世纪90年代初，樟州成为渔业的一个“样板”。

曾写信给朱镕基总理

后来，我先后出任普陀区、舟山市、浙江省的人大代表。回想起来，印象最深刻的事情就是向中央建议给渔民发柴油补贴。

1998年11月，我写信给朱镕基总理，说当时的柴油价格给渔民造成了很大的压力。当时的财政部部长项怀诚来到杭州，请我过去。

“你是舟山渔民邱安全吗？你写给朱镕基总理的信，总理收到了。”项怀诚部长当时对我说，他本来是要来舟山的，但因为年底太忙了，只能请我去一趟杭州。他说，朱镕基总理非常重视这件事，派他来亲耳听听我的建议。

我重点反映了渔民的困难，当时柴油的价格从原来的300多元一桶增加到1000多元一桶，国家如果开征燃油税，渔民的压力更大了。

项怀诚部长说，渔民的实际困难，他会向总理汇报。

另一件让我比较欣慰的事情是，我一直关注海上渔民救助的问题。我们渔民一开始从事的是近海作业，如果身体不适可以马上回港，但是随着作业范围的扩大，渔民的海上救助成为问题。有一次，我去省里开会，提出浙江省成立海上救护中心。

对于这个建议，省委省政府非常重视，第二年马上成立了。渔民如果身体不适发出求救信号，相关部门会派直升机进行救助，为渔民争取了很多时间。

担任普陀区人大代表的时候，我建议渔船安装避碰系统。

人家说我聪明，我觉得自己只是一位渔民，当然要为渔民兄弟代言。

从民航局局长到“海莱坞”创始人

——叶胜利和他的“梦工厂”

□ 叶胜利口述

人物简介

叶胜利，舟山市电影电视艺术家协会主席，在舟山市民用航空管理局工作期间，他见证了普陀山机场后期基本建设和初期改革开放发展的10年。当时为了宣传推介普陀山机场，他领导和参与了多部电视片和电视剧的创作。提早退休后又成立了影视文化公司，在20多部影视剧中担任编剧、出品人、制片人或策划人。

第一份工作，做临时工的临时工

我1953年出生于定海大沙。按照族谱，我是“信”字辈。当时正逢土地改革胜利、抗美援朝胜利、“三反五反”胜利，而“胜”跟“信”在舟山方言中谐音，所以父母把我也叫“胜利”了。

两岁时，父亲因为工作关系调动到册子。我跟弟弟一人躺在一个箩筐里，底下铺着垫子被褥，父母用一根扁担把家“挑”到了册子的“广福寺”。童年时代，我们的家随着父亲工作的变动而不断搬迁，到过岑港，又到了石礁。

我求学的年纪正逢动荡年代，初中读了一年书，“文化大革命”开始了。1968年算舟山中学毕业，我回家待到1969年，到中国人民解放军第四八零六工厂为打坑道的临时工们买菜做饭。后来，我经常开玩笑说：“我的第一份工作，是做临时工的临时工。”

社里有位师傅看我还挺机灵，便收我为徒，我从此做起了木匠。农忙时节必须回家，因为插秧、割稻都需要年轻的壮劳力。“农业学大寨”的时候，石礁成立了青年突击队，让我当队长，带领青年队员修水库、修公路，蚂蟥山水库、定岑公路就留下过我们辛勤的汗水。

1976年，在当了7年木匠后，“农业学大寨”工作队让我回到石礁当了庆胜大队的党支部书记。此后几年，我在石礁公社和盐仓乡当过党委副书记、主任、书记。1988年，我被调到市渔农村经济委员会担任副主任，算是城里人了。

机场正式通航，揭开舟山交通史上新篇章

1996年，一纸调令将我从市土地管理局调到舟山机场建设指挥部，担任分管航站筹建的副总指挥。这一年的8月，市人民政府任命我为首任市民用航空管理局（站）局（站）长。

舟山为啥要建机场？在《普陀山机场之歌》的歌词中或许能找到答案：“海岛人的空港，你孕育着地方经济的飞跃；海岛人的空港，你寄托着百万人民的期望……”

早在1988年，国务院、中央军委发布文件批复同意新建朱家尖民航机场，机场场址确定在朱家尖岛中部国营曙光农场土地上。经过几年建设，1997年8月8日，机场正式通航，揭开舟山交通史上的新篇章。

经营机场是摆在舟山人面前的一个新课题，作为先行先试者，我们尝遍了其间的酸甜苦辣，面临的第一大困难就是人才。

那个年代舟山人找工作，区域概念非常重，大家都喜欢找家门口的。更何况朱家尖当时还是一个小岛，没通大桥，上班要坐船，年轻人都不太愿意去。而愿意来的，学历连高中都没有，不符合我们对员工的要求。

没办法，我们招了一批定向生，把他们送到民航学校读书，毕业后来机场工作。同时，鼓励他们业余时间多学专业知识。我因为时代原因只读到初中，但后来利用业余时间读了1个中专、3个大专、1个本科、3个研究生，对业余学习很有热情。所以我鼓励员工继续学习，经过几年努力让近70%的员工取得了大专以上文凭，并挑选出一批干部，请来南京航空航天大学教授给他们上研究生课。

为机场改名，吸引更多航线，带来更多客源

机场开通之初，朱家尖知名度不大。为了增加旅客流量、开辟新的航线航班，我们主动跑出去，寻求合作伙伴，希望通过与航空公司的合作，吸引更多的航线，为机场带来更多的客源。

在北京、上海、南京、汕头、广州等城市，我们多次举办旅游推介会。有一回，人家问我哪里的，我说舟山的，他说："噢，我知道，不就在广州旁边嘛!"他们只知道中山，不知道舟山。

我们发现，民航机场的"姓名"很重要。虽然地处朱家尖，叫朱家尖机场很贴切，但从提高机场知名度来讲，改成"普陀山机场"更能体现舟山的旅游特色。于是我们决定抓住普陀山这一文化旅游品牌，让更多人知道来普陀山可以坐飞机。

我们跑杭州、上海，飞北京，积极向省民航局、华东民航局、国家民航局申请更名。1998 年，机场正式更名为舟山普陀山机场。虽然只是一个名称的更换，但它对于机场的发展起着关键性的作用。

机场旅客流量从 1998 年的 14.2 万人次上升到 2000 年 18.3 万人次、2001 年 25 万人次、2002 年 30 万人次，2004 年、2005 年连续两年超过 38 万人次。实践证明，我们最初对旅游机场发展方向的定位是正确的。

以机场改革为背景的电视剧，用影视剧宣传舟山

为了扩大普陀山机场的知名度，我们动了很多脑筋。1998 年和北京电影制片厂联合拍摄大型电视风光片《海天佛国》和上下集电视剧《情系普陀山》，送到北京播放。因为我们要开拓北京航线，得让北京人知道舟山普陀山还有个机场。

拍纪录片不过瘾，就拍故事片。1999 年，我们跟八一电影制片厂合作，请来编剧老师到机场住了两个月写剧本，最后拍摄了 19 集电视连续剧《别再让女人流泪》。这部以舟山民航机场改革为背景的电视剧，让我第一次体会到用电视剧来宣传舟山的效果。这部剧先后在全国 10 个卫星电视台播放，还上了 10 多家地方电视台。

为了发展舟山的岛际航空旅游，我们又和天津电视台联合拍摄了上下集电视剧《东极之恋》。

在机场工作近 10 年，我曾有 9 个春节在机场度过，这片土地留下了我和同事们共同奋斗的足迹和美好回忆。

舟山有很多故事可以用影视剧表现出来

2005 年下半年，我从舟山民航局调到舟山文联当主席，开始关注舟山本土

影视题材的创作。到文联以后，我筹资拍摄了一系列主旋律的舟山影视作品。

双拥题材《鱼水缘》，以数十年如一日为驻守高山的海军官兵送菜的挑嫂孙芬年为原型，演绎了海岛军民鱼水情深的感人故事。以岱山罗家岙边防派出所事迹改编的《心桥》，塑造了一位一心为民的边防军警的形象。《暖流》则以舟山“暖促”工作为背景，讲述了大学生葛小燕在渔村当“暖促”指导员的一段经历。

2010 年，我提前退休，为家人成立的浙江海缘影视有限公司当参谋，一心一意做影视剧。因为舟山有很多故事，可以用影视剧把它表现出来，但没人来做这件事情，我想填补这个空白。退休 8 年多来，我几乎全身心投入，新拍摄了 10 多部电影、电视剧，但现在感觉有点筋疲力尽，因为拍了那么多部戏，大多是亏损的。

令人欣慰的是，有些作品还是受到社会肯定，很多电影在院线和电影频道播放。电影《纯真年代》《花恋》《孤岛的呼唤》等入围长春电影节和澳门电影节。舟山本土电影《当流星划过天际》，曾经荣获第四届澳门国际电影节最佳编剧奖入围，我也因此荣获“金莲花最佳制片人奖”。

中国海上好莱坞至今仍然是个梦

在思考中国影视产业现状时，我就设想打造全球独有的海洋影视品牌——“中国海莱坞”，一个集影视拍摄基地、制作生产基地、院线影城经营于一体的中国海洋影视文化园。

在以往的拍摄中，我深深感到没有摄影基地不仅成本高，还给拍摄带来许多不便。像拍《鱼水缘》的时候要找一个灵堂，但放灵堂的人家找不到。如果我们自己有基地，就不成问题。没办法，我们最后把戏改掉，让老太太活过来了。

前段时间去横店，我感触颇深，横店秦王宫建成 20 年拍了很多大片，现在已成为人山人海的旅游风景区。浙江永康西溪影视基地，是一个受横店效应辐射的新兴影视基地，看上去蛮简陋，但五年十年后，说不定也能成为一个热门旅游景区。

舟山有那么美的海岛自然风光，完全可以打造一个海洋影视文化旅游产业基地。

现在，中国海莱坞影视文化科创园二期双桥基地即将启动。这里寄托了我的梦——中国海上好莱坞。可能是因为我们的努力不够且能力有限，至今仍然是个梦。我想实现这个梦，我们这一代不行，下一代一定会!

他曾走上清华大学讲台
展示海岛民间工艺的魅力

□ 翁来英口述

人物简介

翁来英，浙江省工艺美术大师，高级工艺美术师、香道师，在东港海滨公园内设有工作室“自在香舍”。他曾获得 40 余个省级以上奖项，船板画、香道、瓷器是他目前创作的主要方向，其中船板画曾获国际民间手工艺展览会金奖。

从小在海边长大，翁来英对海有着深深的眷恋，深谙家乡这片海与旅游之间存在的紧密关系，“旅游没有文化支撑，搞不起来；文化没有旅游的平台，也无从谈起。”翁来英说，他希望将舟山独特地域文化植入旅游的土壤，通过他的创作，让舟山的本土文化得到更好的传承，走向更远更广阔的未来。

秀才的文创起航之路

1993 年，舟渔公司还是舟山最好的公司之一，“舟渔人”的身份足以让很多人羡慕。偏偏我和另一个同事不按常理出牌，一起辞职。

我看好舟山旅游的发展潜力，觉得发展旅游，必须从打通海上通道开始。海上交通要快、舒适，这不是当时的客轮可以做到的，发展海上快艇大有可为。

然而理想很丰满，现实很骨感，秀才放下笔要从事公司运营，这一路遇到了许多我之前没想到的难题。即便我写了厚厚一本关于发展海上快艇的方案，但最后还是没能实现。

现在，海上快艇事业发展迅速，然而自己未能成为亲历者、推动者，这是我心中的一个遗憾。

创新精品旅游商品

上世纪 90 年代，一个偶然的机会，我引进了一种上好的木材，将其做成佛珠等产品，非常畅销。以此为契机，1999 年，我在制作工艺品的同时，在普陀山开了一家精品商铺，专卖舟山旅游产品，以木雕为主。何为精品？我希望顾客从我商店买去的东西是可以长久保存的。所以我一直在技术、形式上进行探索，不断创新。

1999 年年底，我参加了全国首届旅游博览会，带去的作品是自己创作的仿古竹简工艺品。它的精妙之处在于，竹简上的字是由激光刻上去的，这技术当时在全国属于领先。

2000 年 1 月底，我正在上海参加舟山旅游产品推介会，这时收到仿古竹简在全国首届旅游博览会上得奖的好消息，还是含金量很高的特别奖。偏巧上海市领导来我的摊位参观，仿古竹简也受到他们的肯定。

精品商铺的效益越来越好，对商品的需求越来越大，我不再请福建的工厂代工，打算自己办厂。我将生意很好的精品商铺转手，全身心投入到旅游产品的创作中去。但现实又让我栽了跟头，当厂里生产出来的工艺品打不开销路时，我明白，不应该把商铺转手。

因为销售受阻，最终工厂也关了，但打出来的品牌还在，当初的顾客至今还是我的朋友。

船板上的海洋图腾

工厂的关闭让我潜心创作船板画。我注册了舟山市多宝阁海洋文化研究所，正式着手船板画的创作。

好多人以为船板画是在老船板上画画或者将渔民画画在老船板上，但我更愿意将船板画解释为一种海洋图腾，这也是我创作的初心。图腾表现的是人的一种信仰，可以反映我们舟山的海洋文化。

我的画作都是根据老船木原有的纹理进行创作的。我坚信船木是有灵魂的，而基于船木本身进行的创作是给老船木第二次生命。

对于老船木的研究，我从上世纪 90 年代就开始了。我出生在塘头，家里以前有不少渔船，从小我就对渔船感兴趣，这也为我以后的船板画打下基础。拿到一块老船木，我能认出它属于船的哪个部位，从而进行创作。《顺》是我很满意的作品，现在正参加非遗展览。这块木头原先属于船上绞缆绳的工具，收缆绳不能有松懈，有个说法是“只进不出”。我根据这个渔俗进行创作，《顺》是一个圆盘图案，正面四个孔，背后八个孔，寓意着四面八方，正面的大圆盘里面又是别具一格的四方造型，有点像铜钱造型，包含着渔民的美好期许。

瑞典“哥德堡”号访问沈家门时，船长一眼看中了《顺》这个作品，开价1500美金，我不卖。最后他花300美金买走了另一款小船板画。船长还让我去瑞典从事船板画创作，因为瑞典有许多古老的船木，也有海洋图腾文化。

还有一位澳大利亚华裔与我联系，说在考察了诸多项目之后，想与我合作，他希望开发悉尼独特的老船木工艺品。他一下子开出了40万元的订单，但需要我去悉尼，我不愿意离开舟山，合作最终没谈成。

这两件事也从侧面看出文化的包容性，民族的就是世界的。船是海上丝绸之路永远不会消失的载体。也因为船板画，我先后走进央视和清华大学。2007年，我在清华大学进行了《关注民间手工艺的现状与发展》的专题讲座，这是一个系列讲座，我是首讲，为清华学子展示了我们海岛民间工艺的魅力。

制香父子兵

制香是我的另一个工作重心。我小时候就会制香，家里也有点香的习惯。在我看来，香是可以修身养性、调养生息的。

早在1997年，我就想做一款纯天然的好香，不加入任何化学物质，让人闻着心生宁静。在不断的研制中，自在香、状元香相继出炉。制香需要人有灵敏的嗅觉，为此我连烟都戒了。

让我们的制香事业更上一层楼的功臣是我儿子。儿子毕业以前，我还处在以品香为主的阶段。2011年，儿子大学毕业后，凭借他对制香的高敏锐度，调香工作有了进一步的发展，如今调香工作是以他为主力开展的。

在选香上，我们传承历代世家古验方的制作工艺，遴选上百种名贵天然中草药，采用古法加工。在制香上，专门挖掘、整理、恢复优秀的香疗香品验方，全力打造天然香。

儿子去年研制出的二十四品香被许多人推荐。一位玩禅乐的朋友，点香之后心生欢喜，眼泪不自觉地流了下来。他说，点香后，想到了很多事。这大概就是修行者的境界。

制香并不简单，央视曾经为此专门来拍摄纪录片。有一种香丸，需要三味原材料经过七七四十九天的发酵，才能最终成型，其间需要我们细心观察发酵情况。

目前，我们已为一批中高端客户调制个性化养生香品，现在我们的香品已达100多种。我们打算进一步创新，将香和中药进行结合，在香当中加入速效救心丸，使一串香料手串，关键时刻也能成救命良药。

制香之余，我们着手进行香谱整理。文化需要文字的记录，以便传承。我们整理的翁山香谱，在2015年被评为普陀非物质文化遗产，香谱中记录了百余种制香配方。“内外自然，表里如一，心性本静，香守香伴”，这是我们制香的本真。

多样化的文化传承

瓷器是我们即将涉足的行业，为此我已经准备了好几年，考察了越窑瓷器、龙泉瓷器、景德镇瓷器及德化瓷器等。

每一件瓷器，我都用心进行创作。比如这一款，整体呈现长方形，小山寓意着不同的海岛，平面上的莲花寓意着莲花洋，整体是以普陀山为灵感进行创作的。

为了更好地研究瓷器，我成立了课题组，对香瓷文化进行更深入地研究。

纵观这些年，除了船板画、制香、瓷器，我也玩博客、写文章，还做过美食不二鱼丸。在旅游和文化结合的这条路上，我还会继续坚定地走下去。

“在海边走村串户，为渔民看病，我内心很愉快”

□ 卢廷吉口述

人物简介

卢廷吉，1961年毕业于浙江医科大学，曾在舟山卫校、舟山医院工作，退休前为舟山市医学情报站站长。从事卫生事业30余年，卢廷吉为繁荣舟山的医学科技、学术交流做了大量有成效的工作。

父母双双患病，不治而亡

1956年，21岁的我参加高考，作文题目是《我们生活在幸福的年代里》，我不禁想起了自己的经历。1934年5月，我出生于江苏省江阴县的一个乡村，父亲是位勤劳朴实、安分守己的农民，有些文化，他与母亲用勤劳的双手抚养我们长大。

在我9岁那年，母亲因关节疼痛，请来一位在镇上行医的医生来家治疗，结果这一针刚打下去，妈妈就没再醒来。我记得此药很贵，一石米换一小瓶。现在回想起来估计是青霉素，妈妈可能是青霉素过敏休克而死的。

初中毕业后，我从故乡来到上海，在哥哥的资助下进入私立中学读完高一，但因为学费无着而辍学。正当前途渺茫时，我从《解放日报》得知有一家大工厂正在招实习生，报名者有上百位，我幸运考中。

然而正在这时，家乡传来父亲病死的消息。村里邻居告诉我，父亲感到剧烈腹痛后去镇上的卫生所，医生误诊为一般的腹痛，等病情严重后马上转到无锡市人民医院，结果被确诊为胃穿孔并发弥漫性腹膜炎，然而为时已晚，失去手术机会。

立志弃工从医，救死扶伤

父母亲患病不治而亡的现实时刻触动着我的心。伤心之余，我萌发了学医的想法。因为当时我国医学事业不发达，农村缺医少药，像我父母这样生了病得不到及时救治的人还有许许多多，他们本不该死，但最后还是死了。所以，我立志弃工从医，做一名新中国的医生，救死扶伤，以告慰父母的在天之灵。

虽然有亲戚劝我，上海地方好，在大工厂工作，工资又高……面对这些劝说，我没有动心，因为当时进大学可以享受产业工人助学金待遇，生活是有保障的。此后的一年半，我一边工作，一边努力自学高二、高三的课程。

1956 年 8 月，我接到浙江医学院的录取通知书，终于圆了大学梦。浙江医学院的前身是浙江医学专门学校，创建于 1912 年 6 月，是我国最早自办的专科学校之一。我学的是医疗学系，自入校后我一直担任班团支书，学习成绩蛮好。

支援海岛医疗，教学临床双肩挑

1960 年，学校从我们年级中挑选80 名成绩好、表现积极的学生让提前一年毕业。我被分配到浙江医学院附属第一医院传染病教研组工作，当时病房里患疑难杂症的病人很多，重病人也很多。记得杭州爆发肝炎的时候，我去肝炎病房工作了几个月，与省中医研究所所长潘澄廉一起在病房工作。在老教授的带领下，我的诊治水平提高很快。

1962 年，我响应祖国号召来到舟山支援海岛医疗事业，被分配到舟山卫生学校当老师。做老师要有较强的语言表达能力，我结合具体病例，尽可能讲得通俗易懂，让学生听得进。

那段时间，我约有一半的时间在卫校给学生上课，还有一半时间，我在舟山医院给病人治病。用一句话来形容，就是“教学工作和医院临床双肩挑”。

在舟山卫校工作 19 年，我担任了 13 年的内科教研组组长，教内科、传染科、儿科等课程，学生上晚自修时还要赶去辅导；在舟山医院，我分管病床，还要坐门诊、出急诊。直到 1978 年我担任学校教务副主任后，教学、医疗任务才算稍稍“减负”。

深入调查分析，诊断疑难杂症

在舟山医院工作的 18 年间，我收治过大量病人，有轻症的，也有重症的。那时检测设备不像现在这么先进，得靠医生根据临床经验判断。

有一次，我和董央庆医生一起收治一位高烧不退的病人。他是定海盐仓人，约莫 60 多岁，在检查中他的某项指标呈阳性，经过多种药物治疗还是没啥效果，家人都很着急。我们认真询问，得知他是一位船员，曾经长期在香港撑船，便考虑他有神经梅毒的可能。后来抽脑脊液送到医院检测，结果证实了我们的判断。

一位 40 多岁的女病人，因为腹部肿胀跑来医院就医。她说曾去上海某医院看病，医生说是肝硬化伴腹水，把她吓得半死。当时舟山来往上海的交通不是很方便，她回到舟山抱着试试看的心情来我们医院。我察看病情时发现她腹部柔软，考虑是否有结核性腹膜炎的可能，结果一抽腹水，发现确实是这病。经过治疗，最终痊愈。

海岛巡回医疗，服务渔民兄弟

海岛渔农民缺医少药，令我想起自己早逝的父母。所以每次有下渔农村巡回医疗，我积极报名，还得了一个“农民朋友”的雅号。

1965 年，我去嵊山参加一年一次的冬季带鱼汛渔场服务。当时三省一市的渔民都在此捕鱼，嵊山卫生院人手不够，我们去嵊山驻点一个多月，为渔民兄弟提供医疗服务。

1966 年，六横爆发流脑，我被派去礁潭公社蹲点防治。一天晚上，有位年轻妈妈急匆匆抱来一位 4 岁的小女孩，小女孩高烧抽搐不止，医生给她打了点滴仍旧没什么效果。我接手后决定为她擦拭酒精，半小时后小女孩终于退烧了，人也不再抽搐。她妈妈连声称谢，说：“我女儿的命是你救回来的……”

我出身于农家，对渔农民患者有深厚的感情。有的患者因为怕难受，不愿接受咽部喷药水，我苦口婆心劝说他们；稍有空闲，我就给病人倒水，打扫医务室卫生，让患者有个良好的就诊环境；当时病人平均每天要花费 1 角左右的交通费，我为老百姓送药上门，为他们省钱……防治流脑工作结束后，公社给防病治病积极分子发了奖状，我也在内。

坐船碰上风浪，差点翻船没命

1974 年，舟山卫校走出校门开门办学。学校在马岙人民公社建立教学基地，老师学生边教学，边巡回医疗。有一回，我遇到一位 80 多岁的老太太，发热头痛，我们抽取脑脊液后送到舟山医院检测，确诊为化脓性脑膜炎，让她花钱不多就治好了。地委宣传部专门派来记者采访宣传。

1976 年，我作为舟山地区“农业学大寨”工作队二分队的指导员，带队去嵊泗县绿华公社进行为期半年的巡回医疗，西绿华、东绿华，我们坐着小舢板穿梭于各个渔村，为渔民服务。当时妻子和两个孩子同时患病毒性脑炎，护理部征询妻子意见，是否要我回来，妻子说，再挺一挺吧。她这种顾全大局、自我牺牲的精神，让我很感动。

在海岛坐船，难免遇到风浪，我还因此险些没命。有一次碰上风浪，我们的小船差点被掀翻，千钧一发之际，正好有大船经过，把我们救起。这样的情况碰上过两回，现在想想还是挺后怕的。但在海边走村串户，为渔民看病，我内心感到很愉快。

培养学生千余人，为舟山医疗事业奉献青春

1985 年，我离开舟山卫校，担任舟山地区医药卫生科技情报站站长。当时医疗信息的获取远没有现在这么容易，我与同事搜集国内外、省内医技动态，并编写一些市内医疗科技资讯，油印成《医学情报交流》供同行交流学习，深受欢迎。

舟山是我一生中工作和生活时间最长的地方。1962 年刚来定海时，城区基础设施落后，生活条件较差，碰上大旱的时候，我们喝的是从上海黄浦江运过来的水，而且交通闭塞，碰上大风船就停航，为此不知道吃了多少苦头。

改革开放后，舟山市政建设突飞猛进，城市面貌显著改观，特别是舟山群岛新区获批后，城市的发展建设又上了新台阶。退休后我回上海居住了一段时间，感觉舟山、上海就像邻居一样，4 个小时车程就到了，跟过去简直是天壤之别。

为舟山医疗事业工作了 30 多年，我培养学生千余人，他们大多在舟山工作，其中有不少人凭借努力成为卫生事业的骨干。想到这些，我就觉得自己多年的辛勤努力，值了！

做当事人合法权益的维护者、社会公平正义的保障者

□ 林德华口述

人物简介

林德华，1963年出生，舟山市第六届律师协会会长、舟山市律协党委副书记、高级律师，现在泽大（舟山）律师事务所执业。他曾获得浙江省司法行政系统“十岗百优”先进个人、浙江省优秀辩护律师、浙江省法律援助工作先进个人、舟山市首届专业技术拔尖人才等多个荣誉称号，还在《中国律师报》《浙江审判》《中国法制报》等刊物上多次发表文章。

学生党员支援海岛

1983年7月，我考上杭州大学法学专业。按照当时工作包分配的惯例，我是宁海人，应该回到原籍宁海工作。我们班83名同学，没有一个舟山籍的学生，偏巧舟山市司法局派人到学校来要人，老师找到我说：“好男儿志在四方，你是学生党员，要服从组织分配。”

于是，我服从组织分配来到舟山。

上世纪80年代，舟山没有几幢高楼大厦，我去组织部报到，问路人：“组织部怎么走?”路人说：“道眼嘛。”听不懂舟山话，我丈二和尚摸不着头脑，只能再拉住下一个路人问：“道眼在哪里?”后来才知道，舟山话的“道眼”就是“这里”的意思。

扎根舟山30多年，我现在能听懂舟山话了。现在想想，蛮庆幸自己来舟山

的。我们那一届有 3 个宁海籍毕业生，如果当时我回到原籍，分配工作的话我不一定能从事律师职业。我喜欢挑战，也喜欢自由，就我们法律人而言，律师是一份不错的职业。

少有的科班毕业生

报到后，我主动要求到舟山市律师事务所实习。当时的律师事务所都是国办所，人员、财务都归司法局管，律师的工资也是财政拨款。办公地点位于定海海泳弄 1 号，检察院和司法局同在一个大院内办公。

一个行业的发展与整个地区的经济发展水平、人口总量密切相关，法律服务行业也不例外。我刚到舟山的时候，坦率地讲，舟山给人的总体感觉还是落后的。因为舟山人口基数小，从事律师工作的人数也不多，当时执业人数在 70 名上下。

究其原因，一、二线有竞争力的城市可以将三、四线的中小城市人才资源吸引过去。如果没有特别优惠的待遇，很难让其他大城市的人才来舟山海岛工作。

我报到的时候，工作人员跟我说，我是来舟山司法局上班的、全日制法律系科班出身的第一个外地人。

一炮打响的无罪案

律师的有效辩护可以避免冤假错案的发生。1988 年，刚到舟山的第二年，我还在实习期，被派往嵊泗去为一位故意伤害案件的被告人做辩护。

事情是这样的：两户相邻人家因为造房子搭脚手架起冲突，被告人在冲突中造成对方两根肋骨骨折，经法医鉴定为重伤。

按照相关法律，造成重伤应当判三年以上十年以下有期徒刑。一审没有采纳我提出的正当防卫的辩护观点，仍然宣判被告人三年有期徒刑，并附带赔偿对方近三万元经济损失。

提起上诉后，我继续作为他的辩护人，坚持认为被告人的行为属于正当防卫。二审法院最终支持了我的辩护观点，宣告我的当事人无罪。

进行无罪辩护并最终成功，对于律师来说，是很有成就感的。一个案件从公安立案侦查到检察院有罪起诉，事实和证据往往盘根错节。从全国法院每年宣告无罪案件的数量就可以知道，一般情况下无罪辩护的成功率极低。

一位律师的职业生涯中，能成功地做几件为被告人无罪辩护的案件是非常难得的，而我刚踏入这个行业，第一次办理刑事案件就取得成功，在我的职业生涯中留下了难以忘怀的记忆。

面临改制的律所

上世纪 90 年代，我们成立了舟山对外律师事务所和舟山海事律师事务所。当时司法局专门派我们到北京参加了为期半年的培训班，初衷是培养可以办理涉外及海事案件的专业律师，这在当时还是蛮有超前眼光的。

但因为市场培育不够充分，针对这类官司，当事人更愿意请外面的律师。

到了 1995 年，为响应司法部实施的律师制度改革，国办所转成合伙制。我所在的原舟山对外律师事务所（舟山海事律师事务所）率先转制成以“五奎”命名的合伙人律师事务所，彻底完成去行政化，自收自支，自我管理。

律师行业市场化以后，对人才的吸引力进一步增强，从事律师职业的人逐年增加，服务质量和水平也得到了逐步提升。

逐年改善的法律环境

我还记得邵琦律师带我去外地调查取证的经历。当时舟山有一家毛纺厂，因为涉嫌违约要支付巨额违约金。为违约金的合理性问题，我们与河北当地的工商行政管理局进行沟通，结果对方工作人员竟然上来就把我们做好的笔录给撕了。

这个事情侧面反映了当时社会的法治意识还比较淡薄，现在这类现象基本没再出现。社会的法治环境在变化，大家的法治意识也在增强，律师调查取证难的问题也在逐步解决。

如今，越来越多的人遇到法律问题愿意请律师，加入律师行业的人也呈现指数型上涨趋势。尤其是近五六年，每年有将近 10%的增幅。

目前，全市有 31 家律师事务所，200 余位律师。比起我刚到舟山时只有 10 来家律师事务所，70 多个律师，已经有了很大的进步。2016 年的统计数据显示，全市律师办理各类案件年均 5000 件以上。

法律援助的全覆盖

去年，我到泽大（舟山）律师事务所执业。泽大是全省性的品牌，在全省有 12 家分所，500 多名律师。近些年，越来越多的省内外品牌律所选择在舟山设立分所，这体现了舟山国家级新区的发展潜力。

作为国家级新区，目前舟山在法律援助上实现了全覆盖。律师，是法律援助的主力军、排头兵，面对各类法律援助案例，我们做到应援尽援，这是我们的社会责任。

我办理过一起工伤赔偿的法律援助案件，当事人是一位农民工，帮一家企业干活，发生了工伤事故，造成下肢瘫痪，二级伤残。这个案件涉及的工伤认定及赔偿程序非常复杂，企业觉得与受伤者不存在劳动关系，因此要先做工伤认定，然后再进行伤残鉴定赔偿。如果没有律师的帮助，弱势的农民工很难与一家实力雄厚的企业相抗衡。通过我们的努力，农民工最终取得合理的赔偿。

在我看来，法律援助是多赢的，通过律师的努力，弱势群体可以享受到法律的阳光，而律师本身也通过案件的磨砺得到锻炼。

法理与人情的探讨

作为律师，我们也经常碰到人情与法理之间的碰撞。我们律所之前承办过一起在国内影响力比较大的“胚胎案件”。

一对岱山的夫妇因不孕刚做完体外受精术，并进行了全胚冷冻，打算在 3 个月后做冷冻胚胎移植。但一场海难事故，让男方下落不明。男方是家中独子，妻子与公公婆婆都想将胚胎解冻、移植，让女方有子女，公公婆婆有子孙。没想到，这个单纯的愿望却踏入了法律的空白地带。经过艰难的讨论，医院伦理委员会不赞同马上给女方做胚胎移植。最终我们律师陪女方打赢了这场官司，这在国内尚属首例。

打赢这场官司的是我们律所的郑素雅律师。近些年，舟山的女律师队伍逐渐壮大，目前约占执业人数的三分之一。

如今，律师执业的环境在慢慢改善，很多部门把律师作为重要的力量。在调解中心、信访接待、街道社区等地方，都能见到律师的身影。律师的社会责任也随着新区法制推进而扩展，律师不仅仅是当事人合法权益的维护者，还要成为社会公平正义的保障者。

扎根海岛职教多年的她，受到刘延东的亲切接见

用匠心点“蓝”成“金”

□ 张赛芬口述

人物简介

张赛芬，舟山职业技术学校教师，曾获全国模范教师、全国教育系统巾帼建功标兵、全国中小学优秀班主任、浙江省优秀教师等荣誉称号。2017年，她当选“全国教书育人楷模”“全国十大最美教师”。

扎根海岛职教一线多年，她率先提出“蓝金领”概念，确定了职校生的终极培养目标。她的学生在国家、省市各类比赛中多次获奖，所带班级参加高职考试通过率达到95%以上，技能考证合格率每次都是100%，一批批“蓝金领”从她的课堂走出。

帮学生重拾荣誉感和自信心

1997年，我从岑港中学调入舟山职业技术学校任教。

开学第一天，我走上讲台，底下坐的40多位孩子，清一色男生，他们眼神中透出涣散、沮丧、自卑、叛逆……面对这群桀骜不驯的孩子，我心里明白，只有重拾荣誉感和自信心，才能有全新的开始。

我让男生到商场买了两只篮球，课余时间让他们进行篮球赛，我当“啦啦队”，为他们加油鼓劲。这一招还真管用，听到一片叫好，自信心就来了，篮球赛唤回了他们的荣誉感，班级精神面貌也焕然一新了。

入学分数低，不是智力有问题。我“死磕”学生完成作业的认真程度，不好的重做。

一个班总会有几个“调皮蛋”，但我也发现，别看他们学习成绩不咋样，但在同学中很有号召力，振臂一呼，响应者众。我就利用这个特质，任命他们当班干部，把号召力转化为执行力的优势，一有任务让他们负责去组织落实，往往完成得很好。

学校是寄宿制，孩子的父母亲不在身边。腊八节我会在家里煮好粥，带到学校来分享；立夏，我煮好茶叶蛋，班上同学人手一只，让他们产生一种家的归属感。

卫生、坐姿、作业、纪律……班主任跟“千手观音”一样，每只手都要抓。学期结束，班级被评上“先进班集体”。一届又一届，我的任务是帮学生们点燃希望、重新出发。

2002 年开始，我担任两个男生班的班主任；2012 年开始，我同时担任三个班的班主任。别人觉得不可思议，但我觉得，三个班带起来更有优势，班级之间可以取长补短，良性竞争。有什么问题，高年级的大哥哥来教新入学的小弟弟，远比我说的管用。

个体关注从记名字开始

这几天我在家访，一位学生的父母说：我们老家有个孩子，下学期要读你的班级。我脱口而出他的名字，并说：“我知道那孩子，头发有点像蘑菇的。”家长很惊讶：“你记性这么好！”

其实，我是用了方法的。以前报到时，我会给每个孩子做张胸牌，军训的时候，我对人记名字。一开始感觉每个人长得差不多，慢慢发现各有特点，用形象记忆法都记牢了。

现在有了手机，记起来更快了。学生来报到，我给每人做一张座位牌，说：“笑一笑，我们来留下高中生活第一张精彩照片！”拍下来后存在手机里面，午休时看照片对名字，背上三遍差不多都能记下来。

每位学生都渴望个体关注，第一关就是记名字，这会让学生有种感觉：“老师尊重我。”

老师对学生的关注是一辈子的。前几天，我去了学生实习的浙江炜驰集团，给孩子们带去饮料，他们看到我来了，“老妈！老妈！”喊得特别亲切。

昨天，我去金塘看望在那里实习的学生，他的师傅说着说着就流泪了：“这个孩子尽管胖，但干得很认真，包装、发货、清点，衣服都湿透了，背后长了很多痘痘，我看着也心疼。你们把学生教育得很好。”我听着很感动。

我们就是要用爱，陪伴他们完成从职高生到职业人的华丽转身。

在蓝领岗位上创造金领价值

生命中的贵人很重要。

我的老家在岑港，农村里有重男轻女的思想，觉得女孩子读书没用。好在父母开明，支持我读书。只是家境不太好，我原本打算初中毕业后不再读书，但班主任卢永定老师一次次来家里，说这孩子将来一定能考上大学。舅舅张正全说："老师已经来好几次了，应该让她读，生活费的事我来。"

幸运的是，我一路遇到很多好老师，高中班主任戴华国老师，对我很关心；考上舟山师专后遇到顾弘老师，大二时我就成为预备党员。其实我想都没想，这样的幸运机会会眷顾我。这些经历让我相信，好老师可以改变一个人的命运。

只要找到身上的闪光点，每个孩子都会发光。有位学生，初中比较调皮，进入职高后，我鼓励他参加演讲比赛、文艺表演，鼓励他学好专业技能，目前是舟山一家电气公司的总经理；有位学生做事耐心，动手能力强，我鼓励他学好专业技能参加省级比赛，在自主招生中他加分进了大学，毕业后进入上海铁路局工作。

学生有什么好事，会第一时间来告诉我。有位男生，最近被招进了交警铁骑队，他给我发微信说："老师，我加工资啦，还打算考公务员。"我给他竖了个大拇指："前途无量，以你为豪！"曾经教过他的老师跟我说，这男生以前不自信，现在完全让你改变了。

在班主任眼里，每个孩子都是有潜力的。虽然职业学校是培养蓝领的摇篮，但我希望他们创造出金领的价值，所以我给班级取名"蓝金领"，还设计了 logo。

懂医学、会破案，班主任是个"百事通"

当班主任要刚柔相济，不能一味慈爱，要培养学生的规则意识，让他们敬畏规矩。

敬，就是让他们服你。虽然我是英语老师，但我在 2007 年考出了钳工证书，现在可以配合专业老师指导学生准确地量、锉、磨、钻孔……这种无声的教育力量很大，我一个中年女老师都能考出来，他们有什么理由通不过呢？

当班主任得懂医学。一位学生有癫痫，发作起来会口吐白沫，我和几位学生专门去医院学急救常识，时刻提防。戒备时安然无恙，一不留神就发作了，得找勺子垫在上下牙齿间，以防他自己咬伤舌头。教室里没勺子怎么办？我急中生智："用笔!"

有学生中考一结束就放飞自我，学社会青年文身，入校后我找他谈话，得去洗掉。去哪里洗、洗几次、什么时候不能洗、洗完后要注意什么，我把这些东西都告诉他。

当班主任还得会破案。班上规定，晚上 9 时 40 分要上交手机。有的学生把商场里的样板机交上来，我如果不揪出来的话，全班都造假了。所以每月我都会趁其不备来个回马枪，有几晚睡在学校里，一个个查手机，谁上交假的，对不起，这部手机一个月都在我这里。

学生的手机丢了，你要通过眼神判断是谁拿了；学生抽烟了，你要准确说出抽烟者的名字；买校服，你得一眼判断穿哪个尺码；擦玻璃，你得知道用什么方法擦得最干净；出黑板报，你要懂得用什么方法最抢眼；教室里养了花，你要告诉他们多长时间浇一次水……

其实学生跟老师之间，一开始就是场较量。为了让他们服我，我背后要做很多工作。

在首都师范大学作事迹汇报

我是一线教师，不是领导，但这些年，我获得了很多荣誉。中国有句话叫"枪打出头鸟"，但同事们对我没有另眼看待，更多的是保护。从内心来讲，我很感谢舟职这个温暖的大家庭。

去年教师节，因为幸运入选"全国教书育人楷模""全国十大最美教师"，我去了北京，在首都师范大学作事迹汇报。汇报结束后，我很幸运地受到了刘延东副总理的接见。刘延东副总理这样评价："张老师的事迹很感人，听着很感动。"

作为浙江省唯一一位入选者，而且是职业学校唯一代表，我觉得这也是国家对职业教育的重视使然。

我从教 29 年，其中 21 年在职校任教。每天早上，我 7 点到校，14 个小时都在学校。从 1997 年以来，我就这么陪着一届又一届的学生，因为我觉得陪伴是最好的力量。在家的时间少了，我对家人心存愧疚，所以每年寒暑假，我都放弃疗休养的机会，全心全意做好主妇角色。

很多人说，我让职校生华丽转身。反过来说，也是学生成就了我，当学生具备创造幸福能力的时候，就是我倍感欣慰和幸福的时候。

舟山航海教育从无到有的腾飞之路

□ 王捷口述

人物简介

王捷，浙江国际海运职业技术学院副书记、院长。他既是一位教授，也是经验丰富的远洋船长，他见证了舟山航海教育事业，从萌芽到腾飞，并在经济大浪潮中逐渐走向多元化。

年轻时几乎跑遍五大洲

我是地地道道的舟山人，1980 年高中毕业后进入大连海运学院——也就是现在的大连海事大学——攻读海洋船舶驾驶专业，这是中国最好的海事大学。1984 年毕业后分配到上海远洋运输公司，它隶属于中国远洋运输公司，是我国最大的国有远洋运输企业。

当海员的日子里，我们一般一年里面工作 9 个月，休息 3 个月，最长一次我跟着远洋商船跑了 14 个月。

在这段时间，我基本上把全世界各个洲都跑遍了。刚参加工作的时候跑东南亚、日本等亚洲线，后来跑欧洲线、南美线、澳大利亚线……那时候的装卸效率还没有这么高，那时到了一个地方大概能留出十几二十天的装卸时间，休息的时候我们就可以去各个城市走走看看，找到邮局给家里报个平安。可以说，新加坡我是看着一步步发展起来的，当初我们刚到新加坡的时候，那儿还是破破烂烂的。

我在海上航行最久的单程是近一个月，从新加坡出发经印度洋过好望角，再经大西洋到荷兰鹿特丹港。我们在船上也是有上班时间的，一般一天上班 8 个小时。我做三副的时候，上班时间是早上 8 点到中午 12 点，以及晚上 8 点到半夜

12 点；做二副的时候，上班时间是半夜 12 点到凌晨 4 点，中午 12 点到下午 4 点。总而言之，各个职位有不同的上班时间，并非大家想的那样，只是看着大海发呆。

引进人才，回到家乡

1992 年，我辞职离开上海，回到舟山。间接促成这次工作调动的还是董建华先生回家探亲的经历。

1990 年 7 月，董建华先生第一次回舟山探亲，他希望能为家乡作贡献。舟山靠海，舟山人了解海的脾气；董建华有船队，他的父亲董浩云被誉为现代郑和，是世界七大船王之一，他在上个世纪打造了一艘可载重 56 万吨的油轮，至今还是世界最大的油轮。

董建华和他父亲非常重视教育，当初就有一艘海上大学远洋船舶，环世界航行，取名“海上学府号”。这个想法放在现在，也是很超前的。

董建华第一次来舟山探亲时，他的身份是东方海外货柜航运有限公司的董事长，另外还有自己的船队金山轮船公司。他就和当时的舟山市领导商量，舟山能不能培养一批海员，培养出来后可以前往香港，去他的船队工作。

严格来说，当时的舟山还没有国际海员。1990 年，在原来舟山水产学院的基础上，舟山航海学校诞生了。

航海学校成立的时候，学校急需培养国际海员的专业教师，于是舟山市政府出台特殊政策，引进人才。我就是在这个时候回到了舟山。

因为国有企业工作关系难以调动，我回来也费了一番周折，可能算得上是舟山引进人才的第一人，粮油户口都是重新建档的。对于我来说，最重要的是可以回到家乡。

第一届毕业生，成为国际海员

1990 年 9 月，第一批学生入学了。在原来水产学院基础上，将原来捕捞专业的学生转到航海来。

当时成为海员是十分吃香的。首先，当时出国难，但是海员可以跟着商船去各个国家走走看看。另一个深层次的原因是工资高。我刚回来工作时，每个月的工资是 100 多元，但是远洋船员的工资有 3000 多元，这还仅仅是国内工作，一年只能回家一次的外派人员的工资还要高，刚毕业的实习生的实习工资也有 400

美金。印象中在 1997 年左右，大副的月工资就已经有 3000 多美金了，而当时舟山其他工作月工资普遍也就千把块人民币。所以既能出国看世界又可以赚大钱的工作，谁不想要呢?

后来舟山头几批买房子的人当中不少是我们的学生，对于很多渔民家庭来说，有一个孩子当了海员，不仅可以自收自支，还可以反哺家庭。

1994 年第一批学生毕业，我们从优秀的学生中选出了 24 名前往香港，到董建华先生的船队工作，航海和轮机专业各占一半。如今这批人中留在香港的，都已经成为自己领域的顶梁柱，成为香港主要航运企业的船长或者轮机长。而在香港锻炼后回到舟山的，也在舟山主要航运单位担任要职或自己创业。

到了香港，这批毕业生也是从实习生开始做起，而且都分散到了不同的船只上，一般一艘船只有一个或两个我们的毕业生，语言成了他们工作的最大障碍。家乡山高路远，在香港一切都得靠他们自己奋发图强。好在无论是上世纪 90 年代的第一批毕业生，还是现在新时代的孩子们，我们舟山出去的孩子，在外的评价都不错，勤勤恳恳、十分务实。

这批学生可以说是改革开放后的舟山第一批国际海员。

第一批毕业生也秉持着海岛人民的朴实和好学精神，从实习生一步步成长，渐渐地得到船方的认可。越来越多的公司看上了舟山航海学校培养出来的国际海员，纷纷来到舟山招收毕业生，其中包括英国、挪威、日本等国家。

航海学校 1992 年开始正式对外招生，由于学生毕业去向好，报名的人越来越多。

学校打开国际输送通道

从 1994 年开始到 2004 年，航海学校一共外派了 574 名学生。从航运教育角度看，舟山航海学校的成绩在全国乃至全球，都有着相当的影响力。

1998 年，我成为学校第三任校长。学校进行了 ISO9001 认证，这个认证的通过意味着国际航运业认可了这个学校，当初我们是请了挪威船级社来认证的学校办学资质。

这个认证的作用在于打通了我们的学生和国际著名航运企业之间的通道。因为著名的国际航运企业都有认证，他们就可以直接过来我们这儿招收毕业生。

就当时世界海运业而言，国际海员缺口很大，而我们也希望培养更多的中国海员到国际市场去。舟山人做国际海员，是有良好的历史基础的。

新中国成立前，有很多英国船上的轮机长都是上海崇明人，而船长则很多都是宁波、舟山人。这批人后来有大部分到了香港、台湾求发展。

舟山未来在国际海事方面要做国际开放的业务，那么这一批学生就是中流砥柱。这些年，学校培养了不少国际高级海员，仅东方海外货柜航运有限公司近三分之一的船员都是从我们学校毕业的。

国际海运职业技术学院的创办

时间到了 2004 年，位于定海文化路仅有一栋教学楼、一栋办公楼的航海学校已经不能满足教学日常所需。学校办学形势良好，企业和学生的需求都日益增长。我们急需更好的办学环境。

从 2004 年起，学校进入了一个新的纪元。航海学校和东海学院等一起合并成为浙江国际海运职业技术学院。

学校升级后，也实现了中专到高校的转变，可以面向全省招生。当时报名非常热闹，招生完全不用愁。通过教育实现渔民的转产转业也成为建校初的主要任务，学校内部设立了航海工程学院、船舶工程学院、港口管理学院、海洋旅游学院等二级学院，为舟山主要产业发展培养人才。目前，很多毕业生已成为这些产业的中流砥柱。

新时代下的转型与人才储备

大约在 2012 年金融危机爆发以后，海员方面的专业招生并没有以前那么热门了，但是学生的就业前景还是相当不错，航运企业还是纷纷来学校招生。

如今有不少学生是心怀“征服星辰大海”的理想来选择航海专业的，从骨子里来说，航海是舟山人一种深植于心的精神与梦想。

而学校也从 2004 年刚合并初期的不超过 10 个专业，到现在增加至 26 个专业，拥有 5000 多名学生。如今，我们除了一开始设立的和海有关的专业，比如海员、造船修船、港口物流、海洋旅游四大块之外，还额外增设了石化专业、航空专业等。所涵盖的内容越来越广泛，开设的专业均和舟山的产业发展相挂钩，目的就是更好地为新区培育人才。

从 1992 年回到舟山至今，我见证了舟山的航海教育事业从无到有，从一开始没有一个国际海员到现在享有国际声誉。我也见证了舟山港的发展，舟山要成为东方大港，航运业是重要的一方面。

新时代的大环境下，学校专业结构也实现了转型，一产、二产、三产全覆盖，并更加注重各种人才储备与输出。据我了解，还有几个毕业学生当国际海员回来后，一起在舟山创立了公司，他们新的人生篇章正在展开。

衷心地希望舟山经济进一步发展，让毕业的学生都能真正留下来，为浙江舟山群岛新区建设作贡献。

倾情海岛地名事业近 30 年
他成为全国地名界领军人物

□ 王建富口述

人物简介

王建富，海岛地名专家，浙江江山人，1989 年毕业于杭州大学地理系。曾获 2013 年度国家海洋科学技术一等奖，2015 年被国家民政部评为全国民政行业中唯一的地名领域领军人才；2016 年 10 月，被评为“全国优秀社会科学普及专家”；连续三届被评为舟山市专业技术拔尖人才，现为舟山市资深拔尖人才。

近 30 年，跑过近 600 个岛屿

1989 年春天，因为做毕业论文的需要，我机缘巧合地在杭甬列车上结识了舟山籍的校友。没多久，从杭州大学地理系毕业后，我通过双向选择，来到舟山市民政局从事海岛地名工作，从此与舟山群岛结缘，与舟山民政结缘，与舟山地名结缘。

对一个初来乍到的外乡人来说，舟山方言比较难懂，而做海岛地名工作又必须下渔村跟老百姓交流。好在当年冬天，我被派到一个工作组进驻盘峙乡，每天住在当地人家里，与他们同吃同住。两个月下来，已经能听懂舟山话。

我喜欢跟老百姓聊天，上自天文下至地理，与群众都有共同的话题。就是在那里，我听到了很多地名故事，包括“大小颠倒的地名”等就是从当地人口中得知的。这让我感到地名是一件很有趣味的事，与当地的文化历史密切相关。

地图调绘是地名工作的基础，年轻的我对此充满热情，很少宅在办公室，有时调绘一出门就是一整天，把城区的大街小巷都跑遍，直到伸手不见五指才回寝

室。那时我的主要交通工具是自行车，吭哧吭哧地骑到目的地后再步行，脚起泡是经常的事。去农村，先把自行车用“三卡”装到当地，再骑车、步行进行调绘。

岱山东沙、嵊泗嵊山等离岛乡镇我都是一个人背着包去。有一次在衢山进行调绘，忽然大雨如注，我第一个念头就是用小小的雨伞挡住地图，任凭人被大雨打湿。正是这样的忘我和投入，让我很快熟悉了舟山的各种地形地貌，也为后来的工作打下了坚实的基础。在后来从事海岛地名工作的近 30 年里，我跑过近 600 个岛屿，拍过数以万计的照片，搜集整理了数百万字的海岛地名信息资料。

依靠地名，帮失联亲友再相逢

地理是一门很有意思的学科，初学时属于文科，到了大学又归属理科。而我在从事地名工作时，也有一种“文理交融”的感觉，地质地貌、地图测绘等需要理性思维，而地名又是源远流长的历史文化，甚至还凝结着各种情感。

上世纪 80 年代末 90 年代初，很多舟山籍台湾老兵写信回来寻亲，这批老兵大多没有文化，就在街上找人代写书信。可能有的普通话不准，有的离乡多年记忆出错，地址写得不准确，寄到舟山后邮递员送不出去，就拿到地名办来，让我们想办法帮他们找。

我们像猜谜一样“破译”正确地址。其中，有封寄到“定海县欧亚红村”的信，让人很费思量。我在前辈的指导下，通过查资料，最后聚焦到岱山县泥峙镇的江窑湖村。那时候装电话的人家很少，我电话打到生产大队，问有没有这样的人，对方说：“有，确实有这样一户人家，儿子曾被抓壮丁去台湾了。”

有一位四川成都籍去台老兵，1950 年曾随军队在舟山驻扎过，两岸“三通”之后，曾多次来舟山寻找故人叙旧。结果，来了几次都没找到。他就买了份旅游地图，看作者是我，便给我写了一封信，画张示意图，让我帮忙找。我判断可能是在白泉，陪老人一起找，当走到山边看到一口井时，他说有点像了。再往前走，碰到一个 78 岁的老先生，正是当年的旧相识。

看到几十年失联的亲人、朋友在我们的帮助下重逢，我很开心。对我来讲，既做了好事，又是一种学习，查资料、跑实地，这些“分外事”让我熟悉了舟山的地名。

参与编纂我国第一部反映海岛全貌的大型工具书

2009年年底，国家海洋技术中心的齐连明研究员来舟山考察。来到市地名办调研时，对我市率先开展的海岛地名标准化尝试给予了高度评价，表示今后要多交流、多合作。本来，我以为齐先生的讲话仅仅是一种礼节性的表态，没多久就因工作繁忙而淡忘了。

没想到数月之后，上级通知我去北京开研讨会。原来，齐先生没有忘记我这个曾有一面之缘的基层地名工作者，专门向吕司长汇报，要求让我参与相关工作。就这样，我成为全国基层地名工作者的代表，经常性地参加一些国家海洋局召开的小型技术研讨会或评审会。

其间还发生了一个小插曲：由于我同时要参加杭州的一个会议，时间上有冲突，我回复说无法按时到会。没想到吕司长指示将会期推迟一天，请我在杭州会议结束后即飞北京。这种对基层地名工作者的尊重让我深受感动。

2010年春节前，市史志办主任包江雁给我打来电话说，国家海洋局第二海洋研究所派员来联系，希望能够与舟山合作编纂《中国海岛志》浙江卷第一册和浙江卷第二册，他推荐我参与这项工作。

在市民政局领导的支持下，我将地名办的日常工作托付给年轻同事，自己则全身心投入到《中国海岛志》浙江卷第一册和浙江卷第二册的编纂工作中。为了方便工作，我自费购买了新电脑，争取收集两套同样的参考资料，单位放一套，家里放一套，白天在单位写，晚上接着在家工作到11点以后。

如果资料只有一套，就早上拎着坐大巴去单位，下班再拎回家。冬天最辛苦，经常冻得手指发麻。即便遇到出差和春节，我也不间断。这样的工作节奏持续了近两年时间。

2012年2月16日，国家海洋局召开《中国海岛志》编纂任务验收会。专家们认为，该志书作为我国第一部反映海岛全貌的大型工具书，首次全面系统地记述了我国海岛的详细信息和要素，通过验收，并将该任务成果评为优秀。这个项目还获得2013年度海洋科学技术奖一等奖，我成为该项目中唯一海洋系统之外的获奖人员。

为维护国家主权和海洋权益付出绵薄之力

2012年9月，我接到上级通知连夜赶去杭州参加一个重要会议。到达会场后我才知道，原来这是一个关于钓鱼岛海域自然地理实体标准名称命名方案的评审会。考虑到这项评审的难度有点大，起初并没有推选专家组组长。

会上，我从舟山海洋文化的角度出发，提出了一些评审意见。比如，我注意到一个海蚀柱，由此联想到我国沿海地方志对“海蚀柱”的记载和历代名人对它的描述，而且舟山本岛也有类似的海蚀柱，渔民对它们很崇拜。于是我建议，将赤尾屿上的海蚀柱命名为“系缆石”，其深层含义是，任凭风云变幻和风吹浪打，钓鱼岛及其附属岛屿，牢牢系在祖国的山水间。

我还建议将钓鱼岛上的一个港湾命名为“顺风港”，其含义一是中国最早发现并命名了钓鱼岛，明朝史书《顺风相送》就将之记载为“钓鱼屿”；二是我国浙江、福建和台湾等地的渔民常年到钓鱼岛海域捕鱼，出海时讲究顺风顺水。

我的建议得到与会专家和领导的认可，最后确定我为专家组组长。一星期后，经国务院批准和授权，国家海洋局向全世界发布了我国钓鱼岛海域部分地理实体26个标准名称，“系缆石”“顺风港”名列其中，我也因此实现了为维护国家主权和海洋权益付出绵薄之力的梦想。

人一定要多做事才能成长

一位朋友跟我说，除了做学术，你还要做些普及性的东西，让老百姓了解更多的地名文化。我很认同，所以尽可能抽出时间到社会讲堂、媒体微信公众号上宣传地名文化。

2011年，我参加了科教片《海岛迷踪》的拍摄工作，为“塌东京、涨崇明”神话传说作了科学解读，该片在央视科教频道播出后效果不错。

三年前，受本地媒体邀请，我在微信公众号上每周推送一篇通俗易懂的地名漫谈，阅读量稳定在3000人次左右，好的能破万。后来还据此编写了《地载海山 名志千岛——鲜为人知的海岛那些事儿》等通俗的社科科普读物。

从事地名工作几十年，虽然一直忙忙碌碌很辛苦，但我个人也因此获益良多。很多工作对我来讲，既是压力，又是动力，增长了知识，积累了资料，结识了朋友，个人的能力也得到了很大提升，甚至改变了人生的发展轨迹。我不再囿于舟山地名，而是走到一个更大的平台，也因此有机会宣传舟山的海洋文化。

机遇源于偶然，成就源于勤奋，人一定要多做事才能成长。

希望退休后大家能记得我是“小黄鱼之父”

□ 楼宝口述

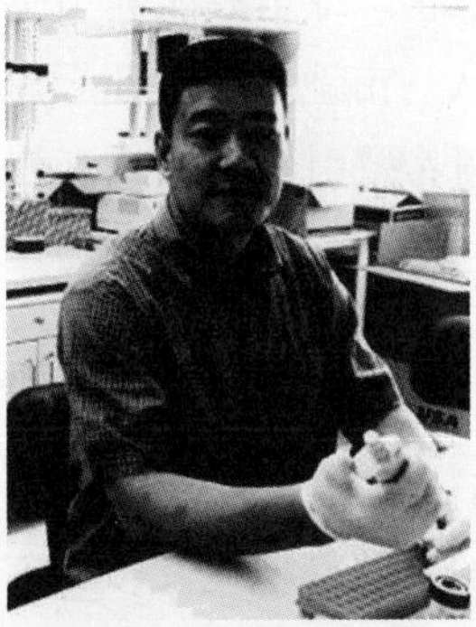

人物简介

楼宝，博士，浙江省海洋水产研究所副所长，博士生导师，研究员，舟山市资深拔尖人才，浙江最美科技人，浙江省优秀共产党员，全国自强模范，浙江省水产学会理事，浙江省水产标准化技术委员会委员，浙江省第十四次党代会代表，美国奥本大学访问学者，入选省“新世纪151人才工程”第一层次，曾获浙江省科学技术三等奖和国家海洋科技二等奖等奖项十余次，获得授权发明专利24件，发表论文160余篇。在海水养殖动物繁殖生物学、增养殖学和遗传育种学等方面有丰富的实践经验和较高的专业技术水平，完成的项目取得了较好的经济、社会和生态效益，为浙江省海水增养殖业的可持续发展作出了贡献。

毕业来到舟山从事对虾增殖放流

我是义乌人，大学就读于上海水产大学。男孩子嘛，觉得水产大学不是抓鱼就是游泳，好玩，真正进大学后才明白，水产可不是一门简单的学科。我所就读的渔业资源专业，课程从气象学、海洋学、海洋生物学，到海商法、渔政管理，涉猎广泛。

1992年，我作为学生干部暑期考察团一员到过舟山，对舟山的印象停留在鲁家峙低矮的民房，以及挂了蚊帐还把我咬出一手臂蚊子包的舟渔公司技校宿舍。那时候还没想过，一年后，我毕业会被分配到位于舟山的浙江省海洋水产研究所。

1993年，水产研究所还位于沈家门小西湖弄，门口有个菜场，菜场旁边是同济路。窄长的青石板路，街边店铺的木移门，空气中飘荡着鱼腥味，还有冒着热气的生煎包子，充满着渔村的气息。

我被分配到渔业资源研究室，师从徐君卓先生从事中国对虾的增殖放流工作。中国对虾本生长在黄渤海区域，上世纪70—90年代，解决中国对虾的人工育苗技术并对其进行增殖放流成为全国性的课题，浙江区域是我们所负责的。

舟山现在普遍养殖的南美白对虾，是从上世纪90年代后期至本世纪初期才开始引进培育的。受到舟山气候、水温的限制，自然条件下，每年只能养殖一茬。后来定海小沙的养殖户陈文龙在舟山首创大棚养虾，从一亩地只能出几十斤虾到成功实现了“吨养”。可以说，舟山南美白对虾的大棚养殖引领了整个浙江省，陈文龙也是舟山渔民转产转业的典型。

成为“养鱼专业户”

从进入研究所以来，我一直致力于海水养殖动物的人工育苗工作。

人工繁殖中的亲鱼培育和照顾孕妇是一个道理。我们的育苗基地在登步岛不远处的西轩岛。12月份要将鱼移到室内进行培育，3到5个月内，请“产妇”吃好喝好。

照顾“产妇”的过程中，总有磕磕绊绊。有工作人员操作不当，忘记关阀门，导致一池子的鱼死了不少；也有人好心办坏事，用漂白粉对池子中的鱼进行消毒；或者半夜停电，鱼缺氧奄奄一息。好在这些都只是小插曲，大部分的情况下，“产妇”被我们照料得很好。

大多数情况下鱼都是自然产卵的，当然也有“产妇”迟迟不生产，和人一样，我们也要给它们打催产针。从鱼卵孵化出小鱼苗，到小鱼苗长成大鱼苗，需要60天左右，我们寸步不离地在岛上照料。

从2001年以来，我对鮸鱼、褐牙鲆、黄姑鱼、石斑鱼、条石鲷、马面鱼、小黄鱼等10多种鱼类进行了人工繁殖试验。

小小心愿：能称呼我为“小黄鱼之父”

我们现在做的小黄鱼育苗，拥有完全知识产权，如今已经培育到了子四代。我们专门设立了小黄鱼宴，把养殖的小黄鱼做成十几道菜品，吃过的人都说和野生的味道相差无几。

2014 年春天，我偶然听说象山石浦有养殖户的网箱里钻进了上千尾野生小黄鱼幼苗，欣喜若狂，连忙赶往象山。小黄鱼是洄游生物，我们估计它们在象山海域生产后，孵化的鱼苗循着饵料误入了网箱。

我劝说养殖户不要把这批野生小黄鱼幼苗卖给别人，如果卖了，顶多养大当盘中餐，没有科学研究价值。养殖户最终把这些鱼苗留给了我们。后来，我与养殖户张老板成了好朋友。

进行新种类的开发有很多途径：一种是到海上去捕活鱼，在室内养大，然后进行交配；另一种在海上直接捕获成年的雌鱼和雄鱼，为它们进行人工授精。但这两种方法，捕获难度高，成功概率十分低。我一直期盼有较大数量的活体小黄鱼，进行有效的科研实验，终于让我等到了。

我们将这些鱼苗视若珍宝，当年冬天把它们从象山接到了西轩岛养殖基地。在团队的共同努力下，第二年小黄鱼便成功产子，育苗成功，填补了国内的空白，这是全国渔业科技上的一件大事。

苗种繁育出来以后，不但可以投放市场进行人工养殖，还可以用于增殖放流。因为这些小黄鱼，我结交了象山县科技局的王其伟局长，也成为好朋友。他专门为小黄鱼育苗成功写了首诗："我乃东海小龙女，误入情网到人间；主人视我掌上珠，西轩岛上把家安。"短短四句，把来龙去脉描写得活灵活现。

我有个小小的心愿，希望大家在禁渔期吃到我们培育出来的美味小黄鱼时说，楼宝是"小黄鱼之父"。我们搞科研的，一辈子能和一条鱼挂钩在一块儿，也值了。

十年磨一剑：黄姑鱼的全雌化

除了小黄鱼以外，大黄鱼和黄姑鱼的育种也是我的研究重心。在黄姑鱼研究上，我用了 10 年，带领科研团队不断做实验，终于实现了全雌化的育苗，打算明后年去申报新品种。

黄姑鱼的全雌化育种灵感来源于左口鱼，雌性的左口鱼长得比雄性快，个头也比雄性大。黄姑鱼也有这样的特征，如果人工养殖实现全雌化，可以给养殖户带来更大的经济效益。我们作为公益性的研究所，苗种开发出来后，让养殖户去养，不断优化技术。

《黄姑鱼养殖的理论与实践》这本书大概有 80 万字，我们正在撰写，综合了 10 年间发表的几十篇论文。我一直说，我们工作地点在舟山，但是渔业科研要放眼全世界。我们要做的是“顶天立地”的事儿。所谓的“顶天”，就是搞应用基础研究，比如做全基因组学研究，发表高水平的论文；所谓“立地”，要与养殖户对接，帮养殖户做到减量增收。

如今培育出来的全雌性黄姑鱼，我将它们命名为“舟山一号”，已经培育出了几万尾，正在网箱进行养殖。

穿着皮鞋去养鱼

一直以来，人们觉得养鱼是很低贱很辛苦的行业，导致很多家长不愿意孩子从事这行。

作为浙江海洋大学研究生导师，我每个新学期开学时都要给学生们打气，告诉他们水产养殖的重要性。我的母校早已将多年前的养殖系改名为水产与生命科学学院，我们的研究就和医生的研究一样，只不过研究的对象从人变成了鱼。我跟学生说，我们的研究是解析海洋生物的生命，海洋是生命的摇篮，要有信心，要有责任感，我们要做到穿着皮鞋去养鱼。

随着现代社会的发展，环保意识逐渐增强，我们也要转变养殖的思维。以前网箱小，放置在近海，网箱是用木板围起来的，网箱下面鱼的粪便、残留的饲料有的地方累积有 1 米厚，污染了环境。我们现在要做到多学科融合发展地进行养殖。现在的网箱采用 HDPE 管桩，放在外海，抗风浪能力强，又利用外海的水深、水流对鱼的粪便等进行分解。

从滩涂到浅海，日后我们要实现工厂化养殖，在陆地上造一个大车间，内部有水池，有可调控水温、溶解氧等的智能化设施。三产融合后，随着资本化和设施化水平的提高，这些愿景正在一步步实现。

记得上大学时，一位老师对我说过，渔权即海权，远海的诸多岛屿，都有先民捕鱼留下的生活痕迹以及古籍文献记载，理解这些，会为我们的渔业深感自豪。而我们这些奋斗在渔业战线上的人，更要去理解行业的重要性。工作至今 25 年，我很享受这个过程。

曾列入第一批加拿大援助中国项目“百万级”国际空港的前世今生

一个工程能获得如此多的奖项，这在舟山建筑史上前所未有

□ 张书明口述

人物简介

张书明，杭州桐庐人，1989 年任舟山市城乡建设委员会主任、书记，1992 年任舟山市人民政府副秘书长，舟山市机场建设指挥部常务副指挥、党委书记，1999 年 1 月退休。

争议：舟山是否需要建机场

我 1934 年出生于浙江桐庐，父母都是农民。小学毕业后，因为家境原因没再上学。

16 岁那年，我参军入伍，穿上了梦寐以求的绿军装。在部队里，我得到继续读书的机会，进入浙江省计划统计训练班学习。1952 年毕业后，我被分配到临安地委工作。

一年后，临安地委撤销，舟山地委成立，我来到当时的定海县人民政府工作。

跟很多同一批来舟山工作的同事一样，我在海岛一待就是几十年，为这块土地奉献了自己的青春。在舟山建设发展中，参与朱家尖机场整个筹备和建设过程的经历最让我难忘。

1983 年，我在城乡建设委员会当主任。当时舟山作为偏远海岛，交通非常不方便，往返宁波还没有轮渡，一遇上大风天气，船就得停航。旅游搞不起来，经济就上不去。

为了改善海岛交通条件，发展旅游事业，舟山想尽快建成自己的民航机场。

事实上，对于舟山是否需要建机场，从一开始就出现过不同的声音。有部分市民认为，舟山家底薄，客流少，机场就是建起来，经营也要亏本。不过，也有部分市民认为，为了振兴舟山经济，我们必须建一个方便旅客出行的民航机场。

选址：看到朱家尖眼前一亮

1986 年，我开始参与朱家尖机场的立项工作。

我们先请上级有关部门来舟山考察，我带专家们去了舟山本岛的紫薇、马目、北蝉、临城等地。经过一番实地调查，专家们认为这些地方净空条件不好，不适合建机场。

当我们来到朱家尖时，大家眼前一亮，都感觉把机场建在这里比较理想。

上世纪 80 年代的朱家尖，还是一个海岛，尚未造大桥，需要从沈家门坐船过去，但它距离本岛很近，而且与沈家门、普陀山构成“旅游金三角”。

1987 年年初，我们又邀请国家民航局、华东民航局、浙江民航局等部门的几十位领导和专家，专程来朱家尖进行实地考察。

他们走田野、登高山、看图纸。经过分析论证，专家们一致认为，朱家尖是当时舟山建机场最理想的场址，它处在舟山经济、文化和旅游的中心，机场的建成肯定有利于舟山旅游业的发展。

只是有一点不够理想，朱家尖没有跟本岛用桥相连，尚属于外围海岛，旅客来往不便，下了飞机还需要坐船。而且由于朱家尖顺母山脉较多，山峰较高，是否会对飞机航行造成阻碍，最后还得征求航行专家的意见。

批复：同意把机场建在朱家尖

1988 年上半年，我们邀请国家民航局航行司司长金焕章和华东民航局设计所几位专家来舟山，他们对机场周边环境进行了认真的分析，并对每个山头海拔进行计算、测量。

最后，专家们认定，朱家尖适合建民航机场，不过，一定要注意加强通信导航设备的配备，而且每座山头夜间都要设置指示标记。

专家的认证给我们吃下一颗定心丸。不久，舟山正式向浙江省政府打报告，时任省长沈祖伦签发同意该报告，并报国务院、中央军委批准。

我们还由副专员陈泰声带队，专程去北京作汇报。没想到，我们的诉求被当场驳回，他们认为舟山有个岱山机场，可以利用起来，不必再另外建一个。

我当场就跟他们讲，建机场是舟山经济发展、对外开放、发展旅游的需要，也符合邓小平同志以经济建设为中心的要求。而且，受海岛地理条件的制约，岱山来回本岛、普陀山十分不便，加上岱山机场已经破旧，只能满足战斗机的起降，民航的经营很难正常进行。

有关同志认为我们讲得蛮有道理。第三天，我们就接到通知，同意把机场建在朱家尖。

援助：列入第一批加拿大援助中国项目

1988 年 3 月，国务院、中央军委批准同意舟山在朱家尖岛曙光农场兴建舟山民航机场，并命名为“舟山朱家尖机场”。同年，工程指挥部正式成立，我出任常务副指挥，我们马上抽调人员开展前期筹备工作。

在筹备过程中，当时的浙江省副省长徐启超率领省民航局局长等来舟山实地考察。

徐副省长曾经在美国留学，求学期间结识了很多好友，当时的加拿大总理就是他的同窗。为改善浙江省的交通条件，徐副省长争取到了加拿大政府的支援，想引进加拿大冲 8 飞机，开通杭州—宁波—舟山—温州的空中航线。

同年，加拿大政府派官员来舟山进行考察。他们先后到朱家尖、普陀山转了一圈后，对舟山的旅游业非常感兴趣，认为舟山确实很需要建这样一个机场，并把朱家尖机场列入第一批加拿大援助中国项目，援助了我们很多设施设备。

像现在普陀山机场安装的通信导航设备，全部是加拿大政府当时赠送的，中、加双方还多次互派人员进行考察和交流。

事实证明，加拿大援助的通信导航设备质量确实很不错，在机场多年运营后，国家民航局校飞中心对朱家尖机场进行校飞，依然能达到起降要求。

获奖：在舟山建筑史上前所未有

从 1988 年拿到批准文件，到 1992 年年底动工兴建，机场项目又整整耽误了 5 个年头。原因之一是有人提出舟山不能建机场，他们认为，一是舟山经济条件太差，没有财力建机场；二是宁波新建了机场，离舟山很近，没必要再建；三是舟山地方小，客流量少，经营要亏本。

关键时刻，浙江省咨询委有关领导挺身而出，帮我们做了大量有成效的工作。最终省政府同意，将朱家尖机场计划任务书上报国家计委。

1992 年 6 月，国家计委正式批准朱家尖机场计划任务书。消息传来，我们都很振奋。当年年底，我们就开始动工兴建。那时乘船到沈家门要近半小时，从沈家门到定海又要将近一小时的车程。为了不影响机场建设，从 1992 年到 1997 年，我们全体工作人员就住在朱家尖农场原来的职工房内，条件十分艰苦，四栋平房，冬冷夏热。经过指挥部全体同志的艰苦奋斗，朱家尖机场终于建成。

1997 年 8 月 8 日，舟山朱家尖民航机场正式通航。在由国家计委、国家民航局、华东民航局、浙江省民航局以及省市有关部门参加的综合验收中，朱家尖机场被评为优良工程。

其中，场道工程先后荣获江苏省“扬子杯”和国家计委银质奖，软基础处理工程获得国家科技进步二等奖，通信导航工程获华东民航局优秀奖，候机楼设计获浙江省优秀奖。

一个工程能获得如此多的奖项，这在舟山建筑史上前所未有。

机场建成后，我又干了几年，直至 65 岁退休，圆了我为舟山建设发展添砖加瓦的心愿。

机场的建成和使用，为舟山插上了腾飞的翅膀，同时也标志着舟山对外开放进入了一个崭新的阶段。后来，朱家尖机场更名普陀山机场。2017 年，在通航 20 周年之际，普陀山机场收获了客流量破百万人次的成绩单，晋级成为客流量“百万级”的国际空港，我们这些机场曾经的建设者们深感欣慰。

他是舟山医院第一位胸外科医生，创建了舟山心胸外科

医者仁心，一把手术刀给病人生的希望

□ 张永奎口述

人物简介

张永奎，舟山医院原院长，胸心外科专家，温州医科大学、佳木斯大学等高校硕士研究生导师，享受国务院津贴，获得市资深专业拔尖人才、市重大科技贡献奖、市白求恩式工作者等荣誉。他是舟山市最早的浙江省科技二级岗荣誉获得者之一，发表医学论文 70 余篇，其中 SCI 论文 17 篇。

海岛缺医少药，从小种下仁医梦

当医生是我从小的志向。

在我小时候，家乡六横岛上有位有名的外科医生叫王岩，他抢救了很多病人，可以说，由于他的影响，在我心中种下了医生梦。加之我看到海岛医疗条件差，很多危重病人不能得到很好的救治。两方原因相结合，使我义无反顾地选择了学医，报考了浙江医科大学。

1976 年毕业，我被分配到了舟山医院，立志要当一位优秀的外科医生。当时的舟山医院医疗条件差，医护人员非常少，不到 220 人，和现在的近 1200 人无法相比。而且当时医生出现了青黄不接的情况，特别是年轻的外科医生严重缺乏。在我报到之前，舟山医院仅有一名年轻的外科医生。

步入外科之路后，我一心想成为一名出色的外科医生。担任住院医生的十年，是我职业生涯的第一阶段。做到“三省吾身”，也是我作为医生的基本准则。

为了使自己更快地掌握知识、积累经验，我采用自我鞭策的方法，经常问自己三个问题：怎么样？为什么？怎么办？

常问自己管的病人怎么样了，就会时刻去照看病人，周六周日也不例外；常问自己管的病人为什么会有这样的病症，就会去动脑筋；常问自己怎么办，就会主动去请教书本、请教老师，找到解决问题的方法。

病人危重无能为力，下定决心学胸外科

在我当住院医生的十年，舟山医院外科一直只有普外科、脑外科、泌尿科、骨科，没有胸外科。因胸外科是危重难、高大上的学科，那时候一旦遇到胸外科病人就束手无策，只能转到上级医院或者放弃诊治，给海岛老百姓带来极大不便。

我还在实习期时，见到过一个病人，胸部受到外伤导致血管破裂引发大出血，但是当时医院里没有胸外科医生，导致无力抢救，就眼睁睁地看着这位病人去世了。

还有一位病人患了食管癌，就是食管里面长了肿瘤，虽然很饿，但什么东西都吃不下，我现在还记得他在去世前一直叫着“饿死了，饿死了”。

作为一名医生，看着病人在自己的眼前死去，纠结、痛心，各种滋味百转千回，但更多的是恨，非常恨，恨自己没有能力去抢救治疗这些病人。

当时我就下定决心，我一定要当一名胸外科医生，为医院建立胸外科。

在我医大毕业三年后，医院领导第一次申请推荐我到杭州去进修胸外科，但因年资太低没有得到接收医院的同意。因为按照要求，胸外科的医生必须要有五年以上的从医外科经历。我没有气馁，继续努力。1983 年，我参加了南京军区胸外科学习班。1985 年，我终于如愿前往浙医二院胸外科进修。

胆大心细，创下心胸外科多台手术“第一”

从上级医院进修一年回来后，舟山医院第一例肺癌手术和第一例食管癌手术，都是我做的。

第一例食管癌手术病人是一位 60 多岁的男性，和之前的食管癌病人一样，也是吃不下饭。但和之前不一样的是，我不用再望着他无能为力。我在他的颈部、胸部、腹部各开一个切口，将他的食管切除，胃部拉上去，用胃代替了他的食管。

第一例肺癌手术不仅为病人做了全肺切除手术，还进行了淋巴结清扫。

在 1986 年开展胸部手术后，当时舟山医院也仅有我一个真正意义上的胸外科医生。病人做完手术当天晚上，我都在他们病房里寸步不离，随时关注他们的动态，直到第二天他们苏醒。他们恢复意识的那一刻，我所有的疲倦都被无限的兴奋所取代。

虽然在胸外科上已经有所成就，但是我们依然没有动心脏手术的技术。十年后的 1996 年，我带领团队再次前往上海胸科医院进修，这次主修心脏手术。回来之后马上进行了三个心脏手术，一个 8 岁的小女孩，两个年轻小伙子。

海岛医院能做这样的手术非常了不起。我记得当时还有外地的医生嘲笑说："舟山这么小的地方，谁能开心脏手术？不可能的！"我偏要让它成为可能。我忘不了 1996 年 9 月 25 日，当 8 岁的小女孩被推进手术室，第一例海岛医院心脏手术开始了。

小女孩患有先天性心脏病，如不动手术，随着年龄增大，心力衰竭，她年轻的生命就会枯萎。这台手术由我主刀，为了让家属放心，我们请了上海的医生来坐镇保驾。当手术结束的那一刻，上海的医生跷起了大拇指，说："你可以的。"此后，心脏手术成为常态化。

这个小女孩后来恢复得很好，考上大学了还特意将好消息告诉我。

救了病人等于救了另一人，印象最深的三"对"人

我的从医生涯中，有三"对"人让我印象深刻。

第一对的故事发生在上世纪 80 年代。一位屠夫和一人发生争执，被人从背后砍了一刀，那把刀深深地嵌在屠夫的背上，他是趴在门板上、一路流着血被抬进医院的。

手术很成功，救了这个屠夫一命的同时，我们也救了那个砍人的人，至少他受到的刑罚不会是死刑。

第二对是学校的学生，在食堂排队吃饭时发生了冲突，一个学生捅了另一个学生一刀，捅破了肺，送来时心脏已经停了，我们把孩子从死神手里夺了回来。后来，捅人的孩子的父母特意从台州赶来感谢，他们知道，病床上的孩子活了，相当于也救了自己孩子一命。

第三对还是因为吵架发生的冲突，一个船员心脏的部位被捅了一刀，心脏及血管都被捅破了。这个人也是运气好，当时正好是吃中饭的时候，我和我的徒弟

决定趁这个时间先去急诊室看看，当时就看到了这个病人。

他因为外面出血不严重（心脏血管破裂心包填塞），若不是胸外科医生，还真看不出问题的严重性。我们俩当即将他送手术室。手术中，病人的心脏停了42分钟，我们就进行心脏按压，整整42分钟，一边按压一边补洞。

按压到30分钟时，麻醉医生说没有希望了。我说："他还年轻，心脏质量好，我们再坚持一下。"当按压到42分钟时，心脏重新跳动，那一刻，我真的高兴到不知道怎么用言语表达。手术后两个小时，病人就苏醒了。

上手术台时全身心投入，下了手术台因没吃午饭又饿又渴，所有的累劲都上来了。

我一天最多的时候动过5台手术；最长的一次手术时间长达10个小时。那是为一个19岁的河南小伙子做心脏手术，他的问题严重到上海、杭州的医生会诊后，都推掉了。家属对我说："张医生，这个手术你来做，无论结果怎么样，我们都能接受。"整整10个小时，手术成功了。小伙子现在已经30多岁了，成家立业，现在还时常来看我们胸外科医生。

探寻从不止步，看见舟山医疗更多可能

21世纪的外科手术，是微创手术的时代。对于胸腔镜的探索，我们从1995年就开始了，就全省范围来说，这种眼光是比较超前的。舟山第一例胸腔镜切肺微创手术是我做的，患者是一位50多岁的早期肺癌病人。

现在，我重点研究的内容是小肺癌的早期诊治，经过十年的努力，舟山医院这一方面在全国是稍有名气的，得到了北京、上海、杭州同行的高度认可。不同地方的医生都到我们这儿来学习，同时有全国各地的诊断不明的肺结节病人在网上挂我的号慕名前来我们肺癌中心就诊，且外地病人越来越多。

胸外科从无到有，从弱到强，也体现了舟山医疗的发展。1986年以前，舟山没有胸外科，没有会做胸腔手术的医生；1996年以前，舟山没有会做心脏手术的医生；2008年以前，舟山没有胸腔镜切肺微创手术……

从1986年胸外组成立，到1992年胸外科成立，我成为第一任主任；从一开始胸外组只有我一个医生，外加一个助手，到后来胸外科成立时的3个医生，再到现在的10多个医生，且有硕士研究生团队；从胸外组成立时仅有的8张床位，到一个病区45张床位，现已扩大到两个病区、90张床位的规模庞大的学科……如今我们一年光肺癌手术就有600多例，这些数据对于一家地级市医院来说，都

是傲人的成绩。

回顾我的职业生涯，我主要做了两件事：一是建立了学科、建立了团队；二是培养了一批优秀的医生，使胸外科后继有人。

在创建科室时期，我一直以“勤于学习、善于总结、勇于创新、乐于奉献”作为座右铭。2001 年至 2015 年，我担任舟山医院院长期间，坚持“以诚待人、以德树人、以理服人、以善助人”的理念，这些理念一直支撑着我走到现在。

医生是我的终身职业，院长只是其中的一个阶段，在我当院长的 15 年里，我从未忘记自己是一个普通的外科医生，从未放下自己的手术刀。现在，我依旧坚持上专家门诊、上手术台、带硕士生进行课题研究，一周的安排还是满满当当。

回顾从医一生，能治好病人、给病人及家属留下永远美好的记忆，这就是我做医生的最大价值！记得很多年前医好了一位病人，手术给他解除病痛。为表达感激之情，他送我礼物，我婉言谢绝，他一直记在心里。十多年后，他再次来我院就诊时，问起当时坐诊的一位医生：“张永奎医生现在在做什么?”彼时的我已任院长，他说：“我非常感谢当年他给我动的手术，当时他不肯收下我的礼物，我只好在医院的大樟树上刻下了他的名字，‘祝好人一生平安！’现在大樟树也长高了。”我听了我的同事给我讲的这则故事后激动万分，也许这就是别人体会不到的当医生的感动和骄傲。

化干戈为玉帛的“绿色途径”

□ 姚心放口述

人物简介

姚心放，定海环南街道人民调解委员会主任，从事人民调解工作20余年，协调化解各类群体性上访事件、多年个体信访积案多起，在我市首创“视为死亡”调解案例，相继被评为省“百佳调解能手”、市级“我最喜爱的人民调解员”、“全国模范人民调解员”、浙江省“特级人民调解员”等，深受群众好评，具有相当高的社会公认度和知名度。

半路出家

我是金塘人，高中毕业后参军入伍，退伍回来后进入街道人武部，后又转岗到司法所，“半路出家”从事人民调解工作，一晃20多年。

说到人民调解员，大家总以为只是在家长里短、邻里纠纷中做做“老娘舅”，其实这已是一种旧观念。眼下社会正处于转型期，各种利益诉求和特殊类型矛盾纠纷大量涌现，家庭成员、邻里之间、企业与个人、股权关系等，各种矛盾纠纷纷繁复杂。

我曾经接手一个比较复杂的案子。

舟山有家企业，装配龙门吊时请了来自安徽、河南、江苏等地的18位民工做油漆。民工干活时发现外面在做X光探伤，顿时惊恐起来：“X光射线能穿透这么厚的板，我们干活时进进出出的，人体肯定受到影响！”他们向企业提出赔偿请求。

当时为这个事情，我特意跑到杭州，向浙医二院了解职业病的鉴定，同时约双方坐下来谈。说是双方，其实是“多方”，仅龙门吊牵涉的企业就有 3 家——业主、供应商、负责探伤的一家岱山企业，负责管辖的派出所也有两家。我们从中午 12 点一直调解到晚上 9 点，持续不断地谈，最终达成一致意见，18 位民工获得人均万余元的赔偿。

当时银行已经关门，正好岱山的这家企业负责人在定海有个朋友，住在蓬莱新村，我让他连夜去借钱，当晚就签好协议，拿来钞票。这也避免他们夜长梦多，睡一觉又反悔了。

一气呵成

我处理纠纷喜欢一气呵成。当然，事先、背后需要做大量工作。

几年前，有位河南小伙在舟山某船企打工时出了工伤，高位截瘫，家人从宁波请来律师算了一笔账，要求赔偿金高达 600 多万。而公司认为他们“狮子大开口”，且事故是因为小伙子自己操作不当所致，双方僵持不下。

从企业、派出所到驻厂民警，不知道调解了多少次，都没能谈下来。找到我们时，小伙已经在医院康复训练了一年多。我们找企业了解当时情况，告诉他们虽然这起事故是由于小伙子违规操作引起的，但公司监管不到位也有责任，法律上有个原则是“工伤无过错”。

同时我们多次去医院探望小伙子，并找到他家人在舟山租住的房子。小伙子原来要结婚了，发生这样的事，一家老小都很痛苦。我们劝他们降低赔偿数额，对损失重新进行合理评估。

对双方的想法都有所了解后，我们正式开始调解。当天，我们所里三个人从中午一直工作到晚上 9 时 40 分，为了调解书，光跑出租车就跑了四趟，最后双方终于达成一致意见。

企业老板也蛮好，虽然当时经营也有困难，但理赔资金很快到位。

一袋绿豆

我们人民调解员除了坚持“公平公正”外，帮助弱者也是原则之一。

有个案子看起来案情不复杂。山东日照有个 24 岁的小伙子，从海事大学毕业后来舟山某船运公司工作，上了一艘外轮做见习三副。有一次跑马来西亚航线时，他看海水清澈便下水游泳，因为对潮流不熟悉，失踪后再也没找到。

公司为海员买过保险，家人可获赔 5 万美元，双方都谈妥了，来找我写个协议。我仔细了解情况后觉得不妥，年轻海员，原本有着大好前程，但在工作时间、工作地点出了意外，公司难辞其咎，单纯以海员保险赔偿，显失公平。

年轻海员的母亲接受不了儿子已经离世的事实，精神分裂，来的时候低着头，没有一句话，两只手一直在抖。虽然企业表示双方已经谈好，但我还是坚持重新调解，海员的家人得到了应有的赔偿。

第二次来舟山的时候，海员的父母、姐姐及其男朋友从山东背来一袋自己家种的绿豆，表示感谢。他们这么大老远过来，我不忍拂他们好意，只能收下。

事情处理完后，他们要回山东了。临走前一天，我为他们买好车票，并拎了点水果去观音桥附近的小宾馆看望他们。怕他们谢绝，我把车票装在信封里塞在枕头底下，出来后才打电话告知他们。

虽然被当地企业指责"包庇外地人，胳膊肘往外拐"，但我觉得，我们人民调解员就是这样，要帮助弱者，处理纠纷以法为基础，但还要讲情。

一大家子

随着城市发展，外来人口大量涌入。处理纠纷时，特别要注意他们的家庭关系。

有位四川人，在舟山打工时因工伤事故去世，哥哥、姐姐等来了一大家子人，他们一口咬定弟弟未婚，赔偿金都给他们好了。我感觉有点蹊跷，都 40 多了还没结婚？晚上，我去找他们入住的小宾馆拉家常，想办法套出点话来。

"你阿弟好像结过婚了嘛。"我说。他哥哥有点迟疑地答："结倒是结过了。"

"孩子呢？"我穷追不舍。"联系不上了。"他说，孩子半岁时被弟媳带走了，从此杳无音信。我了解到这个信息后一查到底，发现死者手机上就有儿子的联系方式，儿子 20 岁了，父子之间是有联系的。

通过联络，水落石出。我把他儿子叫到舟山，确定赔偿数额后，先把儿子该得的份额分好，交代他办好父亲后事，余下部分再分给其他家人。

一条通道

这几年随着城区改造，大量的调解工作主要集中在旧城改造。上世纪七八十年代房子不值铜钿，现在动辄上百万，有人在利益面前忘记了伦理、亲情。

在这样的案子面前，我们就把"调"字放前面。调，就是周到的语言，让人心服口服。

我们不是法院，缺少“一锤定音”的强势资源，只有建议权，这是我们最大的难点，因为无法像法官一样，判决书一下，你不想接受也得接受。但这恰恰也是我们最大的优势，因为一旦对簿公堂，亲情撕裂难以愈合。所以我们司法所是法、理、情的融合。

我平时喜欢说的一句话是：“你们这辈子有缘成为兄弟姐妹，但下辈子还能吗？而且即便下辈子再见面，喝过孟婆汤，谁又记得谁？”既要给他讲法，又要给他说情。

现在大家受教育程度普遍提高，人人都有法律意识，但也出现一种情况：有些人只看到有利于自己一面的法律，拿过来为我所用。但人不能单纯主张自己的权利。举个简单的例子，公交车有老人专座，也有孕妇、残疾人、孩子专座，老人要看到自己的权利，也要看到其他弱势群体的利益，不能单纯主张自己的。

比起“法庭见”，我们人民调解既免费，又高效，是一条“绿色通道”，这也源于我们中国文化以和为贵的传统，又符合和谐社会的要求。

一种信赖

从事人民调解员工作，是学习、学习、再学习的过程，跟爱好也有关系，我原来就爱好文史，现在每天早上还会花 20 分钟看各种评论文章。

做了这么多年的人民调解工作，我也有自己的优势，就是年龄。同样一个案子，让年轻人处理跟我们处理，群众的信任感不一样。

比如自留地纠纷，现在有些年轻人可能不太了解“自留地”这个概念。我长期在基层，一听当事人口音就知道他是册子人、六横人还是金塘人，前两天处理案子，我说你是金塘人吧？她说是的。这种寒暄，会让人与人之间迅速建立起一种信赖感。

2018 年 5 月，我退休了，但至今仍在工作岗位上发挥余热，一是社会需要，二是我也想做志愿者，为社会出点力，化干戈为玉帛，把矛盾尽可能地化解在基层。

他和蔬菜打了 36 年交道

□ 钱玉亭口述

人物简介

钱玉亭，农技推广研究员，我市农业技术推广方面的专家，省、市学科技术带头人，市专业技术拔尖人才，1998 年被选拔为浙江省跨世纪学术和技术带头人，2002 年获得国务院特殊津贴，2006 年被评为“浙江省农业科技先进工作者”。

著有《茭白基本苗对产量的效应》等 10 余篇论文，主编或参与《茭白》《芋、生姜》等书的编写。

蔬菜的“医生”

我 1982 年毕业于浙江农业大学园艺系蔬菜专业。

有人开玩笑说：“蔬菜有什么好学的?”其实我们学的内容蛮多，对种菜技术进行研究和推广，从理论角度探讨蔬菜的生长发育过程，就好像蔬菜的“医生”一样，我们学习蔬菜的构造、性能、生长发育需要。

毕业后我回到了家乡，在定海供销社副食品公司上班，那是逢年过节买蔬菜都需要票的年代。后来公司成立了蔬菜公司，我就专门和蔬菜打交道，帮助农民引进品种、解决病虫害问题、推广蔬菜种植技术等。

1989 年，我调到农业部门，从毕业至今已和蔬菜打了 36 年的交道。

推广地膜技术

农业的发展，取决于科技的进步和政策的领先。

现在蔬菜能全年供应，不受季节约束，但是舟山原来的农业，是靠天吃饭的。栽培面积不大，生产技术不高，导致产出率低，蔬菜供给量不足，需要从山东、上海去调菜。于是我们开始推广地膜覆盖技术。

这项技术最主要的作用是保温。记得当时地膜里最先种的是马铃薯和西瓜，这两样都是在温度较低的时候播种的，有了地膜之后，可以让这些蔬菜水果提早上市，而且产量也有提高。

当时这些地膜都是从日本进口，属于先进设备，很少有地方在用。上世纪80年代，我们在舟山推广的地膜覆盖技术还获得了浙江省科技二等奖。

我们做技术的人，信息要灵、眼光要超前，不能让书白读。

不过科技是否定再否定的事情。有新的技术了，老的技术也就淘汰了。现在地膜技术已经拿不出手了，但在当时，它确实为我们农业出过一份力。

贴钱搞大棚

除了科技的一路创新，政策也是农业发展的重要支撑力量。

我们建第一批大棚大约是在上世纪80年代中期，建在当时的洋岙公社，对番茄、茄子、辣椒等进行育苗。

老百姓一开始对大棚不理解，没人愿意尝试。政府出钱，打地基、建大棚，不仅免费让农民种，还每户补贴100元。成果一出来，农作物的产量提高了30%左右，以前这个季节不能栽种的蔬菜都可以在大棚栽种了。我们就让各个生产大队的队长来看，他们都觉得很神奇，后来大棚技术很快得到推广。

大棚栽培和露地栽培完全不一样，管理也完全不一样。我当时天天在田间，和农民一起在大棚工作。

现在有观点说大棚蔬菜不好，但从科学角度来说，这个说法是没有依据的。大棚蔬菜的种植环境要比露天的好，拿草莓来说，大棚种出来的品质就比露天好很多。

大棚的发展特别快，从第一个大棚建立起来到后来有温室大棚，也就几年的事情，再后来喷滴管、物联网等设备也都进驻了大棚。

我刚开始推广喷滴管的时候，有位农民也想做这个技术，但他又不太相信我，说我看上去就是一个瘦瘦弱弱、文质彬彬的大学生，不会和泥土打交道。直到他看到我大热天在大棚忙活后，主动来做我的助手。

我们农业技术人员是脑袋，农民是根，最终的关键点还在于根。在日常工作中，我们和很多农民建立了深厚的感情。

培育春大白菜

上世纪 80 年代的舟山，蔬菜供应不足，冬季大白菜得从山东调，更别提春天了。为了能满足舟山人的需求，我提出要培育春大白菜。

当时很多人说不可能，因为大白菜的生长规律是从高温到低温，慢慢积累才能结球，而我要种春大白菜，就意味着要违反大白菜的生长规律，让它经历从低温到高温的生长。

我细心挑选那些耐热、生长周期短的大白菜品种，在双桥、临城、小洋岙进行试点培育。经过两三年的努力，终于培育出了春大白菜，解决了 5 月份的大白菜供应问题。

浙江农业大学的老师听说我培育出春大白菜后，特意来到舟山实地察看，他说："以前只在教科书上看到过，现在亲眼看到了。"

后来我们又从青岛引进了新的大白菜品种，如城阳青、青杂 4 号。舟山的海岛气候和大陆不一样，我们不能用教科书里面的方法去照搬照抄。

大白菜的播种期要严格掌控时间，差几天也不行。超过时间播种，大白菜就不会结球了。关于这个时间我们通过不断试验，算了好几年。

这么多年，我始终坚持一个准则：实践才能出真知。做一项技术，我们需要多次试验，每一篇论文里面的数据，都是我们通过连续几年的观察测算得出来的。

防治病虫害

蔬菜和人一样，也会生老病死，病虫害的防治也是我们的工作内容。

蔬菜生病分种类，生理病害和病理性病害完全不一样，必须对症下药。生理性病害是指蔬菜缺乏一些元素，比如钙、氮、磷等。大白菜的烧心病，就是生理性病害，外面看不出来，里面全烂了，这个病是大白菜缺钙引起的。

我大学刚毕业的时候，有个农民找到我说："小钱，我的番茄发病了，怎么治都没用，你帮我去看看。"我到现场一看，番茄叶子都皱起来了，但这并不是农民口中的病理性病变。

病理性病变的发病是有一定规律的，以发病点为中心，慢慢扩散至大面积，而这个农民的番茄发病的面积太大了，所以他根据病理性病变的方法"治疗"番茄，不可能有用。

从 1983 年开始，我就研究无公害蔬菜，注重蔬菜质量的提高。这是一项长期的事业，我目前正致力于这方面的推广。

沉下心研究

现在摄像、照相技术发达，架起一台摄像机就可以记录蔬菜的生长过程，但我们以前不能，只能寸步不离地观察蔬菜。

我刚开始研究杂交水稻的时候，其中一项内容是研究它什么时候开花。水稻开花的时间很短暂，我在农田里等待了很久，就只一个晃神的工夫，花开好又闭合了。

当时我那个悔恨啊，搬了把凳子坐在田埂上，眼睛都不敢眨，终于让我亲眼见证了水稻开花，兴奋之情难以言表。

对于我们来说，研究一项农业科技，平均时间要三年。

研究大白菜的时候，我观察大白菜几天长一片叶子。那段时间我写满了很多方格本，里面都是平时记录下来的第一手资料。

研究茭白的时候，国内鲜有关于茭白的完整资料，我就自己去农田，选种、培育。

茭白喜欢长在水系发达的地方，临城和洋岙比较多。为了观察茭白的生长规律，弄明白什么时候施肥，怎么样施肥产量才能更高，我常常下地观察。茭白的叶子锋利，我两个手臂经常被割得伤痕累累。

我用了好几年终于将茭白这种作物了解透彻，随后主编了《茭白》这本书，在业内引起关注。如今舟山在农业科技方面发展很快，不落后于省内其他地市。

20 多年远洋渔业路他一直在“填写空白”

□ 李绍嵩口述

人物简介

李绍嵩，舟山海利远洋渔业有限公司董事长。在远洋渔业行业奔跑了20多年，他说自己遭遇过许多坎，经历了渔船火灾、船员死亡、经营困难，甚至是司法诉讼……但他却越挫越勇，敢于创新，不断进取，为远洋渔业行业填写了诸多空白。

北太运输“民间第一人”

20多年前，我在普陀区物资局化建公司担任财务科科长，后因企业转制下岗。

一个偶然的机会，我通过朋友租赁了一艘500总吨的冷藏运输船开始从事北太鱿钓运输。当时，只有舟渔、市远洋等国有集体企业才有几艘大吨位的冷藏运输船。

由此，我“一个不小心”就成为我市民营从事北太运输的第一人。1997年，我又趁热打铁，从山东租赁了一艘运输船从事北太运输。

北太海域风大浪高，渔场路途遥远，原先小吨位的冷藏运输船都不敢涉足，海上运输业务基本依靠国营和外籍运输船来完成。但这样做，不仅运费成本高，而且受制于人。

当我们的运输船驶入北太后，有不少舟山人自发联合入股购买小吨位的运输船进军北太。1998年，全市此类运输船达到10余艘，有效解决了我市群众北太鱿钓配套运输问题。

也是在那一年，我从山东威海购买了一艘由二手日本金枪鱼钓船改建的远洋鱿钓渔船，并改名为“舟东远822”船，开始涉足远洋渔业捕捞之路。

摔个大跟头，创业路并不平坦

1999年，我与方后忠合伙购置了一艘船长85米的“龙升”号大型鱿钓船，从事北太生产和海上运输。不料，先摔了个“大跟头”。

上世纪90年代末，“北太”项目实施的还是远洋捕捞、外海管理，各项管理条例并不十分明确。而我对国家的相关政策也并不清楚，没落实好船只的挂靠单位。在听到我市一些北太鱿钓船东要求“转载”的呼声后，我直接叫“龙升”号从山东出发赶赴北太渔场，为其他兄弟船进行加油补给和运输。

当时，“龙升”号鱿钓船在韩国釜山共加了500吨油。其中，450吨又转加给其他生产渔船，每吨赚差价50元。结果船只返回舟山后被人举报，“龙升”号鱿钓船被舟山海关以非法走私柴油论处。因为该船未获得农业部项目的批文，经营该项目属违规操作。

吃一堑，长一智，我最后还是决定让“龙升”号回归渔场干捕捞鱿钓的老本行。

2000年，“龙升”号改装为“新世纪53”号开赴阿根廷公海渔场生产。当时在舟山，群众远洋渔业从事西南大西洋鱿钓的只有五六艘船。那年，西南大西洋鱿鱼资源较好，我们赚了100多万元。但接下来两年，鱼发较差，生产不景气，亏了500多万元。

2003年下半年，眼看“亏”字又要高高挂起，我决定让“新世纪53”号鱿钓船改战东南太平洋公海，并在智利外海处找到了一个新渔场，月生产秘鲁鱿鱼600吨，下半年共计生产1700多吨，获利200多万元。

尽管这笔收益稍微弥补了前期的损失，但仍亏损严重。庆幸的是在这次危机中，我找到了另一把开发秘鲁鱿鱼获取财富的“金钥匙”。

大胆首创，建“海上熟片制品加工船”

2004年，我正式注册成立了舟山海利远洋渔业有限公司，并取得农业部远洋渔业资格。“海利”是当时我市为数不多的民营远洋渔业企业之一。

“新世纪53”号鱿钓船回国整修，我觉得自己的经营思路也该“翻新”了。在对秘鲁鱿鱼的鱼货品种、资源情况、运输费用、生产成本、市场需求等方面进行综合考虑后，我大胆尝试，仿照陆地加工厂，把“新世纪 53”号鱿钓捕捞船改装成为“海上熟片制品加工”船。

把 1.5 公斤鱿鱼生片煮成 0.5 公斤熟片，不仅可有效节省运费，降低成本，而且还可提高鱼货质量。这种模式当时在全国还是首创。

2005 年下半年，这个做法得到上海水产大学专家论证和中国远洋渔业协会认可。经农业部渔业局同意，该项目正式推广，并与中水烟台渔业公司签订了合作协议。项目取得了良好的经济效益，省、市渔业部门也给予资金补助和政策等方面的大力支持。

2005 年至 2007 年间，我们“海利公司”先后购置了“新世纪 61”号、“海兴 26”号以及“海利 1”号等 3 艘鱿钓船。其中，“海利 1”号船被改造为捕捞兼海上鱿鱼晒鲞的生产加工船，日加工鱿鱼原料能力达 5 吨。

当时，我们“海利公司”的生产规模达到 5 艘远洋渔船，与国营中水烟台渔业公司一起成为我国东南太平洋鱿钓生产的中坚力量。

为实现就近在秘鲁港口后勤补给，公司还专门聘请刘明根为公司副总，常驻秘鲁办公，这在全国的民营远洋渔业企业中也是第一家。

不惧风险，勇敢迎接“逆转”

早在上世纪 90 年代末，不少船东担心收不回货款，都不敢在外地找客商。可我却不这么想，觉得货卖他乡可以一试。

当时有一笔价值 500 万元的销售业务，在收取 20%订金的情况下，我大胆把货发到山东，并顺利完成交易。之后，我又租赁了一个小型加工厂，从事秘鲁鱿鱼干丝、鱿鱼鲞等精加工业务，并在武汉、长沙、南昌、杭州、日照等地设经销点，积累了不少市场销售经验。

2008 年，秘鲁鱿鱼丰产不丰收，产量虽高，价格却猛跌，库存量随之增加。这导致部分企业出现资金周转困难，低价抛售库存。

我每天分析行情，最后决定咬紧牙关，顶着资金短缺的巨大压力，把鱼货都收藏进库，并在全市率先与杭州银行舟山分行开展鱼货仓单质押贷款业务，以争取相关金融支持。

不得不承认，机会往往留给有准备的人。

2009 年，因为各种原因鱿鱼价格攀升，秘鲁鱿鱼原料鱼最高达到 16000 吨价。特别是 10 月份，秘鲁鱿鱼突然旺发，公司一艘船月生产量达 480 多吨。再加上原先的库存量，当年我大概赚了几千万元。

我做梦也没想到一下子能赚这么多钱。

风险总是无处不在。再次“逆转”是在2011年前后，当时我市远洋鱿钓再现危机，受外贸订单锐减影响，全市鱿鱼滞销，市场疲软，库存居高不下，价格下跌，我就把海外订单转投国内市场。

我带人深入内地考察鱿鱼市场，与各地农贸市场对接，构建面向全国的鱿鱼销售网络，并在2011年与舟山敏捷物流合作投资，购买了5辆冷藏集装箱运输车开展冷链物流业务。

又一个首创，填补国内空白

2010年，我联合几位船东新添了两艘在当时算是国内大吨位的冷藏配套运输船。之后，其他企业也先后购置了方便旗大吨位冷藏运输船，共9艘。由此，我市形成了以舟山为母港的海上配套运输体系，成为我国远洋鱿钓运输的主力军，极大促进了我市远洋水产品输入口岸建设。

2014年11月，我们公司新建的“海利18”鱿钓船，起航远赴秘鲁海域作业。这在当时是全省最大，装备设施最为先进的一艘专业鱿钓船。

“海利18”是一艘集捕捞与加工鱼鲞于一身的先进专业渔船，船上自带两间鱿鱼鲞加工车间。鱿鱼捕上来后，能在第一时间经过自动剖片机处理，再通过高效热能烘道变成鱿鱼鲞，日加工鱿鱼原料可达10吨。

由新鲜鱿鱼加工成的鱿鱼鲞，与原先冰冻鱿鱼加工的鱿鱼鲞相比，品质、口味更佳。而且直接在船上加工鱿鱼鲞，不仅节省了储藏空间，还降低了运输成本。

除此之外，船上的LED集鱼灯也是“新科技”，既能延长使用寿命，还节油；船上采用先进技术，制冷时间从传统的8小时缩短到5个多小时；我们又从台湾引进油货舱共用新技术，把油舱当货舱用……

可以说，船上有多种装备技术填补了国内远洋鱿钓船的空白。

渔业资源的衰退，生产成本的提高，作业环境的改变，以及国内外市场的变幻莫测，都影响着渔民收入。科技兴渔，我觉得这话还是有道理的。

这两年我又增加了公海围网作业项目，今后还想尝试深海养殖等。因为，远洋渔业是一个产业化、组织化程度非常高的一个产业，必须想办法延长产业链，从捕捞一产转向运输、贸易、加工等，这也是我们这个传统优势产业今后的发展方向和出路。

从乡村走出来的教育专家

——一位校长的人生磨砺

□ 张裕良口述

人物简介

张裕良，曾任普陀中学党总支副书记兼教导主任，舟山市教委教研室主任，舟山市教育科学研究所所长，舟山职业技术学校校长、书记，舟山中学党委书记、校长。从乡村代课教师到名校校长，张裕良注重学习和对工作实践的研究与总结，在《教育研究》《课程·教材·教法》《学校党建与思想教育》《政治课教学》《浙江教育科学》《教育信息报》等省级以上报刊发表论文20余篇，主持完成了多个省级课题。

劳动磨炼，不觉苦累

我1954年出生在普陀县芦花乡南岙村，名字是父亲给取的。那年国家号召农民卖余粮，父亲就为我取了富有时代特征的名字——余粮。上小学时老师将“粮”字改为“良”字，一字之改去掉了俗气。读三年级时，我又将“余”字改为“裕”，赋予名字新的含义。俗雅之变，预示人生奋斗之始。

“文革”“复课闹革命”时上初中，说实话收获不大，好在二哥参军后留下了初中课本和一本《四角号码新词典》，我开始自学。

我13岁就参加生产队割早稻劳动，经常凌晨3点起床，与成年人一起翻山越岭去展茅翁家岙山后的短沙挑松枝，第二天起床脚疼得下不了地。夏天，在40多摄氏度的砖窑内憋着气生产砖块。劳动的磨炼促使人成长，在以后几十年的教师生涯中，我常常一边进修，一边工作，但我始终不觉苦累，这与生产队的锻炼密切相关。

乡村代课，走上讲台

1970 年 11 月，南岙小学一位代课教师被推荐上大学，大队书记叫我接替，我的教师生涯由此开始。

第一堂课有一个学生迟到，我叫他喊“报告”，老师同意后进教室。想不到第二节课迟到的学生更多。后来才知道，原来学生觉得喊“报告”新鲜，都想尝试。

一次，我看到班上有位学生拿着本《汉语成语小词典》，便向他借了一周将成语词典全抄录下来。加上哥哥的《四角号码新词典》，遇上教学难题我便不愁了。

在南岙小学代课不到一年，我参加杭大体育系办的体训班，学习体育理论、武术、球类、体操等，结束后我被调到芦花公社山潭小学任教。

蜕变之地，梦萦芦中

1972 年 11 月，我调入芦花中学工作。这是我工作时间最长的单位，也是我从乡村走出来的代课老师蜕变为知识分子的地方，是我事业的起点。

“徐家山下，书声琅琅；芦花河畔，学韵悠悠”，芦花中学在培养学生的同时，也培养了一大批优秀教师、校长及教育局局长。为何一所农村中学，能培养出这么优质的师资？这跟学校校风优良、教学环境宽松、教师功底扎实密不可分，所以年轻教师成长很快。

1988 年，我由校团委书记转任教导主任，制定了班际文明、纪律、卫生、体育、公物五项管理目标，并开展班际竞赛，还写了篇《学校政治思想工作目标管理尝试》刊登在《浙江教育报》上。第一篇论文发表，高兴劲儿难以言表。

随后我又制定了《中学生日常行为规范量化考核方案》，写成论文在《浙江教育报》发表，结果本省有 30 余所学校领导写信来要具体方案，省德育研究会邀请我出席研讨会。当时浙江省制定高中生思想品德考核方案作为高校录取必备档案，我的研究成果成为该方案重要内容，芦中也成为该考核方案全省 17 所试点学校之一。

学习进修，完善人生

1982 年浙江广播电视大学汉语言文学专业首次招生，我报考后被录取，组织上又送我到浙江教育学院进修，同时学习两个专业课程。我一点也不累，因为几年工作下来，我深切体会到进修太重要了。

三年的电大在职学习蛮辛苦，因为日常教育教学工作不减，我只能利用晚上、业余时间学习。那段时间我妻子付出特别多，所有家务都是她包揽。我学业和事业的成功，离不开妻子的全力支持。

1986年，我参加了浙江师范大学政治教育本科函授课程；1998年，我在职去读浙江师范大学教育管理研究生课程班……这些学习和进修尽管辛苦，却是我完善知识结构的重要途径。

提高业务，创建平台

1991年9月我调入普陀中学。学校有一支较强的师资队伍，尤其是文科教学，当时在全市领先。政治学科由特级教师陈国辉和汪涛校长挂帅，地理学科有特级教师向联谊等，都很有名气。

到普中任职第一年，学校安排我教高三。本来以为我教高三多年可以轻松应对，结果几节课下来，感到必须花更多精力备课，因为普中学生对一些问题的理解更有深度，对教师上课也有更高的期待。

“教学相长”，在学生们的促进下，我进一步钻研教材，与同行们探讨教学问题，使自己教学水平有新的提高。在普中工作五年，一大收获就是教学业务有很大提高，任教班级还有学生考了个省文科第一名。

上世纪90年代，我两次参加中共舟山市委组织部组织的“双推双考”，两次入围。市教委经考察觉得我不错，决定调我去市教师培训中心任职。

我走马上任后，积极促成创办《舟山教研》。这本刊物的诞生，为我市广大中小学教师提供了一个教育教学的交流平台，也为中小学教师高级职称评定的论文发表创建了平台。

2000年3月，舟山市历史上规模最大的教研活动——“千岛教育之春”举行，共开出观摩课103节，有4790余人参加活动。

从事职教，尽心尽责

2000年，我参加第三次“双推双考”，是市教育局党委要求我参加，结果与前两次一样，依然入围。连中三元，市委任命我为中共舟山职业技术学校党总支书记。

舟山职业技术学校是全市职校的龙头学校，但“双师型”教师缺乏，设施设备缺少，好在很多老师相当敬业。像汽修班班主任张赛芬，特别敬业，一些“小捣蛋”在她手上变得努力上进。这些老师的精神令我感动。

2001 年 7 月，我被任命为校长后着手进行办学结构、管理制度等方面的改革，主抓办学质量。经过师生们的共同努力，学校的教学质量有了明显的提高：2002 学年，中级工考证实现零的突破，该学年度 83 人参考，其中有 79 人通过；升高职人数达到 136 人，比上年增加了 79 人；全省职校英语专业统考第一名，由我校学生获得。

随着舟山海洋经济的发展和临港工业的崛起，机械加工行业缺少大批技术工人，但我们学校既缺少师资和设施设备，又缺少资金投入。为走出这一困境，我们校企联合，与企业一起筹建职教集团，走出了新路子。

最后一站，舟山中学

2003 年 5 月，组织上决定让我出任中共舟山中学党总支书记一职，我进了心仪的学校任职。

2007 年 9 月，市政府正式任命我为舟山中学校长，压力可想而知。舟中经过几代人的拼搏，学校社会声誉较好，舟山人以把子女送入舟中为荣。舟中在前任校长的带领下办学质量提升较快，我必须稳住现有的成绩，并尽可能有所作为。

新课改是一个非常好的契机。2006 年，舟中被省教育厅定为全省新课改 30 所样本学校之一。为满足人民群众读好书的愿望，我们决定将大众教育与精英教育有机结合。

学校根据新课改的要求做了很多工作，把办学的关注点从学生的“考试优秀”转变到“学习优秀”上来，再进一步从“学习优秀”转变到“成长优秀”。将科学精神、人文精神贯彻于办学过程始终，坚持“文理并重、兼顾特长、多元拓展、全面发展”的办学策略。为此，我们在两大领域做了较大突破，分别是美术走班教学和学生社团建设，进一步完善了文科实验班和理科实验班教学。

美术走班教学，是结合舟山渔民画地方特色开展的一项新课改形式，这一美术教学途径，使部分学生从传统课堂中走出来。事实证明，我们的想法是正确的，这一举措取得了非常好的效果。2009 年，参加高考的美术走班学生达到 62 人，21 人考取了“211 工程”大学，1 人考取中央美院……如果不是新课改，这一数字可能会大打折扣。

舟中的教学质量也进一步提升，2008 年又有 12 位同学进入清华、北大，2009 年有 13 人进入清华、北大。

2010年，舟山中学喜获全面丰收。考入北京大学、清华大学的有15名学生；在第23届全国高中学生化学竞赛中，舟山中学取得骄人成绩，有7人获全国一等奖，一等奖人数与杭二中、金华一中并列全省第一；北京大学浙江自主招生理科笔试第一名和文科笔试第二、三、五名被舟山中学学生摘取；北京大学首次给舟山中学4个夏令营名额；舟山中学成为北京大学中学校长实名推荐单位；7月份受北京大学邀请我参加了北京大学毕业典礼，受邀的全国重点高中96所，浙江省仅4所重点高中校长被邀。

舟山中学是我事业的高峰，也是最后一站。

退休后我回到南岙，种菜种瓜，一年四茬。人生就是这样，从哪里来还将回到哪里去。我为舟山教育事业奉献过全部青春和热情，一生无悔。

要做中国金枪鱼行业的“NO.1”

□ 倪剑波口述

人物简介

当亲朋好友多选择鱿钓行业时，倪剑波却选择了当时国内稀缺的金枪鱼捕捞业。他与这条“鱼”周旋了10余年，从最初的“讨口饭吃”，到现在“执掌”平太荣远洋集团名扬海内外，倪剑波声名鹊起。然而，他却直白又风趣地说：“我就是在金枪鱼身上‘讨口饭吃’。”显然，他将这些年的奔波与辛劳，都总结在这句话里。了解他的朋友却说：“其实他想成为中国金枪鱼行业的NO.1，而且已离目标不远了。”

两条“远洋鱼”取其一谋新路

我是岱山秀山人，在家排行老三，17岁下海捕鱼。很多人都说我聪明，心思活络。我觉得自己虽是渔民出身，但也要有点想法，舟山的蟹笼船、灯光围网等都是我率先带动同村渔民搞起来的。

2001年，我和广东几个渔民合伙经营，投资打造了几艘大型灯光围网船、30多艘深海溜网船，其中深海溜网捕捞的冰鲜水产品大部分出口日本，经济效益不错。可是面对国内渔业资源的衰退，渔业生产情况不佳，如何继续做大国内捕捞，这个问题一直徘徊在我脑海里。

我当时想着，如果合伙人回广东去，那我以后怎么办？要想生存，只能花钱将那些船从合伙人手中并过来自己做，这也是我无奈的选择。

2006年是舟山远洋鱿钓的“黄金时代”，全市新增了不少鱿钓企业。我观望一阵后，决定选择“高逼格”的金枪鱼。

当初选它，只想找个更稳一点的饭碗。因为鱿钓门槛低，而且跟风现象严重，未来发展或有问题。搞鱿钓的人太多，不差我一个。

既然决定了新事业，就立即行动，我将那两艘灯光围网船改造成捕捞金枪鱼的作业船，随后又从舟山兴业公司购买了两艘旧金枪鱼船进行改造，准备去远洋“钓鱼”。

2007 年 12 月，我正式注册成立了浙江平太荣远洋渔业有限公司。

次年，改造一新的 4 艘小型常温金枪鱼延绳钓船到达大洋彼岸，开辟新生之路去了。但很快，我发现这 4 艘船的规模太小，管理无法到位，运营成本居高不下。而且金枪鱼国际市场竞争激烈，行业的发展走向基本由国外的一些利益集团控制。

规模小就不能在国际市场和行业上拥有话语权。所以，扩大船队规模是必由之路，为此我先后又新造了 4 艘金枪鱼作业船。

量身定做设计“倪式”新船

这 4 艘船，是我亲手为开辟东太平洋、北太平洋的金枪鱼渔场“量身定做”的“倪氏”船型，也是我从事远洋渔业史上最得意的手笔。

东太平洋、北太平洋原本属于鱿鱼的生产渔场，对于金枪鱼的渔场开发来说，是块“处女地”。良机不可错过，我当即决定增加船只，进军新渔场。这回，我想一改以往购船的传统“画风”，自己画图纸、造船。在什么渔场，要扣什么鱼，就该用什么样的船。

设计船型，说起来容易做起来难，何况我不是科班出身，要设计必须先了解相关知识。于是，我翻阅了大量的船舶资料，详细了解作业海域情况和渔业资源分布等。不记得究竟画了多少张船型图纸，也不知道跑了多少次造船厂指导监工，更说不清有多少次站在新船上，现场纠正了多少个细节问题……最终，我的“倪氏金枪鱼捕捞船”终于成型。

后来，有人拿我的图纸去仿造，但出现了诸多问题。别看是一样的图纸，但最后造出来的船，只是外形与我设计的相似而已。要知道，我那些新船型可是专为那片渔场“量身定做”的，而且在建造过程中改了不少细节，别人又怎能仅凭图纸就能造出一模一样的“倪式”渔船来?

新船下海，进军新渔场，丰产的好消息不断传来。到 2012 年，我的平太荣公司旗下已拥有 18 艘常温金枪鱼延绳钓渔船，规模为全国最大，年捕捞金枪鱼近1万吨，实现销售额1.8亿元。

不过，那年也有让我郁闷的事。当时，农业部推出新建渔船补助政策，国内有一批新建远洋渔船享受到了，而我的新建船因造在政策之前，无缘补助。

得知这个消息后我真的很郁闷，所以我又造了6艘船，总算享受到了这项政策。同时，公司又投入近5000万元，收购改造了一座4000吨级超低温冷库、一座3000吨级低温冷库，从事金枪鱼生片、熟片加工。

虽做得有些“任性”，但事实证明，我们在国内远洋渔业行业占据了主要地位。

打造一支强大的金枪鱼船队

目前，我们公司旗下有一支29艘船的金枪鱼船队，而我就是船队的“总指挥长”。

我平时喜欢读《毛泽东选集》，所以总爱将自己的船队比作前方的“作战部队”。就连经营思路有时也带着“毛选”的影子，比如增加辅助船只的配备，那是我的“后勤粮草”部队。

2016年，我又投资开建了两艘6000吨级的超低温渔业辅助船，去年投入运营，这个船型在国内唯有我们公司拥有。

兵马未动，粮草先行。船队在茫茫太平洋上作战，几年不能回来，船员的物资不及时跟上，“军心”不稳，会造成作战能力低下，影响最大的就是公司利益。因此，从行业可持续发展来讲，只要鱼价稳定，加工设施配套全面，这辅助船必须造，后勤军也一定要配好。

为此我研究制定了一套“延绳钓生产船船员手册”，内容包括船员的共同职责、岗位职责、鱼质和加工作业流程的奖罚办法等。

船员安全生产，我才能放心，公司才能进一步发展。而且现在对船长的要求也提高了，船长不能用旧眼光、老思想。我为他们找学习机会，让他们开拓视野，增长知识，了解国际行情。

我一直认为，我们是一个整体，光靠我一人更新理念不行，船长船员们也应该与时俱进，成为新生代的现代化远洋渔业船船长。

现在，我们公司的发展与管理经营引入了国际化的先进理念。在各种国际金枪鱼行业的例会上，我以中方金枪鱼单位出席的频率也逐年增多。

带国际标签的现代化远洋渔业集团

企业做到现在，我想做一个带有国际标签的现代化远洋渔业集团。

2018 年 3 月底，我们的“平太荣冷 2”金枪鱼超低温冷藏运输船在美属萨摩亚帕果帕果港成功卸载部分金枪鱼货，这是我国首艘顺利进入美属萨摩亚港口并安全通过美国海岸警卫队检查的远洋渔业船。为这一天，我们准备了很久。

美属萨摩亚是全球金枪鱼加工主要地区之一，帕果帕果港是整个南太平洋岛国和地区中监管最为严格的港口，一旦发现缺少相关文件或操作有误，就有被扣船的风险，所以许多金枪鱼捕捞渔船望而却步，不敢冒险。

2017 年 3 月，我们在美属萨摩亚参加由库克渔业部开展的入渔合作履约培训会议时，他们向我们发出了来港口卸载、转运的邀请。衡量之下，我们觉得集团旗下的 29 艘金枪鱼捕捞生产渔船已全部申请了欧盟卫生认证，而且有 14 艘渔船已认证成功，而“平太荣冷 1”“平太荣冷 2”拥有一流的国际先进装备设施，完全有能力、也有条件接受挑战。经过研究，我们决定到帕果帕果港“试水”。

这一次顺利过关，得到了对方的认可，也提升了集团在国际金枪鱼业界的影响，更彰显了我国远洋企业在国际上的履约能力和竞争实力。

目前，我们集团拥有工人 800 余人，形成了集捕捞、冷冻、运输、加工、贸易销售、船舶修造以及金枪鱼生物综合利用开发、餐饮体验等为一体的全产业链。我们还谋求资本化运作，去年成功通过新三板挂牌审核，集团年产值在 5 亿元左右。

作为参与国际市场竞争的现代化企业，我一直认为，思路必须超前，眼光要远。

做工艺路上的苦行僧
让更多人看到舟山的工艺品市场

□ 翁海星口述

人物简介

翁海星，浙江省工艺美术大师，专注于海洋文化工艺品研究，擅长铜雕等。他见证了舟山工艺美术发展的起起伏伏，至今还在这条道路上奉献力量，实现自我价值。

受命组建工艺品开发公司

舟山工艺美术曾有过一段辉煌期。在上世纪七八十年代，贝雕销量非常好，全国各地的卖家提着款来舟山买贝雕。当时有一家专门生产贝雕的工厂，叫舟山工艺美术厂。

贝雕怎么做？就是将贝壳打磨后，组成山水、花卉等图案，精细一点的做成人物。那时候工艺品种类少，贝雕做成的工艺品寓意好，形式比较新颖，因此备受欢迎。每逢结婚、生日、开业，朋友都愿意送上贝雕当礼品。

到了上世纪 90 年代，随着市场经济的发展，工艺品种类增多，人们有了更多选择。贝雕因为工艺粗糙，渐渐被市场淘汰，生产贝雕的厂也转行生产拖鞋了。

1994 年，我调入舟山市二轻集团，受命组建舟山市二轻工艺品实业开发公司，并担任经理和总设计师。为此，我关闭了自己的广告公司。因为我觉得，舟山的工艺品要有自己的文化，我也愿意将自己学到的知识转变为看得见的艺术品。

当时舟山贝雕行业比较萧条，工人纷纷改行，我重新招人，将工艺品实业开发公司一步步组建起来。

原木雕痕，浑然天成

既然是做舟山的工艺品，就要带有舟山的灵魂。

公司的第一个产品是用舟山樟木做成的原木痕雕，在原木的断面处印上带有舟山风景的烙铁画。当时我和一个朋友出去写生，看到一截断木，虽然粗糙，但木头纹理非常美妙，像一张天然画板。我想将断面打磨平之后，在上面作画，会很自然。

做了很多试验，最终我选择了纹理更适合作画的大樟树，在切割木材的手法上，我力求保留原木最美的纹理。第一幅画是“海天佛国”，当我在切好的断面上画好手稿后，就感觉树木的纹理好像大海的波浪一样，与画融为一体，浑然天成。

一个作品需要不断地磨合。手稿画好后，我经历了一段时间的瓶颈期，纠结于到底要不要画上颜色。不上色，太单一，但是上了色，整体又有点土。

一天，脑袋中灵光一闪，我想起上世纪 80 年代手工艺人用烙铁在家具上作画，能不能把烙铁技术运用到原木切片上？我大胆尝试，效果不错，无论是色泽还是浓淡，都恰到好处。

后来我们把产品带到义乌，很快卖掉了，很多买家觉得这玩意儿新奇。但我们当时市场意识还不是很强，错过了机会。而且当时市场对这种接近自然的工艺品不是很推崇，反倒是现在，这一类自然原生态的工艺品非常受年轻人欢迎。

开发青铜浮雕壁挂

1996 年，我开始做青铜浮雕壁挂。

在这之前，我一直在想：还可以开发什么新材料？木头、石头、海泥、树叶……我一天到晚想创新舟山的工艺品。有一次，正好翻到一本讲青铜器发展史的书，那时候很少有人生产小型青铜工艺品，我打算往这方面发展。

受制于成本的投入，起先我并没有打算做完全立体的青铜工艺品，先从浮雕入手。青铜浮雕可以裱藏于画框中，挂在墙上，上档次，又有艺术品位。投放市场后，因为形式新颖、质感佳，深受欢迎，很多订单来自上海、北京、广州等大城市。特别是饭店，有的要一个系列，整箱整箱拿货，挂在大堂或者其他显眼位置。至今，上海城隍庙、上海工艺美术大厦还挂着我们当时的作品。

1999 年，义乌举行了一次全国范围内的工艺博览会，当时我带着青铜浮雕作品去参加，引起不小的轰动。

我现在工作室还保留了一些作品，当时一个系列约有 20 个品种。到了 1996 年，我尝试做立体浮雕。当时南京等城市也开始做类似的仿古工艺品，我要和他们竞争，最终我决定将立体青铜工艺品目标定在佛教用品上，闯开另一番天地。去年新开发了一款铜壶，融合了作品的收藏性和产品的普及性。

日本手艺人的启示

我希望将青铜艺术和舟山文化特色结合起来，便开始制作杨枝观音碑。

一开始我也想过用青铜制作舟山渔船，但是铜的浇筑过程复杂，对渔船的还原度不高，所以最终还是决定将铜和“海天佛国”相结合，雕刻杨枝观音碑。

1997 年的中韩竹筏漂流赛，我制作的杨枝观音碑被当作礼物送给了韩国漂流队，韩国队长捧着这份礼物跨越大海。现在这份礼物应该还被他们收藏着。

要雕刻好一件小小的杨枝观音碑，往往需要 10 多天，第一幅作品花了我一个多月。这作品一经推出很受欢迎，在北京等大城市销量不错。有人看到我的青铜作品后以为是古董，我觉得这是对作品的一种认可。作为作品的制作者，我视每一个作品为我的孩子，试问谁不希望别人夸自家孩子好看聪明呢?

上世纪 90 年代，舟山和气仙沼结为中日友好城市，我的一幅作品也作为友好的见证被送到了日本。这次我去日本，在气仙沼纪念馆看到了这件作品，很惊喜。

在日本的日子，我拜访了很多手艺人，做陶艺的、做木偶的、画漫画的，他们对工艺的精神让我非常感动。一位做陶艺的老先生，今年 70 多岁，泥土都是自己挖的，上色的釉也是自己找树叶、树枝做的。他们很注重工艺的传承，日复一日、年复一年，一丝不苟，如同一位位苦行僧，这种精神促使我更加认真地对待我们的传统文化、我们的工艺。

工艺品市场又有了生气

时间流逝，我成立了自己的工作室。舟山的工艺品发展一波三折，曾经辉煌，一度没落。现在随着个人工作室源源不断地出现，工艺品市场又有了生气。

在舟山做工艺品，有天然的瓶颈。首先原材料贵，特别是做铜这一块，运费比其他地方贵。加上现在外地也在做这一类产品，我们压力比较大。所以我决定多做纯手工的东西，凭自己的手艺吃饭，这也是别人流水线竞争不过的优势。现在我也收了几个徒弟，在浮雕、平面雕刻等方面，他们的技艺在逐渐提升。

一件作品要让更多的人认识和喜欢，需要实现从作品到产品的转变。产品相对于作品而言，大众化程度更高。

我现在“两条腿”走路，对于一些比较成熟的作品，就将它们量产成为产品，让更多的人认识舟山的手工艺品。平时，自己也会静下心来，雕刻新的作品。雕刻作品很难量产，就好像我之前雕刻的苏武牧羊图，虽说是平面雕刻，但也要 20 多天，我将山水意境融入了铜板里面，画面中每一只羊的布局，都经过了深思熟虑。

对于舟山的工艺品市场而言，这“两条腿”也都是同时需要的。一直以来，舟山缺乏有记忆度、有特色的传统手工艺品，也缺少配合舟山旅游发展大背景的纪念品。这和舟山的历史积淀也有关系，毕竟舟山没有龙泉青瓷这样积累沉淀多年的手艺。

好在政府部门对这一块很重视，工匠精神也倍受推崇，手工艺的元气正在逐渐恢复。我希望舟山有一个手工艺品展示区，可以集中展示舟山手艺人的作品。

舟山的工艺品市场还需要培育，任重而道远。

二渔公司与日本玛鲁哈株式会社的“二次握手”

□ 陈海平口述

人物简介

陈海平，舟山兴业公司原副总经理，“全国五一劳动奖章”获得者。陈海平把自己的大半辈子都奉献给了兴业公司，目睹并亲历企业的发展蜕变，铸就新的辉煌。

赴日考察，利用外资引进渔船

1971 年，我进入舟山地区水产供销公司。这是舟山当时最大的水产贸易公司，没有捕捞只有收购，把渔民的鱼收上来后，按国家统购统销计划进行调拨。那个年代，舟山鱼是“皇帝女儿不愁嫁”，北京、上海等地都派代表来舟山蹲点采购。

水产供销公司蜕变为舟山第二海洋渔业公司（以下简称“二渔公司”）发生在 1978 年。当时国家想利用外资，进一步扩大引进国外先进科学技术和先进设备的规模。1978 年年初，中国组织代表团去日本考察，目睹日本渔业发展情况，对他们拥有的先进捕捞设备印象很深。

代表团回来后，要求浙江省组织有关人员特别是技术人员赴日考察，商量根据我们的实际情况引进什么技术和设备。时任浙江省革命委员会副主任兼省计委主任陈安羽建议，拟定舟山渔业基地建设十年规划，利用外资引进设备，组建远洋渔业船队计划，争取列入国家计委引进外资项目计划。

赴日代表团随后向中央写了个考察报告，要求引进日本的艉滑道渔轮，实现中国渔业的发展。恰逢时机非常好，在十一届三中全会的预备会议上，中央看到了这个报告，五位副总理都在报告上签字作出批示，表示原则上同意。

补偿贸易，九上北京争取同意

1978 年，中共舟山地委决定组建舟山第二海洋渔业公司，抽调相关领导干部，集全舟山之力筹备这样一家渔业公司。

在对日本船的价格、适航能力等作了深度考察后，1979 年，公司洽谈代表团跟日方进行谈判，在经过艰苦的“拉锯战”后，好不容易在引进、融资等方面达成共识，最终形成方案兴冲冲去北京向国家各部委汇报。然而好事多磨，国家水产总局不是很支持。

大家没有气馁，一次次上北京争取，前后共去了 9 次，最终方案获准。二渔公司通过补偿贸易的形式，向日本大洋渔业有限公司（玛鲁哈株式会社的前身）举债 1177 万美元，引进艉滑道渔轮，迈出中国现代化渔业的第一步。

当时公司与日方的合作“两条腿走路”：买进新渔轮，引进旧渔轮。这么做主要想根据自身情况量力而行，新船代表最先进的技术，而旧船成本低，省钱。当初打算引进 30 多艘，最后共引进各类渔船 28 艘。

抗风能力更强、导航设备更好的艉滑道渔轮，颠覆了我们的传统渔业。过去渔民出海作业都随船带着冰，半个月后就要回来，否则冰都化了。而日本船上有制冰设备，续航能力强，能连续出海一两个月甚至更长。过去捕上来的鱼放舱里，撒上冰；现在，可以用箱子把鱼装好，直接速冻，鲜度更好。

当时把鱼供应到北京后，市场都轰动了，北京人民说：“从来没吃过这么新鲜的鱼!”

就这样，没有用国家一分钱，我们成功利用外资，第一次实现了中国大陆对外海远洋渔业资源的共享，走出了一条利用外资加快实现渔业现代化的新路。

国企改制，中日合资走出路子

1995 年，我在二渔公司任纪委书记。当时全国上下都在搞国企改革，舟山市委也在考虑舟山国企怎么改，他们希望二渔公司能走出一条路子来。

所谓改制，最核心的问题是所有制改革。能否实行股份制，利用外资来实现国有制改革？我们第一时间想到了日本玛鲁哈株式会社，当初的艉滑道渔轮就是从他们公司引进的，捕来的鱼也是卖给他们公司的，双方在贸易过程中实现了互惠互利，建立了信任，有合作基础。

经过深度沟通，出于对中国政府的信任，玛鲁哈株式会社表示愿意认购二渔公司资产。

我们当时定下一个指导思想，让日方控股，加大对这个企业的支持力度。在转制过程中，我们坚持几条原则：一是国有资产不能流失；二是员工一个都不能少，要保证他们的合法权益；三是在公司的产业发展方面，要使远洋渔业逐步转向水产品精深加工发展。

最后谈定，转股份制后的公司由日方控股 70%，他们把 6300 万元真金白银打进来了，这笔巨款强有力地支持了舟山当地经济建设。

公司 3600 余名员工在企业改制过程中，基本得到妥善安置。公司除了保留核心捕捞的艉滑道渔轮外，其余的船全部卖给船长，让船长带着船和船员继续就业。如果不愿跟着船长继续跑船的，可以在岸上安排工作。船员吃苦耐劳、服从命令，为我们以后发展水产品精深加工奠定了良好的基础。

1995 年，二渔公司与玛鲁哈株式会社签署了一份令业界为之瞩目的协议：中日双方共同出资组建舟山兴业有限公司。

经历磨合，打破隔阂深度融合

当时二渔公司的企业精神是：为国家争光，为企业争气。兴业公司成立后，企业精神定为：接轨国际，争创一流。企业的发展方向也作了调整，考虑到渔业资源逐步衰退，公司缩小了捕捞规模，同时大力发展水产品加工贸易，实现精细化耕作，打造一个产业链。

两个国家，两家企业，不同文化背景的人在一起共事，必然要经历一个磨合期。一开始大家都有些不太适应，虽然以前也有日本船长到船上来指导，但现在日方公司的管理人员要直接参与企业管理，这对我们员工来讲是全新的东西。再加上中日历史渊源，有员工对日本人有排斥心理，感觉难以接受。

其实合资本身不复杂，关键要让合资企业发挥它应有的作用。我们认为，自己首先要端正心态。与以前相比，这次合作是全方位的，一要引进日本先进的加工技术；二要引进日方的精细化管理；三要引进他们以人为本的理念，活学活用到企业中来。

当时日方也看到我们一些员工的情绪，默不作声地带来一些幻灯片，虽然只是些日常的生产场景，却反映了日本员工一丝不苟、对企业高度负责的主人翁精神。这些幻灯片对我们员工的触动很大，我们看到了跟日本存在的差距，非常震撼，心态也完全改变了。

我们也经常派员工出去参与日方的生产，亲身去体验、体会。在很短时间内，双方从一开始的排斥到接受、融合，各个项目实施顺利。像鱼糜制品、鱼酱油等产品深受欢迎，订单像雪片一样飞来。

如果说二渔公司利用外资走出现代化渔业发展之路，兴业公司则走出了一条利用外资实现中国水产品加工现代化之路。

发展共赢，职工企业一起成长

这些年，我一直随着公司的蜕变而成长，从水产供销公司所属船厂一名普通的技术工人到二渔公司党办文员、办公室副主任，再到兴业公司的宣传科科长、纪委书记、工会主席、副总经理，一步步走来，我亲历并见证公司的发展变化。

现在的我已经退休，回首往事，感慨良多。一是企业是否能跟员工同甘共苦，实现奋斗目标，领导班子很重要。当初公司的第一代创业者，相当令人敬佩。他们九上北京向国家部委争取项目获准，跟日本人谈判有理有节，既要争取国家利益，又要兼顾互惠互利，既是勇气又是智慧。

二是企业思路很重要。当初中日双方的合作，不仅仅是资金上的，还是市场、管理、技术甚至包括企业文化上的融合，很好地实践了企业精神。现在我们远洋捕捞能到达很远的地方，并走向市场天地宽，在当初是不可思议的。

三是不管什么时候，都要依靠职工办企业。我在工会主席岗位上干了 10 多年，感觉职工是企业的宝贵财富。在合资过程中，我们本着尊重事实、尊重科学的原则，把中外关系处理得比较和谐。实践也证明，正因为处理好这个矛盾，员工才没有被外人管理的感觉，我们企业曾被评为“全国模范职工之家”，我本人也获得“全国五一劳动奖章”。

同时，我们是在全市最早签订集体合同的企业，这个做法在全国也走在前列。在公司发展过程中，我们最大限度地实现了职工个人发展与企业发展的共赢，实现了改革开放成果的共享。这点我体会很深，自 1995 年以来，我们员工几乎每年都能加工资。

我在公司干了一辈子，曾经市里打算把我调到其他岗位，企业不肯放，我也很难割舍，最终还是留在兴业直至退休，算是“从一而终”吧。真心希望兴业越来越好，员工们越来越幸福。

“水仙土博士”与他的金色水仙

□ 汪成林口述

人物简介

汪成林，普陀桃花岛水仙种植大户。

和他的名字一样，汪成林从 10 多岁开始和花草树木打交道，将它们培育成林。

1979 年，汪成林与水仙结下了不解缘分，也因为爱钻研，被大家誉为“水仙土博士”。

让汪成林最引以为傲的是自己培育出了金色水仙，这种水仙以前多生长在法国，颜色金黄却没有香气，而通过汪成林的培育，桃花岛土壤滋养出来的金色水仙不仅色泽艳丽，且香气浓郁。

从 2001 年开始培育金色水仙，汪成林终在 2017 年收获成果，金色水仙卖出了 30 余万元。和新中国同龄的汪成林说，自己就是喜欢和土地打交道，未来还会一直奔忙在田埂。

有了和水仙打交道的机会

1979 年，我 30 岁。

改革开放的号角已经吹响，举国上下提出“搞活经济”的口号，舟山市林科所和外贸公司合作，打算将水仙花培育成家养花卉，以供出口。

舟山很多地方有野生水仙花。为培育出舟山品牌的水仙花，林科所请了许多农民一起参与，我是其中之一。

我十七八岁开始在生产队搞农业，接触的苗木比较多，种水仙花还是第一次。接到通知的时候，我印象很深刻，当时我家里正在建平房，房子都还没建好呢，我就被叫去了。

水仙花多生长在偏僻的山林处，我随林科所的工作人员一起去野外采集种源。我最佩服的是市林科所的何国仁，他是高级工程师，印象中他 28 岁就成了全国劳动模范。采集水仙花的时候，他比我大 10 来岁，经验足，做什么都非常专业。种水仙花靠的是勤快，那一阵子，我们到处往山里跑，一挖下来就进行种植。

同时我们也进口了很多日本、法国的水仙，拿来和我们舟山本地水仙进行对比。为了培育出舟山特色的水仙，我们花了很多的功夫。

一开始，我们希望舟山水仙可以出口国外，但最终因为出口要求高，土壤不能带出国，导致出口这条路没行通。

几年种下来，其他种植户慢慢退出，只剩下我一户坚持下来。

打响普陀水仙的名气

在普陀水仙出名之前，崇明水仙和福建漳州水仙已经小有名气。

1984 年，省花木公司的一位经理来舟山开讲座，向我们展示了福建的水仙雕刻，并在现场雕刻给我们看。

这在当时是个新鲜玩意儿。我凑到最前头仔细观察，这才知道原来雕刻后的水仙可以造型多样，非常美丽，而且雕刻后的水仙花更具有观赏性，价格也可以叫上去，比如一般水仙花卖 10 元一盆，雕刻后的水仙花至少 30 元一盆。

回去后，我一直进行练习。

这个活非常考验手上功夫，下手重不得，否则会伤到水仙花的叶片和花茎；下手也轻不得，否则不好控制叶子的长势。

功夫不负有心人。在不知道雕坏了多少个水仙球后，1985 年，我雕出了有 26 个花葶的水仙花。

一般的普陀水仙只有 5—8 个花葶，最多也就 10 来个，一下子雕出 26 个花葶，当时连上海的报纸都登出了我这盆水仙花，普陀水仙的名气也一下子叫响了。

1988 年，桃花镇要举办一个水仙花展览会，领导找到我，让我雕刻一礼堂造型别致的水仙花，我爽快答应。

晚上，我从农田回来就开始雕，把篮子、盆子、陶罐、玻璃瓶都拿出来当承载水仙花的容器，配合水仙花的不同造型进行展示。

最后，水仙花摆满一礼堂，别提多好看了。

培育出金色水仙

我种植水仙花这么多年，最自豪的是培育出了金色水仙。

以前我们管它叫彩色水仙，这种水仙花，花朵金黄，以前只在法国种植，但是种出来的花却不香。

大概是 1985 年，上海科学院园艺所花卉研究中心专门研究水仙花的同志来到舟山，找到我说想要研究一个课题，看看漳州水仙、普陀水仙和崇明水仙是否属于同一个品种。

当时他们带来很多水仙花种子，我估计，里面不小心夹杂了法国水仙的种子。

这些水仙花在我的田地里种了三年，最终他们完成课题回去了。得出的结论是，三个地方的水仙是一个品种，只是气温不同，所以长出来的水仙各有特色。

他们回去之后，我还继续种着这些水仙花。

1999 年，我打算把家里的平房翻修一下造楼房，大概有半年时间没好好捯饬过田地。

等我回去看的时候，发现田地里拱出了一棵不一样的水仙花，开着金黄色的花朵，还散发着浓郁的香气，花的造型还非常好，不容易倒状，概括起来就是色黄、朵多、花香、形美。这可把我高兴坏了，我特意给它扎了一根红绳做记号。

后来经过研究，我总算弄明白了，不同品种的水仙花有不同的性格，白水仙 25—30 天可以长出来，但金色水仙需要 60 天。往年我不知道这种水仙花的性格，看 30 天一到，就把它当作不会长的水仙锄掉了，殊不知它是还没到破土而出的时候啊。

发现这种特别的金色水仙后，省花木公司的同志十分感兴趣。总共三株，他们拿走两株去做组织培养，希望通过高科技手段对这个品种进行繁育。

我知道组培的原理，别的花卉组培可能还简单，但水仙花很不好弄，于是自留一株栽种，就靠一株变三株、三株变九株的笨办法，培植成功。

从当年的 1 株，培育到 10 亩田地的种植规模，现在，我已经种出了 20 万株金色水仙。

到了 2014 年，我种植的金色水仙初具规模，种子越来越多。

我年纪大了，照顾不过来，便开始卖水仙。白色水仙花，一个球不到 1 元钱，而金色水仙花，一个球可以卖到 5 元。我们雕刻好的金色水仙盆栽，可以卖到 200 元一盆。

2017 年效益最好，毛利润有三四十万元。

“水仙土博士”的钻研之道

水仙很容易长病虫害。

种了这么多年水仙，我现在对治理水仙的病虫害可以说有 100%的把握。

在我种植水仙不久后，就发现水仙和水稻轮种，可以减少病虫害的发生。不过后来随着镇上的水稻田改种橘子，轮种这个方法行不通了。

我就再琢磨办法，为什么水稻年年种，它就不会长病虫害呢？

我考虑，可能和水稻生长环境带水有关，是水隔绝了细菌。

经验出智慧。用农民的思维去解决水仙花的种植，果然行得通。

我在 7、8 月份温度最高的时候，在田地里蓄满水，让太阳曝晒杀菌，长出来的水仙花十分健康。

再过一个月，我又要开始忙水仙球的雕刻了，到时候院子里一排排全是我要雕刻的水仙球。这些雕刻后的水仙花，将被卖到上海等地。在这些大城市，我们的金色水仙非常受欢迎。

在海岛半世纪的教育实践中领悟教师职业的真谛

□ 陈国辉口述

人物简介

陈国辉，1935 年出生于上海，毕业于浙江师范学院（现浙江大学）历史系，1957—1995 年在普陀中学任教，历任普陀中学教导主任、支部书记、总支书记等职。曾任浙江省中学政治教学研究会理事、舟山市中学政治教学研究会名誉会长、普陀区教育学会副会长等，获全国优秀教师奖章、教育系统全国劳动模范，并被浙江省人民政府授予特级教师荣誉称号。

始料未及的选择

1935 年，我出生在上海一个普通职工家庭。那个年代，时局动荡，日军进犯，上海沦陷，家人为我取名国辉，借以寄托“国家光辉”的期盼。

父亲认为教会学校管理严格，教学质量高，所以从小学到初中，我分别在两所教会学校就读。然而对我来讲，学校过于严苛的管理和体罚手段在我幼小的心灵中留下极坏的印象，从来没想过，自己有一天也会从事这个职业。

年少时的我，对未来有过热切的想象：当一名火车司机，驾驶列车疾驰在祖国大地；或当一名地质员，穿梭于祖国的崇山峻岭中。

然而 1953 年参加高考时，我填下的志愿却是“浙江师范学院历史系”。这个选择连我自己都始料未及。14 岁那年，在目睹解放军进驻上海时纪律严明、秋毫无犯的景象后，我加入了新民主主义青年团。基于对组织的爱和一名青年团员质朴的忠诚，我决定响应祖国号召，当一名教师。

到最艰苦的地方去

浙江师范学院，也就是现在的浙江大学。我背着行李从上海到杭州来上学。迎新会上，毛昭晰老师的发言对我有所触动。

在看了苏联影片《乡村女教师》后，我的内心深受震撼。女主角华尔华娜让我感受到教师职业的崇高，尽管这个职业很平凡，却极富意义。特别是影片放到高潮部分，卫国战争时的一位将军探望两鬓已经斑白的班主任时，我的心也被紧紧抓住，原本并不热爱师范专业的我，对教师这个职业有了新的认识。

四年一晃而过。毕业分配时有人想留校当助教，有的希望留在大城市。对当时的我来讲，这是一场很严峻的考验。组织上明确指出，海岛、山区是支援重点，要放弃个人利益，服从组织分配。父母希望我回上海，至少离上海近一些。我当时觉得，考虑个人利益不太光彩，便填写了“服从祖国需要，到最艰苦的地方去”。

当时的海岛教育比较落后，急需大批教师支援，我被分配到了舟山。报到的时候，负责分配的同志跟我讲：“你有可能去六横中学。”或许是觉得六横岛上条件更为艰苦，大城市来的学生吃不起这个苦，他安慰我说：“那边番薯特别大，土鸡很便宜。”我说，没关系，我来的时候已经做好了吃苦的准备。结果没想到，我被分配到普陀中学。

上世纪 50 年代的海岛，师资紧缺，就连普陀中学也不例外。我是学历史的，但从走上讲台的那一天起，就没受过专业束缚，语文、音乐、体育、物理、英语……哪门课程缺老师，就去教哪门。1959 年，学校要我改教政治，我认为这是组织上对我的信任，便愉快地服从了分配。

把社会热点搬进课堂

怎么把枯燥的政治课讲得生动？我为此作了不少探索。

学校不是真空的，一些社会热点能引起争论、引发思考，而学生能在互动中得到启发。我便有意识地将社会热点引入课堂，将书本上的理论和现实生活结合起来。

1982 年，年轻帅气的大学生张华为救一位素不相识的老农，付出了自己的生命。这件事当时在整个中国都引起震动。我在课堂上讲述“人生的价值在于奉献”时，就让学生们讨论这起事件。对生命价值的拷问引发大家的热议，课堂气氛非常活跃。

“无私奉献，是不是否定按劳分配”“张海迪是逆境成才，成才是否必须逆境”“工人下岗是好事还是坏事”……这些议题的设置，跟现实生活相关，又紧扣社会热点，很容易引发学生的兴趣，提高他们的分析水平。

记得有一次，几个不具名的学生给我写了一封信，信中提出几个问题：陈老师，你是否真诚信仰马克思主义？你对党怎么认识？辩证法是否诡辩？我用一节课的时间讲述了自己的觉悟过程，公开表明我对马克思主义和对党的忠诚。

学生用掌声肯定了我的真诚和坦率。

让学生带着问题走出课堂

创新让我找到工作的乐趣。我在校园举办“论文节”，鼓励学生写论文，因为论文需要通过调查研究得出结论和观点，让学生带着问题走出课堂，很能锻炼思考能力和分析水平。

有一段时期，“从菜篮子里看形势”的说法在学生中相当流行。为了对学生进行有效的形势教育，我们组织学生外出调查访问，200 多名高中生分头到工商行政管理局、商业局、浙江皮化厂、舟山船厂等单位参观调查。

学生返校后，写出了 200 来篇小论文。有的论文题目既有新意又有价值，如“谈舟山水产企业的发展前景”“企业应如何增强活力——访东海酒厂有感”“陈大龙怎样致富”“卓别林厂的兴衰”“普陀食品厂的现状分析”“小香港的兴起”等。数据勾勒出跳跃的蓝图，学生从中看到活生生的形势，搭上时代的脉搏，从而增强了信心。

值得欣慰的是，我指导学生撰写的小论文在两年内有三篇分别获得华东六省一市中学生政治小论文三等奖，浙江省中学生政治小论文三等奖和优秀奖。

有理想才能明晰前进的方向

在我的教师生涯中，担任时间最长的角色是班主任，一当就是 25 年，送走了 14 个班级。我喜欢当班主任，因为可以跟学生更贴近，并通过创新把学校任务和班级工作结合起来。

通过电影《乡村女教师》而树立职业理想的我，深知一部优秀电影对一个人的深远影响，很多时候，人的一生最终是情操和理想的结果。上世纪 80 年代初，我在校园成立了一个影评小组，有兴趣的学生都可以参加，对学校包场的电影进行评论，收到美的教育效果。

我曾经问过一位学生："你毕业后打算干什么?"他答："考大学。""大学毕业后干什么?""考研究生。""研究生读完干什么?""……"他回答不出来了。其实很多学生像他一样，对自己的未来并不明晰。然而对一个学生来讲，有理想，才能明晰前进的方向。

1979 年，我组织了一场"2000 年，我在哪里干什么"的主题班会，让大家畅谈理想。那时距离 2000 年还有 21 年，大家兴致很高，踊跃发言。一位男同学上台侃侃而谈："我的理想是当一名记者。"我摸摸他的脑袋说："很好，你以后可以报考中国人民大学新闻系。"

这位学生后来进入校学生会，当了宣传部部长，专门负责学校的黑板报。若干年后他去日本留学，在那里实现了记者梦，成立了亚洲通讯社，为中日友好交流作出贡献。他就是徐静波，现在回舟山总会来探望我。

但愿每次回忆都对生活不负疚

因为工作需要，我于 1995 年调到普陀区教委教科室，主持普陀教育科学研究和普陀区教育学会工作。在将近 5 年的时间里，我负责总编《普陀教育科研报》，为区市两级教师开设了 30 余个讲座。我主持工作的那段时间，教科室和教育学会先后被评为省级先进。

从 1957 年分配来舟山工作至今，一晃半个世纪。走过青春，步入老年，聊以自慰的是总算没有虚度年华。当年填写的志愿，我至今无悔，甚至感到自豪。

当教师并不是我最初的理想，是浙师院专业氛围的熏陶让我对职业有了真诚的思考，乡村女教师华尔华娜的形象让我内心深受震撼，而让我真正领悟到职业真谛的，还是在海岛长期的教育实践中。做教师，最大的欢乐莫过于你的学生茁壮成长，其中包含着教育因子的催化，这就是丰收的喜悦。我想，教师职业的真谛就在这里。

每当学生们登门探望，我就想起《乡村女教师》里的场景：已经当上将军的学生来探望两鬓已经斑白的班主任。生活与电影何其相似！我用自己的青春年华乃至毕生精力，实现了电影中的一个场景。

这些年，组织给了我很多很高的荣誉，这本来不是我所企求的，我有时会感到不安。其实我从事的是最平凡的工作，如果说有一点特色的话，那就是工作的踏实和创造精神。

莫道桑榆晚，为霞尚满天，但愿每次回忆，都对生活不负疚。

一个从小的爱好，成就了一生的精彩

□ 严美意口述

人物简介

严美意，中国版画家协会会员、浙江省美术家协会会员、浙江省版画研究会会员、浙江省藏书票研究会会员。

1940 年 5 月，严美意出生于普陀虾峙的一户渔民家庭，自幼喜爱写写画画，他将爱好变为职业，并为之投入心血。早期版画作品《铜墙铁壁》参加全国全军美展，发表于《解放军画报》；《换靶》参加浙江、广东、四川三省版画联展；《虾岛》和《海风·阳光》先后两次参加中国杭州西湖国际版画节……藏书票 6 帧参加全国第三届藏书票展，其中 4 帧赴日本展出。他的许多作品展现了舟山海岛风貌，也见证了几十年间舟山的建设发展。

我要继续上学

我出生在虾峙小枫树岙，从小就喜欢写写画画，小学上美术课，我听得特别有味道。村子靠海，我没事就拿根树枝在沙滩上画画，画木帆船，画出海的邻居叔叔。

我家是世代捕鱼的渔民家庭，父亲也很重视我们的教育。1956 年，我读完小学，前往沈家门普陀中学读书，但由于我是家中长子，下面还有 3 个弟弟和 3 个妹妹，次年下半年，父亲决定让我下海捕鱼。

可能天生不是捕鱼的料，我第一次下海就吐了整整一个月，吐到最后血都吐出来了。有一次船只在北仑那边避台风，我叔叔去隔壁大队的船上串门，有一个人和我叔叔说："美意可以上岸了，大队里面帮他把名字报上去了，让他读水产学院去。"

听到这个消息，我真的开心得不得了，马上收拾包裹回家等消息。在村子里，我喜欢读书是出了名的，乃至于邻里开玩笑叫我"书大无"。但是左等右等等到了9月开学，我都还没有收到通知。等不及的我独自一人来到位于定海的水产学院求证。

总务处老师一翻名录，发现我和另一个同村人名字的确报上来过，但是老师说，因为我们都是初中只读了一年级的文化水平，而水产学院相当于大学水平，我们不可以上。听到这个话，我心中别提多失望、多丧气了，就感觉机会溜走了。

继续捕鱼还是走求学路，我进行了很激烈的思想斗争，毕竟在当时，家里有一个劳动力，就意味着多一份收入。等到父亲捕鱼回来时，我还是和父亲说："我想再去读书。"开明的父亲也同意了，我复学了。

军旅生涯中接触到版画

1958年，我应征入伍，成为一名光荣的解放军战士，也正是在我的军旅生涯中，开始接触了我一生最大的爱好：版画。

入伍时填写特长一项，我写了"美术"，没想到这个打小的爱好会改变一生的轨迹。1960年，我收到通知，调到军人俱乐部当广播员。俱乐部里面有各类活动室、图书阅览室、画廊等，里面有各类中外刊物，等等，对喜欢美术的我来说，如获至宝，就像进入天堂一样。

这么好的机会为什么会轮到我呢？我后来想来想去，也许和我入伍时填写的"美术"特长有关，俱乐部有时候需要布置会场等，需要一定的审美能力。

在那里，我开始画画，也知道了版画，风格粗犷简练、力度较强的版画让我十分着迷。版画需要"以刀代笔"，在板上雕刻出作品，想要学版画，我得先找到称手的木刻刀。于是我写信给北京的荣宝斋，这是全国上下出了名的卖文房四宝的店。没过多久，我就收到了荣宝斋寄给我的六把木刻刀，其中几把，我现在还保存着。现在说什么网购、邮购，想想我这也算是上世纪60年代的邮购了。

没什么人指导，我就自己琢磨木刻的力度、拓印的方法。1961年，我创作出了自己的处女作，一幅反映打坑道的版画《白云深处有人家》，寄到南京军区，竟然在南京军区的美展中展出了。这个消息让我信心十足，觉得版画这条路我是可以继续走下去的。

转业继续文化工作

到了 1971 年，我被通知到南京军区政治部参加美术作品创作班，创作班里集结了各部队抽调来的美术骨干，大家互相交流，收获颇多。作为一名自学成才的美术爱好者，我抓住这次难得的学习机会，在整整 3 个月里面，创作出了一幅民兵题材的套色木刻《铜墙铁壁》。后来，这幅作品参加了在北京举办的全国全军美展，并发表在《解放军画报》上，还入选了解放军画报社出版的挂历，又先后在南京军区的《东海民兵》和《工农兵画报》上发表，可以说它是我的成名作。

但是我还没有从喜悦的心情中平静下来，就接到通知说要转业了。不过还好，转业后我被分配到普陀文化馆，从事群众文化工作，正是我喜欢的工作。

当时的普陀文化馆在沈家门东大菜场附近，我们在那里举办了许多美术辅导课，组织的多是渔民画培训班。当时上海金山农民画办得十分红火，全国出名，我们也希望做好我们的渔民画招牌，于是在东极、蚂蚁岛、六横等岛上举办了许多期的渔民画培训班。这代表着，舟山渔民画的培训在我们这一代已经开始萌芽发展了。当然，我们也组织了一些版画爱好者，成立了海辰版画会。

在从事群众文化工作的同时，我自己也没有荒废版画创作。在这期间，创作出了《换靶》《海风·阳光》《虾岛》《海防哨兵》等多幅作品，也取得了不错的成绩。

在研究版画的同时，我也进行藏书票的创作。可能现在的年轻人不知道什么是藏书票，当时我们会在书的扉页贴上一张藏书票，彰显对这本书的喜爱。我创作的藏书票和版画又是完全不一样的风格，藏书票的风格会更加活泼一些，以小动物作为原型，但是总体来说，无论造型怎么变化，都没有离开“海”这个主题。1988 年到 1990 年，我共有 8 帧藏书票参加浙江省第一、二届藏书票展。也在这前后，我加入了省美术家协会、中国版画家协会、省藏书票研究会、省版画研究会。

退休后更加执着追求爱好

1985 年，我被调往普陀县文化局分管群众文化工作，后来一直在这个岗位上直到 2000 年退休。

这段时间是文艺的春天，群众文化工作发展得十分红火。省里面有一个东海明珠工程，市里面也有一个文化工程，两项工程目的都是加强群众文化工作，建设渔农村文明。以普陀区为例，各种协会也像雨后春笋一般，纷纷成立。在渔农村文化建设中，我们建立了图书室、活动室，对老百姓进行文化熏陶，实际上有点像现在的文化礼堂工作。

工作让我眼界变得宽阔，自身的艺术水平也进一步提高，但是毕竟工作繁忙，很多时候因为工作，我只能将创作搁置一边。当时我就打算好，退休后我要全身心投入到版画创作当中去，将自己这些年有想法但还没来得及进行创作的作品都付诸行动。所以后期我创作了《大陆在延伸》《海之歌》《祥云》等作品。《大陆在延伸》是一幅我很满意的作品，创作于 2001 年，主要反映的就是我们建设朱家尖大桥时的场景。实际上，我想创作这幅作品很久了，但就是抽不出空闲来。家乡正在发生着翻天覆地的变化，我希望可以通过自己的作品展现出一二。

现在上了年纪，手腕和肘部的力量明显不足，使不上劲了，创作版画有点心有余而力不足，我只能忍痛割爱收起了陪伴我 40 多年的木刻刀，但是我没有放弃喜爱的美术，又拿起毛笔学起了中国画。也许就是因为年少时有“美术”这个爱好，让我兜兜转转间的工作轨迹也与之重叠，成就了我的职业，精彩了我的人生。

一辈子的白衣女战士

□ 夏德懿口述

人物简介

夏德懿，舟山医院护理部干事，曾在北京、杭州、上海等地医院工作。1958年出席第三届民进全国代表大会，在北京中南海聆听陈毅副总理的报告，并受到周总理的接见。1986年获得由国家卫生部颁发的“从事护理工作30年”荣誉证书。2013年被评为全国第七届健康老人。

目睹悲惨场面

我出生于1919年，到2019年刚好100岁。从旧社会到新社会，我这一生经历了由苦到甜，从黑暗到走向光明，经历了翻天覆地的变化。

我祖籍镇海，3岁那年父亲去世，可怜母亲25岁就守了寡。家里失去顶梁柱，没有了经济来源，生活堪忧。幸亏我外祖父思想开明，让我母亲到宁波妇女学校再去求学，拿到毕业证书后可以自立。

母亲毕业后，到上海郊区做小学老师。旧社会的小学老师工资非常低，在外还要租房，只能养活自己。我6岁就住在镇海外祖父母家读书，靠三姨妈资助读到初中毕业，凭借自己的努力考上宁波华美高级护校。当时抗日战争开始，日本鬼子在宁波搞轰炸，我们不能安心读书，老师带我们到上海同仁医院去借读实习。

抗战八年，当时的我正值青春年华，职业是白衣战士，工作岗位又是手术室护士长，所以日日夜夜抢救被炸伤的同胞。他们被炸得真是可怜啊，血肉模糊，粉碎骨折，无法治疗，只好锯手或锯脚，有的一只手一只脚要锯掉，有的两只脚都要锯掉，那场面现在回忆起来还是惨不忍睹。我天天做这样的工作，太悲惨了。

20岁的姑娘害怕鬼子，我便与同学一起出逃，江西玉山、广西桂林、贵州贵阳、四川重庆，这些地方我们都待过。1945年抗战胜利后，我才回到上海中山医院。

三次差点没命

我有三次差点没命。

第一次是在1941年10月，鬼子在宁波闹市开明街投下烈性传染病鼠疫细菌，两天内死亡240余人。我们医院组织医疗队抢救百姓，我也参加了救护。直接接触病人，非常危险，不少医护人员受到感染而死亡。幸好我没有被传染，一星期后平安回到医院。

第二次是在江西铁路医院，当时我正在抢救大出血的伤员，敌机来了，我们无法进防空洞，敌机在手术室上空转了好几圈。“轰”的一声巨响，一枚炸弹落到了手术室窗外的竹林里，“噼噼啪啪”，把手术室玻璃窗炸得粉碎。多么危险！如果敌机正好炸在手术室，我的命也就没有了。

第三次是1942年，敌机在江西狂轰滥炸。远处听到大炮声，浙赣铁路炸断了。鬼子来了，我们医院职工和成千上万的百姓逃往桂林。那时我在手术室工作，整日整夜抢救伤员，身体已经很疲惫，体重只有38公斤，再走三天三夜，没吃没喝，脚底走起大疱。

实在走不动时，前面开来一辆大卡车，大家一看，是医院院长！他是国民党，带着妻子儿女和行李、家具，满满一车逃往桂林。同学把车子拦住，要求院长丢掉一个铺盖，把我一个人带去。狠心的院长不管我的死活，怎么也不肯答应，把车子开走了。

那时我的心都碎了，瘫坐在地，眼泪哗哗地流了下来。想想我的命还不值一个铺盖，过几天可能死在路上，就越想越伤心。所幸开来一辆货运大卡车，车上押运员看到我坐在地上哭得这么可怜，便叫驾驶员把车停下，两位好心人把我带到桂林。

防治血吸虫病

古人说，大难不死必有后福，是的，我是有后福。

解放初期，我被任命为杭州卫生防治队副队长，负责血吸虫病等治疗任务。当时经费短缺，条件艰苦，我们只能在乔司农场的大仓库里铺上草席，病人睡在地上，自带被褥及生活用品，伙食由家属负责。没有桌子、凳子，什么都放在地上，医务人员打针、量血压，做各种治疗，也只能坐在地上或跪在地上进行。

血吸虫病的正规治疗，必须每4个小时给静脉注射一次锑剂。因为锑剂毒性很大，注射后有不同程度的副作用，轻者呕吐、头痛、晕眩，重者休克、昏迷甚至死亡，所以得慢慢注射，同时严密观察、及时处理。注射后还要立刻清洗、消毒注射用品。这样一来，我们护理人员每夜不能连续睡两个小时以上。

没有电灯，用煤油灯照明；没有自来水，用井水。工作人员没有床，睡在草席上，伙食也很差。就这样坚持了半年，我们收治病人1000多人，无一例死亡，圆满完成了工作任务，受到了医院和卫生局的嘉奖。

然而我的身体也出了状况，面黄肌瘦，肝脏肿大。领导立刻送我去五云疗养院疗养了3个月，等身体恢复后，分配我到杭州新建的第四医院，任护理部主任。

支援海岛建设

1963年，我调到舟山，与丈夫一起支援海岛建设。到舟山后，我被分配到舟山医院护理部，当时的舟山医院只有工字型两幢楼，住院部在内，门诊部在外，总共不到100张床位。科室也很少，只有内科、外科、传染科，医疗设备不齐，规章制度不健全，完全是一所县级医院。

我上任后的第一件事，就是提出手术室与供应室不能合并在一起。因为手术室是洁净、无菌要求最高的科室，而供应室是最脏的地方，各科室使用完的医疗器械都要收回清洗消毒，两个科室合并在一起，可能会给手术病人造成交叉感染。领导非常赞同，立即把药库的房子腾出来，成立了正规供应室，严格清洗输液皮管，减少了输液反应。

我们每月召开护士长会议，共同制订各项规章制度，交流工作经验，实行一些制度：比如护士交接班后，要进行床头交班巡视，重点观察危重病人，这样一来提高了每个人的责任心；同时，工友打扫卫生，一日三扫、一擦，一周大扫，病房要做到“整齐、清洁、安全、舒适”八个字；因为那时重病人睡小病房、轻病人睡集体大病房，我们还在轻病人中推选出小组长，负责读报及文体活动，使轻病人心情舒畅，快速康复。

驻点巡回医疗

1966年年初，卫生局组织医疗队下渔村海岛巡回医疗，去大沙、小沙、岑港、朱家尖、长白等地方驻点，我任副队长，负责医疗设备与治疗等业务技术工作。

那时没有汽车，全靠两条腿走路。因为医疗点非常分散，我每天爬山越岭，到各医疗点解决各种问题，晚上回到朱家尖的医疗点总结一天的情况，再安排第二天的任务。

朱家尖医疗点的一位医生，白天很忙。为让他睡个好觉，我自己值夜班，让他晚上到别处休息。有一天凌晨两点，一位农民抱着男孩着急敲门求救，我马上开门，见孩子已经处于休克状态，脉搏细微，呼吸困难。因为当时没有氧气设备，我当机立断给他注射了一支强心针，并进行口对口呼吸，接着输液，诊断他患了急性肠胃炎，液体中加入氯霉素与维生素 C。一小时后孩子苏醒了，哭闹起来，那时我才松了一口气。

一直观察到天亮，白班医生来接班，我又准备翻山越岭去巡回医疗点。孩子的爸爸泪流满面拉着我的手不让走，嘴里说着感激的话。我说白班医师会照顾好你儿子的，放心吧。

还有一次值夜班，来了一位张姓妇女要做青霉素皮试。我的工作习惯是先问她是否有过敏史，果然她有过敏反应，我便请医生换药。医生听了我的劝说后改用普鲁卡因，但是该病人是过敏性体质，对普鲁卡因也有反应，皮试后觉得头晕恶心。我立即为她注射某药物，病人很快好转，避免了一起严重的医疗事故。她感激地对我说："幸亏遇到你这位老护士，工作细心，对病人负责，让我捡回一条命。"以后我们一直来往，成了好朋友。

护理事业后继有人

"文革"期间我曾被扣上莫须有的罪名，"文革"结束后，医院领导为我平反，并问我意愿："是愿意退休还是回到护理部?"我考虑到已经 55 岁，到了退休年龄，身患高血压，今后会影响工作，还是让给年轻人干。1974 年，我光荣退休。

1976 年，舟山卫校的叶校长来我家，邀请我去卫校任护理顾问。

由于"文革"期间护理工作理论和技术操作严重脱节，护理教师短缺，叶校长说："你是专业学校毕业，又到过北京、上海、杭州等大城市的医院，见识广，经验丰富，理论扎实，我看重你，特地过来请你去指导。"

我看叶校长这么诚恳，盛情难却，便一口答应去学校培养更多的下一代，让护理事业后继有人。

现在，百岁的我已经在养老院颐养天年。旧社会时我日夜抢救伤员，比解放后的工作要辛苦10倍，但院长从不关心，大难临头之时还不顾我死活，将我狠心丢在半路上。现在，各级领导都对我很关心，市政协、市委统战部、市民进主委、舟山医院、护理学会、市老年体委等领导逢年过节都来慰问看望我，想到这里，就忍不住流出激动的眼泪。

一颗初心，造就一根螺杆；一根螺杆，倾注一生专注

□ 夏增富口述

人物简介

夏增富，浙江华业塑料机械有限公司董事长，舟山市政协常委，舟山市总商会副会长。

从事塑机螺杆行业30多年，夏增富潜心钻研，倾注心血，先后荣获“全国关爱员工优秀民营企业家”“浙江省优秀乡镇企业中小企业家突出成就奖”“第五届全国乡镇企业家”“浙江省私营企业优秀厂长”“浙江省企业科技创新先进工作者”等荣誉称号。他致力于创新，使浙江华业在强手如林的塑机螺杆行业中脱颖而出，企业连续多年被评为“中国驰名商标”“国家高新技术企业”“中国塑机行业综合实力25强”“塑机辅机及配套件5强企业”等。

初出茅庐

在我20多岁时，螺杆行业还是以数量取胜，尚未成熟的市场给了我这个年轻人机会。

在和国外的同行交流多了以后，我知道了差距在哪儿，从而明确了自己的目标。如果说我入行是无意之中的选择，那么后期我对这个行业越来越感兴趣，大半辈子都在做这个，没有再踏足其他行业。

中国内地市场同质化竞争很厉害，我决定不要和他们斗价格、抢市场，我要做的是我们的客户群其他企业进不来。所以我一开始对接的是开在广东的香港、台湾企业，他们对工艺、技术的要求高，我们可以从中学习到很多东西。举个简

单的例子，人家的机器不漏油，但是当时中国内地工厂很多机器下面都得垫着塑料布接油。

我们的第一单大生意是和一家香港企业做的，他们下了 80 万元的单子。多年以后我问那个负责人，为什么选择我们。他说："我记得洽谈的时候你笑了一下，就那一笑，我觉得你是个好人；就那一秒钟，我觉得这个生意可以做。"大概是我的真诚感动了他们。他退休后我每年都会去看他，虽说这个香港企业后续单子并不多，但是我非常感恩他，是那个单子给了我信心，让我觉得可以在这一行做下去。

这单生意成了以后，很多开在广东的其他香港公司开始和我们合作，市场逐步打开。

想想之前的金塘，虽然年轻人从事螺杆行业很多，但敢于直接创业的人很少，我胆子比较大，正所谓"无知者无畏"。我有时候也想，是不是说明一个人在一个行业做久了再出来单干，会被流程、工艺等惯性思维所束缚，而像我这样一张白纸的人，想法多，为了实现自己的想法，会千方百计地学习，寻找其他突破口，反而闯出了另外一条路子。

高速发展

我一直相信，不管哪一行、哪一个产业，如果在技术上没有创新，企业是难以持续发展的。我在创业初期，对企业的定位和家庭作坊完全不一样，我要企业持续发展，参与世界竞争，所以我赚了钱就采买设备、搞科技研发，公司迎来了高速发展期。

我记得刘翔夺得奥运冠军那一年，我们正和美国的行业大佬谈合作。本来我们打算合资成立一个企业，已经谈了两年多，合资的目的是学习他们先进的技术和管理经验。当时他们在全世界有 7 个工厂，是巨人，我们还很渺小。谈得差不多的时候，我们正巧在德国一场世界展销会碰面了，对方说："要合作的话，你们只可以做一些低端的市场，最新的科技你们不可以触碰，必须放弃。"因为美国人也知道，如果我们涉足高端科技，迟早有一天会抢占他们的市场。

要做就做高科技的，我态度很明确。美国人一米九几的个子，他亮出了他的胳膊，说："那我们只能从合作变成掰手腕了。"言下之意，他的胳膊很粗，我们掰不过他。我说："看过这届奥运会吗？你觉得刘翔怎么样？他的身形和你们美国人比起来不占优势，但是他赢得了世界冠军。"

这次合作算是谈崩了。两年后他们再次找到我们说谈合作，我说："可以，但这次不是你们定规则，而是我。我不会沿用你们的牌子，要创立一个新的牌子，而且我要控股。"合作还是没有谈成。等三五年后他们再来找我们谈合作时，我们已经不需要了。

因为和全世界不同国家的同行在交流，我们的产品出口到日本、韩国、美国、加拿大、法国、德国等国家，我知道和国外的差距在哪里，我也知道我们的产品不会输给他们，甚至在某些技术上已经超过了他们。

遇强则强

2016 年，我和几个同事去德国一家企业谈合作，那是欧洲这一行最大的企业。参观工厂时，他们有些核心技术不让我们参观。坐上厂区的大巴，我想，德国是一个尊重强者的国家，不如我们搏一把，他们总不能大巴车开到一半把我们扔在半路吧。

于是我拿出手机，给他们的老总看手机上我们工厂的生产视频，告诉他们："你们所谓的核心技术，我们已经有了相同原理的生产线，某种意义上而言，我们已经在自动化程度上远远超过了你们。"老总看了这个视频，当时脸就黑下来了。

第二天他的老板取消其他行程，和我面对面开诚布公地谈合作。最后一天我们要离开时，按照行程，他们本来开车把我们送到高铁站，我们坐高铁前往机场，但是他们直接开车送我们到了机场。

和老外做生意，一定要遇强则强。他们说："要么你收购我，要么我收购你，如果你的东西质量和我一样甚至超过我，但成本比我低，我直接买你的。"

我们现在就是有底气和他们说"不"。他们有一位销售总监在上海展销会找到我，问我是否可以拍宣传图册上的照片，我说有的不可以。的确，他们的技术很高端，但有的技术我们做得比他们好。以前我做一样东西，可能需要老师傅层层把关，但是现在大数据环境下，我只要一个普通工人照流程操作就可以了。现在我们的主要竞争对手在国外，2019 年公司外贸出口增长了 160%，计划 2020 年再翻一番。

投入未来

投入可以造福未来。早在1999 年，公司就在同行业中率先通过 ISO9002 质量管理体系认证；2016 年，企业搬入西堠新工厂，面积 200 亩，同年引进了世界顶级的麦肯锡团队制定全新战略规划；2018 年，企业引进的 ERP（企业管理信息系统）成功上线，通过这个平台，公司的生产计划、销售情况、运营状况等信息一目了然。

我一直坚信，企业的发展最终都是靠人的，要让员工在企业找到价值感。所以，我们每年都有很多培训机会，引进来、走出去，成立了舟山市院士专家工作小组，与北京化工大学、山东大学、华南理工大学等知名大学进行技术性研究，实现了理论与实践的转换。

新厂区建设的时候，我们造了四栋六层的宿舍楼，并在每一栋楼都安装了电梯。员工一天工作下来，很辛苦，我们在每一间宿舍都安装了独立卫生间，24 小时供应热水，宿舍有两人间、两室一厅等不同房型。暑假的时候，我们还设立了儿童课堂，方便员工接孩子过来一起过暑假。

建新厂区的时候设计了 300 个车位，现在已经不够用了。作为老板，我乐意看到每个员工都开车上班，并且开上好车。

我从不论资排辈，只要你能力够强，升职加薪就快。现在，一个重要车间的副厂长是一位本科毕业不到 3 年的年轻人。我前几天和他说，如果他的工作水平能达到一个新的高度，我立即升他做厂长，并且给他轮岗学习再升一级的机会。

我们企业里面有很多优秀的年轻人，很多企业来挖，但是挖不走。为什么？因为在这里，他们找到了属于自己的价值。

海岛预审“老兵”的苦与乐

□ 何岳信口述

人物简介

何岳信，1948年出生于岱山高亭，岱山县公安局退休民警，是预审战线上的一名“老兵”。参加公安工作40余年，在何岳信眼里，岁月改变的是公安民警的技术装备，不变的是敬业精神和保护人民生命财产安全的初心。

预审工作，打“心理战”

从小怀揣“军营梦”的我，1966年如愿参军入伍。1970年退伍回到故乡岱山，在军管会工作几年后又被调到岱山县公安局。

在公安战线工作整整43年，我主要从事预审工作，说白了就是跟犯罪嫌疑人打交道。当时我们预审科人员少，审问、做案卷，工作辛苦，发生案子后有时要突击加班加点，连饭点都没法保证。不少民警顾不上吃饭，因此落下了胃病。

上世纪七八十年代的犯罪类型跟现在不大一样，偷盗比较多，“七类案件”比较少，但一发案就是大案、要案。所谓“七类案件”，就是杀人、抢劫等恶性案件，性质比较恶劣，社会关注度较高，公安部门往往面临很大的压力。

那些年，我接触了各种类型的犯罪嫌疑人，杀人、强奸、盗窃……什么样的都有，一年至少要经手10多个案子。而预审工作，打的就是“心理战”。

起初，作为预审战线上的一名新兵，我还是个愣头青，就跟在老警察的后面学。慢慢地，案子办得多了，我逐渐有了经验，掌握了一定的犯罪心理学，提问时或单刀直入，或旁敲侧击，再通过内查外调掌握大量证据，一举突破犯罪嫌疑人的心理防线。

铁证如山，无可抵赖

对待犯罪嫌疑人，上头领导三令五申“不能打、不能骂”，所以我们破案主要还是靠内查外调，用公安人员的智慧，跟犯罪嫌疑人斗智斗勇，不冤枉一个好人，也不放过一个坏人。

比如，审讯的时候，我喜欢直视犯罪嫌疑人的眼睛，揣摩他的心理。几十年下来，我一看犯罪嫌疑人的眼神，就知道他有没有把事情交代清楚，是不是还有一些隐情没有和盘托出。

有的犯罪嫌疑人相当狡猾，抵死不承认。这个时候，我们就不单单借助于当面审讯，还要通过走访调查掌握大量证据后再来审讯。

在我几十年的预审工作中，有一起案件给我留下了很深刻的印象：大概是上世纪 80 年代，衢山发生了一起轰动一时的偷盗案，一个小偷趁着夜色潜入旅馆，盗走了一抽屉的现金。

当时旅馆老板因为要结账，所以手头现金很多，他也没有及时放进银行，总以为放在自己家里挺安全，便把现金锁进卧室的床头柜。

没想到这个小偷胆子很大，半夜三更在夜色的掩护下潜进卧室，趁老板熟睡之际撬开了抽屉。一看里面放着这么多现金，索性连抽屉“一锅端”。他把整个抽屉移出，悄悄挪到门边，然后抱起就跑。

虽然一切都做得小心翼翼，但还是被恰好醒来的旅馆老板发现了。他发现床头柜边空空如也，放着现金的抽屉竟然不翼而飞，便奋起直追。就这样，一个拼命逃，一个拼命追，抽屉里的钱撒了一路，最后小偷还是逃脱了。

旅馆老板马上报了案，刑侦队确定犯罪嫌疑人后交给我们。结果一审问，犯罪嫌疑人说：“我没偷过，警察冤枉我了。”看他这么斩钉截铁地否认，我当时心里也没底，不知道是不是刑侦队员抓错了人。

这个案子我们审问了两天，犯罪嫌疑人就是拒不交代。我便再上刑侦队询问：“你们有没有确凿的证据，证明是他偷的?”刑侦队员说：“被偷走的抽屉已经被我们找到了，上面留有指纹，现在送到浙江省公安厅进行指纹鉴定，结果马上就可以出来。”

几天后，指纹鉴定书出来了，确认就是这位犯罪嫌疑人的。这下我心里就有底了，再审讯的时候我就旁敲侧击：“你一定要相信科学，再赖也没有用的。”

他一听，心里有数，这次没法抵赖了，便把事情全部交代清楚。

这是一个讲证据的年代，再狡猾的犯罪嫌疑人在强大的证据面前，也无可抵赖。

鸟枪换炮，积案告破

上世纪八九十年代，民警办案的标配是公文包、钢笔、记事本、胶卷相机。有时去远点的小岛，一蹲就是几天。笔录要手写，没有复印机，碰到团伙案件笔录还要摘抄，辨认照片需要用黑白胶卷相机拍了之后去冲印。

现在，技术装备“鸟枪换炮”，有些陈年积案借助现代科技手段，也成功告破。

有一年，高亭老电影院附近有家小店发生一起奸杀案：有个姑娘晚上在店里值夜班，结果一个歹徒入室盗窃，还奸杀了这个姑娘。

当时这个案件在社会上造成很大影响，一时间人心惶惶。刑侦人员经过侦查，把犯罪嫌疑人锁定为“手指受伤”，因为姑娘在做抗争时与歹徒发生了激烈的搏斗，根据痕迹鉴定，她当时咬了歹徒一口，由此推断歹徒的手指受了伤。

公安部门做调查的时候，根据这一点查了大量嫌疑人，包括公安局内部人员也不放过，一个个彻查。但这个歹徒太狡猾了，隐藏得很深，这个案子一时半会儿没侦破，由此成为积案，压了下来。但是民警并没有因此放弃，每年都会拿出来翻翻案卷，寻找突破口。然而一年、两年……10多年过去了，虽然民警做了大量工作，这个案子还是破不了。

随着时代进步，公安部门建立了指纹库，只要在电脑里输入比对，符合条件的都会自动配对，这给破案提供了不少有利条件。一位刑侦队的年轻民警在工作中发现，一个盗窃案犯罪嫌疑人的指纹，跟18年前奸杀案中留下的指纹很像，他把这一发现向领导汇报。通过比对，马上确认，公安民警连夜出击，半夜上门把此人抓了起来。

整整18年了，这个犯罪嫌疑人原以为当年的案子做得神不知鬼不觉，这么多年没破可以蒙混过关了，没想到法网恢恢，18年后还是被抓获归案。他也知道，半夜上门抓捕，警方一定掌握有大量证据，这次肯定逃不过去了。

心理防线一崩溃，他立马就把情况都给交代清楚了。原来，他案发后不思悔过，又蠢蠢欲动实施盗窃，结果被警察抓住留下指纹，由这个盗窃案牵连出18年前的奸杀案。这个犯罪嫌疑人终于伏法归案。

装备升级，初心不变

在预审战线40余年，我比较推崇人性化的预审，因为杀人、抢劫这样的恶性案件毕竟是少数，大多数犯罪嫌疑人还是能改造好的。对于这种人，我们不能一棍子打死，要让他认罪、伏法，挽救他的灵魂，使他重新做人，回归社会后做有益于人民的事情。

岱山地方小，有时我会在路上遇到曾经审讯过的犯罪嫌疑人，对方一般比较惭愧："当时我鬼迷心窍，现在我不会再去做坏事了。"我会跟他们讲："做人一定要规规矩矩，不能再搞歪门邪道了。"

现在的预审工作跟几十年前相比，发生了很大的变化。就拿内审外调来讲，过去我们出去调查，一般都是靠两条腿步行，或者骑自行车，现在交通工具变成了汽车。做案卷，我们以前都是一字一句用手写，现在，电脑、复印机、打印机样样俱全。

大量年轻人的加入也为预审员队伍补充了新鲜血液。现在的预审员，大多是警校毕业，或者是公安大学出来的，比起我们这些"半路出家"的，可谓"长江后浪推前浪"。

预审工作比较辛苦，对体力的要求也比较高，所以在我工作到50多岁时，因为年龄原因退居第二线，转到政治处工作。

现在的我，退休将近10年了。在我眼里，岁月改变的是公安民警的技术装备，不变的是敬业精神和保护人民生命财产安全的初心。

“大昌爆破”铁军的掌门人

□ 管志强口述

人物简介

管志强，大昌建设集团有限公司总裁兼爆破事业部总经理，爆破工程专业教授级高级工程师，享受国务院特殊津贴；中国爆破行业协会副会长，浙江省工程爆破协会副理事长，浙江省矿联地质灾害治理专委会副主任委员，浙江省工程建设质量管理协会副会长，全国专业标准化技术委员会委员，中国力学学会工程爆破专业委员会委员；浙江省第十二、十三届人大代表；曾获浙江省有突出贡献中青年专家、第一届全国有突出贡献爆破科技专家、第二届全国优秀爆破企业家、全国建设系统劳动模范等荣誉。

作为引进人才来到舟山

1986 年，我从重庆大学采矿工程专业毕业后，分配到连云港锦屏磷矿工作。

从基层港口建设工地做起，我和同事们接连完成了连云港港区 800 万立方米硐室爆破、露天深孔台阶爆破、6800 米长海堤工程的挤淤爆破，成功采用控制爆破拆除闹市区“海昌楼”等大量建筑爆破拆除工程。

在工作的第十个年头，我获得破格提拔，任锦屏磷矿副矿长兼总工程师，成为该矿有史以来最年轻的矿级领导和全市最年轻的副县处级干部。

1999 年，在大学同学熊先林的引荐下，我与当时大昌建筑公司副总经理毕贵苗见面，被其求才心切的真情实意所感动。同时也看好地处长三角经济圈、有发展后劲的舟山，觉得这里山多地少，学采矿爆破的专业技术人员必能有用武之地，便决定来大昌公司工作。

作为“引进人才”来到舟山后，我担任大昌建筑公司副总工程师、爆破分公司副经理，开始了和舟山的缘分。

“大昌爆破”打响头炮

刚到舟山，恰逢大昌公司第一次改制后不久，当时公司以房屋建筑和机电设备安装为主，在爆破方面属于刚起步。2000 年 3 月起，我担任大昌爆破公司经理兼党支部书记，我想尽快确立“大昌爆破”的优势，树立起“大昌爆破”的品牌。

2001 年，位于镇鳌山下的舟山中学“从严求实”教学楼已属于危房，需要拆后重建。面积 2500 平方米的五层楼房，是采用人工机械拆除还是爆破拆除，了解的人都知道，相对来说，后者效率更高，危险系数更小。当时的舟山中学校长缪和平选择了后者。

在闹市区实施建筑物拆除控制爆破，在舟山比较罕有，也是“大昌爆破”在万众瞩目下的首次亮相。当时拆除的难点在于，待拆除的教学楼和一栋新建造的教学楼之间只有 2 米的间距，我们发挥当时为数不多的、有经验的爆破技术人员的智慧，日夜奋战，设计了周全的爆破方案。经过精心组织施工，最终爆破很成功，一旁的新教学楼毫发无损。

“大昌爆破”头炮打响。

创业创新铺就品牌道路

此后，“大昌爆破”承接了一个又一个工程。

2002 年，嵊泗马迹山矿石中转码头开山平基工程完工；2003 年，普陀马峙船厂开山平基工程 4 个月时间完成 90 万立方米开山爆破和 7 万平方米光面爆破，创造了“大昌爆破”的施工强度纪录；2004 年，上海国际航运中心洋山深水港区一期工程小洋山开山平基工程完工；2009 年，我们承建宝钢广东湛江钢铁基地场平工程；2016 年，我们中标三项超千万吨级矿山工程……随着一个个案例成功，“大昌爆破”的品牌越来越响亮。

在拓展工程项目的同时，我们开始大力培养技术人员队伍。

得益于舟山市的人才引进政策，我们一方面大力引进专业技术人才，一方面到各大高校招聘大学毕业生。经过 20 多年的积累，爆破事业部现有全国建设系统劳动模范 3 人，中国爆破行业协会专家库专家多人，浙江省有突出贡献中青年专家 2 人，几乎历届舟山市专业技术拔尖人才都有“大昌爆破”的代表。

随着人才储备的完成，我们开始着手企业资质的升级。如今的“大昌爆破”是舟山地区唯一一家，也是省内屈指可数的同时拥有住建部矿山工程施工总承包一级资质、公安部爆破作业许可证一级资质、应急管理部地质灾害治理工程施工甲级资质等多项资质的企业。

最近我们又取得了住建部矿山工程监理甲级资质，施工技术和管理水平在省内领先，在全国同行业具有较高的知名度和美誉度。

创业精神、创新理念为“大昌爆破”铺就了一条铸造品牌的道路。

创造全国城区同类爆破规模第一

乘着舟山新区大开发、大建设的东风，爆破施工发挥了越来重要的作用。专业性强、技术含量高的爆破施工企业，优势进一步彰显。

我们实施了很多在全国都有影响力的爆破，如万向石油罐区一次性 85 吨炸药爆破，浙江海洋大学实验楼旁 204 吨炸药一次性爆破。还有最近一次是在浙江大学边上进行的爆破，爆破工程量 43 万立方米，一次性起爆 213 吨炸药，这个炸药量在全国同类城区爆破中都是排在第一的。

因为爆破地点位于大学边上，靠近交通主干道，而且周边还有居民区，35 千伏的变电站、油库都离爆破点不远，周边环境十分复杂，既要保证原地堆置的石料块度适中，又要保证一次性成功爆破减少对周边的干扰。否则就像一锅白米饭没煮熟，成了夹生饭，要从中挑选出生的米，更难。方案通过全国顶级专家的评审后，经过两个月的准备，150 多人在 7 天内完成装药连线，一次性爆破成功。

如今，这个地块上安置小区的建设也已经全部完成，为安置工程的推进节省了一至两年。

以这三个项目为背景研发的“复杂环境大区台阶精确延时爆破技术及地震效应研究”技术获得了中国工程爆破科技进步一等奖。

不断刷新自己的纪录

舟山的修造船业发达，也少不了大昌爆破人付出的努力。

2005 年 10 月，我们参与完成了对舟山永跃船舶修造厂马峙修造船基地 30+

10万吨级复合围堰的拆除爆破，《人民日报》海外版对此作了报道。

2007年，纪录又一次被大昌人自己刷新。舟山金海湾船业有限公司50万吨级船坞围堰爆破成功，刷新了当时国内同类围堰爆破规模最大、结构最复杂、距离保护对象最近三个“全国第一”的纪录，央视《新闻联播》作了报道。

此后的10余年里，“大昌爆破”在全国范围内完成各类围堰拆除爆破20余项，我也因此获中国工程爆破协会颁发的“科学技术进步奖”特等奖、一等奖等多项荣誉。

此外，大神洲围堰拆除爆破技术和金海湾围堰拆除爆破技术获得了国家安监总局颁发的安全生产科技成果奖、浙江省人民政府颁发的科学技术奖。

2018年8月，大昌承建的宁波市北仑区春晓街道干岙茅洋山普通建筑用石料矿竣工。该矿山系当年全省单个标的最大的工程性矿山，在开采过程中我们注重绿色环保，边开采边治理，获评“国家级绿色矿山”称号。

2018年年底，渔山绿色石化项目的矿山开采爆破工程即将竣工，这个开采总量约8000万立方米的矿山工程无论是工程总量还是施工强度，都创造了全国类似工程的纪录，获评全国首个“中国爆破行业样板工程”，该项目集体先后获得市、省和全国“工人先锋号”。

注重学术的大昌铁军

很多人说我们“大昌爆破”是一支铁军。我们有个口号：“大昌爆破，开路先锋，首战用我，用我必胜。”因为爆破处在工程项目建设的第一环节，只有我们把山地变成平地交出去，后续工程才可以进一步开展。

开工之初施工环境恶劣，基础生活设备不齐全，我们很多员工自带“红领巾”。因为风吹日晒，脖子领口这儿晒出了一块V字形区域，别人以为他们是农民工，实际上都是大学毕业生、技术骨干。

2017年9月26日至29日，第五届亚洲太平洋地区爆破技术研讨会暨第九届国际岩石破碎物理问题学术会议在舟山召开，来自13个国家的200多位专家学者参加会议。大昌是承办单位，我们的一篇论文在大会主会场宣读。

2017年11月3日至5日，中国爆破行业样板工程观摩工程研讨与认定会议在舟山召开。我们公司承建的一项爆破工程荣获“中国爆破行业样板工程”称号，这标志着我市爆破设计施工水平进入全国前列。

我们有一个学术氛围浓厚、朝气蓬勃的年轻团队，公司骨干在各级刊物上不断发表学术论文。我相信，企业的可持续发展，人才是关键。我个人喜欢看书，晚上 10 点以后处理完工作开始看书。到这个年纪我依然在考证，考出了一级注册建造师、注册监理工程师证书。

在做好企业管理工作的同时，我每年还坚持科研工作并撰写论文，至今已有近 30 篇论文在全国中文核心期刊及国际国内学术会议发表。我想为年轻工程技术人员做好表率：“我可以，你们也可以。”

2018 年是大昌建设集团 60 周年华诞，技术在发展，科技在变革，相信在未来的舟山，还有一个更大的舞台在等着我们。

华源的三次转身

□ 林涛口述

人物简介

林涛，出生于1958年，浙江华源电气有限公司董事长，电气工程专业教授级高级工程师，2000年起享受国务院特殊津贴，1996年入选“浙江省151人才工程”（第二层次），被授予舟山市“八五”科技进步重大贡献奖，“舟山市有突出贡献的优秀专业人才”，舟山市第一、三、四、五届专业技术拔尖人才，“资深拔尖人才”等称号。任舟山市政协第三、四、五届政协委员，现任市总商会副会长。

停薪留职

1988年，正值改革开放10周年，“停薪留职”作为鼓励干部职工放下“铁饭碗”下海一搏的政策，出现在舟山不同行业、不同部门中。

正巧，当时的舟山地区电气工程学会要承包定海电瓷厂，几位领导和同行邀我加入：“既然是改革开放，那我们也试试看。”取得家人的同意后，在市电力公司工作12年的我决定停薪留职，投身其中。

当时市场上的蓄电池都是开口式的，使用过程中要加酸加水补充电解液，非常繁杂又有点危险。特别是邮电局、电力公司这样的“用电大户”，要建造专门的电池室，照明灯具要防爆、地面墙面要防酸处理，很麻烦，建设、使用和维护成本都很高。

1989年，我们与当时的电子部第十八研究所合作，研制成功密封铅酸蓄电池。这种电池使用过程中没有酸雾溢出，也不需要人工维护，使用寿命达五六年甚至更长，不再需要建造专用的电池室，可以直接放到主控室内使用。

产品在1990年通过省级鉴定，达到国际同类产品水平、国内先进水平，填补了省内空白，先后荣获舟山市科技进步一等奖、浙江省科技进步三等奖、全国星火计划展交会银奖和星火计划“七五”成果博览会银奖、全国适用技术展交会金奖、中国国际电池博览会金奖及浙江省工业精品奖。产品被邮电、电力、铁路、摩托车制造等行业所广泛应用，市场反响非常不错，不少客户慕名而来。

有个军方单位的总工程师，一直在找这种电池，结果寻到舟山，住在定海红星旅社。我把他接到公司交流介绍，后来他把我们的电池带到高原地区做了半年试验，测评结果稳定性非常好，从此认准我们。

我们由此成为国内最早研制成功密封铅酸蓄电池的企业之一。1990年，定海密封蓄电池厂承担了国家电子部的行业标准制定任务，我担任了标准的第一起草人。1993年《6V、12V小型密封铅蓄电池SJ/T10417-93》批准颁布，这是我们国家第一个关于密封（阀控式）铅酸蓄电池的技术标准。

忍痛割爱

承包期结束后，有同事回到体制内。当时的定海县领导把我留下，成立了定海密封蓄电池厂，要我担任法人代表，把这个产品发展起来。

1993年，作为我市第一家国有企业转制试点单位，定海密封蓄电池厂率先转制，成立了舟山华源电气有限公司。

在1989年到2006年间，企业没有出过环保问题，也没有出过职业病事故，非常不容易。

因为带有国企的基因，所以企业在环保和工人职业病防护措施方面做得特别严格。上世纪90年代，我们生产工人来上班，每人每天发一袋牛奶，因为对排铅有好处。后来我们发现，有的女职工不舍得喝，把牛奶带回家给孩子喝。我们便想了个办法，门卫每发一袋牛奶就剪一道口子，这样就能当场喝掉了。

环保方面，我们把生产污水处理达标后的水蓄起来，里面还能养鱼。

2005年前后，密封蓄电池这块产业一年能做到1.5个亿。

不过精细化管理的代价也是巨大的，就是得花大价钱来处理“三废”。舟山地处海岛，运输成本高，而2000年左右外地铅蓄电池企业大规模“野蛮生长”。在这样的冲击下我们成本吃不消，2006年后便把密封蓄电池生产线搬到了宁海。但我因为有舟山情结不愿出去，就把这块业务转让掉了，后来干脆彻底退出。

电力情结

我对电力行业一个比较大的贡献，是成功开发了 PZQ-3000 系列密封铅酸蓄电池直流程控电源。这是一种用于发电厂、变电所的直流电源，它的作用是为继电保护提供工作电源，为高压断路器分合闸提供操作电源及应急照明电源。这一创新填补了国内直流电源产品的一项空白，技术上处于国内领先水平。它还被列入浙江省火炬计划、国家级重点新产品计划、国家级火炬计划项目。

当年 100Ah 大容量电池开发出来后，我就想着，如果能用到我们电力系统去，那是多好的一件事啊！从 1976 年到 1988 年，我在电力公司工作了 12 年，单位领导让我在上海电力学院完成了学业，所以我对电力系统怀有一种很深的情结。但要做成一件事情想想容易做起来难，电力系统要用好密封蓄电池得有配套的高精度充电设备，当时找不到。

于是我们研发了 PZQ-3000 系列密封铅酸蓄电池直流程控电源，1993 年产品通过鉴定，填补了国内直流电源产品的一项空白。即便现在看起来，它的意义还是很大，是对电力用直流屏的一次完美的更新换代。1995 年，科技部科技成果推广司和电力部机械工业局联合向全国电力系统发文推广了这项技术和设备，推广会议在普陀朱家尖召开。后来这套设备的国家标准也是我代表华源参与起草制订的。

对于这个产品，我倾注了很大的心血。2000 年开发了第二代产品 PZG(W)8 直流成套装置，它可以通过网络实行远程监控。在拨号上网的年代，这个理念和技术比较前卫。我们瞄准了还在设计中的青藏铁路，想把产品应用到电气化铁路上去，所以 2001 年在北京召开了省级新产品生产鉴定会。

鉴定会现场，我们远程测试了一套在武汉使用的产品，结果监测到 104 节电池，其中一节落后了 0.02 伏，便打长途电话到武汉让他们测量，结果确实如此。专家们问，怎么办？我说，我们能启动维护程序，并且半小时就搞定了。该产品填补了国内直流屏 internet 接入和远程服务形式的空白。

2000 年 7 月，该产品被国家科委和财政部列入国家创新基金项目，2002 年 12 月被批准为国家级重点新产品，2004 年荣获舟山市科技进步一等奖。

节能监管

2006 年，我们退出蓄电池生产领域后，决定将应用物联网技术的产品作为公司新的发展方向，这是我们华源的第三次转身。

早在 2000 年，我们就运用网络技术和嵌入式微机控制、智能型高频开关电源、PLC 可编程序控制器和触摸屏等技术及设备，开发了新一代 PZG（W）8 直流成套装置。在此基础上，我们和上海腾飞航空科技有限公司合作开发了《华源直流屏远程监控系统 V1.3》，率先把所有用户的产品数据接入互联网，能随时随地监控产品各地的运行状况，为用户进行远程故障诊断、排除及日常维护。这一款软件被省信息产业厅批准获得“浙江省 2003 年度优秀软件产品”，这也是舟山第一件获得国家著作版权的软件产品。

而这，正是现在的“舟山市公共机构节能监管平台”的雏形。我在舟山率先提议采用合同能源管理模式，为用能项目提供了“零投入”的解决方案。

2017 年 12 月，我们对黄杨尖和铁火尖隧道进行照明节能和信息化改造，数据显示，黄杨尖隧道改造前用电总功率为 150.92 千瓦，改造后总功率 26.5 千瓦，而且照明效果比原来好。当日用电、灯具故障、交流电压、累计能耗以及每盏灯的实时情况都能通过电脑或手机看到，而且都有历史记录。

2018 年 11 月，市经信委和市安监局将我们公司列入舟山市“企业上云”云应用服务商，将华源自主研发的能源监控和安全用电监测系统向全市工业、渔农业、服务业和个体工商业等推广应用。“智慧能源”平台的建设，为如何节约水资源和减少电能的消耗提供实时监测工具，采用大数据分析为用能单位提供既节能又省钱的办法。在短短一个月不到的时间里，用户响应踊跃。

20 多年来的创业创新和华源的三次转身变迁，使企业从环境污染和职业病防治的重点被监管单位转变为清洁生产单位，从重资产转变为轻资产，从劳动密集型转变为技术密集型。企业从最多时的 300 多位工人，到现在只有 30 多名高素质员工，用信息化手段，实现了对企业的精细化管理。

要想成为百年老店，需要孩子们一代接着一代干。在华源的第三次转身中，我的儿子已经接过了接力棒，继续创业创新。

情系舟山

做了多年企业，我们获得了许多荣誉。2002 年华源被省信息产业厅认定为软件企业，2006 年华源就被省科技厅认定为高新技术企业，同年被市委组织部授予“先进企业文化 50 强”荣誉。

这是社会对我们企业的认可，但反过来看，我们还有很大的进步空间，当年和我们一同起步的很多公司已经上市，走在了我们前面。很多人问我，为什么没带着企业走出去，我解释为一种太强烈的故土情结使然。

我曾问过一位早年从上海科技局来嵊泗挂职担任过副县长的朋友，你作为上海人怎么看我们舟山企业？他想了一下说，舟山就是这么一个花盆，盆里的花就长成这个样子了。我觉得他讲得很透彻，土壤、自然环境，包括舟山的营商环境，比起外地城市还有许多不足。而我们舟山的企业家，不能只在这个花盆里栽花，还要走出去。

舟山的发展，需要大产业来带动。作为政协委员，我曾在 2014 年的市六届政协三次会议上代表科协界和经科委提出“新区应因势利导　大力引进大型绿色石油炼化项目”，后来被列为当年的重点提案，现在即将变成现实，值得期待。

2004 年，我提出了关于建设舟山软件园区的构想。我认为，软件产业是环境+人脑+电脑的产业，软件产业可以完全摆脱传统产业的束缚，跨越舟山基础工业配套性差的鸿沟，而且软件产业的低能耗、无污染、高效益又是其他传统产业所难以媲美的。因此，软件产业是舟山可持续发展的理想选择之一。

2018 年，我已经到了退休年龄，但我觉得心还年轻，还能为舟山智慧海洋和海洋电子产业的发展做一点事情，完成“为祖国健康服务 50 年”这样一个心愿。

这是我们这一代做企业人的社会责任感。

一生电力情缘　见证海岛电力荣光

□ 宣耀伟口述

人物简介

宣耀伟，1961年出生，浙江大学化工自动化专业毕业，教授级高级工程师，舟山市专业技术拔尖人才，现任国网舟山供电公司副总经理，国网海洋输电技术研究院负责人。

宣耀伟长期从事电力工程建设和海洋输电技术研究，带领团队攻克了数十个制约海岛电网发展的难题，创造了多项国内之最，使舟山市在海洋输电领域的诸多关键技术上处于国内领先水平；创建了国内首家海洋输电实验基地和海洋输电工程技术实验室；主持多项科研攻关，开展了国家“863课题”等各类科研课题25项，突破了海底电缆故障定位、登陆段载流量瓶颈、海底电缆监测保护等一系列技术难题；获得了舟山市科学技术重大贡献奖、浙江电力科学技术一等奖、国家电网公司科技进步二等奖、浙江省科技进步二等奖等多项荣誉。

从1.2万千瓦到百万千瓦，舟山电力实现快速飞跃

1982年大学毕业后，我被分配到了定海电厂。上世纪80年代的舟山，民营企业少，老百姓家里也没什么大电器，整体来讲，用电量小。

经济发展，电力先行，舟山地区急盼电力建设的提升。当时舟山除本岛外，大部分岛屿依靠柴油机发电，如果改成燃煤机组发电，一来提高稳定性，二来减少成本，在当时也是海岛电源点建设的一次重大进步。

参加工作的第二年，我受命前往六横负责1500千瓦机组热控仪表安装。技

术和安装一肩挑，条件艰苦我不在乎，最怕的就是安装过程中的元器件缺少。那个年代小岛交通不便，物资紧缺，大多数元器件都需要漂洋过海上大陆采购，来回周折就是好几天。

不过这并不是电力人经历的最艰苦阶段，上世纪 70 年代，定海电厂一期建设更彰显我们电力人的拼搏精神。当年，无论是专业的电力设备，还是土建工程需要的钢筋水泥，都是国家调配。好在当时政府对舟山电力建设高度重视，成立工程指挥部，保证了定海电厂一期建设顺利投产发电。第一台 1.2 万千瓦发电机组的投运，基本结束了舟山本岛拉闸限电的历史。

机组投运之后，我们并没有停止探索的脚步。当时浙江省火电安装公司没有足够的力量支援舟山电力建设，于是我们组建了自己的施工队伍进行电厂安装，在这个过程中，我有幸见证了舟山电源点建设的发展。

1992 年，定海电厂三期 2.5 万千瓦机组正式投运，至此，定海电厂工程建设全部结束。1993 年，舟山电厂开始筹建，这在当时是相当超前的一个决定。舟山电厂的 30 万千瓦机组是由我们自主安装的，纵观全国，这么大难度的工程一般都是由省级单位来安装建设，像我们这样由市级单位独立安装建设的还属首家。

上世纪 90 年代初，浙江省热电建设蓬勃兴起，在这个建设背景下，1992 年，组织上调我到舟山电力安装公司任副总工程师。到任第二年，我们就承接了绍兴兴亚热电厂的总承包工程。我刚到现场，眼前是一块 4.7 公顷的水稻田，我们用两年时间完成了这座中外合资热电厂的建设安装。据我了解，当时浙江省近三分之二的热电厂都是由我们安装的。

2010 年，舟山电厂 35 万千瓦机组正式投产，再一次刷新了舟山电源点建设历史。几十年的发展，电厂机组单机容量从定海电厂 1.2 万千瓦到舟山电厂 35 万千瓦再到目前六横电厂百万千瓦，见证了舟山经济的腾飞，谱写了海岛电力一次次飞跃的神话。

从 35 千伏到 500 千伏，实现与大陆联网跨越发展

舟山独特的海岛地理位置，使得舟山电网长期孤悬于大陆电网之外，电力联网是海岛人梦寐以求的渴望，这个愿望在 1989 年 8 月成真了。国内首条直流跨海输电线路——±100 千伏大陆至舟山直流输电工程正式投运。

这项工程不仅是舟山电力建设史上浓墨重彩的一笔，在当时国际国内都具有

深远的影响。整个工程从科研、设计到制造、施工、调试、运行均依靠中国自己的力量，大大促进了中国高压直流输电技术的发展。正是这些工程，磨炼和培养了我们一大批电力专业技术人才。

进入21世纪，舟山电网发展驶入了“快车道”。2010年，组织安排我担任舟山电力局总工程师。也就是这一年，220千伏舟山与大陆联网工程正式投运，作为这项工程的总指挥，我亲历了舟山电网从110千伏向220千伏的历史性跨越。2011年，110千伏嵊泗联网输变电工程投产，嵊泗电网实现了与浙江主网的联网。2014年，舟山五端柔性直流输电示范工程投运，标志着我国占领了世界柔性直流输电领域的制高点。2016年，35千伏东极联网输变电工程建成投运，东极镇告别了柴油机发电历史，浙江省最后一个建制镇实现联网供电。2015年，我参与了500千伏输变电联网工程，负责项目前期和部分建设工作，目前，这个投资60亿元的工程已进入尾声，即将投入使用，舟山群岛将由此迈入特高压时代。

工作至今，我见证了舟山从35千伏电网到500千伏电网的跨越。2010年以来，电网建设投入的资金远大于之前几十年的总和，柔直工程、500千伏输变电工程合起来就有百亿元以上，电力的发展见证了社会经济的发展和人民生活水平的提高。

海洋输电研究中心，书写新的电力传奇

浙江省第一根海缆敷设于1983年，是舟山本岛至普陀山的海底电缆。但是海缆投运这么多年，遇到不少问题，比如能量输送问题，运行过程中的锚损问题，等等，而且关于海洋输电也缺少相关的国家标准，这些问题如果得不到有效解决，将对海洋输电的安全可靠运行带来极大的损害。

2010年8月，上海—嵊泗芦嵊±50千伏海缆受外力破坏，导致整个嵊泗县只能靠柴油机临时供电，全县缺电整整半个月。一个县停电这么长的时间，这在全国都是很少见的，海洋输电面临的困境，坚定了我们破解技术难题的信心。

2010年，响应国家开发海洋经济的战略目标，我们提出在舟山建立一个海洋输电研究基地，并前往国网公司进行专题汇报，对基地做了详细的规划和技术论证方案，得到了国网公司的认可。项目建设的整个过程相当曲折，当时很多其他沿海省市也在力争，是我们充分总结了舟山数代电力人几十年的经验积累，进行详细呈报，最终让这个基地成功落户舟山。

同年，定海电厂发电机组结束了长达33年的服役生涯。2014年，在原址上，挂牌成立国网舟山海洋输电技术研究中心。2016年，国网海洋输电中心实验室揭牌成立。作为全国第一家海洋输电技术研究中心，填补了我国在海洋输电技术领域的空白。

目前，研究中心已经发布了多项国家标准，并在海洋输电设计、勘测领域取得了多项国家专利以及多项科技奖。

培养电力人才，走在创新创效发明前列

海缆的日常运维，容不得半点马虎。为此我们发明了AIS监控系统，与海事局进行信息联网，实现自动监视和自动报警海缆附近的船只运行状况。

自从AIS监控系统建立以后，海缆锚损事故大大下降，监控系统建设也获得了国网科技进步奖。

我们目前已拥有国内最先进的海缆施工船，在500千伏海缆的敷设过程中，可以做到安全可靠地把海缆埋设到预定的区域和深度。作为浙江省的唯一、也是国内最先进的海缆施工单位，从上世纪90年代只有两三条落后原始的海缆船，到如今拥有卫星定位、自动化控制的海缆施工船，我们已经打造完成了硬件完备、队伍优秀的施工单位。

海洋输电研究中心成立后，运维能力有了很大的飞跃，寻找故障点的仪器和设备也有了很大的改进，目前我们正在对深海领域机器人作业进行研发。

我们没有停步，还在进行海底三维空间探索。海底不同于大陆，探测地表需要借助三维空间仪器，我们只有知道了海底的地表情况，才能进行更可靠的海缆设计和敷设，在此基础上，建立这一领域的国家标准和行业标准。

在舟山电力发展过程中，我们曾经有过一所电力技校，为舟山本土培养了大量的电力专业人才。我曾作为兼职老师带过五六届学生，所以在学校不再办学后，我们都觉得非常可惜。而海洋输电研究中心，承担了海洋输电专业人才培养的责任。目前，中心已有博士、硕士、高级工程师、工程师、技师等组成的专业团队。作为在电力建设战线上了奋斗了一生的老电力人，我将以研究基地为平台，培养更多的海洋电力专业人才。

一条鱿鱼，成就了他大公司老总的身份

□ 徐舟波口述

人物简介

徐舟波，舟山市富丹旅游食品有限责任公司董事长。他出身普陀展茅渔村，以晒鱿鱼鲞起家。

他很聪明，别人想不到的事，他能想到。他很大胆，别人不敢做的事，他能去做。他很坚韧，别人放弃的时候，他能坚持。一条鱿鱼，成就了他大公司老总的身份。

赤手晒鱿鱼鲞起家

算起来，我与鱿鱼已结下了至少30年的情谊。普陀展茅是全市有名的鱿鱼晒鲞基地。19岁那年，我加入了村里晒鱿鱼鲞的队伍，成为年轻一代的“晒鲞人”。

当时展茅的鱿鱼鲞多由东海小鱿鱼为加工原料。随着国内渔业资源的衰退，货源日渐减少。我经常和村人到渔港码头上去抢货。这种“有了上顿没了下顿”的感觉让我们很紧张，也担心随时被“断货”。

1990年，舟渔公司鱿钓船在日本海试捕成功，他们成为当时全市唯一的远洋鱿鱼销售点。得知消息后，我们展茅从事晒鱿鱼鲞的100多户个体经营户都奔向舟渔公司寻求货源。但现实是，除展茅人外，还有国营和民营加工企业，连沈家门的个体加工户也争抢这块蛋糕。

当时舟渔公司的远洋鱿钓业刚起步，公司存储的货源不多，最后分派给各家的份额也不多。若赶不上公交车，我就骑两三个小时的车到舟渔公司去拿货。那时候，我就有个梦想，什么时候鱿鱼能随便买就好了。因为当时能领到1吨至1

吨半原料已经不错了。

鱿鱼原料价格并不便宜，要八九千元甚至 1 万元一吨，货款还要一次付清。后来又规定本金充裕的可以多领一点。为了能多领，我拿着兄弟们 4 幢楼房的产权向银行抵押了近 5 万元，作为采购原料的本金。

活络小伙探听商机

在全乡晒鱿鱼鲞的队伍中，我的经营规模只能算是中档。但最后能做到“有规模”，是因为我能吃苦，有想法，能坚持。

舟山惠群远洋渔业发展有限公司董事长何万本就说我：“舟波这人比较活络。当年我在舟渔公司冷库负责给他们发货，他经常四处打探消息希望能多拿一点货，是个有上进心、能吃苦的小伙子。”

当年我除了想多领一些货源外，还想探听一些内部消息，比如目前库存多少，哪部分的货源品质最好，是否有包下剩余存货的可能性等。

1993 年后，除舟渔公司外，舟山二渔公司也派鱿钓船进入试捕。这对我们这些小生意人来说是个利好消息，因为这意味着货源会增加。事实也证明我们的猜测是对的，领货标准从最初的一天 1 吨原料，增加到五六吨。当时几乎村里每户人家的房前屋后，甚至是稻田地里都晒满了鱿鱼鲞。

很快，简陋的加工场地已满足不了当地经营户们的需求。1997 年，经展茅乡统一规模，引导全乡的鱿鱼鲞经营户都搬到展茅鱿鱼市场一带，以场地租用的形式进行统一加工。100 多户经营者中，大户的租了 1 公顷左右地，小的一两千平方米，我租了 3000 多平方米地。

发现秘鲁鱿鱼

上世纪 90 年代末，舟山群众远洋渔业鱿钓业发展迅速，鱿鱼原料也不再是舟渔公司独家销售。货源增加，鱿鱼鲞的加工产量也跟着上升，而舟山展茅的鱿鱼鲞开始销往上海等地。

1998 年后，舟山的远洋鱿钓业发展迅速，产量逐年翻倍，我们的货源更加充足了，但随着鱿鱼冻品出口业务的出现与出口量的增加，原料再次紧张。

2000 年至 2001 年间，我在上海远洋渔业公司采购原料时，发现了另一新品种——秘鲁鱿鱼。

当时舟山只有产自日本海和北太平洋的鱿鱼，秘鲁鱿鱼是上海远洋渔业公司试捕来的新品种，大家对它不了解。我去看货时，发现它的肉带有一些酸味外，外形品质还是不错的，我就与对方订下原料采购合同。之后，我又从对方口中得知山东烟台有家远洋渔业公司也有秘鲁鱿鱼存货约 1 万吨，且正为销售发愁。

我二话不说从上海飞往烟台找到那家公司，在大家都不知道如何处理这带着酸味的秘鲁鱿鱼时，我在这家公司买断了其中一个规格的秘鲁鱿鱼，约 1000 吨，这量足够我加工好几个月。

昔日展茅鱿鱼市场上百余户个体晒鲞经营户最后坚持下来的只剩不到 80 户，留存下来的，发展规模也不大，而我不仅坚持了下来，而且越做越大。

剑走偏锋，蛋糕和糖果的启示

2003 年 9 月，我成立了舟山市富丹旅游食品有限责任公司，但这一行此时却已难以为继。

那种原始粗加工方式正面临越来越激烈的市场竞争，相互压价，利润越来越薄。有人在鱿鱼里多放盐来获得更多的利润，导致产品质量下降，大量积压。

我意识到，在这种情况下，如果不能寻求另一条出路，等来的只能是整个产业的崩溃。就在此时，朋友喜宴上的蛋糕和糖果给我带来灵感，让我走上了创新之路。

喜宴上吃不完的大蛋糕，大多是丢弃，而拆开的糖果，几乎所有人都会带回家。在喜宴上，我“走神”了：带走糖果，是因为它携带方便且不易变质，那么，把鱿鱼做成像糖果一样的小包装即食食品，应该也能受欢迎。

花了 20 多天时间，我把沿海 10 余个城市的市场考察了一遍，发现当时市场上的小包装水产即食食品只有两三个大类，规格在两三百克左右，找不到 50 克内的独立包装。回来后，我开始建厂房、试制新产品，但这个过程并不顺利。

那段时间，研制失败的产品不知倒掉多少。有一次，一批产品已经生产出来，但由于温度控制上的失误，只能废弃。价值 35 万元的产品，卖给鱼粉厂只有 9000 元钱，想想都要哭。但是，创新哪能不付出代价。在创新产品的同时，我还想到了一个创新名词——旅游（海洋）食品。

注册公司时，工商局的人还问我：“你是做水产食品的，挂个旅游食品的名字算什么?”

可我觉得这名字不错，当时舟山 400 多家水产加工企业，没有一家用这种名称，而且，我的产品将来一定会和旅游搭上关系，不如趁早“抢”了这个名字。

秘鲁鱿鱼终于不再被市场嫌弃

要想在竞争激烈的商海中取胜，有时需要像个侠客剑走偏锋，从别人意想不到的角度入手。

2004 年 5 月，“富丹”系列旅游（海洋）食品终于试制成功，投放市场，不仅给我们公司带来了丰厚利润，也算“救活”了一批鱿鱼捕捞企业。

这一年，舟山远洋鱿钓船陆续前往秘鲁等东南太平洋渔场作业，秘鲁鱿鱼的产量迅速递增。但由于其肉带有酸味，市场不被看好，即便价格压得低，销售仍是问题。而我们开发的休闲食品系列产品中，很大一部分的原料采用的就是秘鲁鱿鱼。

有家外地渔业公司的副总来问我，能不能帮他处理掉这几万吨秘鲁鱿鱼？

那时候，加工鱿鱼产品的原料大多用北太鱿鱼，价格比秘鲁鱿鱼高出几倍。我一想，既然是便宜货，数量又多，正好符合我的需求。

于是我花了半年多，组织人员投资了七八十万元，终于成功将秘鲁鱿鱼中的酸味去掉。后来，这种方法被很多水产食品加工厂家借鉴。秘鲁鱿鱼终于不再被市场嫌弃，那些鱿钓企业也有了新的转机。

敢为人先，再“抓”一条远洋鱼

2012 年，我又引进第二条远洋鱼种——金枪鱼，以生产出口鱼油为主。

我了解到，金枪鱼的热能比较高，美国的一些士兵就吃这种鱼罐头，因为它做成铁罐头后保质期长，直接吃罐头热能就够了。

金枪鱼在国外有着非常广泛的用途，可以生吃、做罐头等，需求量很稳定，但国内的消费氛围还没有形成，仍有很大的发展空间。

我觉得，随着消费观念的改变，国内的金枪鱼需求量也会暴增，我应该把这个资源给占了，先把技术给练熟了，今后销到国内来。比如把金枪鱼肉蒸熟，作为罐头的原材料出口到欧美国家。这样一来，我的产品种类覆盖了熟食品、冻品、半成品和干制水产品四大类，竞争力也大大增强。

如今的“富丹”，虽多次获得省、市名牌称号，在市场大潮中也算站稳了，但仍需一如既往，创新、奋进、敢为人先。作为“掌舵人”的我，更应如此！

村民信任让我当家　我一定要把这个家当好

□ 徐锦川口述

人物简介

徐锦川，1948年出生，马岐岛人，14岁跟随父亲出海捕鱼，从基层做起，逐渐成为马岐岛有名的船老大。52岁他上岸担任村委会主任并连任六届，他见证了马岐岛的变迁，并实实在在参与其中。在他担任村委会主任期间，马岐岛引进了船厂等企业，集体经济得到了进一步发展。

船老大

马岐是纯渔业岛，男的出海捕鱼，女的在农业队种番薯、种麦子。

我的爷爷、爸爸、伯伯、姑丈都是捕鱼的，到我这辈，自然也是捕鱼的。旧时捕鱼赚不了多少钱，我记得爸妈都是等我们吃了饭，他们再吃点剩下的。爸妈一直说，孩子们吃得不好没办法，但一定要吃得饱。家里穷，好在母亲手巧，我们穿的衣服是妈妈从大街上买了手套拆了纱做的纱衫。

家中7个兄弟姐妹，我最大。12岁那年奶奶对我说："你要学着帮助大人减轻负担了。"13岁，我去队里参加补网，14岁便下海捕鱼去了，就这么一直捕到了52岁，整整38年。

我从斩鱼羹的小歪开始做起，一级一级提升，31岁做了船老大，一步步从"士兵"做到了"将军"。

大家推我当船老大，我觉得责任太大了，一条船上20多个人，意味着20多户人家要跟着我吃，鱼捕得来还好，捕不来大家都要饿肚子。但大家都上门来游说，给了我很大信心。出海了，我们的成绩还是很不错的，有一次大黄鱼捕了近一万公斤。

个体户

我的经历也见证了改革开放 40 多年给我们渔民带来的改变。1981 年，我看其他地方都已经在弄个体经济，于是和两个弟弟一起弄了艘 12 马力的木帆船开始做个体。之前好不容易从“士兵”做成了“将军”，现在辞去船老大开始个体捕鱼，一切又要从头开始。

好在我们三兄弟肯吃苦，没日没夜地干，七八级的风也在外面捕鱼，有时拿鱼货去宁波卖。一个月下来，每个人也有五六十元可以分账，之前做船老大也不一定有这么多。三四年后，有了积蓄，我们又买了一艘 24 马力的船，后来换成了 80 马力的、120 马力的……在当时的个体户里面已经很了不起了。

大约 1995 年，我们将船换成了 180 马力的大铁船。想想这么多年，我们好像都在一个循环里，每次稍有点积蓄，都会投入到采购新的船只上去。

三件事

后来，村里面叫我上岸当村主任，带领老百姓一起致富。虽然单干很自由，但我也确实看到渔业资源衰退给马峙岛这个纯渔业岛带来的巨大影响，我们不得不做出一些改变。于是我决定把船交给儿子，自己上岸。

上岸前我交代他，做船老大要记住三件事：第一，九级风以上一定要回港，不要贪恋；第二，在大海上作业要讲文明，互相谦让；第三，要做到人缘好，无论对水产码头卖鱼的还是对船上的雇员。“记住这三样，就可以当老大了。”我对儿子说，当时他 30 岁不到。

村主任

我当了六届村委会主任。

在做船长时，我的烟瘾很大，一天至少要抽三包烟，但当了村主任不到一年，我把烟给戒了，担心别人多想，觉得我不好好做老百姓的事。

我担任村委会主任和自己做船老大一样，就是要带领村民致富赚钱，所以我十分重视村集体经济的发展。我和村民说，马峙的经济要发展，老百姓生活要好起来，必须要让企业进来。“发展工业，以工养渔”是当时的发展思路。因为我们马峙岛位于舟山国际水道的北侧，南面是大型船舶锚地，属于深水海域，海岸线较长，具有较好的水深及航道条件，这个得天独厚的条件是我们可以好好利用的。

但是要招商引资，必须迁移一部分坟墓。在村民眼里，祖坟是一个家族的命脉，迁移祖坟会影响家族的运气，很多村民对迁坟一事很有抵触情绪。我召开会议，把山地、坟墓怎么处置，船厂进来对老百姓生活有什么好处，都和大家说清楚，最后的决定权交给他们。那时候随着资源衰退，村里面生活很艰难。做船老大的威望还在，大家还像以前一样叫我老大，他们后来说："老大说过了，让船厂进来，我们不会吃亏。"

迁坟那一阵子，我几乎天天都在山上，下雨了第一时间帮他们搭棚，半夜了也一直都陪着。很多人都已经搬迁到了外面，现在的子孙找不到了，我就到处打听，一户户落实，毕竟迁坟对一个家庭来说是大事。

后来，坟墓迁走，中外合资大型企业——舟山万邦永跃船舶修造有限公司进来了，不仅壮大了集体经济，而且解决了很多富余劳动力就业问题。这也是我当时和船厂说好的，要是厂里面有适合村民的岗位，要让村民去试试。

一花引来百花开，几年来，村里吸引投资者先后办起了修船厂、制冰厂等大大小小企业。厂子造起来了，人气也带动了，周边小店也开起来了，房子可以出租了，老百姓生活也好了。

我这人思想上就一根脑筋：个人也好，家里也好，集体也好，赚钱就是硬道理，我当了村委会主任，就相当于村民信任我，为村集体来当家，村里要是没钱，我怎么交代?

修水塔

我小时候家里要喝水用水，都是翻过山去挑水，自己从小吃过苦头，所以我想给村里通自来水。

一开始看到有一家冷库刚造好，每天开船去桃花装水，得知水并不贵后，我和冷库老板商量了下，以前他每天装一船水，往后我们付钱，让他帮我们村里每天多装一船。

我们在村里造了一个水塔，铺设了自来水管道，船到了以后，水直接接入到水塔，老百姓就可以用到自来水了。造水塔的图纸还是我画的，这和以前我造船画图纸一样，没什么难度。当时我正在上面和师傅沟通管子应该怎么接，听到下面有老百姓叫我，总觉得自己 60 岁不到还很年轻，想也没想就从两三米高的地方跳了下来，一屁股坐在地上。当时觉得颈椎疼，但也没放在心上。后来发烧，去医院才发现自己这么一跳，腰子发炎破裂了，连医生都觉得我这个人命大。

用船运来的水储存在水塔里，安全没保障，洗衣洗菜还行，用来喝就不卫生了。后来我就来和镇里面商量，镇里面也相当支持我们，自来水厂的水接入了我们马峙，我们也喝上了干净水。

发补贴

村里集体经济发展越来越好，就应该让老百姓享受到成果。我们马峙岛剩下的人口有不少老年人，之前我们村里只有男性老人每月分到 30 元的生活补贴，范围小、钱数少。

集体经济发展后，我们给老人的生活补贴从每月 30 元提升到 50 元，又逐步提升到 100 元、300 元、500 元，而且男女都可以分到。

每年的立夏、中秋、春节，老年协会也会给老人们发大米、油、椰子汁等。老人因为大病住院，除去农医保报销后，村里面还可以再给他们报销 10%。

不仅岛上的老人有这些福利，就算是出岛了的老人也可以享受。有时候住在沈家门的马峙老人去码头拿大米、油等物品，还能引来别人的羡慕，说你们村真是好啊。

村集体有钱了，要让老人们也享享福。

在他手里“群文荒村”变成“海岛奇葩”

□ 唐更华口述

人物简介

唐更华，出生于1943年，普陀六横人，副研究馆员，务过农，教过书，干了30年的群众文化工作，曾任虾峙、六横两个海岛的文化站长。他负责的文化站被授予浙江省“特级文化站”和“东海文化明珠”称号，2000年获国家文化部、人事部“全国文化工作先进集体”表彰，他个人被授予“全国先进文化站长”，获评全国“万村书库工程”先进个人，受到朱镕基、李岚清、丁关根、何鲁丽等党和国家领导人接见。

增加场次，缓解渔村看电影难

我是土生土长的六横人，从小喜欢吹拉弹唱，年少时还曾有过报考音乐学院的梦想，只是身在海岛，梦想实现起来并不容易。我的心气不高，头脑单纯。记得上世纪七八十年代，因不擅饮酒，不懂行令猜拳，不会搓麻将打牌，一些亲朋好友戏称我为“20世纪大呆头”。

1973年，普陀区文教局的一纸调令让我告别了代课老师的身份，来到虾峙区文化站当站长。当时虾峙岛的群众文化可谓一穷二白，岛上看不到戏文，也很少看到电影，城镇剧团不愿来，偶尔来了个剧团演两三场戏，排场很大，渔民群众还不一定看得到。

就是电影，一年到头也难得看几次。唯一的文化队伍——电影队难以满足20多个自然村的需求。我上任后想办法增加场次，缓解了渔村人看电影难的问题。

要想丰富渔民的文化生活，没有文艺宣传队可不行，我组织了 18 名爱唱爱跳的渔家子女组成宣传队，把文艺演出送到渔村的角角落落。演出大多是公益的，光靠演出养不活演员，得有收入来源啊！为了解决他们的收入问题，我奔波于各水产加工企业，联系落实剖、晒鱼鲞等业务，没有演出任务的时候，演员们就去干这些，队员的生活有了保障。

县里要举办业余文艺汇演，我晚上一头钻进办公室，熬了整整 8 个通宵，一口气写出了 16 个音乐、舞蹈、曲艺作品，在全县文艺汇演上，一举夺得 9 个创作奖、6 个优秀演出奖。

以企养文，办印刷厂、饮料厂

虾峙的群文工作有了起色，我动起了“以企养文”的脑筋来，我三下黄岩金清，考察印刷设备、汽水加工工艺。经过 3 个月的艰苦创业，印刷厂、饮料厂两个小工厂相继投产，文宣队终于有了自己的固定收入，也为加快发展海岛群文事业奠定了物质基础。

1978 年，我又把文宣队改为越剧团，在渔家女不知水袖为何物、台步怎么走的情况下，排演了《碧玉簪》《梁山伯与祝英台》等越剧传统戏和一批现代剧。同年 11 月受邀去奉化、镇海等地演出，开了舟山民间文化首次走出岛门，向大陆传播海岛文化艺术的先河。

在著名剧作家顾锡东及嘉兴市越剧团的支持下，我们还排演了新编历史剧《汉宫怨》，破例受普陀县政府委托，进城在沈家门剧院为县八届人代会演出。

1980 年，虾峙区文化站作为舟山第一家文化中心正式挂牌。1984 年，舟山第一家得到政府拨款的文化楼在虾峙建成。这些成绩的取得，令我很欣慰。

赤手空拳，六横文化站打响“头炮”

1985 年，我被调到六横区文化站当站长。当我拎着铺盖来报到时，愣住了：这分明是一家旅馆啊！原来，站里没有自己的办公楼，租借旅馆办公。只见录像机蒙着厚厚的灰尘，一捆戏服被塞在破纸板箱里，只有一把藤椅看着还像样，我走累了想坐下歇歇，结果“吱”一声，一小块屁股被咬住了。

原来的文化站长调离，4 名工作人员闲休在家，工资无着，9 个乡镇的文化干部各自为政，一盘散沙。我吃住在旅馆，想着面对这一穷二白的摊子，路该怎么走呢？我苦苦思索了半个月，虽然是个小小“芝麻官”，但外界也有议论：“听说这人本事交关大，点子多，脑子灵，吹拉弹唱样样来，咋还不出手啊？”

“就算是孙悟空，碰到这种情况也施展不开哩!”

半个月后，我在街头挂出了一张海报：“六横区文化站举办全区法律知识大奖赛”，经费少、影响大，而且不需要占用场地。一张试卷牵动了几千人的心，那个年代大家对大奖赛这样的知识竞答兴趣浓厚，参与者踊跃，沉寂多时的文化站打响“头炮”。

盛况空前，演唱会新鲜有劲道

首战告捷鼓舞了士气，也提振了我的信心。当时上海电视台的家庭演唱大奖赛正如日中天，也是六横岛上的老百姓茶余饭后的热议话题，我当机立断，搞六横区家庭演唱大奖赛和迪斯科大奖赛!

“这是人家大城市搞的，六横这样的海岛能行吗?”怀疑的目光和质疑的声音都阻挡不了我的决心。老百姓也很给面子，18 户家庭、58 位男女老少报名登上家庭演唱会的舞台，而观众们更是把 800 余座位的六横电影院挤得水泄不通，并发出惊叹：“新鲜，有劲道!”

春节到了，我灵机一动：传统灯会既热闹又能利用公共场地，何不把中断 10 多年的传统灯会搞起来？元宵节，六横万人空巷，家家户户老老少少都来赏花灯。

接着，我们又筹集了 6000 元办起当时舟山第一支渔农民铜管乐队，1986 年 7 月，一曲《我们爱上了铜管乐》在舟山地区业余创作节目会演中获得特别奖，省里的电视台进行了实况转播，省里的报纸也以《迷人的乐队》为题对我们进行报道。

六横文化园地开始冒出点点新绿。1987 年，普陀区文化局和六横当地政府作出决定，投资 20 余万元建造文化楼。一年后，文化楼拔地而起。

动手搭巢，逆境中开出新路

国家为建楼已经耗费了 20 多万元，面对空楼，我们决定自己“动手搭巢”：职工把自家彩电扛来，放进老年活动室让老年人免费观看；把木头背来了，用来装修歌舞厅；把书捐出来，充实我们的阅览室，甚至把自家的订书机、米尺、画笔都拿出来作为办公用具。

那些日子，职工们动手填沙拖石平整场地，做油漆工、做木工装修，6 个人干了 160 多天，晚上值班就倒头睡在水泥地上，但没有一个人叫苦。为什么？因为我们互相鼓励，虽苦犹甜。

我们挨家游说，引进个体投资 4 万余元，办起了录像厅、书场，音乐茶座、电子游戏、台球、小商店都开业了，文化楼热闹了，像个文化楼了。六横岛群众终于有了一块在茶余饭后散心开怀的好去处了。

4 年后，我们终于从逆境中开出一条道路：区文化中心有 800 平方米的文化楼 1 幢，有 900 座的电影院 1 座，电影管理站、录像发行站，固定职工 18 人。还配置了铜管乐、电声乐器、扩音设备、录像放映设备、150 英寸特大投影电视、照相机、乒乓球、电子游戏、台球、画廊等。年举办文化活动 40—50 次。

1987 年文化站被普陀区委授予"先进集体"称号，1988 年被省文化厅授予"特级文化站"称号。

发白血犹红，这一生过得很充实

1996 年，我曾在《浙江文化报》上登载随笔《中国应有农民节》。2006 年我又给时任国家文化部部长的孙家正致函，建议为"唱响新农村"，举办一次"在希望的田野上"全国性征歌比赛，并成立专家小组，筹划设立"中国农民节"。

我还写信请横店集团总裁徐文荣先生牵头和全国涉农部门倡议，联合一些单位发起"我是农民"征歌活动，促成《中国农民之歌》。徐先生给我回信说："非常赞同，如何操作请指教。"只可惜此后我家遭遇天灾人祸，未能进入操作阶段。令我没想到的是，2018 年国新办发布设立"中国农民丰收节"，20 年前的梦想成真，顿时令我热血沸腾，百感交集。

自 1992 年成为市政协委员以来，我撰写意见、建议、提案 130 余条，如开发旅游渔业、成立双屿港历史研究会、取消朱家尖大桥过桥费、对公务用车实行集中管理等，引起各方重视并被采纳。

这一生，我最幸运的是拥有很多知音，他们是我的父老乡亲、兄弟姐妹，是我的老师、领导和同事，他们是我最宝贵的财富。我拥有千余册藏书、几百种藏报、上千封信函，还有一张张获奖证书，有数枚闪闪发光的奖章，还有与党和国家领导人的合影，这是我最自豪的财富。此外，我还拥有充实的晚年，临近退休的 2003 年，我受聘于普陀区文化馆；2009 年 5 月应邀回乡任《六横志》主编，编纂了 130 万余字的续志；又受六横管委会的重托，参与双屿港博物馆筹建工作的前期事项，这是我最具价值的财富。

回顾 70 余年的人生旅途，一路坎坷，如今的我已是满头白发如严冬初雪落地。然而发白血犹红，我再一次感叹，此生足矣。

编后记

口述档案是以抢救和保护历史记忆为目的的原始记录，是对记忆的挖掘和发现的过程，它隐藏在人们的记忆中，经过收集和记录，成为有保存价值的珍贵史料。

《一百个人的舟山记忆》是舟山市档案局、档案馆与舟山晚报合作的口述档案成果。为庆祝中国共产党成立100周年，舟山市档案馆将《一百个人的舟山记忆》编辑出版，记录舟山精神，展示舟山辉煌发展历程。本书是《百年党史在浙江》系列成果之一。

我们选取一百位在舟山建设发展中有贡献和影响力的典型人物，向读者展示新中国成立以来舟山人民艰苦奋斗、敢于创新、砥励前行的历史篇章，也从一个侧面反映了舟山人不惧艰难、勇于创新的精神品质。

王家恒，1918年出生，是舟山的一位传奇人物，革命者、教育家、慈善家。1938年开始革命生涯，参加抗日战争和解放战争的敌后工作。舟山解放后历任政府要职，毕生致力舟山的建设与发展。以“教育救国，教育报国”为己任，创办岱山植新小学等20余所农村小学，创办东海业余专科学校（后经国家批准，东海学院成为国家教委批准备案的成人高校）。

林阿信，1931年出生，蚂蚁岛人。1955年从蚂蚁岛到北京辗转小舢板、木帆船、汽车、火车，历经6天时间，参加第一届全国青年社会主义建设积极分子代表大会，并作《为祖国捕更多的鱼》的报告，受到毛泽东主席和周恩来总理的接见。

杨学俭，舟山教育系统的全国劳模，舟山市唯一享受国务院特殊津贴的教师。从1965年参加工作，教书育人52年，辅导了17届高考生。他与海岛的教育事业结缘，培育了舟山一代又一代的人才。

沈娴，1957 年上海第一医学院毕业后来到舟山，是舟山医院内科奠基人。那时的舟山医院就在定海城北，仅为两层小楼，一层内科，一层外科，加起来不超过 100 张病床。没有 B 超的年代，诊断依靠病史、体格检查，直接穿刺等手段辅助治疗。

徐熙孟，1960 年大连海运学院海船驾驶专业毕业后被分配到舟山，从“中浙 2”号到“浙江 801”轮、“浙江 815”轮，闯荡大海 37 年，连续安全航行 30 万海里，相当于绕地球 14 圈。

李科平，普陀虾峙人，第十一届、十二届全国人大代表，舟山市华鹰远洋渔业有限公司董事长，为 2008 年北京奥运会的火炬手。他带着虾峙渔民踏上群众远洋渔业的征程，被称为“舟山群岛远洋鱿钓第一人”。

王忠德，土生土长的定海马目人，任乡林科员。1986 年开始主动担负起五峙山列岛的鸟儿保护重任，当时岛上只有 300 来只海鸥和一些白鹭。2001 年，五峙山列岛成为全国三大鸟类保护区之一，为浙江省唯一的海洋鸟类自然保护区。现在鸟儿数量达 14000 余只，各种水鸟 48 种，还有国家二级保护动物白天鹅及世界濒危物种之一黑脸琵鹭等。

如此等等共百篇，真实再现在舟山经济、政治、文化、社会、生态等建设发展中勇立潮头，敢于拼搏的人物记忆。

人物排列顺序以晚报刊发时间为序。文章通过晚报记者的采访整理，以写实的手法，通过第一人称叙述，平铺直叙，时间节点清晰，文字朴实自然，使读者通过阅读了解舟山的发展变化。

在此特别感谢舟山晚报记者陈斌娜、王羽、黄燕玲、徐莺、石艳虹及写作者翁盈昌、陈贤杰、胡亦男、单泉铭、支奕、陈斌等的采访与整理。感谢舟山晚报副总编姚碧波先生的倾力支持。

编　者

2021 年 3 月

图书在版编目（CIP）数据

一百个人的舟山记忆 / 舟山市档案馆编. — 秦皇岛：燕山大学出版社，2021.3

ISBN 978-7-5761-0092-1

Ⅰ. ①一… Ⅱ. ①舟… Ⅲ. ①舟山－地方史 Ⅳ. ①K295.53

中国版本图书馆CIP数据核字（2020）第221382号

一百个人的舟山记忆

YIBAI GE REN DE ZHOUSHAN JIYI

编　　者：舟山市档案馆
责任编辑：柯亚莉
封面设计：王海萍
出版发行：燕山大学出版社 YANSHAN UNIVERSITY PRESS
地　　址：河北省秦皇岛市河北大街西段 438 号
邮政编码：066004
电　　话：0335-8387555
印　　刷：舟山明煌印业有限公司
经　　销：全国新华书店

开　　本：710mm×1000mm　1/16　　印　　张：26.25　　字　　数：450 千字
版　　次：2021 年 3 月第 1 版　　印　　次：2021 年 3 月第 1 次印刷
书　　号：ISBN 978-7-5761-0092-1
定　　价：88.00 元